Jean d'Aillon est né en 1948 et vit à Aix-en-Provence. Docteur d'État en sciences économiques, il a fait une grande partie de sa carrière à l'Université en tant qu'enseignant en histoire économique et en macroéconomie, puis dans l'administration des Finances. Il a été responsable durant plusieurs années de projets de recherche en économie, en statistique et en intelligence artificielle au sein de la Commission européenne. Il a publié une vingtaine de romans historiques autour d'intrigues criminelles. Il a démissionné de l'administration des Finances en 2007 pour se consacrer à l'écriture. Ses romans sont traduits en tchèque, en russe et en espagnol. Il a reçu en 2011 le Grand Prix littéraire de Provence pour l'ensemble de son œuvre.

De taille et d'estoc

La jeunesse de Guilhem d'Ussel

DU MÊME AUTEUR AUX ÉDITIONS J'AI LU

Récits cruels et sanglants durant la guerre des trois Henri

LES AVENTURES DE GUILHEM D'USSEL, CHEVALIER TROUBADOUR

Marseille, 1198

Paris, 1199

Londres, 1200

Montségur, 1201

Rome, 1202

Rouen, 1203

Béziers, 1209

De taille et d'estoc

Férir ou périr

L'évasion de Richard Cœur de Lion

LES ENQUÊTES DE LOUIS FRONSAC

La vie de Louis Fronsac et autres nouvelles

La malédiction de la Galigaï

Le secret de l'enclos du Temple

Le Grand Arcane des rois de France

LES AVENTURES D'OLIVIER HAUTEVILLE

Dans les griffes de la Ligue

La bête des Saints-Innocents

JEAN D'AILLON
LES AVENTURES DE GUILHEM D'USSEL,
CHEVALIER TROUBADOUR

De taille et d'estoc

La jeunesse de Guilhem d'Ussel

———

ROMAN

© PRESSES DE LA CITÉ, 2012

Le Code de la propriété intellectuelle interdit les copies ou reproductions destinées à une utilisation collective. Toute représentation ou reproduction intégrale ou partielle faite par quelque procédé que ce soit, sans le consentement de l'auteur ou de ses ayants droit ou ayants cause, est illicite et constitue une contrefaçon sanctionnée par les articles L335-2 et suivants du Code de la propriété intellectuelle.

Les principaux personnages

Anselme Mont Laurier, tanneur marseillais
Antoine, jeune ouvrier qui deviendra Guilhem d'Ussel
Arrache-Cœur, ménestrel
Bertucat le Bel, chevalier dans une compagnie de routiers
Arnuphe de Brancion, chevalier au service de Cluny
Gaubert de Bruniquel, seigneur de Najac
Gilbert, ancien voleur, routier
Jeanne de Chandieu, prieure de Marcigny
Hugues de Clermont, abbé de Cluny
Étienne, sacriste de Cluny
Père Freteval, moine
Gros-Groin, routier
La Fourque, jeune routier
Louvart, lieutenant de Mercadier
Joceran d'Oc, infirmier de Cluny, moine médecin
Malvin le Froqué, chef de routiers
Marion, ménestrelle
Mercadier, capitaine d'une compagnie de routiers au service de Richard Cœur de Lion
Orderic de Melgueil, chambrier de Cluny
Renaud de Montboissier, prieur de Cluny
Regnault, moine et pardonneur
Richard, duc d'Aquitaine et comte de Poitiers, puis roi d'Angleterre sous le nom de Richard Cœur de Lion

Hélie Roquefeuil, garde des communs de paix de Rodez
Simon, rémouleur
Tête-Noire, routier
Hidran de Thizy, cellérier de Cluny
Tue-Bœuf, routier

Première partie

La fuite

1187-1190

Chapitre 1

1187, Marseille, quatre jours après Pâques[1]

Ce n'était qu'une bruine, mais elle n'avait pas cessé de toute la cérémonie, à l'église Saint-Martin, et, à cause du chemin détrempé, la charrette portant le corps de sa mère avait mis un temps considérable pour atteindre le cimetière des pauvres, qu'on appelait les Champs-Élysées, et plus généralement le Paradis[2]. Il se tenait hors de l'enceinte fortifiée, près de ce hameau nommé La Calade parce qu'il se trouvait sur une butte.

La pluie venait de cesser. Les rares ouvriers de la tannerie venus à la mise en terre étaient partis et Antoine restait seul. Les moines qui l'avaient accompagné étaient eux aussi retournés à Saint-Victor quand ils avaient vu que le jeune convers ne faisait pas mine de s'en aller.

Antoine voulait rester seul avec son passé et ses larmes.

Les deux fossoyeurs mettaient à présent deux autres dépouilles dans la fosse. Pour ceux-là, personne n'était venu. Pas de famille, pas d'amis.

---

1. 29 mars.
2. C'est devenu la rue Paradis.

Devant le jeune garçon, la fosse s'étendait sur deux cannes[1], à moitié remplie de corps. Pour ceux du dessus, on distinguait quelques pans de linceul détrempés, à peine couverts de terre. Sous les yeux d'Antoine, les parois de la fosse se désagrégeaient pour s'écouler ensuite en une épaisse boue. On pourrait bien y mettre encore une dizaine de cadavres, se dit-il avec indifférence. Plus, peut-être, s'il s'agissait d'enfants ou d'enfançons.

Plus profond, dans cette fosse ou dans une autre, reposaient son père, sa sœur et son frère. Et maintenant, sa mère dont il ne quittait pas du regard le suaire. Il essaya de retrouver les traits de leurs visages. Il y parvint pour son père et sa sœur, mais il avait oublié ceux de son petit frère.

Il finirait comme eux. Malade, épuisé, puis jeté dans ce trou ou dans un autre. Peut-être aurait-il la chance de trouver la même mort que son père, au combat contre les Sarrasins, les armes à la main.

Cela s'était produit trois ans plus tôt. C'était au début de l'été. Le souvenir ne l'avait jamais quitté. À la tannerie, son père déchargeait un chariot de peaux sanguinolentes qu'il précipitait, les unes après les autres, dans une grande cuve de bois contenant de l'eau et de la chaux. Sa mère se trouvait au ruisseau qui traversait l'esplanade des corroyeurs. Il était avec elle, avec sa sœur et son petit frère. Tous quatre emplissaient d'eau des seaux de cuir pour les cuves où trempaient les peaux.

Soudain, les cloches de l'église Saint-Martin, toute proche, s'étaient mises à carillonner, puis le son des trompes avait retenti, provenant du sommet du

---

[1]. La canne, comme la toise, faisait environ deux mètres.

Tholoneum, l'ancien palais vicomtal servant aux réunions des consuls.

Dans les tanneries, tout le monde savait ce que cela signifiait. Les infidèles étaient revenus ! La dernière attaque des Sarrasins datait de l'automne précédent.

Immédiatement, les deux contremaîtres de maître Mont Laurier, le corroyeur pour lequel ils travaillaient, avaient rassemblé les hommes. Antoine était trop jeune pour se joindre à eux. Le maître et son frère, Anselme et Raynaud Mont Laurier, étaient arrivés peu après avec des serviteurs portant des piques, des haches et des coutelas. Ils les avaient distribués à ceux qui n'avaient rien, ce qui n'était pas le cas de son père qui possédait un épieu. Il était allé le chercher et leur avait demandé de s'enfermer dans leur maison avant de rejoindre les autres, à la porte de La Calade, celle dont les cuiratiers avaient la garde.

Ce n'était pas vraiment leur maison. Comme toutes celles du quartier, elle appartenait aux maîtres corroyeurs qui les louaient à leurs ouvriers. Son père recevait comme gage un sou par semaine, déduction faite du loyer. Pourtant leur logis n'était qu'une baraque de bois et de torchis, érigée comme les autres masures en bordure de l'aire de tannage. Dans la partie basse, où l'on ne pouvait tenir debout, ils élevaient une chèvre et quelques poules. Une échelle permettait d'accéder à la pièce au-dessus. Là se trouvaient leurs grabats ; une tenture de toile séparait la paillasse des parents de celle des enfants. Un coffre constituait le seul mobilier.

Devant la baraque se dressait un petit fourneau de pierre. Ils y faisaient cuire des bouillies, le poisson que leur vendaient les pêcheurs et des galettes de blé. Ils achetaient des pains aux marchands itinérants. Pour le travail de sa mère, de son frère, de sa sœur et d'Antoine, Anselme Mont Laurier donnait un sou et six deniers par semaine, ou l'équivalent en orge, en épeautre, en millet ou en avoine qu'ils transformaient en farine avec un moulin à main.

Parfois, ils recevaient du froment, plus souvent des fèves. Avec le reste, ils survivaient. Ils ne mangeaient que rarement de la viande mais le poisson le remplaçait avantageusement. La chèvre leur donnait du lait, et les poules des œufs. Malgré leur pauvreté, ils ne souffraient jamais de la faim.

Dans la maison, ils avaient attendu en priant. Finalement, ne pouvant contenir son impatience, Antoine était sorti pour aller aux nouvelles. Un des vieux serviteurs des Mont Laurier parlait avec dame Mont Laurier, devant la belle demeure en pierre du maître. Il s'était approché pour les écouter.

Au loin, vers la porte de La Calade, on entendait de sourdes clameurs, des cris parfois déchirants, des sons de cor plaintifs, tout un tumulte. On se battait. Antoine brûlait d'y aller.

Le serviteur, lui, venait du port. Les mahométans avaient débarqué de six galères, expliquait-il. Ayant forcé la chaîne, ils étaient entrés dans la rade. Une troupe s'était attaquée à Saint-Victor, sur l'autre rive, mais le gros des forces infidèles s'en prenait au château Babon, la forteresse du vicomte. Cependant, il était inutile de s'inquiéter, la forteresse étant imprenable.

— Mais ce vacarme ? avait demandé Antoine.

Il n'avait pas reçu de réponse, car, soudain, avait déboulé un groupe d'ouvriers terrorisés.

— La porte est prise ! hurlaient-ils. Fuyez tous ! Les Sarrasins arrivent !

Ils filèrent vers leur maison pour chercher leur famille, mais l'un d'eux courut d'abord vers dame Mont Laurier.

— Mon époux ? Son frère ? lui cria-t-elle.

— Ils se battent avec courage, gente dame ! Seulement, les infidèles sont trop nombreux ! Les Maures ont escaladé la muraille avec des grappins. Ils sont déjà dans la ville !

— Vous avez fui ! cracha-t-elle.

— Je n'ai que ça pour me battre ! répliqua l'ouvrier, tendant le manche d'un couteau à la lame brisée. Il s'est cassé sur la cotte de mailles d'un de ces maudits Sarrasins. Je n'ai pas d'autre arme ! Vous voulez que je me laisse tuer ?

— Retourne chez toi, Antoine ! ordonna dame Mont Laurier, désemparée. Préviens ta mère, courez tous au château Babon. C'est le seul endroit où l'on sera en sécurité ! Je vais prévenir les autres.

Peu après, comme les femmes et les enfants s'apprêtaient à partir pour la forteresse, à l'autre bout de la ville, ils avaient vu les ouvriers et les corroyeurs revenir par petits groupes, à pas lents. Puisqu'ils ne fuyaient pas, chacun comprit que les Marseillais avaient finalement vaincu les infidèles. Soulagés, les enfants commençaient à lancer des vivats quand ils virent que si les combattants allaient si lentement, c'est parce qu'ils ramenaient des corps.

Comme tout le monde, Antoine et sa mère se précipitèrent vers eux.

Son père faisait partie des morts. Une flèche lui avait traversé la gorge. Les autres, dont Raynaud Mont Laurier, un autre maître corroyeur et quelques ouvriers et contremaîtres, avaient été tués à coups d'épée.

Ils avaient tenu la porte jusqu'à ce qu'une troupe de renfort arrive, envoyée par le vicomte qui, entre-temps, était parvenu à repousser les attaquants du château Babon après avoir incendié plusieurs galères. Les Sarrasins s'étaient retirés vaincus, laissant une grande quantité de morts. Quant aux blessés, ils avaient été transportés dans les cachots de la ville et ils seraient suppliciés sur les quais les jours suivants, devant tous les Marseillais.

Deux jours plus tard, le père d'Antoine ayant été mis en fosse, Anselme Mont Laurier l'avait fait venir avec sa mère. Antoine était devenu l'homme de la famille. Chez le maître corroyeur se trouvaient l'intendant du vicomte Guillaume le Gros et son jeune frère, Raymond Geoffroi, qu'on appelait familièrement Barral, car il portait sur sa cotte et son écu la peinture d'une barrique.

En leur remettant deux marcs d'argent[1], Barral avait loué le courage du père d'Antoine. Maître Mont Laurier leur avait promis qu'ils pourraient conserver la maison, à condition qu'ils travaillent davantage.

Antoine, comme d'autres enfants, était chargé de nettoyer les peaux d'agneau quand il avait fini de charrier des seaux d'eau. Une fois celles-ci dégraissées dans un bain de chaux, raclées et mises à sécher sur un cadre de bois, elles devenaient des parchemins que l'*armarius*[2] de Saint-Victor venait chercher pour les moines copistes.

Curieux de nature, Antoine avait plusieurs fois interrogé le bibliothécaire sur l'utilisation de ces peaux, jusqu'au jour où, deux ans auparavant, le moine lui avait proposé de venir visiter le *scriptorium* de l'abbaye.

Bien que ses parents soient illettrés, Antoine savait ce qu'étaient les lettres, ces signes étranges qui permettaient de construire des mots. L'aînée des filles Mont Laurier, Madeleine, apprenait à lire avec un clerc qui

---

1. Cent grammes d'argent. Environ cent sous.
2. L'*armarius* était le responsable du *scriptorium*, où travaillaient les copistes, et de la bibliothèque.

venait chez elle. Elle s'était plusieurs fois moquée de lui qui, à huit ans, ignorait ce qu'était le A alors qu'elle, bien plus jeune, le savait.

Aussi, vexé qu'une fille soit plus forte que lui, il avait demandé à l'armarius de lui apprendre.

L'abbaye Saint-Victor tenait une petite école où un moine enseignait la lecture, l'écriture et le calcul aux oblats et à quelques enfants de marchands. La classe avait lieu le lundi et le vendredi après-midi.

Antoine avait obtenu du contremaître l'accord de s'y rendre, mais le lundi seulement et à condition de rattraper le temps perdu. Il y allait aussi parfois le dimanche, à la demande du chantre, pour chanter les offices, car il avait une belle voix. Comme il possédait un esprit vif, en quelques mois il avait appris à reconnaître les lettres, certains mots simples, les chiffres et même à faire de simples additions.

Il savait désormais écrire le Pater, l'Ave et les psaumes de pénitence, même s'il ne comprenait pas tous les mots. Ses parents en avaient été émerveillés.

Seulement, après la mort de son père, il n'avait plus pu retourner à la petite école. Il devait travailler dur pour que tous les quatre puissent manger à leur faim, d'autant plus que sa mère était souvent épuisée.

C'est deux ans plus tard que la ville avait été touchée par la grande épidémie. Était-ce à cause de l'eau du ruisseau que tout le monde buvait bien qu'elle soit souillée par les déchets de la tannerie ? Ou était-ce une nave venant d'Orient qui avait apporté la maladie ? Quelle qu'en eût été la raison, les corroyeurs et leurs ouvriers avaient été les premiers à tomber malades, puis très vite les autres habitants de Marseille. Le mal commençait par des selles liquides et, en une journée, le malade succombait. Sa mère avait été atteinte, puis sa sœur et son petit frère. Seule sa mère avait vaincu la maladie.

Les deux enfants avaient rejoint leur père, dans les fosses du Paradis.

Ils n'étaient plus que deux dorénavant dans la maison. La chèvre était morte et sa mère se fatiguait bien vite. Elle n'avait pas touché aux deux marcs d'argent offerts par Barral, mais si elle retombait malade, ils seraient bien forcés de les utiliser.

Un dimanche, il avait chanté pendant la messe à l'église Saint-Martin, celle de leur paroisse, et il rejoignait sa mère sur le petit parvis de l'édifice fortifié, quand il la vit en compagnie de l'armarius de Saint-Victor, lui-même accompagné du sous-prieur de l'abbaye.

À la tannerie, Antoine ne s'occupait plus des parchemins. Suffisamment robuste pour transporter les lourdes peaux de bœuf fraîchement écorchées, on lui confiait les mêmes besognes qu'à son père.

Les deux religieux l'avaient vu aussi. Ils se tenaient devant une des nombreuses échoppes de fripier sur la placette. Ils lui firent signe de s'approcher.

— Antoine, lui dit sa mère, j'ai parlé avec le père Bernard, il y a quelques jours. Je ne te l'ai pas dit car j'attendais sa décision.

— À quel sujet ? avait-il demandé, intrigué.

— Le père Bernard a besoin de copistes. Il a pensé à toi.

— Je ne te laisserai pas, mère ! avait-il protesté.

— Écoute-moi, mon fils ! Voici ce que me proposent le sous-prieur et le père Bernard. Ils pensent que tu ferais un bon moine. Ils sont prêts à t'accepter comme convers. Tu suivrais leur enseignement pendant deux ans et ils accepteraient que tu deviennes prêtre.

— Moi ! Prêtre...

— Écoute-moi ! Pendant les deux ans où tu travailleras au scriptorium comme copiste, je paierai ta pension avec les deux marcs d'argent que je possède, ensuite...

— Mais je ne veux pas entrer dans les ordres, mère !

L'idée même le terrorisait. Ces religieux portaient un cilice sous leur robe et appelaient l'abbaye la porte du Paradis ! Certains s'ensevelissaient vivants dans leur cellule dont ils faisaient sceller la porte. Il ne voulait pas de cette vie de reclus, de mort-vivant. Il regardait déjà les femmes, et surtout, il était attiré par les armes, il ressentait le besoin de se battre.

L'année précédente, le vicomte Barral avait organisé un tournoi pour les plus vaillants chevaliers du comté. La ville avait été en fête trois jours durant. Antoine n'avait pas quitté les lices montées dans la grande rue, devant les Accoules. Destriers caracolants, guerriers en haubert et cotte multicolores, trompettes et bannières, écuyers et sergents d'armes, belles dames sur les estrades, le spectacle était partout ! Comme tous les Marseillais, il avait frémi devant les extraordinaires exploits d'un chevalier monté sur un coursier d'une force prodigieuse qui avait mis à terre tous ses adversaires ou brisé leurs lances. Même le seigneur Barral, pourtant rude combattant, avait été jeté sur le sable. Le comte de Beaucaire, sur un palefroi gris au poitrail garni de sonnettes et de grelots, avait aussi marqué la populace, mais plus par sa magnificence que par ses exploits.

Barral, somptueusement armé, avait quand même été le plus acclamé, car les Marseillais préfèrent toujours un des leurs. Bien qu'ayant rompu sa lance, il s'était ensuite vigoureusement défendu avec une masse d'armes, faisant sauter les casques de ses adversaires successifs sous les encouragements de la foule.

Antoine avait surtout vibré lors des affrontements troupe contre troupe. La confusion était alors complète, le vacarme infernal et les coups d'une violence inouïe. Les chevaux hennissaient, tombaient, ruaient, les chevaliers s'écroulaient et se relevaient, combattant ensuite à pied jusqu'à épuisement ou à perdre conscience. Certes, les coups ne devaient pas être mortels mais les blessés avaient été nombreux et le sang avait abondamment coulé.

Entre ces rencontres, Antoine avait circulé parmi les tentes où se soignaient les chevaliers. Il avait écouté les écuyers et les vieux serviteurs expérimentés, observant chaque arme avec intérêt. On lui avait même laissé toucher épées et dagues de miséricorde.

Un jeune écuyer, élevé dans les armes depuis son plus jeune âge, lui avait expliqué les devoirs d'un chevalier à la guerre et au tournoi :

— Il faut posséder un bon destrier, léger à la course et facile à manier. Nos armes doivent être solides et propres. Lance, écu, haubert, heaume ou chapel de fer doivent avoir été éprouvés maintes fois. Selle et brides de poitrail doivent être de la même couleur que l'écu et la banderole de lance. Le poitrail du cheval doit être garni de grelots et le mors ciselé. Un roncin de bât doit toujours accompagner le chevalier et son écuyer pour porter armes et équipement de rechange. Nous devons toujours garder nos harnois prêts, car les dames n'aiment point les galants qui marchent mal préparés. Elles exigent des gens empressés à saisir toutes les occasions à se faire honneur.

» Aux tournois, le chevalier qui veut se distinguer sera le plus prompt à poursuivre et le plus lent à reculer. Si sa lance est rompue, il doit continuer l'épée à la main et porter de si rudes coups qu'ils doivent retentir jusqu'en enfer et au paradis. C'est ainsi que l'on est estimé des dames !

Captivé, Antoine avait bu ces paroles, tout en songeant avec amertume qu'il ne connaîtrait jamais ce monde. Pourtant, l'état de guerrier, de *miles*[1], n'était

---

1. Soldat, puis le terme désigna les chevaliers (*milites*).

pas inaccessible à un homme valeureux. Ces chevaliers qui avaient combattu devant lui n'appartenaient pas tous à de vieux lignages provençaux. La plupart ne détenaient même pas de fief. Ils n'étaient que des hommes d'armes ayant gagné leurs éperons par leur courage au service d'un seigneur. Mais pour faire partie de ce monde, il fallait au moins disposer d'un casque de fer, d'une cuirasse, d'une solide épée et surtout d'un cheval.

Mais revenons à l'église Saint-Martin...
— Pourquoi, mon fils ? demanda le cellérier. Tu connaîtrais une vie plus douce que celle que tu as.
— Je suis vieille et malade, Antoine, avait poursuivi sa mère d'une voix plaintive. Si tu deviens prêtre, l'abbé me cédera une maison près de l'abbaye et les moines s'occuperont de moi...
Il avait compris qu'il n'avait pas le choix. Il devait renoncer à jamais au métier des armes.

Cela faisait près de six mois qu'il travaillait comme copiste dans le scriptorium de l'abbaye. Il avait appris quelques rudiments de grammaire latine, beaucoup de chants liturgiques, la lecture du bréviaire et du psautier. Un moine lui avait aussi prodigué de nombreuses leçons sur la description du monde et son histoire, sur les peuples lointains et les grandes villes. Il écrivait presque bien, maintenant, même s'il n'y parvenait pas en caroline[1]. Il connaissait un peu de théologie. Contents de lui, ses maîtres lui avaient assuré qu'il serait ordonné prêtre pour ses seize ans.

Seulement, sa mère avait surestimé ses forces. Épuisée, malade, désespérée depuis la mort de son mari et

---

1. Écriture en minuscule.

de ses enfants, elle n'avait survécu que six mois à leur dernière conversation.

Tout venait de basculer, songeait Antoine devant la fosse détrempée. Sa décision était prise. Il quitterait Saint-Victor et retournerait à la tannerie. Ou alors, il partirait de Marseille.

Antoine revint seul du cimetière en songeant au triste sort de sa famille, et plus généralement à celui des ouvriers corroyeurs. Certes, ils n'étaient ni serfs ni esclaves, ils étaient libres de se marier, ils pouvaient détenir quelques biens et quitter la tannerie si l'envie leur en prenait. Mais, dans les faits, comment s'en aller ? Leurs gages étaient payés en nature et ils ne recevaient guère que ce qui leur permettait de survivre. Partir, cela signifiait mourir de faim, car aucune communauté ne les accepterait s'ils n'avaient rien pour s'établir. Partir, c'était connaître le sort des bannis.

Le bannissement était sans nul doute la plus infamante des peines. Être banni était un châtiment pire que l'exposition au pilori devant les Accoules, car une fois la sentence exécutée, le condamné retrouvait ses biens, sa famille, ses proches et son métier. Le banni, lui, ne possédait plus rien. Définitivement séparé de sa communauté, il ne trouvait plus aucun moyen de subsistance. Il devenait un errant, un déraciné, sans logis et quémandant la charité. Parfois hébergé pour une nuit dans l'hospice d'un monastère, mais à nouveau sur les chemins dès le lendemain.

Pour survivre, les bannis se tournaient vers le rapinage, le dévoiement et le crime, avec des conséquences terribles quand ils étaient pris : tortures, oreilles, nez, langue ou membres tranchés, fer rouge, pendaison et même éventration. À moins qu'ils ne deviennent victimes de quelque seigneur qui les réduisait en esclavage.

Antoine chassa ces sombres perspectives. L'idée même de partir le terrorisait. Mais rester, n'était-ce pas courir au-devant d'un sort encore pire ? Il songea à nouveau à ses parents, ensevelis au fond d'une sinistre fosse. Ceux qui avaient du bien étaient enterrés dans le cimetière de Saint-Victor, au pied du couvent, ou dans celui de l'église Saint-Étienne, sous une belle dalle de pierre. Les pauvres, eux, étaient entassés dans des trous. Même la mort ne réunissait pas les miséreux et les gens prospères.

Il entra dans Marseille par la porte de La Calade et suivit le ruisseau souillé par les déchets de peaux, d'écorces de chêne et de chaux que les tanneurs utilisaient. L'eau était si infecte qu'on ne la laissait pas s'écouler dans le port, aussi avait-on creusé un canal qui l'amenait jusqu'aux jardins de l'abbaye Saint-Victor.

Au bout du chemin raviné bordé de maisons basses et de masures, il déboucha sur l'esplanade de la tannerie. Son ancienne baraque, celle de sa mère, se situait à une extrémité. Elle lui parut encore plus misérable que d'habitude. Partout des femmes et des enfants s'affairaient, en emplissant d'eau les cuves de bois ou en sortant les peaux détrempées pour les faire sécher sur des cadres en branches dans les magasins entourant l'esplanade. Les effluves de pourriture et de tanin restaient irrespirables.

Les hommes, plus forts, déchargeaient de gros chariots d'écorces qui seraient broyées dans les moulins avant d'être mises dans les cuves ; d'autres transportaient les peaux sanguinolentes qui arrivaient des boucheries.

Gaillard, le contremaître, les surveillait. Antoine s'approcha de lui.

— Que veux-tu ? lui demanda l'homme d'un ton rogue.

Il ressentait du dépit envers ce garçon qui allait devenir moine, prêtre sans doute, donc manger tout son saoul, être au chaud, tandis que lui, pauvre contremaître, continuerait sa rude existence.

— Je ne veux pas rester à Saint-Victor, maître Gaillard. Jamais je ne serai moine.

— Pourquoi ? s'enquit le tanneur, sidéré.

— Je ne sais pas… Mais je ne veux pas !

— Tu sais lire ! Tu sais compter, Antoine ! À Saint-Victor, tu manges à ta faim sans t'échiner !

Curieusement, après avoir éprouvé de l'envie, le contremaître désapprouvait la décision du jeune garçon.

Antoine baissa les yeux.

— Je ne veux pas, c'est tout ! Je voudrais reprendre la place de mon père.

— Porter les peaux écorchées ?

Le surveillant de la tannerie le regarda sans comprendre. Qui pouvait préférer s'épuiser, par tous les temps, à transporter des peaux écœurantes quand on pouvait rester au chaud dans un scriptorium ? Mais, après tout, cela ne le regardait pas et il haussa les épaules :

— C'est possible, si maître Mont Laurier est d'accord. Seulement, tu y perdras au change !

Antoine ne cacha pas son soulagement. Si le contremaître avait refusé, il serait parti. Quoi qu'on lui dise, il ne serait jamais retourné à Saint-Victor. Il serait allé sur les routes, menant la vie d'un banni. Ici, il se promit de travailler dur. Sachant lire, pourquoi ne deviendrait-il pas contremaître ? Il trouverait une femme et aurait une famille, il serait heureux, même sans connaître jamais le métier des armes. Après tout, il lui resterait le rêve.

— Je pourrai garder la maison ? demanda-t-il.

— Ça, je ne sais pas, le maître l'a donnée à Aubert.

Aubert était un lointain cousin d'Anselme Mont Laurier. Parti comme homme d'armes en Terre sainte, il en était revenu depuis quelques jours avec une main en moins, tranchée dans une bataille, avait-il affirmé.

Maître Mont Laurier l'avait engagé comme second contremaître. Il ne connaissait pas grand-chose au cuir, mais il savait faire travailler les fainéants. N'hésitant pas à utiliser le fouet ou le bâton.

— On vivait à cinq dans la maison, du temps de mon père, objecta Antoine.

— Allons voir le maître.

Celui-ci était devant une cuve, justement avec Aubert. Le contremaître lui expliqua ce que demandait Antoine.

— Revenir ? Pourquoi pas ? lança Mont Laurier. Tu étais un bon ouvrier et je t'ai regretté. De plus, il paraît que tu lis bien.

Il se tourna vers son cousin :

— Aubert, il n'aura qu'à loger avec toi...

— Je n'ai besoin de personne, objecta l'ancien croisé.

Antoine le voyait pour la première fois. Large d'épaules, des traits grossiers, des yeux saillant sous un front proéminent, un nez carré, le cheveu rare, une bouche semblable à celle d'un molosse. Basané comme un Maure, avec d'épaisses moustaches, il avait tout d'une brute à l'esprit étroit.

— Antoine a fait des études à Saint-Victor, ajouta le contremaître. Il pourrait être utile.

— Pour nettoyer les peaux, lire ne sert à rien ! gronda Aubert. On n'a que faire d'un moinillon ici !

— On n'a que faire d'un manchot, aussi ! rétorqua Antoine du tac au tac.

La gifle fut d'une telle violence qu'elle le fit bouler à trois pas.

Chapitre 2

Depuis une vingtaine de jours, Antoine logeait avec Aubert, dans son ancienne maison familiale.

Après la gifle, il s'était relevé d'un bond et précipité sur l'ancien croisé, mais le contremaître l'avait retenu et maître Mont Laurier était intervenu, menaçant les deux protagonistes. Chacun avait dû s'excuser auprès de l'autre, sous peine d'être chassé de la tannerie et banni de la ville.

Mais dans la masure, Aubert avait décidé qu'Antoine resterait en bas. Une étable lui suffirait bien, avait-il ricané. Il avait juste accepté de lui rendre quelques hardes restées dans le coffre de ses parents. Une chemise de son père, une vieille robe de sa mère, quelques pièces de vêtement de sa sœur et de son frère, et surtout son sayon à capuchon, car Antoine portait toujours la robe de toile rugueuse des convers.

Durant les jours suivants, Aubert n'avait jamais raté une occasion de le rabrouer ou même de le molester, l'accusant de mal accrocher les peaux sur les cadres, de se tromper dans les quantités de garrouille[1], d'oublier les temps de trempage ou de salir les peaux.

---

1. Chêne kermès.

Quand un travail répugnant ou harassant se présentait, c'est Antoine qui devait s'en charger. À plusieurs reprises, il avait été cinglé à la trique parce qu'il ne vidait pas assez vite les charrettes de chaux.

Une fois, un coup de fouet plus violent que les autres l'avait laissé sur le sol, à demi inconscient, une balafre sur les reins. Il en aurait reçu d'autres si, ayant vu la vilenie, le premier contremaître n'était intervenu, ordonnant à Aubert de cesser.

Sous les regards compatissants des autres ouvriers, des femmes surtout, Antoine s'était relevé et remis au travail sans rien dire. Le soir, une servante des Mont Laurier, accompagnée des deux fillettes du maître, était venue lui porter un onguent de la part de sa maîtresse. Madeleine avait maintenant neuf ans et sa sœur Constance cinq ou six. Les deux petites filles étaient si jolies et si fraîches qu'Antoine, songeant, le cœur serré, à sa sœur et à son frère au fond de leur fosse, en avait oublié ses douleurs.

Madeleine lui avait demandé pourquoi Aubert ne l'aimait pas et il avait répondu :

— Parce que je sais lire et lui non ! Parce que je chante juste et lui non ! Parce que j'ai deux mains et lui non !

Sans doute était-ce vrai, mais il existait une autre raison, plus importante, qu'il devait découvrir quelques jours plus tard.

Râblé et les épaules bien développées, à treize ans Antoine était particulièrement robuste et endurant pour son âge, mais il pesait quand même moitié moins que l'ancien croisé. Se rebeller contre les brimades d'Aubert lui aurait fait recevoir une correction qui l'aurait laissé infirme. Le cœur plein de honte d'être incapable de se défendre, il avait finalement décidé de partir, d'abandonner Marseille. Peu lui importait son destin, dès lors qu'il n'aurait plus à supporter les violences, les punitions et les humiliations. Aussi, depuis plusieurs jours, il préparait son départ.

Il avait commencé par des questions aux conducteurs des chariots apportant des peaux, de la chaux et des écorces de chêne. Ces derniers venaient de loin et leur voyage prenait souvent plus de trois semaines. Ils lui parlèrent d'un fleuve, appelé le Rhône, et des grandes villes aux alentours. Aguensi[1], au nord, où vivait le comte de Provence Raimond Bérenger, et surtout Arles, un grand port au bord du fleuve.

Arles formait un royaume ayant pour roi l'empereur d'Allemagne, lequel confiait son pouvoir à l'archevêque et à un maréchal. Depuis quelques années, la ville élisait des consuls et se proclamait république marchande, à l'instar de nombreuses cités italiennes. Barques et navires de toutes tailles accostaient à ses quais, arrivant aussi bien du septentrion, par le Rhône, que de la mer. Il s'agissait surtout de galères et de naves pisanes ou génoises.

Antoine connaissait le port de Marseille. Il savait que, même si les confréries de portefaix contrôlaient les embauches, on avait toujours besoin de crocheteurs quand une grosse nef à coque ronde pleine de marchandises arrivait. De plus, nombre de chevaliers arlésiens étaient de riches négociants, lui avait dit un des voituriers. Ils engageaient souvent marins et hommes d'armes pour des expéditions lointaines. Antoine se sentait capable d'en être ; Arles serait donc sa destination.

Sa décision prise, il avait demandé à un des conducteurs de chariot de l'emmener, mais l'autre avait refusé, ayant déjà des serviteurs et le trouvant trop jeune ! Antoine avait donc opté pour la marche à pied. Le

---

1. Aix.

charretier lui avait tout de même expliqué comment se rendre à Arles. Une belle route romaine reliait cette ville au castrum de Salonne. De là, plusieurs chemins menaient à Marseille. Le conducteur lui avait même sommairement dessiné les directions à prendre sur un morceau d'écorce.

Suivant les conseils donnés par le chevalier lors du tournoi, Antoine avait ensuite soigneusement préparé son voyage. Avec les rares piécettes de cuivre qu'il possédait, il avait obtenu de l'un des ouvriers de la tannerie, très adroit de ses mains, qu'il lui couse de solides souliers pour remplacer les siens. Il avait aussi acheté une vieille gourde en peau et quelques galettes d'orge.

Le soir, pour son souper, Aubert faisait cuire des poissons ou des pigeons sur le fourneau devant la maison et ne laissait le foyer à Antoine qu'après avoir terminé. Son repas englouti, l'ancien croisé partait toujours à la taverne de la *Peiro que rajo*[1], devant la fontaine de même nom.

Au cabaret, vite pris de boisson, il racontait ses exploits en Terre sainte, affirmant avoir été au service de Lungaspada[2] à Jaffa. Il lui avait sauvé la vie ! jurait-il, en brandissant son pot de vin. Les clients ne croyaient pas un mot de ses affirmations et se moquaient de lui en échangeant des regards ironiques, n'osant cependant pas le faire ouvertement car ils craignaient sa violence et la large épée qu'il portait à la ceinture. Quant à sa main coupée, le bravache assurait l'avoir perdue en se battant contre un maudit Sarrasin. Et pour ceux qui restaient dubitatifs, il montrait ce qu'il avait pris à l'infidèle l'ayant rendu invalide : un disque

---

1. La pierre qui coule.
2. Guillaume de Montferrat, surnommé Guillaume Longue Épée (Guglielmo Lungaspada), comte de Jaffa, qui était mort en 1177.

de cristal couleur eau de mer, suspendu à son cou par une chaîne. Du berullus[1] ! disait-il.

La pierre était commune, beaucoup en avaient déjà vu à Marseille, montée sur des anneaux ou en pendentif, mais celle-ci était taillée en forme de disque très fin, avec une face presque plate et l'autre arrondie. Quand on l'approchait de quelque objet, on le voyait miraculeusement agrandi, de l'autre côté.

Un moine de Saint-Victor, venu examiner l'étrange roche un jour après la messe à Saint-Martin, avait dit que ces pierres transparentes servaient aux infidèles pour lire, car elles grossissaient les caractères. Certains, dans les monastères italiens, les montaient par deux sur un cadre de métal et appelaient cela des belicres[2]. Le prieur de Saint-Victor avait d'ailleurs proposé à Aubert de la lui acheter, mais il avait refusé.

Toutes ces histoires, on les avait rapportées à Antoine. Mais il n'en avait cure. Désormais, seul son départ l'intéressait. Deux fois, dans la semaine, il s'était rendu jusqu'à la porte Galle, au nord de la ville.

Cette entrée percée dans l'épaisse muraille était un passage voûté en plein cintre, remontant à l'époque romaine. On disait que Jules César l'avait franchie. Quelques gardes surveillaient ceux qui pénétraient dans la ville. Mais pas ceux qui en sortaient. Plus jeune, Antoine était allé avec son père jusqu'au Portus Gallicus, le port de la ville prévôtale, une petite anse avec quelques bateaux à l'ancre le long d'un ponton de bois, au bout du chemin qui descendait vers la mer. Une autre voie, celle empruntée par les marchands,

---
1. Béryl.
2. Ces premiers verres ont été taillés au IXe siècle par Abbas Ibn Firnas, berbère andalou. Le mot « besicles » vient de belicres et de béryl.

partait à main droite. Antoine savait qu'elle conduisait à Aguensi. Pour se rendre au castrum de Salonne, le conducteur du chariot lui avait dit que c'était la meilleure route, bien qu'il y eût une rude montée. Mais, à pied, on pouvait aussi suivre la mer et franchir une succession de monts rocheux couverts de forêts. Il s'en irait par là, avait-il décidé.

Ce mercredi soir, assis sur un tronc d'arbre, Antoine songeait au passé. Sa mère était morte depuis plus de trois semaines et il avait fixé son départ au lendemain. Rester, c'était supporter de nouvelles humiliations et finir tôt ou tard blessé ou estropié. Seulement, à treize ans, il avait peur de ce qui allait lui arriver. De plus, un mélange de regret et de honte le tourmentait : s'en aller ainsi, en catimini, n'était-ce pas fuir ? Trahir la mémoire de son père qui, lui, était mort en combattant ?

Une vieille femme, qu'il n'avait pas entendue venir, s'approcha et s'assit près de lui.

— Tu rêves, Antoine ?
— Souvent, sourit-il tristement.

Elle resta muette un moment et, plongé dans ses pensées, il ne fit rien pour rompre le silence.

— Tu sais que j'étais l'amie de ta mère, lui dit-elle enfin.

— Je le sais, dame Marthe. Je ne suis quand même parti que six mois à Saint-Victor ! sourit-il.

— Il s'est passé tant de choses en six mois, mon garçon ! Je suis venue te mettre en garde.

Il la regarda avec un mélange d'étonnement et d'intérêt.

— Contre Aubert ?
— Oui.
— Je ne le crains pas.
— Je le sais. Tu es comme ton père, mais tu as tort de ne pas le craindre.

Elle se tut à nouveau un moment avant d'ajouter :

— Les enfants sont rarement au fait de la jeunesse de leurs parents. J'ai le même âge que ta mère. Nous nous connaissions depuis toujours. Mon père était tonnelier ici et travaillait avec ton grand-père. Nous avons connu Aubert avant qu'il ne parte en Terre sainte.

— Il aurait mieux fait d'y mourir.

— Sans doute. Ta mère a été soulagée quand il a quitté Marseille, car il était toujours après elle.

— Quoi ?

Antoine sentit son sang bouillir.

— Lui et ton père se sont battus, ici. Le père de maître Mont Laurier avait donné son accord. C'était un combat au bâton, en champ clos, et Aubert a été vaincu. Il a même eu un bras brisé. C'est après cette humiliation qu'il a pris la croix.

La gorge nouée, Antoine demeurait pantois.

— C'est pour ça qu'il m'en veut ? demanda-t-il enfin, ne s'étant jamais douté de ces événements.

— Certainement. Mais ce n'est pas tout. Quand Aubert est revenu et qu'il a découvert ta mère seule, il s'en est pris à elle. Par méchanceté.

Antoine serra les poings, s'attendant à cette révélation.

— Il la harcelait, lui reprochant de mal travailler, et la menaçant sans cesse du fouet. Il lui donnait des coups, quand le contremaître ne le voyait pas. Malade, elle s'est vite épuisée... Et elle en est morte.

Antoine resta figé. Il se trouvait à Saint-Victor durant tout ce temps, ignorant les souffrances de sa mère.

— Il fera pareil avec toi, le prévint la femme en lui prenant la main. Fais attention à toi. Que Dieu te garde.

Elle se leva et lui fit un triste signe d'amitié.

Alors Antoine comprit que tout venait de changer pour lui. Il partirait, certes, mais avant, il châtierait Aubert.

L'ancien croisé rentra à la nuit tombée. Antoine dormait sur sa paillasse. Au passage, le contremaître lui envoya un coup de pied dans les côtes, comme il aimait à le faire. Puis il grimpa difficilement l'échelle, ayant trop bu.

Antoine l'entendit remuer avant de s'assoupir complètement et de se mettre à ronfler.

Il laissa passer un moment avant de se lever. L'obscurité était totale, mais il avait tout préparé. Il saisit son briquet, celui de son père, et le pot empli de résine avec sa mèche qui lui servait pour s'éclairer. Il sortit, car le bruit du briquet aurait pu réveiller Aubert.

La nuit était fraîche mais sans nuages. S'éloignant de quelques pas, Antoine battit le fer sur la pierre du briquet, enflamma l'amadou et la brindille, puis alluma le pot à mèche.

Il revint alors dans la maison. Il portait le couteau de son père à son cou, une lame courte dans un étui en cuir attaché par un cordon. Elle ne lui servait qu'aux repas.

Il monta lentement l'échelle en tenant le pot lumineux.

En haut, Aubert cuvait son vin. À la lueur tremblotante de la mèche résineuse, Antoine parcourut la chambre des yeux. Son regard s'arrêta sur la courte épée posée sur le coffre de ses parents. Il fit quelques pas, essayant d'éviter de faire craquer le plancher, mais ces bruits avaient peu d'importance, tant la brute dormait profondément.

De sa main droite, il saisit la poignée de la lame. Le braquemart ne possédait pas de fourreau, seulement une sangle et une boucle de métal pour la tenir au baudrier. Il sortit ensuite son couteau, le tenant de la main gauche, et s'approcha de l'ancien croisé, cherchant l'endroit le plus favorable où frapper. Il savait que, dans la poitrine, les côtes pouvaient arrêter le fer.

Il hésita un ultime moment, n'ayant jamais tué personne, puis l'image de sa mère lui revint et il planta l'épée de toutes ses forces dans le petit ventre de son tortionnaire. La lame traversa la chair, la paillasse et se ficha dans une planche, clouant Aubert.

Celui-ci se réveilla aussitôt et ouvrit la bouche pour hurler. Antoine lui enfonça alors son couteau dans la bouche. L'autre se débattit un instant, mais le garçon tenait fermement les deux lames.

Sous ses yeux horrifiés, il vit le corps se couvrir d'une incroyable quantité de sang, trésauter encore plusieurs fois puis s'affaisser. Le jeune garçon retira alors les deux lames et, avec son couteau, trancha la gorge comme il l'avait vu faire aux cochons.

Ensuite, il resta un moment haletant et tremblant. Puis, sans lâcher l'épée, il se signa et murmura une patenôtre.

La prière lui rendit son sang-froid. Il leva les yeux et dit quelques mots à sa mère et à son père, leur expliquant qu'il aurait préféré affronter Aubert en champ clos, mais que cela n'avait pas été possible.

Après avoir essuyé les lames à la paillasse, il remit le couteau dans son fourreau et fouilla la chambre.

Il trouva une grande gibecière et une gourde de cuir qu'il passa à ses épaules. Un pain de froment rejoignit la gibecière, ainsi qu'un demi-jambon. Il enfila le baudrier du croisé et y glissa l'épée, puis se saisit de la houppelande d'Aubert. C'est alors qu'il aperçut le cristal brillant à son cou. On lui en avait parlé mais il ne l'avait jamais vu. Il le détacha, le regarda un instant, intrigué, et le passa à son propre cou.

L'escarcelle d'Aubert était encore à sa taille, mais rouge de sang. Il la détacha et l'ouvrit. Elle contenait quelques oboles d'argent qu'il vola.

Il eut un dernier regard pour la pièce. Il n'y reviendrait jamais, se jura-t-il.

Il descendit, revêtit son froc de moine, prit sa gourde et sa propre besace dans laquelle il avait placé les galettes d'orge, l'écuelle de bois de son père et la petite poêle de fer servant à faire chauffer les bouillies. La houppelande sur le dos, il sortit. C'était le milieu de la nuit.

Il devait maintenant consacrer toute son énergie à ne pas se faire prendre, chassant de son esprit ce qui lui arriverait si tel était le cas. Il avait à plusieurs reprises assisté aux exécutions devant l'église des Accoules. Le viguier sanctionnait le moindre vol en faisant trancher les poignets du voleur. Les meurtres entraînaient toujours la potence. Mais l'assassinat la nuit d'un homme endormi, comme il venait de le faire, serait certainement puni de l'éventration. Il y avait assisté une fois. L'homme avait eu le ventre ouvert et le bourreau lui avait sorti les entrailles, le laissant hurler jusqu'à ce que Dieu le rappelle à Lui.

Il se dirigea vers l'église Saint-Martin. Les rues étaient désertes, il faisait froid. Heureusement, la lueur de la lune était suffisante pour qu'il puisse se repérer.

À la fontaine du grand puits, il emplit les deux gourdes, puis il revint vers l'enceinte et contourna la ville épiscopale et l'évêché pour se rendre jusqu'à la porte Galle.

Là, il s'assit sous le porche d'une chapelle et attendit. La porte ouvrait une heure avant le lever du soleil[1].

---

1. Ce jour-là (le mercredi 22 avril), un peu avant 7 heures.

Chapitre 3

En descendant vers la mer, Antoine marchait aussi vite qu'il le pouvait. Sans cesse, il se retournait, craignant qu'on ne le suive. Les gardes ne l'avaient-ils pas regardé avec surprise ? Comme si la culpabilité se lisait sur son visage.

Une luminosité rougeâtre naissait au levant mais la lune éclairait encore bien le chemin. Donc, dans une heure, on serait surpris à la tannerie de ne pas voir Aubert. Au bout de combien de temps s'inquiéterait-on ? Rapidement, sans doute, surtout dès qu'on aurait pris conscience de son absence à lui, songeait Antoine. Les gens s'interrogeraient sur une éventuelle dispute entre eux. On frapperait à la porte, puis on entrerait et on découvrirait le corps d'Aubert.

Maître Mont Laurier préviendrait immédiatement le viguier qui ferait fermer les portes de la cité. Il ne lui faudrait pas longtemps pour apprendre qu'un moine venait de sortir par la porte Galle. Aussitôt, une troupe à cheval partirait à sa poursuite.

Dans combien de temps ? Pas plus de deux heures après qu'il aurait quitté la ville. Antoine en était certain.

À ce moment, il aurait à peine parcouru deux lieues. Les gardes le rattraperaient bien avant qu'il ait atteint les monts rocailleux qu'on apercevait au bout de l'anse, et où il aurait pu se dissimuler.

Il fallait qu'il se cache au plus vite.

Laissant à sa gauche le chemin conduisant au petit port, il fila vers une tour carrée construite pour donner l'alerte en cas d'approche de navires sarrasins. Antoine savait qu'une seconde tour se dressait au bout de l'anse, ronde celle-là, mais elle restait invisible dans la nuit. L'obscurité le favorisait. Même en cas de présence d'un guetteur au sommet crénelé, celui-ci devait scruter les voiles en mer. Pourquoi aurait-il porté son regard vers la terre ?

Il pressa le pas. Évitant un raidillon qui montait vers la tour, il contourna celle-ci par un sentier de chèvre, puis rattrapa le bord de mer. Le chemin redescendit, le mettant à l'abri du guetteur.

Tout en marchant, il parcourait désespérément les alentours des yeux, ne voyant nul endroit où s'abriter.

Dans son dos, l'aube naissait. Depuis combien de temps était-il parti ? Moins d'une heure, espérait-il.

Son cœur battait à tout rompre, de peur, mais aussi à cause de l'effort, tant il marchait vite. De plus sa gibecière et les gourdes commençaient à peser.

Le sentier remonta, la côte se fit rocheuse. Trébuchant sans cesse sur les cailloux, il dut progresser plus lentement. Devant lui, il aperçut une anse aux rochers escarpés déchiquetés par les vagues. Une idée lui vint et il chercha des yeux un trou, une grotte, un renfoncement dans la rocaille.

Mais rien. Il ne voyait rien ! Il faisait encore trop sombre. Il poursuivit sa marche, de plus en plus terrorisé, se retournant sans cesse pour voir si des chevaux arrivaient.

Après avoir passé un éperon, il découvrit une autre calanque qu'il balaya d'un regard affolé. À cet instant, un premier rayon de soleil souligna un torrent de rocaille dévalant abruptement vers la mer. Quelques arbustes racornis surgissaient des rochers. Près de l'eau, il crut percevoir des fissures, des failles ou des crevasses, plus ou moins recouvertes d'algues sombres. Étaient-ce des trous assez grands pour s'y tenir ?

Il était impossible de s'en approcher à partir du sentier où il se trouvait. La pente était trop raide et les roches instables. Il fallait descendre dans la mer et tenter l'escalade. La première fissure s'ouvrait à deux cannes de l'eau. C'était très haut, peut-être impraticable. L'entreprise lui ferait perdre un temps considérable.

Malgré cette incertitude, il le fit. Le soleil commençait à illuminer la roche et il vit distinctement trois échancrures, légèrement en surplomb. L'une d'elles paraissait plus vaste que les autres. Heureusement, la mer était calme et peu profonde. Après avoir attaché ses besaces le plus haut possible autour de son cou, roulé sur ses épaules la houppelande, il entra dans l'eau froide et ne put réprimer ses frissons. Il avança un moment, se tenant aux aspérités de la roche en grelottant. L'eau lui montait jusqu'à la taille. Quand il fut au niveau de l'orifice caché par une plate-forme rocheuse, il chercha une prise. Un pin rabougri poussant plus haut, il parvint à attraper une branche basse et à se hisser en s'écorchant mains et genoux. Ensuite, une fois après s'être rétabli sur le surplomb, il grimpa difficilement jusqu'au trou, heureusement entouré de buissons auxquels il put s'agripper.

Instables, plusieurs pierres se détachèrent, et tombèrent dans l'eau avec de grands ploufs. Des algues humides rendaient la roche glissante. Enfin, il parvint à la grande fissure. Étroite, elle s'élargissait à l'intérieur. Il pénétra dans la grotte en rampant. Le trou s'enfonçait d'une canne sur une hauteur de deux pieds, et c'est à peine s'il pouvait s'y asseoir. De l'eau stagnait au fond mais une petite élévation permettait de se tenir au sec. Il déposa sa houppelande, ses gibecières, ses gourdes, puis il ôta sa robe de moine mouillée. Pouvait-on le voir du chemin ? Il en doutait mais, par prudence, il décida d'ériger une sorte de muret devant l'ouverture. Il ressortit et rassembla quelques pierres qu'il remonta difficilement. Avec celles qui étaient déjà dans la cavité, il éleva un parapet d'un pied de haut, fermant en partie le passage. Il recouvrit le tout d'algues sèches. Du chemin, personne ne pourrait distinguer l'intérieur, se dit-il.

Frissonnant, il se sécha avec sa chemise puis s'installa le plus commodément possible dans la partie profonde de la grotte.

Il s'était presque assoupi quand il fut brusquement mis en alerte par des appels. Des gens s'interpellaient, pas très loin. Des hennissements de chevaux retentirent, puis des aboiements.

Des chiens ! Antoine n'avait pas pensé qu'on pourrait le traquer avec des chiens. Il s'approcha de son muret improvisé et regarda dehors, se dissimulant le mieux qu'il put. Un groupe de cavaliers et de gens à pied avançaient sur le chemin. Par une corde, ils retenaient avec peine deux gros molosses qui aboyaient à qui mieux mieux en direction de la mer.

— Il n'y a rien en bas, seigneur. Ou alors il a filé à la nage ! cria un des hommes.

— Va voir ! ordonna un cavalier.

L'un des hommes à pied s'approcha de l'éboulis et tenta de descendre, mais, ayant provoqué une chute de pierres, il s'arrêta. Les pierres roulèrent jusqu'à la grotte.

— Il n'a pu passer là, seigneur, ou alors il est au fond de l'eau !

— Il a peut-être longé la mer plus loin, puis marché dans l'eau pour ne pas laisser de trace, suggéra un autre.

— Possible... Dans ce cas, on va le rattraper. En avant ! commanda le cavalier.

Ils repartirent. Les chiens s'étaient tus.

Antoine tenait serrée l'épée d'Aubert. Il ne se serait pas laissé prendre vivant, se jurait-il.

Il n'y eut aucune autre alerte et la troupe ne revint pas. Sans doute était-elle rentrée à Marseille par un autre chemin. L'après-midi, les rayons du soleil entrant dans la faille séchèrent un peu sa robe et le réchauffèrent. Il but mais ne mangea que modérément, ignorant quand et comment il pourrait se procurer de la nourriture.

Pour s'occuper, il regarda longuement le disque de cristal d'Aubert. Observant avec étonnement combien le verre grossissait ce qu'on plaçait derrière. En même temps, il ne pouvait s'empêcher de songer à son crime.

La façon dont il avait tué Aubert lui faisait honte. L'ancien croisé cuvait son vin et était sans défense. Antoine s'évertuait à se justifier en se disant que, s'il avait laissé vivant derrière lui le tortionnaire de sa mère, il s'en serait voulu éternellement. Il demanda longuement pardon au Seigneur, récitant toutes les prières qu'il connaissait, mais il ne reçut ni réponse ni signe. Il en conclut que Dieu l'avait rejeté et en ressentit un profond désespoir.

Sa nuit fut peuplée de cauchemars, mais s'il cria d'épouvante chaque fois qu'Aubert apparaissait pour le mener en enfer, personne ne l'entendit.

Au matin du deuxième jour, tremblant de froid et de ses peurs nocturnes, il resta devant le trou, contemplant la mer, les mouettes et ceux qui passaient sur le chemin. Il revit des gens d'armes à pied, mais sans chiens, puis un colporteur et quelques voyageurs.

Il attendit ainsi le crépuscule pour s'en aller. C'était l'heure où peu de gens traînaient dehors, même les pêcheurs. Sorti de la grotte, ses affaires en bandoulière, il essaya de rejoindre le chemin en escaladant la roche et en grimpant le torrent de rocaille. Cette montée fut plus facile qu'il ne l'aurait cru car de nombreuses touffes d'herbe permettaient des prises. Il avait abandonné son froc, trop mouillé, et de peur aussi qu'on eût donné son signalement. Si on cherchait un moine, on s'intéresserait moins à un pèlerin en houppelande. Il tenterait donc de se faire passer pour tel, malgré son jeune âge.

Il marcha jusqu'à la nuit tombée pour arriver au bout de l'anse. Là, il contourna la seconde tour de guet sarrasine et évita une maison forte de plusieurs étages[1], érigée sur un rocher en bordure du littoral. Ayant découvert un ruisseau, il y emplit sa gourde à moitié vide et en longea le cours. Il progressa ainsi une partie de la nuit, se fiant aux étoiles et toujours en suivant des ruisseaux. Au bout de plusieurs heures, épuisé, il s'arrêta près d'une souche d'arbre et s'installa sur un lit de mousse, enveloppé dans la houppelande car le froid était devenu vif.

S'il fut tiré du sommeil à plusieurs reprises par toutes sortes de cris et de bruissements inquiétants, à la fin de la nuit, ce furent des grondements gutturaux épouvantables qui le réveillèrent pour de bon. Cette fois, il s'assit, l'épée d'Aubert au poing, persuadé que celui qu'il avait tué venait le chercher pour le conduire en enfer. Mais avec la luminosité de l'aube, il ne vit qu'une laie et ses petits qui cherchaient des glands non loin. C'était elle qui faisait tout ce vacarme !

Il aurait été facile de tuer un des marcassins, et cette idée l'effleura, mais pour le faire cuire, il fallait faire du feu et la fumée l'aurait vite fait repérer. Il se contenta donc de pain et repartit, se fiant au soleil pour garder la bonne direction.

Après quelques heures de marche, il atteignit un plateau peu boisé envahi d'une garrigue épineuse. Recru de fatigue et d'émotion, et après avoir vérifié que personne ne pouvait l'apercevoir, il s'assit sur une roche

---

1. La tour des Jourdans.

plate, but longuement et se restaura. Ses provisions se réduisaient rapidement, ce qui ne manquait pas de l'inquiéter.

Agréablement réchauffé par le soleil, il s'allongea dans l'herbe et, sans le vouloir, s'endormit. Il fut tiré de son sommeil par des courcaillements familiers. Ouvrant les yeux, il aperçut, à quelques cannes de lui, une bande de cailles qui surgissaient des herbes hautes, suivies de jeunes cailleteaux. Émerveillé, car Antoine était encore un enfant, il resta à les observer. Il avait souvent vu ces oiseaux, en vente au petit marché près de la tannerie, mais ses parents n'étaient pas assez riches pour en acheter et il n'en avait goûté qu'une fois, grâce à une voisine qui lui avait donné de minuscules cuisses.

Comme le crépuscule approchait, il songea combien il serait facile de tuer quelques volatiles avec un bâton, or, justement il en avait ramassé un en chemin. Mais de nouveau se poserait le problème du feu et il se sentait incapable de manger les oiseaux crus.

C'est alors qu'il pensa aux œufs. Pourquoi n'y aurait-il pas des nids dans les fourrés ?

Il se leva, provoquant la fuite des oiseaux dans les herbes, et s'approcha de l'endroit d'où les cailles sortaient.

Très vite, il découvrit les nichées. Dans certains nids, les œufs venaient d'éclore, mais dans d'autres, ils étaient intacts. Il en ramassa quelques douzaines dans son écuelle et entreprit de les casser. Plusieurs, sur le point d'éclore, n'étaient bons qu'à être jetés, mais la plupart paraissaient frais. Il obtint ainsi une sorte d'omelette crue dont il se délecta, convaincu de n'avoir jamais rien mangé d'aussi bon.

Revigoré, il rassembla ses affaires et repartit, marchant une nouvelle fois une grande partie de la nuit, sous un ciel sans nuages éclairé par la pleine lune. Il aperçut quelques renards, des sangliers, des fouines, des blaireaux et des lièvres, ainsi que bon nombre de perdrix et de faisans. Des volailles dont il se promit de chercher également les œufs lors d'une prochaine halte.

Après de nouvelles heures de repos prises sous un chêne, il s'ébranla au matin. Il progressa à nouveau d'un pas allègre et ne s'arrêta qu'en apercevant en contrebas un bourg fortifié[1] érigé sur des rochers. Plus loin brillait le miroir d'une étendue d'eau. Peut-être la mer, ou un grand lac. Comme son regard portait loin, il prit le temps d'étudier un itinéraire pour longer l'étendue d'eau.

C'est en descendant vers la plaine qu'il entendit les chiens. Immédiatement, il se baissa pour qu'on ne le remarque pas, le cœur battant. Après deux jours sans voir personne, il avait presque oublié qu'il était recherché.

L'oreille tendue, il perçut des bêlements. Ces aboiements, c'était les chiens d'un troupeau ! Il hésita un moment à s'approcher d'eux, tant il aurait aimé obtenir du berger le lait d'une de ses chèvres, mais c'était courir un risque considérable si le pâtre parlait de lui, plus tard. Il fit donc un grand détour, se contentant de ramasser des grappes de fruit d'ortie ainsi que de jeunes feuilles. Sa mère les faisait cuire avec de l'huile et ils les mangeaient dans du pain, ou en soupe, mais il savait que roulés et écrasés, feuilles et fruits, même crus, calmaient la faim et donnaient une grande vigueur avant un travail fatigant.

Le soleil atteignait le zénith quand il s'approcha de l'étendue d'eau. Il constata alors qu'il ne s'agissait pas de la mer, car on n'y entendait ni n'y voyait le roulis des vagues[2].

Il se frayait un chemin le long d'un marécage quand il entendit le martèlement d'une cavalcade. Pris de peur,

---

1. Les Pennes.
2. Il s'agissait de l'étang de Berre.

il se précipita dans un trou boueux où poussaient des joncs.

C'était une troupe d'hommes d'armes dans laquelle chaque destrier portait deux cavaliers avec broigne[1] et casque, masses d'armes et épieux. À leur tête chevauchait un chevalier en haubert avec un écu triangulaire peint en rouge. La bande fila vers le nord sans le voir. Étaient-ils à sa poursuite ?

Il reprit sa route quand ils furent loin, se séchant tout en marchant.

Au crépuscule, il découvrit un castrum dont les murailles et le donjon se dressaient au sommet d'un plateau rocheux. Une bannière rouge arborant la comète argentée des seigneurs des Baux flottait en haut d'une tour. Il l'avait vue à plusieurs reprises à Marseille, quand des seigneurs baussenques étaient venus rencontrer le vicomte, ainsi que lors de festivités et du tournoi.

Évitant le bourg, il chercha un endroit où passer la nuit et dénicha un emplacement bien dissimulé au milieu des fourrés, dans un bois bordant l'étang. L'examen de ses provisions lui apprit qu'il ne lui en restait plus que pour deux ou trois jours. Pour l'eau, heureusement, il en trouverait à profusion.

Il mangea un peu, après quoi il chercha le sommeil, en vain. L'image de son crime, celle d'Aubert ensanglanté, s'imposait toujours à lui et il ne parvenait pas à la chasser. Le désespoir et la honte l'étouffaient quand, enfin, il s'endormit.

Une fois de plus, il fut réveillé par le fracas d'un prédateur agressant quelque rongeur. La nuit était bruyante : croassements, frémissements et bruissements de toutes sortes. Des chouettes hululaient, un sanglier grogna, un renard glapit, puis ce fut le couinement d'agonie d'un

---

[1]. Vêtement de cuir ou d'étoffe renforcé de mailles ou de petites pièces de fer clouées ou cousues sur l'extérieur.

faisan imprudent. Le hululement sinistre des hulottes alternait avec le chant envoûtant des rossignols.

Reposé, il décida de partir avant que les gens du bourg ne descendent vers leurs champs.

Il marcha ainsi jusqu'au lever du soleil, longeant des cultures et apercevant parfois des perdrix au dos roux et des faisans. Une nouvelle fois, il chercha des œufs et en trouva quelques-uns, jaunâtres et couverts de grosses taches brunâtres, dans un creux garni d'herbes sur le sol. Il les goba les uns après les autres.

Il ramassa aussi de la bourrache qu'il mâcha pour apaiser sa faim.

Une nouvelle journée s'écoula et, le soir, son chemin croisa une belle voie dallée qui allait du levant au couchant. Était-ce la route d'Arles ? Il n'eut pas longtemps à attendre pour connaître la réponse : un chariot escorté d'hommes d'armes apparut à l'horizon, venant du levant. Il se cacha dans des fourrés à l'écart de la route et, alors qu'il attendait que la voie redevienne libre, il vit arriver de l'autre côté un colporteur, puis une autre troupe. Une route si fréquentée ne pouvait être que celle d'Arles.

Quand le chemin fut dégagé, il le suivit en direction du couchant, en marchant sur le bas-côté pour ne pas être surpris. Il passa la nuit sous un noyer, espérant être à l'abri si un orage éclatait car le ciel se couvrait de nuages noirs. Son frugal repas fut complété par quelques noix qui avaient échappé aux hommes et aux rongeurs.

Ce furent les gouttes de pluie et les roulements du tonnerre qui le contraignirent à partir. L'aube naissait et, capuchon sur la tête, il reprit sa marche pendant que l'orage grondait de plus en plus fort. Sa progression devint difficile tant le sol devenait spongieux, aussi, constatant que la route restait déserte, il décida d'y revenir.

Peut-être était-ce à cause du capuchon, ou du crépitement de la pluie, mais il n'entendit pas les cavaliers dans son dos, ou plus exactement, quand il se retourna, c'était trop tard, ils se trouvaient à une dizaine de cannes.

Malgré tout, il détala, cherchant à leur échapper dans les fourrés. Mais, à cheval, les deux hommes le rattrapèrent facilement. Un coup de pied dans le dos le fit tomber dans la boue et, quand il se releva, une épée et une lance étaient pointées sur lui.

— C'est un gamin ! s'exclama l'un, d'un ton dépité.

Il portait une cotte de mailles ocre de rouille, recouverte d'un manteau de feutre gris détrempé. Son casque à nasal couvrait sa cervelière. Un écu peint en rouge était attaché à sa selle. Son épée, très large, devait faire trois pieds de long.

Le second cavalier était revêtu d'un hoqueton de cuir parsemé de plaques de fer et coiffé d'une calotte de fer pointue ainsi que d'un camail. C'est lui qui tenait la lance. Une grosse arbalète et un fléau d'armes pendaient à sa selle, du côté opposé à la rondache de cuir.

Tout cela, Antoine le vit d'un seul coup d'œil. Il tira son épée, l'épée volée à Aubert, et recula lentement.

— Mais il a une épée ! Jette ça, gamin, ou je te perce, ordonna celui à la lance.

Antoine recula encore pour se mettre hors de portée, tenant l'épée à deux mains, terrorisé. Il ne se rendrait pas, avait-il décidé.

— Qui es-tu ? demanda celui au haubert.

Pas de réponse.

— C'est un gueux, seigneur. Il a volé cette épée à un bon soldat.

— Tu es poursuivi ? demanda le premier.

Pas de réponse.

— Écoute bien ce que je vais te dire, reprit l'homme. D'abord, lâche cette épée, ensuite, Bertrand, mon écuyer, va t'attacher. Si tu es un homme libre, dis-le maintenant, sinon, tu es à moi désormais.

Antoine ne savait que faire. Ces gens d'armes ne le recherchaient pas, puisqu'ils ignoraient qui il était. Mais s'il leur résistait, ils le tueraient. Mieux valait se rendre.

Il laissa tomber l'épée.

— Bertrand, ligote-le ! Il nous suivra à pied jusqu'à Trinquetaille. Notre seigneur en fera un serf ou un homme d'armes.

— Je ne suis pas serf ! protesta Antoine.

— Tiens, il sait parler ! ironisa le chevalier. Tu es en fuite, l'enfant ?

Antoine hocha du chef.

Le nommé Bertrand était descendu de sa monture, une corde à la main.

— Enlève tes besaces et tout ce que tu possèdes.

Antoine obéit, ôta sa casaque, les besaces, les gourdes, le baudrier où pendait l'escarcelle contenant sa fortune.

L'autre ramassa le tout et le porta à son maître qui fouilla les gibecières et les passa ainsi que l'épée au pommeau de sa selle.

Bertrand laissa Antoine remettre sa casaque et lui entrava les mains, puis il noua l'autre extrémité de la corde au pommeau de sa selle, laissant trois cannes de libre.

— Ce soir, on sera à Trinquetaille, l'ami, c'est là que tu vivras désormais. Essaie de fuir et on te tranchera les mains avant de te jeter dans le Rhône.

— Au fait, quel est ton nom ? demanda l'autre.

Antoine hésita. Donner son nom, c'était être identifié tôt ou tard. Il pensa au nom d'un des chevaliers qu'il avait vus combattre lors du tournoi de Barral et qui l'avait impressionné par son audace.

— Guilhem, seigneur, répondit-il.

Chapitre 4

Misérable, trempé, grelottant, Antoine, rebaptisé Guilhem – c'est le nom que nous lui donnerons désormais –, suivait les deux cavaliers qui avançaient de front. Par instants, de ses mains liées, il se palpait la poitrine, sentant la forme réconfortante du couteau que l'écuyer ne lui avait pas pris. Il n'aurait aucun mal à l'attraper par son cordon, puis à trancher ses liens. Mais après ?

Comment faire pour que ses ravisseurs ne s'aperçoivent pas de sa fuite, car régulièrement, l'écuyer se retournait ? Et où aller ensuite ?

Pour l'heure, un étang marécageux s'étendait sur sa gauche et il apercevait des cultures d'oliviers et d'épeautre à sa droite. Aucun endroit pour se dissimuler. Plus loin, dans la brume, se dessinait vaguement la forme d'une montagnette.

Son nouveau maître lui avait dit le conduire à Trinquetaille. Il ignorait où cela se trouvait mais il savait que ce château faisait partie des fiefs baussenques. Tout le pays environnant était aux gens des Baux et d'ailleurs la rondache de l'écuyer portait la peinture à la comète. Il l'avait vue plusieurs fois, portée par des chevaliers lors du tournoi à Marseille. Il chercha à se souvenir de ce que le contremaître des Mont Laurier avait raconté un jour à son père sur la guerre ayant opposé les Baussenques au comte de Provence. Mais c'était il y a si longtemps !

La Provence appartenait alors au roi d'Aragon qui en avait chassé le comte de Toulouse et avait vaincu ses alliés : les seigneurs des Baux. Alphonse d'Aragon avait cédé son comté en commande[1] à son frère, puis à la mort de celui-ci, l'avait donné à son fils en imposant l'hommage de tous les barons provençaux, même des seigneurs des Baux, qui, après leur révolte, avaient dû raser leur château.

Malgré cela, une sourde haine persistait entre les Aragonais et les Baussenques, toujours soutenus en sous-main par Toulouse.

Avant la naissance d'Antoine – de Guilhem – l'empereur d'Allemagne, Frédéric Barberousse, suzerain du comte de Provence et roi d'Arles, avait rassemblé à Beaucaire les parties prenantes de ce conflit qui perdurait pour qu'une paix fût enfin établie. Antoine se souvenait du récit du contremaître racontant la magnificence déployée à cette occasion par les seigneurs provençaux présents à la conférence. L'un d'eux avait distribué cent mille sous à ses chevaliers, un autre avait fait labourer un champ pour y semer trente mille sous, un troisième avait fait tuer et brûler ses plus beaux chevaux pour faire étalage de sa richesse. Le père et la mère d'Antoine avaient refusé de croire à de telles prodigalités, eux qui n'avaient rien, mais le jeune garçon qu'il était alors en avait été émerveillé.

---

1. La commande était une forme de cession plus restrictive que le fief. Celui qui cédait un bien en commande le confiait à un dépositaire qui en gardait seulement le fruit.

Finalement, la paix avait été acceptée et signée, mais les Baussenques n'avaient pas pour autant renoncé à leurs droits sur la Provence.

En marchant sous la pluie, Guilhem s'interrogeait. Pourquoi ne pas accepter son sort, accepter de devenir homme d'armes du seigneur de Trinquetaille ? Peut-être deviendrait-il sergent, écuyer, ou même chevalier ? À Trinquetaille, qui saurait qu'il était Antoine, l'ouvrier ayant occis un croisé à Marseille ?

Seulement, le seigneur de Trinquetaille pouvait aussi faire de lui son serf, le faire travailler dans les champs jusqu'à épuisement, avec un collier de fer au cou comme un esclave, et sans jamais plus aucune possibilité de fuir.

De plus, même s'il devenait un homme d'armes, comment éviter qu'on ne découvre son passé ? Trinquetaille n'était pas loin de Marseille. Même des années plus tard, un invité marseillais pourrait le reconnaître. Il se pouvait aussi qu'il soit envoyé à Marseille escorter le seigneur : par malheur, une fois reconnu, quel que soit le nombre d'années écoulées, il serait livré au bourreau, car les seigneurs s'entendaient toujours entre eux pour punir les assassins.

En vérité, il n'avait pas le choix. Il devait fuir !

Plongé dans ses pensées, Guilhem n'avait pas remarqué le changement de paysage. Sa décision prise, il s'intéressa à nouveau aux alentours et observa qu'à sa gauche s'étendaient maintenant des bois touffus. De plus, la pluie tombait de plus en plus drue et le vent soufflait en rafales. Levant les yeux, son regard croisa celui de l'écuyer qui venait de se retourner sur sa selle pour voir s'il supportait la marche. Le soldat ne recommencerait pas tout de suite. Il disposait donc de quelques instants.

D'un geste vif, il attrapa de ses mains liées le cordon à son cou, le tira et sortit le couteau de son fourreau. Le manche entre les dents il trancha rapidement la corde, libérant ses mains.

Soudain la bourrasque devint plus violente, le vent se mit à hurler, des éclairs zébrèrent le ciel et le crépitement de la pluie se fit assourdissant.

Il n'aurait pas une autre occasion, se dit-il. Abandonnant la corde pendante, il laissa les cavaliers avancer de quelques cannes avant de filer le plus silencieusement possible dans le bois.

Avant de pénétrer dans la forêt, il se retourna : les deux hommes n'avaient rien remarqué. Immédiatement, il s'enfonça dans les taillis et se mit à courir.

Sans tenir compte de la pluie et des griffures des branches, il détalait à perdre haleine. Surpris par un profond fossé, il glissa au fond, se remit debout et remonta de l'autre côté en s'agrippant à des touffes de romarin. La peur lui donnait une force et une énergie dont il ne se serait jamais cru capable.

Couvert de boue, il se fraya ainsi un chemin jusqu'à une paroi rocheuse qu'il réussit à escalader. D'en haut, à l'abri derrière un arbuste, il aperçut la route, mais pas les cavaliers. Étaient-ils déjà à sa poursuite ?

Bien plus loin et inaccessible aux chevaux, il distingua un second plateau rocailleux. Aussitôt, il dévala l'autre flanc de la butte où il se trouvait et poursuivit sa course. La pluie le fouettait, ses poumons le brûlaient et, plusieurs fois, il chuta dans les ronces et la boue. Enfin, il parvint à la barre rocheuse qu'il gravit en haletant. La végétation était rare à son sommet, aussi marcha-t-il plié en deux pour qu'on ne puisse le voir, bien que la pluie battante le rendît certainement invisible.

Il traversa ce plateau et commença à descendre de l'autre côté. La paroi était raide et la roche glissante, aussi progressait-il avec prudence. Examinant chaque prise avant d'y mettre le pied, il découvrit un surplomb de pierre dont la partie inférieure était protégée par des touffes de genévriers. Il semblait y avoir suffisamment de place pour s'y dissimuler. Il s'y faufila et parvint effectivement à disparaître complètement à la vue.

Il s'y trouvait depuis quelques instants et reprenait son souffle, quand il sentit un corps froid glisser sur ses jambes. Terrorisé, il baissa les yeux et découvrit une grosse couleuvre, qu'il avait dérangée, lui passer sur le corps.

Guilhem en avait souvent vu. Le reptile devait faire une canne de long et il savait combien leur morsure pouvait être douloureuse, autant que celle d'un chien. Mais il n'ignorait pas que la couleuvre n'attaquait que si elle était effrayée. Figé, il la laissa s'en aller et l'animal rampa sous un autre buisson.

Il resta dans sa cachette, priant tous les saints du paradis, le bon Dieu et la Vierge Marie. Sa peur se calmait quand il entendit des éclats de voix lointains et des hennissements. Cependant, à aucun moment les cavaliers n'approchèrent. Certes, il avait laissé des traces dans la boue, mais la pluie devait les avoir effacées.

Malgré tout, il ne sortit pas avant le début de l'après-midi. Le soleil était revenu avec la fin de l'orage. Le chant des oiseaux qui montait autour de lui lui rendit un peu courage. Ses ravisseurs avaient dû poursuivre leur route. Pourquoi se seraient-ils attardés à le chercher ?

Il demeura un moment assis, se laissant sécher à la chaleur du soleil. Il brossa un peu ses souliers et sa houppelande. Son estomac criait famine, n'ayant rien reçu depuis le matin. Il fallait qu'il trouve à manger, songea-t-il. Pour l'eau, ce n'était pas un problème tant les terrains aux environs étaient marécageux.

Il repartit, se fiant au soleil. En allant vers le couchant, il arriverait certainement au Rhône.

En chemin, il coupa une branche de peuplier qu'il tailla pour en faire un épieu et un bâton de marche. Partout, l'eau sourdait et en traversant un ruisseau il découvrit des plants de cresson. Sa mère en servait parfois à table, il n'en aimait pas le goût mais il avait si faim qu'il en dévora une grande quantité. Avec des branchages et des joncs, il confectionna un panier grossier qu'il emplit de feuilles de cresson pour ses prochains repas.

Plus loin, il fut arrêté par un grand étang qu'il dut contourner, revenant presque jusqu'à la route d'Arles. Les canards y étaient nombreux mais il ne découvrit pas d'œufs. En revanche, il trouva un nid de bécasse, à même le sol, contenant quatre œufs qu'il goba goulûment.

L'œil aux aguets, il poursuivit son chemin. Les marécages devinrent moins nombreux, même si l'étang n'était pas loin, et le sol s'éleva. Prairies rocailleuses et massifs boisés se succédaient. Ce fut dans un pâturage couvert de crottes de moutons qu'il découvrit une rustique maison de pierres sèches. Ronde, sans porte, elle lui ferait un bon abri pour la nuit, estima-t-il.

Avant de se coucher, il explora les alentours, montant même dans un arbre pour voir plus loin. Il aperçut des tours et plusieurs fumées. Il y avait donc des habitations qu'il lui faudrait éviter le lendemain. En revenant à son abri, il effraya des perdrix brunes qui détalèrent avant de s'envoler. Une fois de plus, il trouva des œufs sous un buisson. Ils n'étaient pas très gros, mais cela assura son repas qu'il compléta avec des feuilles de pissenlit.

La nuit passée, il marcha à nouveau toute la journée du lendemain. Autour de lui, les marécages alternaient avec de maigres cultures d'oliviers ou d'épeautre. Pas d'habitations, peu d'animaux sinon de rares chèvres rongeant quelques pousses vivotant entre les cailloux. Curieusement, il ne vit ni pâtre ni chien.

Il fut finalement arrêté par un cours d'eau trop large pour être traversé, sinon à la nage. Guilhem avait quelques notions de natation. Son père l'emmenait à la mer le dimanche et il jouait dans l'eau avec son petit frère. Mais pour passer sur l'autre rive, il aurait dû abandonner ses vêtements, et que serait-il devenu de l'autre côté ?

Il longea donc la rivière jusqu'à arriver à une ferme fortifiée. Il se cacha, attendit la nuit, puis reprit son chemin. Des aboiements de chien le contraignirent à courir mais personne ne sortit de la ferme.

Dans sa fuite, il s'était éloigné du cours d'eau et il déboucha sur une route bordée de monuments en ruine et de tombeaux de pierre. Malgré l'obscurité, il aperçut à son extrémité de grandes murailles et une porte monumentale défendue par deux tours circulaires.

Il ne douta pas d'être arrivé à Arles.

Il passa la nuit dans une antique ruine envahie par un figuier, le ventre vide et s'interrogeant sur ce qu'il allait faire. Il s'efforça de se convaincre que, dans ce port, il trouverait du travail en échange d'un morceau de pain ou d'un peu de bouillie. Peut-être même parviendrait-il à entrer au service d'un bon maître.

Surtout, il se souvenait de ce que lui avait dit le convoyeur de la tannerie. Arles était ville d'empire et l'archevêque en avait la garde et le commandement dans toute son étendue. Pour quelles raisons le vicomte Barral enverrait-il ici des gens à sa recherche ?

Au réveil, il brossa soigneusement ses vêtements pour ne pas paraître trop misérable et, avant même le lever du soleil, il entendit des bruits en provenance de la ville. Il s'approcha pour constater qu'on ouvrait le portail de la porte.

Un premier chariot empli de barriques en sortit. Guilhem le suivit des yeux. Pour arriver jusqu'à lui, le fardier tiré par deux bœufs dut traverser un cours d'eau sur un pont de bois. Guilhem observa qu'on ne lui réclama rien. Pourtant il devait y avoir un octroi, mais sans doute les commis n'étaient-ils pas encore arrivés.

Le lourd véhicule le dépassa, escorté de quatre hommes à pied, puis ce furent des cavaliers, un colporteur guidant un âne et deux moines. Personne n'entrait en ville.

Guilhem hésitait à se présenter seul. Il aurait préféré se mêler à un groupe. Allait-on l'interroger ? À Marseille, les gardes ne demandaient rien aux voyageurs s'il n'y avait pas d'alerte, mais ici ?

Il entendit alors des bêlements plaintifs et quelques aboiements. Après s'être retourné en direction du bruit, il découvrit un troupeau de moutons. Les deux bergers avaient du mal à empêcher les bêtes de folâtrer en tous sens. Un chien leur courait derrière, mais il ne suffisait pas pour rassembler les animaux à la traîne.

Les pâtres devaient être père et fils, car ils possédaient la même carrure et les mêmes cheveux frisés. Le plus jeune devait avoir son âge, se dit Guilhem.

Soudain, trois agneaux se précipitèrent vers un des marécages en bordure de route et l'un d'eux y enfonça les pattes, puis le poitrail. Guilhem s'élança, éloigna les bêtes et récupéra l'agneau imprudent.

— Dieu te bénisse, l'ami ! s'exclama le berger qui accourait à son tour.

— Dieu vous dit bonjour, maître berger ! Mon nom est Guilhem et je n'ai fait que vous servir. Si vous le souhaitez, je suis prêt à le faire encore.

— Tu nous aiderais à conduire mes bêtes au marché, garçon ? s'enquit le paysan, matois. Mon second chien est mort hier, noyé en poursuivant un canard dans un lac !

— Volontiers ! répondit Guilhem.

L'autre, tout content d'avoir une aide gratuite, cria à son compagnon :

— Garin, ce gentil Arlésien va nous assister jusqu'au marché !

Guilhem comprit que le berger avait cru qu'il était d'Arles. Bien sûr, il ne démentit pas.

On lui demanda de surveiller le flanc gauche du troupeau, Garin s'occupant du côté droit et le chien harcelant les traînards à l'arrière. Quant au berger, il prit la tête. Les commis de l'octroi venaient d'arriver et le berger leur donna un agneau pour prix du passage, car il n'avait pas d'argent.

Guilhem franchit l'octroi avec eux et on ne lui demanda rien. Ils entrèrent dans la ville par une rue étroite et déjà encombrée par des étals. Il fallait être en alerte pour ne pas égarer de moutons, ou s'en faire voler. La rue déboucha sur une petite esplanade, devant un immense monument circulaire ponctué de tours comme Guilhem n'en avait jamais vu. Cela ressemblait à un château au sein de la ville. Tout autour, un marché s'installait.

Le berger tendit une corde entre trois arbres et enferma les moutons dans cet enclos sommaire. Quand ce fut fait, Guilhem comprit qu'il n'était plus d'aucune utilité. Il observa alors les vendeurs de bœufs et de mules aux alentours, espérant que l'un d'eux pourrait lui proposer du travail, mais ils ne paraissaient pas avoir besoin d'aide.

Il se dirigea alors vers la citadelle ronde. Tout autour, d'autres marchands dressaient leur étal devant les premiers badauds. Il passa devant des potiers, des tresseurs de paniers, deux drapiers et s'arrêta en face d'un chaudronnier. Tous disposaient d'un ou deux compagnons. Aucun ne lui offrirait du travail, se dit-il. D'ailleurs il aurait été incapable de tresser de l'osier ou de couper du drap. Il s'apprêtait donc à pénétrer dans le grand monument et examinait sa porte non gardée, quand le chaudronnier s'adressa à lui d'un ton jovial :

— Ce sont les Romains qui l'ont construit. Il paraît que c'est là qu'ils faisaient manger les chrétiens par des lions ! (Il se signa.) Maintenant, c'est un château où logent le seigneur Porcelet et sa mesnie[1].

---

1. Entourage, famille et serviteurs.

— Qui est le seigneur Porcelet, maître chaudronnier ?

— Le plus noble marchand de la ville d'Arles. Le plus riche aussi.

Devant l'amabilité de l'artisan, Guilhem lui demanda où se trouvait le port, expliquant qu'il cherchait du travail.

— Tu n'en trouveras pas le samedi, lui répliqua le chaudronnier en secouant la tête. As-tu oublié que demain, dimanche, on fête l'Invention de la Vraie Croix par sainte Hélène[1] ?

Guilhem n'avait pas compté le temps depuis son départ. Cela faisait donc huit jours qu'il était parti de Marseille.

— Tente ta chance lundi, mon compère, poursuivit le chaudronnier.

Le désespoir envahit le garçon. Il ne pouvait rester deux jours de plus sans manger ! Il revint vers le berger qui s'efforçait d'empêcher ses moutons de franchir la barrière de cordage.

— Maître berger, mon ventre crie de malefaim. N'auriez-vous rien pour moi ? lui demanda-t-il.

L'autre grimaça :

— Je n'ai que du pain de son qui vient de mon four, des oignons et quelques châtaignes...

Guilhem écarquilla les yeux à l'idée d'un si délicieux repas. Le berger surprit son regard et leva une main résignée.

— Entendu ! Reste avec nous jusqu'à ce que j'aie vendu toutes mes bêtes, on sera pas trop de trois pour les surveiller. Ensuite, on dînera !

Rassemblant les moutons à mesure que les acheteurs se présentaient, Guilhem priait pour que les ventes se terminent rapidement. Les acquéreurs payaient en général en nature après un long marchandage, plus

---

[1]. Sainte Hélène, mère de l'empereur Constantin, aurait découvert la croix le 3 mai 326.

rarement en monnaie de cuivre et d'argent. La moitié du troupeau fut heureusement cédée à un riche intendant qui les échangea contre une mule bâtée sur laquelle le berger attacha tout ce qu'ils avaient déjà obtenu : une pièce de laine, des soliers, des pots de terre, une caisse de poisson salé, un seau de bois, des tonnelets, deux gros sacs de froment, une hache et plusieurs couteaux.

Quand tous les moutons eurent été vendus, le berger lui fit signe de s'installer avec lui et Garin, sur un fût de colonne servant de banc. Le jeune pâtre tira le pain du sac, le berger alla chercher deux pots de vin à une taverne dans la citadelle et ils dévorèrent leur repas de bon appétit. Guilhem était le plus glouton.

— Compère, tu t'empiffres comme un pourceau. Depuis combien de temps n'as-tu pas mangé ?

— Deux jours, maître berger.

— Tu n'es pas d'Arles ?

— Non, je viens d'Aguensi, inventa Guilhem, espérant que l'autre ne l'interrogerait pas sur cette ville dont il ignorait tout.

— Que fais-tu à Arles ? s'enquit Garin, soupçonneux.

— Mon beau-père m'a chassé.

Cela arrivait dans les familles quand une veuve se remariait, aussi le berger le crut-il.

— Et où vas-tu ?

— Ma mère m'a dit de rejoindre un de ses oncles à Montpellier.

C'était le nom d'une ville dont un des convoyeurs de Marseille lui avait parlé.

L'explication dut les satisfaire, car le père et le fils ne posèrent pas d'autres questions.

— Je repartirai demain, fit Guilhem. Savez-vous si quelqu'un ici aurait besoin de mes bras, contre un repas et un endroit où dormir ?

L'autre ne répondit pas tout de suite. Il ne connaissait rien de ce garçon. Peut-être même était-il un voleur.

Mais il lui avait bien rendu service, et sans lui, il aurait sans doute perdu quelques bêtes et ne rentrerait pas chez lui avec les bonnes marchandises que portait sa mule.

— Viens avec moi, proposa-t-il.

Il le conduisit au tavernier auquel il avait acheté du vin. Une charrette chargée de tonneaux attendait devant la porte du cabaret.

La boutique n'était qu'une salle voûtée dans un antique couloir de pierre, sans tables, avec une sorte de comptoir fait de deux barriques et d'une planche. Le tavernier, dans la force de l'âge, servait des pots aux nombreux marchands qui se serraient autour en commentant les ventes. À l'écart, un aide remplissait les cruchons.

— Pons, tu m'as pas dit tout à l'heure que tu avais besoin d'aide pour vider ta charrette ?

— Oc ! Ma femme va essayer de convaincre son oncle de venir. Cet empoté de Garcin, fit-il en désignant celui qui emplissait les pots, s'est meurtri l'épaule et je peux pas laisser mes tonneaux dehors toute la journée !

— Voilà un garçon qui m'a bien rendu service. Il peut vider ta charrette contre une soupe et une botte de paille pour la nuit.

— Lui ? Il portera jamais mes barriques !

— Celles dans la charrette ? fit Guilhem. Bien sûr que je les porterai, maître tavernier !

— Entendu, essaie ! Mais si tu en fais tomber une, je te donnerai le fouet. Tu vois l'entrée de la cave, poursuivit-il en lui montrant un escalier, tu les descends et tu les ranges en bas.

Guilhem remercia le berger pour son aide et se mit au travail. Les tonneaux faisaient un pied de large pour une longueur d'un pied et demi. Ils devaient peser une centaine de livres. Il attrapa le premier, le souleva avec difficulté et le cala sur son épaule. Prudemment et lentement, il le descendit dans la cave fraîche.

Il fit ainsi douze voyages. Après le dernier, ses jambes ne le portaient plus et il se reposa un moment, affaissé contre le mur, avant de retourner voir l'aubergiste.

— C'est bien, mon compère ! le complimenta le bonhomme avec un sourire chaleureux. Tu auras mérité ta pitance ! Reviens à vêpres. On soupe dans la salle. Pour dormir, tu as vu l'étable ? Rentre la charrette, détèle la mule et brosse-la. Tu te feras une place près d'elle et de la chèvre. En attendant, vide cette chopine !

Il lui servit un grand pot de vin avec une belle tranche de pain d'épeautre frottée d'ail.

Disposant de temps avant vêpres, le jeune Guilhem parcourut Arles en cherchant le port. Il découvrit ainsi que s'étendaient deux villes mitoyennes séparées par une enceinte, comme à Marseille. La plus grande, que les gens nommaient la Cité, dépendait de l'archevêque, même si les consuls l'administraient. Le second bourg, au septentrion, se nommait le Bourgneuf et appartenait aux seigneurs des Baux. Une commère, qu'il interrogea, lui expliqua que les querelles étaient incessantes entre les deux villes et finissaient souvent par des échauffourées sanglantes.

Les consuls avaient peut-être besoin d'hommes d'armes, se dit Guilhem. Mais l'engageraient-ils, alors qu'il ne possédait rien et qu'il était si jeune ? Il abandonna donc cette idée et demanda où se trouvait le port. C'était quand même là qu'il trouverait le plus facilement du travail.

La commère lui ayant indiqué le chemin, il arriva à une porte fortifiée appelée la porte Saint-Jean. L'ayant passée, il vit le fleuve ; la muraille de la cité courait le long de la rive.

Les berges étaient étroites, avec une portion de quais en pierre et le reste en planches posées sur des pieux. Quatre grandes naves à coque ronde et deux mâts y étaient amarrées ainsi qu'une galère et un grand nombre de barques de toutes tailles. Aux bannières flottant aux mâts, il reconnut deux nefs génoises. La galère aussi était génoise. Un peu à l'écart, deux barques, très larges et à fond plat, servaient de bac pour gagner la berge opposée. Des cavaliers y embarquaient avec leurs montures. Guilhem examina l'autre rive du fleuve. Les quais paraissaient être en pierre et il aperçut les ruines d'une tour crénelée. Avisant un vieil homme qui ramassait du bois flottant, il l'interrogea :

— Dieu vous garde, vieux père. Je ne suis pas d'ici, je cherche Trinquetaille…

— Le vieux château, c'était là-bas ! répondit l'autre en montrant la tour.

— C'est une ruine, objecta Guilhem.

— Il a été rasé il y a trente ans par le roi d'Aragon. Quand les gens de Trinquetaille se sont alliés aux Baussenques pour s'en prendre au comte de Provence. J'étais jeune à l'époque et je me souviens que le roi avait construit un grand château de bois sur des bateaux. Personne n'avait jamais vu ça ici. Ce fort flottant portait deux cents chevaliers et des centaines de guerriers. À peine parvint-il au pied du rempart du château de Trinquetaille que la terreur saisit les assiégés. Ils se rendirent et le roi d'Aragon fit raser la forteresse, sauf cette tour. Depuis, la paix est revenue et la seigneurie de Trinquetaille a été rendue à la maison des Baux.

— J'ai rencontré des chevaliers de Trinquetaille, expliqua Guilhem.

— Leur maison forte est désormais plus loin. On ne la voit pas de la rive.

— Le seigneur de Trinquetaille, c'est quel genre d'homme ?

— Le genre à ne pas s'en approcher, compère, si je peux te donner ce conseil. Quand il trouve un pauvre gars comme toi, il en fait son serf pour trimer dans ses champs et construire des digues. Et quand le serf est trop vieux ou malade, il le jette dans le fleuve.

Guilhem n'en demanda pas davantage. Ainsi, ceux qui avaient tenté de le capturer ne se trouvaient pas loin d'ici. Oseraient-ils le saisir de force s'ils l'apercevaient ?

Il s'interrogea sur ce qu'il allait faire : rester à Arles et chercher à louer sa force, avec le péril d'être repris par les gens de Trinquetaille ; ou partir plus loin ? Mais où ? Il repassa la porte Saint-Jean, méditatif. Rien n'allait être facile, car des seigneurs comme ceux des Baux, il en croiserait d'autres. Il y en avait certainement partout.

Au hasard des rues, il découvrit d'immenses monuments, construits par les Romains et transformés en maisons ou en palais. L'un d'eux était le logis de Gervais de Tilbury, le maréchal du royaume d'Arles.

En revenant à la taverne du marché, il déboucha sur une église au porche sculpté de statues devant lequel des mendiants et des pèlerins attendaient une aumône ou une soupe. De part et d'autre du sanctuaire s'élevaient de grands bâtiments fortifiés.

Guilhem interrogea un pèlerin. L'église était consacrée à saint Trophime et les bâtiments alentour constituaient l'archevêché et le logis des chanoines. Ces derniers étaient riches, et, chaque soir, ils distribuaient une écuelle de soupe aux pauvres. Quant à ceux qui voulaient se rendre à Compostelle, ils leur offraient une besace pleine pour la route. Voilà pourquoi il y avait tant de miséreux.

Ces bons chanoines et cette belle église donnèrent une idée à Guilhem.

Chapitre 5

Le souper du cabaretier avait été plus que copieux : une épaisse soupe au lard sur une belle tranche de pain de son et un plat de lentilles avec du lapereau. Jamais Guilhem n'avait autant mangé, même s'il avait dû partager l'écuelle et la ration du domestique nommé Garcin.

Une calme nuit sur la paille, au sec et dans la douce chaleur de l'étable, lui donna l'impression d'un séjour au paradis. Réveillé par la chèvre qui lui léchait le visage, il prit conscience que, pour la première fois depuis sa fuite de Marseille, il n'éprouvait plus aucune frayeur quant à l'avenir.

Il avait même oublié Aubert, ce en quoi il avait tort.

Ayant brossé sa houppelande et démêlé sa tignasse pleine de foin, il s'efforça de ne pas penser à la faim qui lui tiraillait déjà le ventre et se rendit à l'église. Sur le parvis, quelques mendiants attendaient l'heure de la messe.

Guilhem s'approcha du porche, cherchant l'endroit le plus favorable pour être entendu. Il avait craint de trouver des jongleurs ou des baladins venant faire leur spectacle, mais par chance il n'y en avait aucun. Sans doute viendraient-ils plutôt à la fin de l'office.

Il attendit que les premiers fidèles arrivent, la plupart de gras bourgeois en robe de velours, calotte de drap ou bonnet de mouton sur la tête, revêtus de peliçon ou de balandras. Quelques-uns, chevaliers ou consuls, portaient épée à leur ceinturon et, parfois, la figure de leur lignage brodée en fil de soie ou simplement peinte en batture sur une cotte sans manches. Tous se faisaient accompagner de domestiques et de servants.

Quant aux femmes, Guilhem les trouva bien plus belles qu'à Marseille, avec leur robe serrée à la taille et évasée en bas des jambes. Leur maintien, à la fois hautain et gracieux, affichait leur aisance et la noblesse dont elles se prévalaient.

Avant d'entrer, les gens se saluaient et échangeaient d'aimables courtoisies. Quand ils furent suffisamment nombreux, Guilhem grimpa en haut des marches et déclama de sa voix la plus forte :

— Écoutez, vous tous qui aimez et qu'amour afflige ! Écoutez le chant qui vous sauvera !

Alors, devant les regards surpris, d'une voix grave et cadencée, il entama le *Salve Regina*.

> *Salve, Regina, Mater misericordiae,*
> *Vita, dulcedo, et spes nostra, salve...*

Enfant, il chantait aux offices de Saint-Martin et durant son bref séjour à Saint-Victor, il avait appris à poser sa voix avec le chantre qui lui enseignait les paroles latines des psaumes et des chants religieux, bien qu'il n'en comprenne pas totalement le sens.

Très vite, la foule, intriguée puis charmée, s'agglutina devant lui.

À la fin du *Salve Regina*, l'assistance bruissait de félicitations et de vivats. Fier de son succès, Guilhem expliqua alors :

— Frères lais, chevaliers, clercs et laïcs, pour ma foi je marcherai jusqu'à Compostelle afin de prier sur le tombeau de maître Jacques. Je ne possède rien mais le Seigneur m'a assuré que Ses fidèles pourvoiront à mes besoins.

Il commença un premier psaume et poursuivit avec d'autres chants jusqu'à ce que carillonnent les cloches appelant à l'office.

Durant tout ce temps, quelques fidèles, parmi les plus riches ou les plus généreux, lui glissèrent dans la main piécettes, petits objets, ou encore de la nourriture qu'ils avaient envisagé d'offrir aux religieux à l'issue de la messe. Guilhem reçut ainsi deux œufs de cane, plusieurs de poule, un pot d'olives, une gourde de cuir, un chapel en peau et deux briquets à amadou.

Ayant terminé de chanter, il enveloppait sa recette dans sa houppelande avant d'entrer à son tour dans l'église quand un chanoine au maintien autoritaire l'aborda. Le religieux, finement tonsuré, avait un visage émacié marqué de profondes rides.

— Gentil chantre, que Dieu te bénisse pour tes chants, fit-il.

— Que Dieu soit avec vous, vénéré père, répondit Guilhem, inquiet d'une réprimande.

— D'où viens-tu, je ne t'ai jamais vu ?

— J'arrive d'Aguensi, vénéré père, et je me rends à Compostelle honorer le glorieux saint Jacques, mentit effrontément Guilhem.

— Tu es bien jeune...

— Mon beau-père m'a chassé et ma mère m'a demandé d'aller prier pour elle.

Le chanoine se passa une main sur le menton. Ce garçon lui inspirait confiance tant il était persuadé qu'aucun homme mauvais ne pouvait posséder un timbre si céleste.

— Je suis le chantre, ici. Ta voix m'a vraiment charmé et je désire que tu viennes chanter lors du dîner qui suivra la messe, dans notre réfectoire, en présence de mes pairs les chanoines et de monseigneur l'archevêque. Après ton aubade, tu pourras t'emplir la panse à satiété avec les restes du dîner, et même emporter ce que tu veux. Je te ferai aussi don d'une gibecière, bien utile pour ton pèlerinage, d'une médaille sainte et d'un denier de Melgueil[1].

Le cœur débordant de joie, Guilhem s'agenouilla, lui demandant de le bénir, ce que le chanoine fit rapidement car il était pressé.

— À la fin du saint office, attends-moi ici, dit-il avant de retourner à sa place dans le chœur.

Un peu plus tard, debout au fond de l'église, écoutant vaguement le déroulement de la liturgie, puis le sermon sur l'Invention de la Vraie Croix par sainte Hélène, Guilhem se reprocha d'avoir déclaré vouloir se rendre à Compostelle. Les chanoines l'auraient peut-être prié de chanter tous les dimanches et il aurait pu ainsi s'établir dans cette riche ville. En même temps, il examinait discrètement les pièces de monnaie qu'on lui avait remises. Plusieurs étaient en cuivre, de faible valeur, mais quelques-unes, noircies et tordues, étaient en argent : quatre oboles d'un demi-denier et huit pogès d'un quart de denier. Toutes provenaient du comté de Melgueil et portaient une croix sur l'avers.

Ainsi il possédait six deniers ! Un demi-sou ! De quoi vivre plusieurs jours[2] sans s'inquiéter de l'avenir.

La cérémonie terminée, il attendit sur le parvis que le chanoine vînt le chercher. Son ventre criait de malefaim mais une des fidèles qui l'avaient écouté vint lui

---

[1]. La monnaie de Melgueil, qui était la monnaie officielle de la ville de Montpellier.
[2]. Avec un sou, on pouvait acheter pour vingt jours de pain, quand les récoltes étaient bonnes.

porter une tranche de pain de son qu'il s'empressa d'engloutir.

Peu après le chanoine arriva, accompagné d'un autre prêtre, et lui demanda de les suivre. Par un passage surveillé par un frère portier, ils rejoignirent un cloître en construction. Seules deux galeries étaient terminées autour d'un jardin ; les autres côtés étaient couverts d'échafaudages.

En empruntant un escalier, le religieux expliqua :

— Nous autres, chanoines arlésiens, avons librement choisi la vie cloîtrée et la règle grégorienne. Nous logeons en dortoir et prenons nos repas en commun, au réfectoire.

À l'étage, ils pénétrèrent dans une longue pièce voûtée et carrelée, séparée en cellules par des tentures accrochées à des cadres de bois.

— Tu laisseras tes affaires dans la chambre du père Aicart, dit le chanoine en désignant le second religieux qui n'avait dit mot. Bien sûr, tu ne peux pas chanter devant l'évêque dans cette tenue... ajouta-t-il en montrant du doigt son sayon taché et déchiré.

Ils passèrent dans la troisième cellule, qui contenait deux coffres et un lit à courtines avec un épais matelas et une couette de plume. Une tablette supportant aiguière, bassine, linge, et un nécessaire d'écriture et d'éclairage complétait l'ameublement, simple mais confortable.

Sur le lit était étalée une robe de laine grise, rêche, usagée mais très propre.

— Je t'ai fait préparer ce froc que tu revêtiras. Tu pourras le garder, à condition de revenir chanter pour l'Ascension, jeudi[1], à l'église et au dîner. Tu partiras pour Compostelle après.

---

1. Jeudi 7 mai.

Guilhem acquiesça, heureux d'obtenir ainsi un vêtement solide. Il savait par son séjour à Saint-Victor qu'une telle robe, neuve, se payait cinq à six sous.

Décidément, Arles lui portait chance !

Le chanoine le laissa avec le père Aicart pour filer rapidement au réfectoire tant il craignait de manquer les premiers plats. Sous la surveillance de l'autre prêtre, Guilhem abandonna ses affaires, ôta son sayon et enfila la robe. Elle grattait mais il ressentit un véritable plaisir à porter un vêtement chaud et propre. Sur les conseils du religieux, il se lava la figure et les mains avec l'aiguière et la bassine.

Ils redescendirent en silence et pénétrèrent discrètement dans le réfectoire, grande pièce d'une dizaine de cannes à la charpente de bois en voûte et aux murs décorés de fresques religieuses. Près de l'entrée se trouvait un banc, à quelques pas d'une estrade en haut de laquelle un chanoine faisait la lecture des livres saints.

Deux grandes tables occupaient la salle, reliées entre elles par une troisième, plus courte, à l'extrémité. L'archevêque y était installé. Guilhem observa que le prélat, qui parlait avec son voisin, n'avait pas fait attention à lui.

Dans la salle bruyante, chacun haussait la voix pour se faire entendre et personne n'écoutait la lecture des psaumes. Une armée de serviteurs disposaient des plats aux odeurs alléchantes. Par un passage voûté, Guilhem aperçut la cuisine et se réjouit par avance du bon repas qu'il allait faire.

Le père Aicart montra le banc à Guilhem et lui fit signe de s'asseoir, avant de se rendre à sa place.

Le premier service de soupe de poissons, sur des tranches de pain au safran, se terminait. On apportait des tourtes de champignons et d'anguilles.

La lecture des psaumes étant finie, le chanoine chantre se leva et salua l'archevêque. Celui-ci lui fit un signe débonnaire pour qu'il s'exprime.

— Monseigneur, vénérés pères, ce matin devant notre sainte église, un jeune homme s'est mis à chanter pour gagner de quoi se rendre à Compostelle. J'ai trouvé sa voix si belle que j'ai souhaité qu'il chante ici pour vous.

— C'est une excellente initiative ! approuva l'archevêque en finissant sa bouchée.

C'était un homme rond comme un pois, dont le visage sanguin exprimait surtout le goût de la bonne chère.

Sur un geste du chantre, Guilhem s'avança, salua l'assistance de chaque côté, puis d'une belle voix grave, il entama *Alma Redemptoris Mater*, qu'il avait apprise pour Noël.

Si jusqu'alors l'assistance avait été bruyante, le silence se fit brusquement. Subjugués par le chant, les chanoines cessèrent même de manger.

Guilhem termina sous de chaleureuses ovations et, après un signe de satisfaction de l'archevêque, il commença l'interprétation des psaumes.

Le repas reprit et, tout en chantant, Guilhem observait avec fierté qu'on l'écoutait et que les commentaires des prélats étaient élogieux. Le pauvre garçon en fuite qu'il était pouvait donc, par son seul mérite, en imposer à de si grands personnages.

Flatté, il poursuivit ainsi durant les deux autres services qui le firent saliver : des petits oiseaux à la broche serrés dans du lard avec de la purée de lentilles, puis le poulet aux écrevisses et aux amandes.

Avant le blanc-manger, une gelée aux amandes et pétales de rose, on lui servit à boire, et il termina par le *Salve Regina*, que le chantre et quelques chanoines reprirent en chœur avec lui.

Le repas tirant à sa fin, le père Aicart lui fit signe de retourner à son banc. Guilhem salua à nouveau plusieurs fois et remercia l'assistance. Un peu plus tard, le père vint le chercher et le conduisit aux cuisines tandis que les religieux se levaient de table.

Là, installé avec les domestiques, il dévora de tous les plats dont il restait de grandes quantités. Durant ce repas, le père Aicart, sur les ordres du chantre, revint le voir pour lui demander où il logeait en ville. Ne sachant que répondre, Guilhem parla de l'étable de la taverne, ce qui parut suffire au prêtre. Il lui remit alors une grande besace, dans laquelle il avait rangé le sayon et ses affaires restées dans la chambre, le denier promis, ainsi qu'un bâton ferré, lui rappelant qu'on l'attendait lundi.

Rassasié, Guilhem comprit qu'il pouvait partir. Il prit quelques morceaux de pain, emplit sa gourde de vin et quitta la cuisine.

En sortant, il songea qu'il pourrait vivre de sa voix. Pourquoi ne pas devenir troubadour, ou jongleur ? Le métier des armes l'avait tenté, mais celui-ci lui plaisait aussi.

Passant sous un échafaudage du cloître, il s'apprêtait à prendre la galerie conduisant à l'église quand il entendit une troupe entrer avec un grand fracas. Spontanément, il se baissa et se dissimula.

Un sergent d'armes, qu'il avait vu à Marseille, commandait le groupe. D'ailleurs, son surcot arborait la croix bleue de la ville, tout comme les quatre hommes d'armes qui l'accompagnaient.

Un clerc se porta à la rencontre de la troupe.

— Envoyé par le noble vicomte Barral de Marseille, je porte une requête à monseigneur l'archevêque, fit le sergent.

— Monseigneur se repose. Je le préviendrai dès qu'il aura fini de sommeiller. Puis-je vous conduire aux cuisines ?

Guilhem frémit. Pour aller aux cuisines, le détachement passerait devant lui et il serait reconnu.

— Prévenez monseigneur qu'il s'agit d'une requête grave et urgente. Nous sommes à la recherche d'un infâme criminel qui a tué à Marseille un gentil croisé.

Nous avons retrouvé sa trace et nous savons qu'il est en Arles. Il ne faut pas qu'il s'échappe.

— Dans ces conditions, fit le clerc, suivez-moi.

Ils s'éloignèrent vers un escalier.

Dans combien de temps l'évêque ferait-il le rapprochement entre l'assassin de Marseille et le jeune chantre qu'il venait d'écouter ? Très vite sans doute, devina Guilhem. Il devait quitter Arles tout de suite. Or, pour s'échapper sans qu'on puisse le rattraper, il n'y avait qu'un moyen : le fleuve.

Il fila vers la porte Saint-Jean.

Il y avait beaucoup de monde au bord de l'eau en ce début d'après-midi, d'autant plus qu'une nouvelle nef venait d'arriver. De surcroît, nombre de gens attendaient au bac. En particulier des cavaliers dont l'écu de l'un portait la comète des Baux. Bien qu'il ne le vît que de dos, Guilhem fut certain qu'il s'agissait du chevalier de Trinquetaille qui l'avait capturé !

Décidément, le destin qui l'avait jusqu'à présent protégé s'acharnait contre lui ! Que faire ?

Revenir dans la ville et sortir par une autre porte, c'était se faire rapidement rattraper. Le plus simple consistait à suivre le cours du fleuve. Il choisit de le remonter.

En même temps, il observait les nombreuses barques amarrées qui flottaient dans leur mouillage. Il aperçut alors une barquette de pêcheur sur le point d'aborder. S'approchant de la rive, Guilhem héla le rameur :

— Dieu vous garde, maître pêcheur ! J'ai besoin d'aller sur l'autre berge. Vous pouvez me conduire ?

— Prends le bac, l'ami, ça te coûtera une obole.

La barque racla le fond boueux. L'homme s'apprêtait à descendre dans l'eau.

— Il y a trop de monde et je vous donnerai un denier d'argent !

— Je n'ai pas le temps !
— Deux deniers !
— Trois !
Guilhem accepta.

Guilhem fit quelques pas dans l'eau, soulevant son froc, puis monta dans la barque. Il donna les trois deniers au pêcheur, qui le dépouillait ainsi de la moitié de sa fortune, et s'assit sur le banc avant de proposer de prendre l'autre rame.

L'autre accepta, car même si le courant n'était pas très fort, la nage devait être vigoureuse.

Tout en ramant, Guilhem ne quittait pas de l'œil la porte Saint-Jean. Pour l'instant, aucune garde ne s'y montrait. Il fallait certainement un peu de temps pour envoyer une patrouille. De plus, l'archevêque devrait prévenir le viguier, et peut-être les consuls.

Sur l'autre rive, ils abordèrent le long d'un appontement en pierre. Guilhem sauta dessus et demanda :

— Par où se trouve la route de Montpellier ?

L'autre lui désigna le couchant.

— Là-bas, mais tu auras l'autre bras du fleuve à traverser.

— L'autre bras ?

— L'ignores-tu ? Tu es sur une île, ici !

Sur ces paroles, le pêcheur le salua et commença la nage dans l'autre sens. Il paraissait pressé de rentrer chez lui.

Guilhem sentit le désespoir l'envahir. Une île ! Comment traverserait-il le second cours d'eau ?

Les entrailles nouées par la peur, il prit un chemin partant vers sa gauche. Après quelques pas, il aperçut un colporteur et le rattrapa en courant.

L'homme, la cinquantaine, était vêtu d'une ample pèlerine sombre et de braies. Il marchait lentement en portant sur son dos une hotte d'osier et une meule de pierre, ainsi qu'une grande besace avec une couverture. Il chancelait par moments sous ce poids. En travers d'une épaule, sur un triple baudrier, étaient suspendus des dizaines de couteaux et de lames.

— Bonjour, maître rémouleur, loué soit Jésus-Christ, lui lança Guilhem.

Le colporteur l'examina. Son interlocuteur portait un froc mais n'était certainement pas clerc avec des cheveux si longs. Il paraissait bien jeune, surtout, pour être sur la route.

— Mon nom est Simon, dit-il. Dieu te garde, mon garçon. On me nomme aussi Simon l'Adroit.

— Moi, c'est Guilhem ! Je vais à Compostelle prier sur le tombeau de maître Jacques. On m'a dit qu'il y a un autre fleuve à franchir plus loin...

— Oui. Tu n'es pas d'ici ?

— Non, maître rémouleur.

Guilhem jugea inutile d'en dire plus. Ce colporteur venait peut-être d'Aguensi. S'il l'interrogeait, son imposture serait vite révélée.

— Voulez-vous que je vous aide ? Votre hotte paraît bien lourde.

— Ma foi... Pourquoi pas !

Le rémouleur s'arrêta, défit les bretelles de la hotte, ne gardant que la roue de pierre sur son dos.

Guilhem chargea le lourd panier sur ses épaules.

— Y a-t-il un bac ? s'enquit-il.

— Non, mais suffisamment de barques, même le dimanche. Si nous sommes deux, nous paierons moitié prix.

— Tant mieux ! Je ne suis pas riche !

— Moi non plus !

— Pourquoi tous ces couteaux ? demanda Guilhem en désignant les baudriers.

— J'affûte tranchoirs, ciseaux et haches, mais aussi je fourbis. Les forgerons me font des lames que j'aiguise et emmanche. J'en fais de beaux et solides couteaux que je revends.

— Pas d'épées ?

— Non, les épées demandent trop de fer et sont trop chères. Et toi, pourquoi es-tu sur le grand chemin, si jeune ?

Guilhem soupira sans répondre.

— Ne crains rien, je connais la route et ceux qui la prennent. Nous avons tous à fuir quelque chose. Je sais reconnaître les gens. Tu es un bon garçon.

L'affirmation toucha douloureusement Guilhem qui se revit tuant Aubert.

— Non, maître rémouleur. Vous vous trompez, fit-il, la gorge serrée.

L'autre comprit que le garçon gardait un secret et n'insista pas.

Ils marchèrent tous deux un moment, d'un bon pas, mais comme Guilhem se retournait sans cesse, le rémouleur lui demanda :

— On te suit ?
— Peut-être.
— Nous arrivons au fleuve. De l'autre côté, tu ne risqueras rien de la justice, si ceux qui te poursuivent sont des gens du comte de Provence.

— Les gens du comte ne peuvent m'attraper, là-bas ? demanda Guilhem, révélant ainsi qu'il était bien un fuyard.

— Non. Mais évidemment, ils peuvent toujours te saisir de force...

Guilhem ne posa pas de questions sur le vicomte de Marseille. Il pensait que ceux qu'il avait vus à l'archevêché ne traverseraient pas le fleuve, mais mieux vaudrait pour lui ne pas laisser de trace et s'écarter le plus possible de la Provence.

Deux barques attendaient et ils embarquèrent très vite, restant silencieux durant la traversée qui fut rapide, car le bras du fleuve n'était pas large.

De nouveau à terre, ils gagnèrent un chemin remontant vers le nord.

— Nous arrivons à Fourques. Plus loin, à l'embranchement, je monterai vers Nîmes, car je vais à Alest[1]. Toi, tu continueras tout droit, vers Montpellier. C'est la route de l'Espagne, mais je te déconseille de prendre ce chemin.

— Pourquoi ?

— Tu as entendu parler du roi d'Angleterre ?

— Oui... un peu. Il a épousé une femme dont le roi de France s'était séparé. C'est mon père qui me l'avait dit.

— C'est cela. Je n'en sais sans doute pas beaucoup plus que toi, mais voici ce qu'on m'a raconté. Cette femme est duchesse d'Aquitaine. Tu sais où se trouve ce pays ?

— Vers là-bas, non ?

Il montra le couchant.

— Oui, c'est un immense et riche duché, où je ne suis jamais allé. Mais tant l'Auvergne que le comté de Toulouse, que je connais, sont vassaux du duc d'Aquitaine. Bref, ce roi, qui se nomme Henri, a quatre fils mais il ne veut pas leur laisser la moindre parcelle de pouvoir tant il les craint. C'est un seigneur dur et féroce. On dit qu'il a tué un archevêque[2]. Il s'est aussi fâché avec sa femme, la duchesse Aliénor qu'il a enfermée. Celle-ci a décidé que son fils préféré, qui se nomme Richard[3], deviendrait duc d'Aquitaine. Pour l'heure il est comte de Poitiers et veut affirmer sa puissance. L'année dernière, il a envoyé une armée de routiers envahir les domaines du comte de Narbonne pour punir le comte de Toulouse. Le roi de France l'a alors contraint à s'en retirer en envahissant le Berry, proche du comté de Poitiers. Mais nombre de routiers sont restés autour de Narbonne. Mieux vaut ne pas tomber entre leurs mains.

---

1. Alès.
2. Thomas Becket, son ministre, archevêque de Cantorbéry.
3. Richard Cœur de Lion.

Guilhem ne répondit rien, n'ayant jamais envisagé d'aller à Compostelle. Il songeait aussi que cet homme savait beaucoup de choses, et surtout qu'il connaissait les chemins. Avec lui, il serait plus en sécurité que seul.

Au bout d'un moment, il lui demanda :

— Vos affaires et vos outils sont bien lourds, maître Simon. N'avez-vous pas besoin d'un apprenti ?

— Et comment le payerais-je ? Je gagne à peine de quoi manger !

— À deux, on travaillerait deux fois plus ! plaisanta Guilhem.

— C'est vrai ! reconnut le rémouleur après un instant de réflexion.

— Et j'aimerais apprendre votre métier.

Le rémouleur se tut à son tour. Il se sentait de plus en plus souvent fatigué, et surtout, il était si seul. Avoir un compagnon à qui parler et qui pourrait l'aider serait doux.

— Entendu, lui dit-il. Reste avec moi, garçon.

Chapitre 6

1187, Cluny, quelques jours après Pâques

Quand le prieur Renaud de Montboissier pénétra dans la salle capitulaire de l'abbaye de Cluny où les avait convoqués l'abbé Hugues de Clermont, il s'aperçut avec dépit qu'il était le dernier.

Les grands officiers claustraux[1] de Cluny étaient déjà arrivés : le cellérier[2] Hidran de Thizy, le chambrier[3] Orderic de Melgueil, le sacriste[4] frère Étienne, le préchantre[5] frère André, le maître des novices, qui professait la grammaire et le chant, et l'infirmier Joceran d'Oc. Tous portaient le même froc de laine brun foncé qui les faisait surnommer les moines noirs. Joues et menton rasés, crâne tonsuré, ils ne se distinguaient guère sinon par leur taille, leur âge, et quelques traits de visage.

---
1. Les officiers claustraux secondent le prieur pour les tâches quotidiennes.
2. Le cellérier gère les dépenses (nourriture, vêtements...).
3. Le chambrier est le trésorier d'un monastère.
4. Le sacriste gère tous les objets liés au culte. Cela va des reliques aux cierges, aux vases sacrés, aux vêtements, aux tentures...
5. Le premier des chantres.

Renaud de Montboissier n'était pas en retard. Ses frères avaient dû venir en avance, dès l'office de prime fini, songea-t-il avec dédain. Sans doute brûlaient-ils de connaître la raison de ce conseil inattendu.

Ce n'était pas son cas, puis l'abbé Hugues l'en avait informé le matin même. Courtoisie normale, compte tenu de son noble lignage. Avant prime, il avait même rencontré le vendeur de la relique. Cependant, pour l'heure, il restait partagé sur la décision à prendre.

Cluny était à la fois la plus grande et la plus riche abbaye de la chrétienté, et aussi celle dont dépendaient le plus grand nombre de monastères, de couvents ou de prieurés. Érigée durant cette sombre période qui précéda l'an mil, elle était rapidement devenue un refuge pour les hommes terrorisés par les brigandages et la férocité des seigneurs. Les bourgeois fortunés offraient leurs biens à l'abbaye en échange d'une protection, tandis que nobles et évêques choisissaient d'y finir leur vie dans le calme et la prière.

Ainsi, au milieu du douzième siècle, l'abbaye était devenue la métropole d'un immense empire. La communauté clunisienne, l'*Ecclesia cluniacensis*, rassemblait deux mille monastères et dix mille moines et moniales, de la Castille à la Pologne, de la Palestine à l'Irlande. Bien plus que l'ordre rival de Cîteaux. Cet immense corps était organisé sous une autorité absolue : l'abbé de Cluny. Aucun des couvents de l'*Ecclesia cluniacensis* n'était indépendant.

Cluny possédait surtout une supériorité sur les autres établissements religieux. Dès sa création par Guillaume, duc d'Aquitaine et comte de Mâcon, l'abbaye avait été offerte à saint Pierre et saint Paul. L'unique intermédiaire entre le monastère et les saints apôtres était le pape, vicaire de Pierre. Ce patronage impliquait un prodigieux privilège : Cluny était une seigneurie libre dont le pape assurait la protection comme vicaire de saint Pierre. La *Libertas Romana* libérait le couvent de toutes obligations temporelles. De plus le Saint-Siège avait remis à l'abbé les insignes cardinalices qui lui conféraient un statut au-delà de toute hiérarchie séculière.

Enfin, l'abbatiale était la plus vaste d'Occident ; sa bibliothèque demeurait une des plus complètes de la chrétienté, avec de rares ouvrages latins et de précieux livres de médecine ou de musique ; ses reliques étaient inestimables avec des restes de Pierre et de Paul, un morceau de la vraie Croix, un vêtement et des cheveux de la Vierge, une dent de saint Jean-Baptiste et un doigt de saint Étienne.

Le cœur plein de fierté, et d'un peu de ressentiment, Renaud de Montboissier salua ses compagnons et s'assit à droite de l'abbé.

Plein de fierté car si Cluny était si belle, si grande, si riche, c'était grâce à l'œuvre de son grand-oncle, Pierre de Montboissier, qu'on appelait ici Pierre le Vénérable. Abbé durant soixante ans, il avait pris en charge le monastère en état de crise et en avait relevé la puissance. Pierre le Vénérable avait assaini la situation financière et gardé la prééminence de l'ordre clunisien sur celui de Cîteaux.

Ressentiment, car à la mort du précédent abbé, Renaud pensait mériter d'être élu par les moines, et pourtant c'est Hugues de Clermont qui avait été choisi, évidemment pour ses origines, et non pour son adresse à diriger Cluny et l'ordre.

— Mes frères, commençons, puisque nous sommes tous réunis, décida l'abbé.

Il se signa et entama un Notre-Père, imité par ses officiers.

Abbé depuis trois ans, Hugues de Clermont avait autorité sur l'ensemble de l'*Ecclesia cluniacensis*. Fils du comte de Clermont et parent du roi, c'était un homme d'action, fier de sa race, sévère et autoritaire, qui voulait, lui aussi, rendre à Cluny son lustre d'antan, mais qui se débattait dans d'immenses difficultés.

Financières, d'abord. Au siècle précédent, la production du domaine satisfaisait à la totalité des besoins du monastère. L'abbaye disposait d'un riche et vaste patrimoine bien administré. Quasiment toutes les terres à cinq lieues à la ronde lui appartenaient. Les seigneuries du domaine étaient organisées en doyennés, chacune dirigée par un moine intègre, le doyen, originaire du pays, et toutes étroitement surveillées par le grand prieur.

Exploitées directement, sauf les tenures qui versaient des redevances, ces terres produisaient des revenus largement suffisants pour les dépenses du monastère puisque le chambrier recevait en numéraire trois cents livres par an, c'est-à-dire soixante-douze mille deniers.

Ces ressources servaient à construire de magnifiques bâtiments, dont l'abbatiale, et à acheter de nouvelles terres. Mais elles permettaient surtout de faire vivre les religieux comme des seigneurs, dans un confort voisin du luxe. Au réfectoire, on buvait les meilleurs vins et on mangeait à satiété. Dans les salles et les dortoirs, on se chauffait sans contrainte et chacun recevait une fois par an un nouveau froc en bonne laine. De plus, la nombreuse domesticité évitait aux moines de travailler.

Au fil des ans, le rayonnement de l'abbaye était devenu tel et ses abbayes sœurs si nombreuses, que d'autres ressources s'étaient ajoutées à l'exploitation des terres : principalement des dons et des redevances, parfois très importants, comme ceux du roi Alphonse de Castille qui versait chaque année au chambrier environ quatre cents livres clunisiennes en or, c'est-à-dire beaucoup plus que les autres recettes seigneuriales.

De tels revenus, obtenus sans effort, avaient entraîné un abandon progressif de l'exploitation du domaine. En 1122, le monastère ne tirait plus de ses terres que le quart de ses ressources. De plus, cette prospérité artificielle avait provoqué des dépenses nouvelles. Désormais ce n'étaient plus seulement les moines et leurs serviteurs qu'il fallait nourrir, mais aussi les familles des domestiques installés dans le bourg. À ces débours s'ajoutait une charité généreuse envers les pauvres, les visiteurs et les pèlerins. L'abbaye procédait régulièrement à des distributions d'aumônes et l'infirmerie dépensait des sommes considérables pour se fournir en épices et en médicaments rares.

Chaque année, le cellérier devait débourser vingt mille sous rien que pour acheter du grain et du vin. Les livraisons de blé représentaient la charge de deux mille ânes. Les écuries étaient toujours pleines de chevaux bien soignés.

L'argent permettait aussi les achats de drap pour les vêtements et, bien sûr, de payer maçons et ouvriers pour les nouvelles bâtisses. Riches, les frères vivaient de plus en plus confortablement, achetant vivres, pain et même vin quotidien, car ayant abandonné l'exploitation des vignes. Ils consacraient de moins en moins de temps aux besognes domestiques et à l'administration du domaine.

Seulement, quand ces revenus exceptionnels s'étaient taris, le chambrier s'était trouvé en déficit, alors même que les prix des produits agricoles augmentaient. Il avait d'abord emprunté, puis avait dû réduire les dépenses. À partir de 1125, les moines avaient dû s'habituer à du mauvais pain et à boire du vin coupé d'eau. L'argent manquait également pour l'entretien des terres laissées à l'abandon. Impossible donc d'acheter de nouveaux bœufs et des socs de charrues.

À ces embarras matériels s'étaient ajoutées des difficultés doctrinales autrement plus graves. Depuis un siècle, le mouvement cistercien avait gagné en puissance et conquis les âmes. Désormais, les grands seigneurs et les riches bourgeois donnaient surtout à l'ordre de Cîteaux régénéré par un jeune chevalier devenu moine : Bernard de Clairvaux.

Clairvaux exigeait des religieux le retour strict à la règle de saint Benoît : la simplicité, le travail, l'ascétisme. Toutes choses qu'avait rejetées Cluny qui au contraire affirmait que le luxe plaisait au Seigneur. C'est Clairvaux qui avait appelé à la croisade. C'est encore Clairvaux qui avait rédigé les statuts de l'ordre des pauvres chevaliers du Christ[1]. Partout dans la chrétienté on s'enflammait pour les discours, les idées et les visions de Bernard. Aussi les dons arrivaient-ils désormais à Clairvaux plutôt qu'à Cluny à qui on reprochait son faste et son gaspillage.

— De toute la chrétienté, les pèlerins viennent ici prier sur nos saintes reliques, poursuivit l'abbé Hugues. Mon prédécesseur et moi-même avons tenté d'en obtenir de nouvelles, qui feraient encore plus rayonner notre ordre, mais vous savez combien c'est difficile, et surtout onéreux, à un moment où notre ordre manque d'argent. Pourtant notre divin Seigneur vient d'entendre mes prières, car un moine arrivant de Terre sainte s'est présenté hier au père André.

Tous les regards se tournèrent vers le préchantre. Le père André était à la fois le chantre et l'armarius du monastère. Vieil homme ridé au sourire doux, il hocha la tête.

— Je vous laisse parler, vénéré père, dit l'abbé avec un geste de la main.

---

1. Les Templiers.

— Ce religieux est venu me trouver hier, à l'armorium[1], et m'a dit arriver d'Antioche avec la plus rare relique de la chrétienté. Je lui ai fait comprendre mon scepticisme, car on me propose très souvent les plus rares reliques de la chrétienté !

Il eut un rire grinçant très désagréable.

— Je l'ai cependant laissé s'exprimer. La relique avait été dérobée, m'a-t-il confié, et il l'avait achetée très cher au voleur. Je n'ai guère d'autres détails, d'ailleurs il n'a pas voulu m'en dire plus.

— De quoi s'agit-il donc ? s'impatienta le cellérier Hidran de Thizy, qui n'était pas réputé pour sa sérénité.

— De la Sainte Lance ! Rien de moins ! laissa tomber le préchantre en balayant du regard l'assistance.

— Quoi ! s'exclama le chambrier Orderic de Melgueil.

À Cluny, si le cellérier était chargé des achats de vivres, des draps et plus généralement des fournitures, toutes les recettes passaient par les mains du chambrier qui percevait le produit des récoltes, les cens, les dîmes, les dons et même les amendes. Il était seul à manier les espèces.

Mais Orderic de Melgueil n'était pas seulement l'un des plus importants officiers claustraux, il était surtout le petit-neveu de Pons de Melgueil, l'abbé de Cluny le plus controversé.

L'abbé Pons, apparenté aux comtes de Toulouse, aux comtes d'Auvergne et aux empereurs du Saint Empire romain germanique, avait succédé à Hugues de Cluny à la tête de l'abbaye en 1109. En ce temps-là, l'ordre clunisien paraissait aussi solide que l'Église de Rome, mais pour réagir devant le renouveau pastoral initié par Bernard de Clairvaux et l'ordre cistercien, des réformes

---

1. La bibliothèque.

étaient parues nécessaires au nouvel abbé qui ne cachait pas sa sympathie envers Clairvaux et le retour strict à la règle de saint Benoît ; c'est-à-dire l'ascèse, la liturgie et le travail.

Une partie des moines conduits par Pierre de Montboissier – qui devait devenir Pierre le Vénérable – s'en était plainte à Rome. Convoqué au Saint-Siège, Pons de Melgueil avait été contraint de démissionner de sa charge d'abbé et c'est Pierre de Montboissier, l'instigateur de la cabale à son encontre, qui avait été élu abbé.

Redevenu simple moine, Pons avait gagné la Palestine où, considéré quasiment comme un saint, on lui avait confié la Sainte Lance lors d'une sortie contre les Sarrasins.

La Sainte Lance était, selon l'Évangile de Jean, le fer ayant percé la poitrine du Christ. D'après Nicodème[1], elle appartenait au légionnaire Gaius Cassius Longinus. Ce fer sacré était conservé à Constantinople, mais on en avait découvert un autre à Antioche dans des circonstances telles qu'elles laissaient penser que celui de Constantinople n'était qu'une fausse relique.

Cela s'était passé cent ans plus tôt, après que les croisés se furent emparés de la ville d'Antioche. Ils se trouvaient alors à leur tour assiégés par les Turcs. Épuisés et affamés, ils s'apprêtaient à se rendre quand un moine provençal nommé Pierre Barthélémy annonça avoir vu saint André lui révéler que la Sainte Lance était enterrée dans la cathédrale d'Antioche. On creusa dans le dallage et Barthélémy découvrit effectivement la lance, un fer d'un pied de long gravé du nom de Longinus. Même si plusieurs croisés, qui avaient vu la Sainte Lance conservée à Constantinople, crièrent à

---

1. Il s'agit d'un évangile apocryphe.

la mystification, le miracle donna la victoire aux assiégés qui mirent en déroute l'armée musulmane.

Mais revenons à Pons de Melgueil. Après la Palestine, l'ancien abbé était rentré en France, rappelé par des moines de Cluny et une partie de la noblesse de la région. La querelle entre Bernard de Clairvaux et Pierre le Vénérable était alors à son paroxysme et beaucoup voulaient que Cluny rejoigne le mouvement cistercien. Pons de Melgueil avait alors décidé de redevenir abbé par la force. Il avait engagé des mercenaires italiens et pris d'assaut l'abbaye, forçant les moines à lui prêter allégeance. Il avait aussi pillé le trésor et la campagne alentour pour payer ses mercenaires. Mais il n'avait finalement pas obtenu les soutiens qu'il espérait et, excommunié, il avait dû se rendre à Rome pour être jugé. Emprisonné, il était mort de la fièvre.

Quant à la lance, quelques années plus tard, elle devait disparaître d'Antioche.

Ainsi, par un extraordinaire coup du sort, quelqu'un était venu la proposer à l'abbaye dont les deux plus importants officiers, le prieur et le chambrier, étaient parents, l'un de l'abbé félon : Pons de Melgueil, l'autre de son ennemi : Pierre le Vénérable.

Pour l'heure, le prieur considérait d'un regard glacial le chambrier.

— C'est une fausse relique ! affirma ce dernier. Ce ne peut être qu'une fausse relique ! Ce pseudo-moine est un pardonneur[1] !

— Cela m'a paru évident, reconnut le préchantre, écartant les mains. Mais ce soi-disant vendeur de fausses reliques m'a montré la lance, un fer romain, sans aucun doute, gravé des lettres C, qui est l'abrégé de Gaius, CA pour Cassius et LONGINUS. Vous savez que

---

1. Vendeur de fausses reliques.

les légionnaires aimaient marquer leurs armes avec de petits poinçons.

— Il y a eu d'autres Gaius Cassius Longinus, comme celui qui a mis sur pied la conspiration contre César ! observa fielleusement frère Étienne, le sacriste de Cluny.

Moine d'un tempérament malveillant, tout le monde le redoutait. C'est lui qui conservait les clés de l'église et du trésor, et comme il avait la charge des vases, des vêtements, des livres sacrés, des cierges et plus généralement de tout ce qui était nécessaire à l'office divin, on avait sans cesse besoin de lui. Personne ne pouvant se permettre de se le mettre à dos, le silence s'établit un instant, interrompu finalement par le préchantre.

— En effet, mon frère, opina-t-il avec un doux sourire. Seulement ce moine m'a aussi montré un parchemin. Signé et scellé par l'archevêque d'Antioche qui y décrit la découverte de la lance. Le fer y est dessiné, tel qu'on l'a trouvé. Le sceau du parchemin est véritable, je l'ai vérifié en le comparant à d'autres documents de l'archevêque que nous possédons. S'y trouvaient aussi les sceaux de plusieurs seigneurs présents à Antioche. Quant au dessin, c'est exactement celui du fer que j'ai eu sous les yeux, y compris avec ses défauts.

À cette époque, l'authenticité d'une relique pouvait être prouvée de deux façons : par les miracles qu'elle provoquait, ou par des documents l'authentifiant. Charte, lettre, procès-verbal ou simplement *pittacium* : une bande ou une feuille de parchemin. On appelait ces preuves des *authenticae*. Rédigées en grec, en hébreu ou en latin, elles conféraient une validité certaine, plus forte encore si elles étaient assorties de sceaux d'autorités ecclésiastiques, de princes ou de seigneurs.

Entendant ces révélations, le chambrier resta silencieux et le sacriste se frotta longuement la joue gauche, signe de sa perplexité.

— J'ai quand même du mal à croire qu'il puisse s'agir de la véritable Sainte Lance, objecta le cellérier.

— Moi de même, ricana le prieur.

— Refusons de l'acheter, et ce moine ira la proposer ailleurs, observa le préchantre. Or il est venu à nous en premier, car il pensait que seule Cluny était digne de posséder cette magnifique relique sur laquelle on distingue encore le sang de Notre-Seigneur.

L'abbé se signa, imité par le cellérier et le chambrier.

— Nous ne pouvons prendre un tel risque, décida-t-il. Posséder cette relique fera de nous une abbaye unique, et en ces temps difficiles où certains sont tentés par les fausses idées de Cîteaux, nous reprendrons un avantage déterminant. En nous offrant l'arme de la Passion de Son fils, le Seigneur désigne l'ordre pour lequel penche Sa préférence.

— C'est certain ! opina le chambrier.

Le cellérier l'imita aussitôt.

— Je vous demande donc votre avis, mes frères. Qui est opposé à cet achat ?

Le prieur Renaud de Montboissier leva une main, puis voyant qu'il était seul, il la rabaissa.

— Reste le prix, dit l'abbé. Cet homme demande mille sous d'or.

— Mille ! Mais nous n'avons pas cette somme, seigneur abbé ! s'étrangla le préchantre frère André.

— Impossible ! se lamenta le prieur.

— Nous disposons de cette somme dans le trésor, répliqua l'abbé. Dans la réserve provenant des dons que nous faisait le roi Ferdinand de Castille, quand il versait à Cluny mille mancus d'or par an. Un revenu que son fils avait doublé.

— Mais c'était il y a cent ans, père abbé, et on m'a toujours dit que tout avait été dépensé pour l'abbatiale, remarqua le préchantre.

— Non, pas la totalité, reconnut le chambrier. Nous disposons bien de mille sous d'or, et même un peu plus, mais s'en démunir, c'est ne plus rien avoir pour faire face en cas de difficulté imprévue. Et surtout, cette réserve pourrait être utilisée pour améliorer l'ordinaire de nos frères qui vivent de plus en plus chichement.

Le cellérier approuva d'un signe de tête.

— Nous en avons déjà parlé, Orderic, et j'y suis opposé, fit sèchement l'abbé.

— De plus, cet or sera nécessaire pour terminer notre abbatiale, père abbé, objecta le prieur.

— Nous récupérerons, et au-delà, cette somme par les dons qui nous seront faits, décida l'abbé. Je propose donc que l'abbaye achète la Sainte Lance. Si l'un de vous s'y oppose, qu'il le dise maintenant.

Personne ne bougea.

— Père André, reprit l'abbé. Que ce moine revienne ici à haute none. Il est inutile que vous soyez tous présents. Orderic, vous préparerez l'acte d'achat et apporterez la somme prise dans les réserves. Frère Étienne, trouvez dès maintenant un reliquaire pour placer l'objet saint. Frère Renaud et vous, frère Hidran, serez témoins de l'acte.

— Père abbé, je n'ai qu'un coffret qui ne ferme pas. Je devrai donc faire appel à un orfèvre, cela prendra quelques jours.

— Ce sera suffisant. Vous mettrez la Sainte Lance dans le grand autel de l'abbatiale où elle sera sous la protection du Seigneur. Bien sûr, personne ne doit savoir, pour l'instant.

L'abbé fit signe que la réunion était terminée et chacun se leva. Le maître des novices et l'infirmier Joceran d'Oc n'avaient pas ouvert la bouche. Ils savaient que leur avis comptait peu et n'avoir été convoqués que pour respecter la règle ; faisant partie des grands officiers de Cluny, ils se devaient d'être là lors de toute prise de décision importante. Mais l'abbé leur avait bien fait comprendre que leur présence était inutile pour la signature de l'acte.

Joceran ne s'en offensait pas. D'ailleurs, cela l'arrangeait. Ancien oblat roturier, comme le maître des novices, il connaissait la distance immense entre lui et les autres officiers, tous issus de nobles lignages.

Joceran d'Oc ne parla pas plus à ses compagnons hors de la salle capitulaire. Il était beaucoup trop tourmenté par ce qui allait se passer durant les heures à venir.

D'humble origine, oblat entré enfant au monastère, offert à l'Église par sa tante à la mort de ses parents, il était devenu infirmier uniquement par ses études, car il n'était pas de race. Certes, l'abbé l'estimait, reconnaissant son talent de médecin, mais combien de fois ne lui avait-il pas dit qu'il était plus facile de soigner les corps que les âmes ?

Joceran traversa le grand cloître qui longeait l'abbatiale, puis emprunta la galerie qui permettait d'éviter cuisines et cellier pour sortir dans la cour.

Devant lui s'étendaient les écuries et, à droite, la maison des hôtes. Autrement dit, l'hôtellerie de l'abbaye. Ce serait sa dernière visite à Arnuphe de Brancion.

Chapitre 7

Arnuphe de Brancion était le dernier rejeton de Bernard de Brancion, seigneur d'un franc-alleu ne relevant que de Dieu et de son épée. Les Brancion descendaient d'une très vieille race germanique dont les terres et le château au donjon carré se situaient à cinq lieues de Cluny. Parfois brigands et pillards, toujours rudes et fiers de leur sang, ils avaient souvent eu des relations conflictuelles avec l'abbaye.

Au moment de notre histoire, le seigneur de Brancion se nommait Josserand, c'était l'aîné de la famille. Son père ayant eu huit enfants, quelques-uns de ses cadets étaient devenus chanoines et les autres étaient partis quérir fortune et gloire en Terre sainte sous leur bannière d'azur à trois ondées d'or, portant haut leur fière devise : Au plus fort de la mêlée !

Arnuphe, lui, s'était mis au service de Thibaut de Vermandois, le prieur de Crépy-en-Valois. Ce dernier, lui aussi de noble lignage, avait été envoyé en Sicile et à Constantinople pour servir les intérêts de Cluny. Comme il nécessitait une escorte, le prieur avait emmené avec lui quelques jeunes chevaliers coureurs d'aventure.

Si Arnuphe n'avait pas trouvé la fortune dans l'expédition, il y avait acquis une solide connaissance du monde, du comportement des gens et de l'art de la guerre. En lice courtoise ou dans de vrais combats, il avait affronté à peu près tous les adversaires possibles : brigands, gueux, pirates, infidèles ou chevaliers, devenant ainsi un guerrier hors du commun.

Après un détour en Terre sainte, comme ses frères, il était revenu en Bourgogne où il avait loué son épée aux plus offrants, généralement à des abbés ou des prieurs qui avaient besoin d'hommes tels que lui pour mettre fin aux querelles ne pouvant aboutir par la négociation. C'est qu'Arnuphe n'était pas un de ces aventuriers de basse extraction, sans foi ni loi, comme il s'en trouvait tant dans le monde des routiers, des brabançons ou des cottereaux. Noble et chevalier, son loyalisme, son honnêteté et sa générosité en faisaient un mercenaire de confiance.

Devenu cynique avec l'âge, et toujours aussi pauvre, Arnuphe s'était mis au service de Cluny, pourtant fâchée avec son frère aîné. Entre les châtellenies voisines et les dix-huit riches seigneuries de l'abbaye, les conflits étaient fréquents et la besogne ne manquait pas. Pour s'imposer, Arnuphe disposait d'une compagnie d'une vingtaine de guerriers payée par les religieux, bien armée et bien équipée.

C'est dans une de ces entreprises qu'il venait d'être blessé. Une bande de brabançons venus d'Auvergne s'en était prise à plusieurs fermes de l'abbaye. Arnuphe avait rassemblé sa petite armée et une bataille rangée avait opposé les deux troupes, bataille durant laquelle il avait été meurtri au jarret par la guisarme d'un croquant. Transporté à l'infirmerie de Cluny, Joceran d'Oc l'avait pansé et soigné. Cela s'était déroulé un mois plus tôt et Arnuphe recommençait à marcher, difficilement et en boitant. Frère Joceran craignait qu'il ne demeure infirme.

Arnuphe faisait les cent pas dans la cour de l'hôtellerie, comme cela lui avait été recommandé. Joceran le regarda avec attention un moment. Certes, il boitait, mais il ne paraissait plus souffrir du coup qui lui avait pourtant profondément tranché les chairs.

— Dieu vous conserve dans Sa sainte garde, sire de Brancion, dit l'infirmier en s'approchant.

— Toi aussi, frère Joceran, répondit le chevalier qui invoquait rarement le Seigneur.

— Je suis venu examiner votre blessure, messire.

— Je t'en remercie, mais elle est guérie.

— Je préférerais m'en assurer, seigneur. Certaines plaies entraînent parfois des complications fâcheuses.

Le chevalier soupira avant de hocher la tête.

— Montons ! proposa-t-il.

Au service de l'abbaye, Arnuphe recevait une rente annuelle de douze livres. Il disposait d'une chambre dans une hôtellerie du bourg de Cluny, mais l'abbé lui avait offert le gîte et le couvert durant le temps de sa convalescence.

Comme le chevalier s'était allongé sur son lit, Joceran lui retira ses chausses, puis ses bandages. La cicatrice était rouge, enflammée, mais il n'y avait aucune purulence. L'infirmier passa une nouvelle fois la blessure au vinaigre, provoquant une grimace de douleur chez son patient, puis refit un bandage avec des linges.

— Je crois en effet que vous n'avez plus besoin de moi, reconnut-il.

— Je le pense aussi et je sais ce que je vous dois, frère Joceran. Je prierai le Seigneur pour qu'Il m'offre l'occasion de vous le rendre.

— Qui sait ? Portez-vous bien, messire.

— Je vous reverrai certainement avant de partir, fit le chevalier avec insouciance.

— Peut-être, sourit tristement le moine.

Si Brancion avait pris le temps de l'observer, il aurait remarqué que frère Joceran n'affichait qu'un sourire de circonstance. L'infirmier savait déjà qu'il ne reverrait jamais le chevalier.

Les cloches appelant au dîner, il se rendit au réfectoire en songeant que ce serait un de ses derniers repas. Joceran rejoignit ensuite l'infirmerie et examina longuement tous les malades, les réconfortant le mieux qu'il put et ordonnant de nouveaux soins pour certains.

Il allait les abandonner et se le reprochait. Il n'ignorait pas qu'il était le seul bon médecin de l'abbaye. Quelques-uns de ses malades ne survivraient certainement pas à son départ.

Se rendant ensuite aux cuisines de l'infirmerie, il se fit remettre plusieurs pains, des salaisons et des flacons de vin. Il était le maître ici et on lui obéissait sans poser de questions. Une fois de retour dans sa chambre, il entreposa ces provisions dans son coffre, avec la cotte de laine, les braies, les deux chemises, les bottes et les deux bons manteaux qu'il s'était procurés ces dernières semaines.

Vêpres allaient sonner sous peu, aussi se dirigea-t-il vers l'église pour prier et demander pardon au Seigneur. Il suivit le passage permettant d'entrer directement dans l'abbatiale par le chœur. Les moines n'étaient pas encore arrivés, sauf quelques-uns qui priaient.

Après une courte hésitation, il traversa le début de la nef et se rendit à la tour du trésor. Là où l'on gardait les reliques les plus précieuses. La porte de fer était ouverte, aussi, sa curiosité éveillée, il entra.

Le prieur, le chambrier et le sacriste étaient là. Ils se retournèrent en le voyant. Le chambrier lui lança un regard dur.

— J'étais en avance pour l'office, s'excusa l'infirmier. Je pensais... pouvoir la voir...

— Nous venons de la mettre à l'abri, dit le sacriste d'un ton désagréable, montrant un reliquaire de fer long de deux pieds posé sur une desserte.

— Ne doit-elle pas aller dans le grand autel ?

— Elle sera plus en sécurité ici, répliqua le chambrier. Nous ne sommes que quatre à posséder la clé de la tour du trésor.

Conciliant, le prieur se tourna vers le sacriste :
— Pourquoi ne pas la montrer à frère Joceran ?
Il fit face ensuite à l'infirmier pour lui expliquer :
— Je n'y croyais pas, vous le savez, mais après l'avoir vue, j'ai su que c'était la véritable Sainte Lance.

Maussade, le sacriste ouvrit le couvercle du coffre en forme de huche. Joceran s'approcha et se pencha.

C'était une vieille lame rouillée, sans doute par le sang du Christ. Le tranchant ébréché, l'emmanchement brisé. Sur le fer, on distinguait vaguement les lettres CCA LONGINVS. À côté se trouvait un parchemin hâtivement roulé sur lequel Joceran distingua les mots : *Lancea Domini*.

Il se signa et se mit à genoux pour prier. Les autres l'imitèrent jusqu'à ce que les cloches annonçant l'office de vêpres carillonnent.

Le souper suivit le service religieux et, le repas terminé, Joceran retourna dans l'abbatiale. Il s'agenouilla devant le grand autel, d'où il avait une vue sur la porte de la tour du trésor, et resta longuement en prière.

Tout en songeant à la Sainte Lance, il se remémorait ce jour où, oblat, il avait écrit et signé la charte par laquelle il s'engageait pour toujours dans la communauté de Cluny. Il serait parjure pour l'éternité, mais ce ne serait qu'un des nombreux péchés dont il lui serait fait reproche le jour du Jugement.

Ayant fini ses prières, Joceran rejoignit l'infirmerie en passant par l'extérieur de l'abbatiale pour éviter toute rencontre. Dans sa chambre, il prit les deux sacoches de cheval qu'il utilisait lorsqu'il sortait du couvent, appelé par quelque malade important, seigneur ou riche bourgeois. Il les remplit avec le contenu de son coffre auquel il ajouta la trousse d'instruments indispensables pour soigner les blessures.

Il déposa ensuite dans le coffre la clé permettant d'ouvrir le trésor de l'infirmerie, où étaient enfermés les deniers confiés par le chambrier pour l'achat de remèdes et d'épices. Il en avait soustrait vingt sous en or et il savait que ce serait la plus grave accusation qu'on porterait contre lui.

Il attacha aussi à l'une des sacoches une gibecière abritant quelques simples, des graines d'opium subtilisées à la pharmacie et un livre pris à l'armorium décrivant l'intérieur d'un corps humain. Puis il souleva sa paillasse et en tira une lame de plus d'un pied de long achetée à un colporteur, un jour qu'il se trouvait hors de l'abbaye. Il retroussa son froc et se l'attacha à la taille avec un cordon de cuir.

Restait à faire le plus difficile.

Ayant jeté les deux sacoches sur son épaule, il sortit de sa chambre après avoir vérifié que personne ne se trouvait dans la galerie. Aussi vite qu'il le put, il gagna la porte de l'infirmerie et prit le chemin du cloître, qu'il traversa, avant d'emprunter un passage conduisant au cloître des profès[1]. Il salua les moines qu'il rencontra avec une immense tristesse, car il savait qu'il ne les reverrait plus. Aucun ne parut intrigué par son harnachement, persuadés qu'il se rendait près d'un malade.

De là, il passa dans la cour, devant l'hospice, où il croisa plusieurs religieux et serviteurs, surtout des convers reconnaissables à leur barbe et leur froc. Pour la plupart illettrés et voués aux tâches manuelles, aucun n'eut l'audace de l'aborder et de le questionner. Pour eux, l'infirmier, avec sa science du latin, du grec et de la médecine était un être plus proche de Dieu que des hommes.

---

1. Anciens novices ayant fait profession monastique en s'engageant devant l'abbé lors d'une cérémonie solennelle. À Cluny, ils disposaient d'un cloître, d'un dortoir et d'un réfectoire.

Enfin il déboucha devant les écuries, près de la tour des Fèves[1]. Des enfants moines jouaient dans la cour, le seul endroit où on leur laissait faire du bruit. Eux aussi avaient été donnés au monastère à leur plus jeune âge. Le cœur de Joceran se serra en les regardant s'amuser. Il avait été comme eux. Par chance il aimait les études et avait vite appris le latin, avant de prononcer ses vœux et devenir moine du chœur. Puis il avait grimpé rapidement dans l'administration de Cluny, jusqu'à la charge de sous-infirmier, et enfin d'infirmier.

Il avait travaillé dur pour devenir ce qu'il était : un médecin réputé. Quelle vie l'attendait désormais, puisqu'il quittait ce monde ? Il s'efforça de chasser ses craintes, songeant à l'amour pour lequel il abandonnait tout.

Il entra dans la grande écurie, pleine de roncins, de chevaux, de mules, de mulets et d'ânes. Il n'y avait qu'un seul palefroi, celui de Brancion.

À cette heure tardive, les garçons d'écurie étaient rares. Il se rendit près de son roncin préféré. Un robuste et docile percheron à la robe grise. Il le sella avec une selle double, utilisée pour voyager à deux.

Jusqu'à présent, personne ne l'avait remarqué, bien qu'il ait vu passer des palefreniers et deux garçons chargés de paille.

Il attacha les deux sacoches, monta en selle et sortit.

La porte Meridiana était juste à côté de l'écurie. Encore ouverte, elle ne fermait qu'à la nuit. Deux gardes en broigne, coiffés d'un casque rond, devisaient sur un banc de pierre.

Joceran passa devant eux au trot, se contentant de leur lancer :

— Je me rends chez un malade...

---

1. La tour des Fromages actuelle.

S'ils furent surpris, car ce n'était pas le chemin le plus court pour gagner le bourg attenant, ils ne tentèrent pas de l'arrêter. D'ailleurs, ils n'auraient pu le faire. Joceran les avait observés plusieurs fois. Ils interrogeaient ceux qui entraient, jamais les sortants. Ils en parleraient certainement le lendemain au prieur, mais cela n'aurait plus aucune importance. Il serait loin.

Il longea l'enceinte du bourg. Certes, des sentinelles l'apercevraient, mais un moine à cheval ne les inquiéterait pas. Arrivé à la porte du Merle, il rejoignit le grand chemin pour se diriger vers Marcigny. Quinze lieues à parcourir de nuit par des chemins creusés d'ornières, vallonnés et à travers une sauvage forêt. Heureusement, il connaissait parfaitement la route.

Hugues de Semur, sixième abbé de Cluny et qu'on appelait Hugues le Grand, issu d'un haut lignage carolingien, était entré au monastère à quinze ans. Prieur à vingt ans, il en était devenu abbé et avait dirigé le monastère jusqu'à sa mort, à quatre-vingt-cinq ans.

C'est lui qui avait créé le prieuré de Marcigny, premier couvent de bénédictines dépendant de Cluny. Le monastère était réservé aux dames nobles, car seules les femmes de bon lignage savaient lire et chanter, conditions nécessaires pour assurer l'office divin. De plus, jusqu'à la velatio, les novices restaient entretenues par leurs parents. À Marcigny, les postulantes au voile étant nombreuses, on ne pouvait y entrer qu'à vingt ans, et non à douze comme dans la plupart des couvents. Le nombre des moniales était limité à quatre-vingt-dix-neuf – la centième étant la Vierge Marie : Notre-Dame Abbesse, qui avait sa place – vide – dans le chœur et au réfectoire où sa part était servie puis distribuée aux pauvres.

Hugues le Grand avait choisi l'entrée de la vallée de Semur pour édifier ce monastère, à quelques distances des maisons de Marcigny. Ce n'était qu'une petite église, mais remarquable par la solidité de sa structure et par son beau clocher qui s'élevait au chevet, et non près du porche.

Les moniales vivaient dans la nef, car peu de fidèles venaient aux offices, le monastère étant trop isolé. Cependant, Cluny avait associé au couvent un prieuré pour hommes qui comprenait douze religieux. Ceux-là assistaient à la messe, mais ils entraient par le chevet et se plaçaient derrière l'autel. Évidemment, en dehors, moines et moniales ne s'approchaient jamais afin d'éviter les commérages, suivant la règle établie par Pierre le Vénérable.

À l'origine, les religieuses étaient tenues à un strict isolement, ne sortant pas de la clôture du monastère qui comprenait un jardin et des ateliers, puisqu'elles vivaient de leur travail ; certaines ne quittaient même pas leurs cellules et y demeuraient comme emmurées, le monastère devant rester un cachot, selon Pierre le Vénérable. Mais pour des raisons de subsistance, elles avaient été progressivement autorisées à cultiver de plus grandes parcelles, tout en respectant l'interdiction de rencontrer des paysans ou plus généralement des hommes, sauf circonstances exceptionnelles, et auxquels cas accompagnées d'une moniale âgée aux mœurs irréprochables ou du prieur du monastère.

Comme beaucoup de religieuses, Jeanne de Chandieu était entrée au monastère à vingt ans sur décision de son père qui ne pouvait pas la doter. Mais ayant entendu l'appel de Dieu, elle se pliait avec sincérité et humilité à la règle de saint Benoît. N'était-elle pas la première à affirmer qu'une moniale hors de sa clôture était telle une morte hors de son tombeau ?

Comme elle était vénérée de ses compagnes pour sa foi intransigeante, Hugues de Clermont avait demandé aux autres moniales de la choisir comme abbesse, après la mort de leur supérieure. C'était surtout son intérêt, car les Chandieu étaient liés à sa famille.

Jeanne avait de hautes ambitions pour le prieuré. Si elle avait accru les lectures spirituelles, elle avait aussi obtenu de Cluny que ses sœurs puissent défricher la forêt proche. Les religieuses sortaient en petits groupes, bien au-delà des limites de la clôture, et nettoyaient les bois avec des haches, des faux et des faucilles, mettant ainsi de nouvelles terres en exploitation.

Cette politique avait été discutée et critiquée, mais en ce temps où l'abbaye manquait de moyens, Hugues de Clermont l'avait validée. Après tout, moines et moniales ne devaient-ils pas vivre du travail de leurs mains ?

Cependant, les outils que les sœurs utilisaient pouvaient s'avérer dangereux et, un jour, une des moniales avait été sérieusement blessée par une serpe. Incapable de la soigner, Jeanne de Chandieu avait fait appel à Cluny qui avait envoyé Joceran.

Celui-ci avait dû revenir plusieurs fois, la plaie ne guérissant pas. À chacune de ses visites, il rencontrait la prieure et parlait avec elle. Leurs conversations se firent de plus en plus longues, mais toujours autour de la foi et de la place de Dieu sur cette terre.

Joceran possédait un immense savoir et un jugement pénétrant. Jeanne avait le caractère de son ancêtre, Alix de Chandieu, réputée en son temps pour sa beauté, son esprit et sa vertu. La moniale avait trouvé dans l'infirmier de Cluny un esprit puissant comme elle n'en avait jamais rencontré et elle tirait un grand bonheur de leurs entretiens.

Seulement, Joceran et elle ressentirent rapidement l'un envers l'autre une incompréhensible attirance. Une telle passion, si contraire à la vertu et à leurs serments, ne pouvant qu'offenser le Seigneur, ils décidèrent de concert de ne plus se rencontrer.

Cette séparation, qui dura trois mois, fut d'autant plus justifiée que la religieuse blessée était hors de danger.

Mais la rupture ne suffit pas. En vérité Jeanne de Chandieu n'était plus maîtresse de ses sentiments. Elle crut pourtant facile de les dompter par la prière et les punitions. Jeûnant un jour sur deux, refusant de se couvrir pour travailler dans la forêt, même sous la pluie et par grand froid, elle parvint seulement à tomber malade.

Le jour de Noël, la fièvre et la toux la saisirent avec une telle violence que les moniales durent supplier le prieur de Cluny d'envoyer l'infirmier.

Celui-ci était tout aussi dominé par sa passion. Sachant son amour sans espoir, il envisageait même de se donner la mort. Aussi, quand il apprit que Jeanne était mourante, il se précipita au prieuré de Marcigny dès qu'il en obtint l'autorisation. Il lui fallut un mois pour sauver Jeanne de Chandieu. Durant ce mois, il vint plusieurs fois par semaine, apportant simples et sirops et surveillant l'évolution du mal.

À chacune de ses visites, il lui prenait les mains pour savoir si elle était fiévreuse, et elle ne cherchait pas à les retirer. Ceci jusqu'au jour où, alors que la moniale âgée qui restait avec eux s'était rendue à l'office – Jeanne en était dispensée –, Joceran lui effleura la bouche.

D'abord elle regimba, mais le contact de ses lèvres l'ayant ébranlée, elle l'entoura de ses bras pour le serrer et s'abandonna. Cependant elle le repoussa en entendant quelqu'un monter l'escalier, car sa cellule se situait à l'étage du bâtiment jouxtant l'église.

Quand l'infirmier revint, deux jours plus tard, le visage de Jeanne était rouge des larmes qu'elle avait versées. Le cœur plein de sanglots, elle lui annonça qu'ils ne pouvaient continuer ainsi. Il l'approuva et lui avoua être prêt à quitter la robe pour elle.

N'ayant jamais envisagé d'abandonner l'Église, des paroles aussi impies lui firent horreur. Puis elle réfléchit et songea qu'elle n'avait jamais choisi cet état, aussi, lors de sa dernière visite, elle lui dit accepter de partir avec lui. Mais comme ils ne pourraient plus se voir durant des semaines, ils convinrent de communiquer par des billets de parchemin qu'ils cacheraient sous une pierre, près d'un grand chêne éloigné du couvent.

C'était cependant très compliqué pour elle d'écrire un billet et de le porter à l'arbre, car elle était rarement seule. Quant à lui, il ne put revenir que deux fois, le trajet à Marcigny et retour prenant presque une journée.

Mais après ses deux visites, il avait eu confirmation que Jeanne était prête à le suivre. Surtout, il lui avait communiqué quand il viendrait. Ce devait être au début de la nuit de la Saint-Ambroise.

Quand toutes les sœurs furent endormies, sœur Jeanne sortit de sa cellule. Il faisait froid et elle avait passé son manteau sur sa robe. Seuls vêtements qu'elle possédait.

Elle se rendit aux latrines, au même étage que sa chambre. C'était un simple recoin en surplomb, avec une planche percée sur un trou. Les excréments étaient évacués dehors. Ces latrines possédaient une grande fenêtre géminée que l'on pouvait fermer de l'intérieur par un volet quand il faisait trop froid. Elle avait vérifié qu'elle pouvait se faufiler par une des deux ouvertures. Elle monta donc sur l'appui de la fenêtre et se glissa de l'autre côté. Comme l'ouverture était pratiquée à environ deux toises du sol, elle passa une cordelette autour de la colonne et en serra les extrémités autour de ses poignets. Ensuite elle entreprit de descendre, les pieds en appui sur la façade, laissant peu à peu filer la corde.

Ce fut difficile mais rapide. À une toise du sol, elle sauta puis tira la corde à elle pour qu'on ne découvre pas trop tôt sa fuite.

Elle courut ensuite jusqu'au chêne, lieu de leur rendez-vous.

L'attente fut longue, au point qu'elle se demanda s'il allait venir. Elle échafaudait un plan pour entrer dans l'église le matin quand on ouvrirait la porte lorsqu'elle entendit des bruits. Cachée derrière le tronc, elle distingua le souffle d'un cheval qui s'approchait.

— Jeanne ! fit une voix étouffée.
— Je suis là !

Joceran descendit de sa monture, s'approcha du tronc et l'enlaça dès qu'il la vit.

Leur baiser parut durer un temps infini. Il voulait la garder éternellement contre lui, mais elle le repoussa en riant :

— Tu m'as tant manqué, dit-elle dans un soupir. Mais maintenant partons !

Chapitre 8

Au lever du soleil, escortés de quatre hommes d'armes à cheval, le sous-chambrier et le sacriste partirent en chariot pour Mâcon.

Ils arrivèrent à la ville vers dix heures, malgré une pluie fine ayant rendu les chemins boueux, et se rendirent chez un orfèvre qui travaillait souvent pour l'abbaye. Certes, les artisans étaient nombreux à Cluny, mais aucun ne fabriquait de grands reliquaires. C'est à Mâcon qu'on fondait et ciselait les grosses pièces liturgiques comme les ciboires, les grands crucifix et les coffrets.

Le sacriste décrivit l'écrin qu'il désirait, sans préciser ce qu'il contiendrait, et l'orfèvre lui montra une cassette non terminée, mais de la bonne contenance. En argent, avec des incrustations d'or, c'était un bel ouvrage pour lequel il demandait quatre-vingts livres.

Le sous-chambrier chargé de la négociation et des pécunes marchanda, jurant même qu'il irait ailleurs si le prix ne baissait pas, et le marché fut finalement conclu à cinquante livres à condition que l'orfèvre refasse un couvercle en y ajoutant des pierres rares, une forte serrure ainsi qu'une croix. Dans l'immédiat, il placerait une serrure provisoire au couvercle existant.

Les moines repassèrent l'après-midi, le travail étant terminé. Le sous-chambrier paya en pièces d'argent la moitié de la somme, et il fut convenu que l'orfèvre apporterait le nouveau couvercle à l'abbaye sous huit jours.

Ils repartirent, le reliquaire placé dans le chariot, et arrivèrent à Cluny au crépuscule.

Le sacriste se rendit immédiatement chez l'abbé qui l'accompagna à l'église où attendait le sous-chambrier. Deux des gardes venus à Mâcon portaient le reliquaire.

Le prieur, avisé lui aussi, arriva à son tour, le visage tourmenté par l'inquiétude. L'abbé l'interrogea immédiatement du regard.

— Non, vénéré abbé, répondit le prieur en secouant la tête. Je ne sais rien de plus depuis vêpres. Cette disparition est inexplicable. Je crains que notre frère n'ait eu un accident.

— On l'aurait retrouvé…

— De quoi parlez-vous ? demanda le sacriste qui ne comprenait rien à ce dialogue.

— Frère Joceran a disparu, expliqua le prieur. Hier soir, il a prévenu les gardes qu'il partait soigner un malade au bourg. Personne ne l'a vu revenir, à aucune porte. Et, ce matin, ses serviteurs sont venus me dire qu'il n'était pas dans sa chambre et n'y avait pas dormi.

— Incroyable ! Je prierai le Seigneur pour son retour rapide, car que ferons-nous sans lui ?

En parlant, ils se dirigeaient vers la tour du trésor. Le sacriste tenait sa clé à la main et la fit tourner plusieurs fois dans la serrure. Puis il tira à lui la lourde porte de fer.

La salle voûtée se trouvait dans une quasi-obscurité, sa seule ouverture étant une sorte de longue meurtrière. Mais le chambrier avait allumé un bougeoir pris près de l'autel.

Le prieur Renaud de Montboissier ouvrit la huche contenant la lance et, brusquement, ses traits s'affaissèrent.

— Avez-vous changé la Sainte Lance de place ? demanda-t-il au sacriste, d'une voix incertaine, teintée d'inquiétude.
— Non... non...
Ce dernier s'avança à son tour et découvrit le coffret vide. Il resta pétrifié.
— Que signifie ? demanda l'abbé, brusquement effrayé par leurs attitudes.
— La... la Sainte Lance... n'est plus là... Ni l'authentica.
— Impossible ! s'exclama le chambrier, s'avançant vers le coffre à son tour.
— Vous l'avez sortie ! l'accusa le prieur dans un cri.
— Non... non... je ne suis pas revenu depuis hier, vénérable père...
— Gardons notre calme ! lança Hugues de Clermont d'une voix stridente, en contradiction avec ses paroles. Nous ne sommes que quatre à posséder la clé de la tour du trésor. La mienne est à ma taille et ne m'a jamais quitté !
— Ma clé est là, dit le prieur, la sortant de son froc.
Elle était attachée à son cou par un cordon.
— J'ai utilisé la mienne pour ouvrir, dit le sacriste en la tendant. Et je ne l'ai pas utilisée depuis hier.
— Et voici la mienne ! montra le chambrier, soulevant son froc d'un côté.
Elle était attachée avec d'autres clés à sa taille.
— La Sainte Lance est donc forcément ici ! insista l'abbé, comme pour conjurer l'évidence.
— Et s'il s'agissait... murmura le sacriste.
— De quoi ?
— D'un miracle, proposa le sacriste. Le Seigneur l'aurait rappelée à Lui...
— Impossible ! répliqua le chambrier, haussant les épaules.
— Pourquoi ? lui lança le sacriste avec aigreur. Croyez-vous un tel prodige impossible ?

109

— Non... mais ça ne s'est jamais vu...

Le silence s'établit.

— Et si cette disparition avait un rapport avec celle de frère Joceran... suggéra le prieur après un instant de réflexion.

— Comment cela ?

— Et si frère Joceran était tout simplement parti avec...

— Il l'aurait... volée ? s'exclama l'abbé.

— Je n'ose proférer une telle accusation, mais reconnaissez que ces deux disparitions au même moment sont étonnantes.

— Frère Étienne, fouillez entièrement la tour avec frère Orderic. Je vous attendrai chez moi. Renaud, accompagne-moi.

Le prieur et l'abbé se retrouvèrent dans l'appartement de l'abbé.

— Dis-moi tout ce que tu as appris sur le départ de frère Joceran.

Le prieur expliqua seulement qu'on avait vu l'infirmier à l'écurie à la nuit tombante, puis sortir de l'abbaye avec pour seule explication qu'il allait voir un malade.

Un frisson parcourut l'abbé.

— Mais où aurait-il mis la lance ?

L'autre haussa les épaules pour marquer son ignorance.

— Va te renseigner à l'infirmerie pour savoir ce qu'il aurait pu dire avant son départ.

— Je pense à un autre fait troublant, vénéré abbé. Hier, avant vêpres, frère Joceran est venu dans la salle au trésor. Il a demandé à voir la Sainte Lance...

— Que Dieu nous protège ! s'exclama l'abbé, levant les yeux au plafond. Aurions-nous nourri un serpent dans notre sein ?

— Mais comment a-t-il pu faire ?
— Il a pu disposer d'une fausse clé.

Le prieur sortit mais l'abbé ne resta pas longtemps seul. On frappa à la porte. Croyant qu'il s'agissait du sacriste et du chambrier, il alla ouvrir.

Il s'agissait du prieur de Marcigny, accompagné d'un moine et de deux moniales, dont l'une âgée. Des sœurs à Cluny ! La règle de saint Benoît interdisait l'entrée des femmes dans la clôture ! Pour quelle raison les avait-on laissées entrer ?

Faisant fi de toute courtoisie, il demanda d'un ton rogue, mélange de surprise et de colère :

— Que voulez-vous ?
— Un événement d'une gravité exceptionnelle nous amène, mon père. Que Dieu nous protège, dit humblement le prieur, les yeux baissés.

Son visage affichait son désarroi. Une autre catastrophe ? s'interrogea l'abbé.

— Entrez, mes frères, proposa-t-il. Et vous aussi, mes sœurs.

Il referma soigneusement la porte derrière eux.

— Sœur Anne est la sous-prieure de Marcigny, expliqua le prieur du couvent des hommes en désignant la plus jeune des moniales. Sœur Claire l'accompagne. Sœur Anne est venue me trouver ce matin... Mais racontez donc, ma sœur, suggéra le moine, comme s'il ne voulait pas être mêlé à ce qui allait être révélé.

— Cette nuit, vénéré père, fit-elle, les larmes aux yeux, nous n'avons pas vu notre prieure aux offices, mais aucune de nous n'a voulu la réveiller dans sa cellule, car depuis plusieurs jours elle paraissait tourmentée. Cependant, après prime, je suis allée la voir. Son lit était vide.

— Vide ! Depuis quand ?
— Je l'ignore, mon père. Elle a soupé avec nous. C'était la dernière fois que je la voyais. J'ai pensé à un accident, dans le cas où elle se serait levée dans la nuit.

111

Nous avons tout fouillé, mais le couvent et l'église ne sont pas grands. Nous avons ensuite exploré les alentours, imaginant qu'elle avait décidé de sortir dans la nuit...

— Pourquoi serait-elle sortie ?

— Je ne sais pas... J'ai pensé qu'elle aurait pu entendre des bruits... s'inquiéter... et comme nous n'avons rien découvert, en fin de matinée, je suis allée trouver le père prieur, malgré l'interdiction que nous avons de nous rencontrer.

— J'ai repris les explorations, vénéré père, enchaîna le prieur de Marcigny. Nous avons cherché tout l'après-midi, avec les moines et les habitants du village. J'ai pensé, comme ma sœur, que sœur Jeanne s'était réveillée dans la nuit, attirée par un bruit, peut-être un hennissement, des voix... bref, qu'elle était sortie... et qu'elle aurait été saisie par des gens d'armes..., des routiers peut-être.

— Dieu tout-puissant ! s'exclama Hugues.

— Seulement, nous avons découvert des traces de sabots, mais d'un seul cheval... derrière l'abbaye, près d'un chêne.

— Un seul...

Observant que la sous-prieure se mordillait les lèvres, il lui demanda :

— Que savez-vous d'autre ?

— Voilà... Je ne veux pas proférer d'accusation... mais sœur Jeanne se rendait souvent seule à ce chêne. Plusieurs sœurs l'avaient remarqué et en étaient intriguées.

— Pour quelle raison allait-elle à ce chêne ?

— Je me suis aussi aperçue que deux morceaux de parchemin avaient disparu. Nous en avons très peu et c'est moi qui les conserve.

Que voulait-elle lui dire ? se demanda Hugues de Clermont. Que la prieure aurait écrit un message sur un parchemin ? Une lettre ? Une lettre qu'elle aurait déposée près du chêne ? Une idée folle s'insinua dans l'esprit de l'abbé... Et si ce cheval était celui que l'infirmier avait pris...

Cette affaire devenait d'une gravité exceptionnelle, songea-t-il avec effroi. Joceran aurait-il volé la Sainte Lance, puis emmené la prieure ? Auquel cas, il y aurait double blasphème ! Il se signa rapidement, s'efforçant de chasser cette abominable idée.

— Vous dites que sœur Jeanne paraissait tourmentée ?

— Oui, vénéré père. Depuis sa maladie, cet hiver, elle s'occupait de moins en moins du couvent, elle semblait absente.

— Sa maladie... N'est-ce pas frère Joceran qui l'a soignée ?

— En effet, seigneur, il est venu très souvent, pendant plus d'un mois, intervint la sœur la plus âgée. J'avais dit à notre prieure que cela ne pouvait continuer mais elle m'a rabrouée, disant qu'elle avait besoin de soins.

L'abbé comprit parfaitement ce que les deux femmes insinuaient. Elles avaient deviné une diabolique relation charnelle entre l'infirmier et la prieure.

— Mes frères, mes sœurs, rendez-vous à la maison des hôtes. On vous y donnera des chambres. Nous reparlerons de cela demain.

Le prieur de Marcigny voulut insister mais le regard de braise de l'abbé le fit taire. Il devina que celui-ci détenait d'autres informations qu'il ne voulait pas communiquer.

Il s'inclina, l'autre moine et les deux moniales firent de même et tous quittèrent la chambre.

Hugues de Clermont se rendit à son prie-Dieu et, s'étant agenouillé, supplia le Seigneur de l'éclairer.

Peu après arrivèrent le chambrier et le sacriste qui n'avaient rien trouvé. Hugues de Clermont leur demanda de se rendre à leur dortoir et de revenir le lendemain après vigiles. Il les recevrait dans sa chambre.

Eux non plus n'osèrent poser de questions et se retirèrent. L'abbé ne voulait parler de l'affaire qu'avec le prieur. Celui-ci fit son entrée un peu plus tard.

— Il est bien parti volontairement, père abbé, dit-il, tout essoufflé tant il s'était pressé pour revenir de l'infirmerie.

— Raconte !

— Il a demandé des pains et des salaisons à leur cuisine. Mais surtout, son coffre est vide.

— Comment cela ?

— Habituellement, il y conserve sa trousse de médecin et de grandes sacoches de cheval qu'il emporte pour se déplacer hors de la clôture. Elles n'y sont plus. Ne restaient dans le coffre que les clés dont il disposait, dont celle du trésor de l'infirmerie.

— A-t-il aussi rapiné les deniers des malades ! s'offusqua Hugues.

— En partie, hélas ! Mais seulement quelques pièces d'or. J'ai fait recompter ce qui reste par le sous-chambrier. Il aurait aussi emporté un très rare livre de médecine qu'il avait demandé à l'armarius ainsi que de petites quantités d'épices ; de l'opium en particulier.

— Le Judas ! ragea l'abbé, les bras levés en signe d'imprécation. Et moi qui ne me doutais de rien ! Quel perfide cafard ! Mais comment se fait-il que personne ne se soit interrogé quand on l'a vu avec ces sacoches ?

— On a dû croire qu'il se rendait chez un malade... Cela lui arrivait, fit le prieur, craignant que l'abbé ne lui reproche de ne pas faire régner la discipline.

— Tu as certainement raison... Mais il y a plus grave, Renaud...

— Quoi donc ? Que peut-il y avoir de plus grave que d'avoir perdu la Sainte Lance et ne pas s'être rendu compte que nous vivions ici avec un perfide relaps ? fit aigrement le prieur.

— Ledit relaps a enlevé la prieure de Marcigny.
— Quoi !
— Tu as bien entendu... Ma cousine, Jeanne de Chandieu ! Il l'a séduite ! C'est un véritable démon !

L'abbé relata l'inconcevable nouvelle qu'il venait d'apprendre.

— C'est une fuite préparée de longue date. J'aurais dû être plus lucide !
— On va les rattraper ! affirma le prieur.
— Certainement. Va à la maison des hôtes et ramène-moi le sire de Brancion. Il est l'homme qu'il nous faut pour les retrouver et les châtier.

Quand le prieur entra dans sa chambre, Arnuphe jouait tout seul à la rafle à trois dés, essayant de trouver une façon de lancer qui le ferait gagner à tous les coups. La vacillante lueur d'une bougie de suif éclairait la table sur laquelle il s'adonnait à cet exercice.

— Seigneur de Brancion, on ne joue pas à Cluny ! lui reprocha le prieur avant même de le saluer.
— Il ne vous a pas échappé, révérend prieur, que je suis seul, observa le chevalier sans lever les yeux.
— Même seul !
— Sire Renaud de Montboissier, dit Brancion en le regardant, cette fois, avec un fin sourire. Ignorez-vous que l'habileté aux dés est un des talents exigés d'un chevalier ?
— Je suis le prieur de ce couvent, seigneur Brancion, et mon devoir est de faire respecter la règle, telle que Pierre le Vénérable l'a édictée. Mais je ne viens pas pour vous faire des reproches.
— Pourtant je le craignais, ironisa le chevalier.
— On vient de nous voler !
— Qui ?
— Cluny ! On vient de voler une sainte relique, dans l'église même, dans la tour du trésor...

— Incroyable ! s'exclama Brancion, se levant de son escabelle... Quel voleur peut être assez adroit pour pénétrer dans la tour du trésor ?

— Pas un voleur ordinaire. L'infirmier, frère Joceran d'Oc.

— Impossible ! C'est lui qui m'a soigné, jamais je n'ai connu homme plus digne de parole, plus loyal, plus miséricordieux !

— Judas aussi était droit... avant ! remarqua tristement le prieur. N'a-t-il pas trompé Notre-Seigneur Jésus ?

Il se signa pour avoir nommé celui qui avait trahi le Seigneur.

— Quelle relique a été volée ?

— Nous venions de l'acheter pour mille pièces d'or. N'en parlez à personne : la Sainte Lance.

Incrédule, Brancion se mit à ricaner :

— C'est un conte ! La lance est à Constantinople !

— Ce n'est pas celle-là. Il s'agit de celle d'Antioche, celle qui a disparu il y a quelques années.

— On vous a bernés ! fit Brancion d'un ton moqueur, en haussant les épaules.

— Croyez-vous qu'on me berne si facilement ? répliqua l'abbé avec aigreur. Il y avait une authentica. Une charte de l'archevêque d'Antioche décrivant la lance telle qu'elle avait été découverte, avec les sceaux des seigneurs témoins. Ce document ne permettait aucune contestation. De plus, la lame était gravée des lettres. CCA LONGINVS.

Comme Brancion restait silencieux, le prieur poursuivit :

— Venez avec moi, je vous en prie. Notre abbé a besoin de vous.

— Entendu, fit Brancion, cette fois troublé.

Il noua un second baudrier sur sa robe de velours azur marquée de trois ondées d'or et y glissa son estramaçon. Sa première ceinture portait une dague et une escarcelle.

L'abbé les attendait avec impatience. Il fit asseoir le chevalier sur son lit et lui raconta tout : la sainte relique, son achat, la veille, son vol inexplicable, la fuite de l'infirmier et enfin la disparition de la prieure.

— Selon vous, tout avait été préparé de longue date ? s'enquit le chevalier.

— Tout le démontre, hélas ! Joceran a rencontré sœur Jeanne il y a un an, pour soigner une moniale blessée. Ensuite, quand elle a failli mourir d'une fluxion, il est allé la voir à plusieurs reprises, m'expliquant que sa maladie traînait. Mais en réalité, c'était pour la séduire.

— Je veux bien l'admettre, seulement comment aurait-il volé la Sainte Lance avant de partir ?

— Nous l'ignorons. Sans doute possédait-il secrètement la clé de la tour du trésor.

— Possible, mais cela signifie qu'il aurait fait faire un double depuis déjà quelque temps. Or vous me dites que vous veniez d'acheter la lance. Pour quelle raison aurait-il donc fait ce double ?

Pris en défaut, l'abbé grimaça. Heureusement, le prieur vint à son secours :

— Il envisageait tout simplement de voler une autre relique, pour la vendre, mais ayant appris que nous avions la lance, il a jugé plus facile de l'emporter.

— Pourquoi pas ? reconnut Brancion, malgré tout dubitatif. Maintenant, qu'attendez-vous de moi ? Que je le poursuive ? Que je vous le ramène ?

— Rapportez la Sainte Lance, c'est tout ! décida l'abbé. Peu me chaut ce Judas et sa prostituée ! Que, comme Jézabel, elle soit mangée par les chiens !

— Si vous avez l'occasion de les punir, faites-le quand même, précisa le prieur la lèvre supérieure retroussée en un rictus empreint de méchanceté.

L'abbé approuva du chef.

— Je partirai demain. Je prendrai avec moi trois de mes hommes qui logent au bourg. Maintenant, parlons des gages.

— Des gages ?

— Je ne vais pas revenir ici chaque fois que j'aurai une dépense ! argua Brancion. Or trouver Joceran sera long et difficile.

— Il n'est parti qu'hier !

— À cheval, en une vingtaine d'heures, il a pu parcourir cinquante à cent lieues. Où croyez-vous qu'il ait pu aller ? Dans quelle direction ?

Les deux moines affichèrent leur ignorance.

— Si vous ne pouvez m'aider, j'irai donc au gré des témoignages que je récolterai. Cela me conduira également sur de mauvaises voies. Je ne suis donc pas sûr de leur mettre la main dessus rapidement, même en faisant tout pour y parvenir. Il faut donc parler argent : pour l'heure, vous me versez douze livres par an. Je vais payer des gages à mes gens, les nourrir et les loger. Je veux au moins cent livres.

— Cent ! s'étouffa l'abbé.

— Je vous l'ai dit, une telle quête peut me prendre des années. Quand j'aurai tout dépensé, si je ne les ai pas trouvés, je reviendrai. Et si je découvre la lance avant, je vous la rapporterai et je vous rendrai la somme qui me restera.

Comme les deux hommes demeuraient silencieux, Brancion ajouta :

— Vous avez payé la Sainte Lance mille pièces d'or. Aussi, si je vous la ramène, vous me verserez cent pièces d'or en récompense.

— Impossible ! laissa tomber le prieur.

Brancion se leva en écartant les bras.

— Alors, trouvez quelqu'un d'autre !

— Vous ne pouvez refuser ! menaça l'abbé.

— Pourquoi ? Vous ai-je donné ma foi ? M'avez-vous cédé un fief ? Suis-je votre vassal ? J'ai fait moult besognes pour vous, et je crois que vous n'avez jamais eu à vous plaindre de moi, mais ce que vous me demandez est tâche quasi impossible ! Je vous le répète : trouvez quelqu'un d'autre !

Il s'apprêta à partir mais l'abbé lui fit signe de rester. Un silence lourd de réflexion s'installa. L'abbé se rendait compte qu'il ne pouvait faire confiance à nul autre que Brancion. Un autre mercenaire pourrait bien garder la relique après l'avoir trouvée. Or il connaissait la loyauté d'Arnuphe. Enfin, il espérait la connaître ! Quant à sortir cent livres des caisses de Cluny, c'était encore possible.

— Qu'en dis-tu, Renaud ?

— Que nous sommes dans une nasse, comme de petits poissons. Soit nous acceptons la perte de mille sous d'or, et de laisser nous narguer un voleur et un apostat, soit nous payons.

— C'est un jeu, frère Renaud ! persifla Brancion. Mais je vous aiderai à le gagner, même si vous n'aimez pas ça.

— Entendu ! décida l'abbé, le visage fermé.

— Je passerai vous voir avant de partir. Demain, je veux mes cent livres, et un acte précisant la récompense si je retrouve la Sainte Lance. En prime, j'essaierai de vous ramener le voleur et sa gueuse.

— Vous aurez tout cela, promit l'abbé, vaincu.

Chapitre 9

Ils marchaient encore au crépuscule et Guilhem sentait la fatigue lui scier les jambes. Pourtant Simon le rémouleur, ou plutôt Simon l'Adroit, continuait à avancer d'un pas régulier. Le jeune garçon se disait qu'il avait bien sous-estimé son compagnon. En même temps, la faim le tenaillait et il se demandait où ils dormiraient.

— Prenons par-là, fit l'aiguiseur, lui montrant un embranchement.

Ce n'était même pas un sentier, à peine une sente s'écartant du chemin pour s'enfoncer dans les taillis.

Mais où allaient-ils ?

Ayant parcouru un quart de lieue et passé une combe où coulait un torrent, ils débouchèrent sur une prairie où poussaient des thyms rachitiques. Au milieu était érigé un vieux bâtiment en galets entouré d'un enclos de pierres sèches. La bâtisse devait mesurer vingt cannes de longueur et opposait, au septentrion, une extrémité pointue pour résister au vent. Au sud, l'étroite façade était percée d'une ouverture d'une canne, sans porte. S'approchant, Guilhem observa que les galets des murs étaient mélangés à des tessons de céramique et d'amphores. Des treillis de roseaux bouchaient les trous dans la toiture en pierres plates.

L'intérieur, jonché de crottes rondes, sentait le suint. Près de l'entrée, on avait aménagé un foyer avec une réserve de bois.

— On a de la chance, à cette époque, il y a encore parfois des moutons, observa Simon après avoir déposé ses affaires. Allume le feu, je vais chercher du bois sec. Il faudra en laisser autant que nous en avons trouvé. C'est la règle.

Guilhem s'exécuta puis sortit de sa gibecière les provisions provenant des cuisines de l'archevêque. Ensuite, il étala son manteau sur la paille. La salle était vaste et il se réjouissait de passer la nuit au sec.

Simon revint, les bras chargés de branches sèches.

— On en ramassera encore avant de partir, dit-il.

À son tour, il sortit de son sac pain, fromage, morceaux de viande séchée et quelques tubercules avant de regarder les vivres de Guilhem.

— Je vais te faire une succulente et épaisse soupe ! Et le pain à tremper ne va pas nous manquer !

Il accrocha une petite marmite d'eau à une chaîne qui pendait au-dessus du foyer.

Pendant que l'eau chauffait, le rémouleur expliqua à Guilhem qu'ils passeraient par Nîmes pour se rendre à Alest.

— Cela demandera trois, quatre semaines de marche, peut-être plus, car on s'arrêtera partout où on a besoin de mes services. Rien qu'à Nîmes on restera deux ou trois jours.

— Je pourrai vous aider ?

— J'y compte bien ! D'ailleurs, va chercher la meule, il est temps que tu apprennes à t'en servir.

Guilhem s'exécuta et l'installa devant le feu. Quatre montants en sapin permettaient de la placer à bonne hauteur.

L'eau bouillait et le rémouleur y vida ce qu'il avait préparé en remuant avec une cuillère de bois, puis y ajouta de la farine d'orge sans cesser de mélanger.

— Que fera-t-on à Alest ? demanda Guilhem en faisant tourner la manivelle de la meule.

— Tu sais combien le fer est cher ; or, là-bas, le pays est riche en minerai. On l'extrait un peu de partout et les forges utilisent la force des rivières pour le marteler. Sorti des mines, il est fondu en barres et en lingots, après quoi d'habiles fèvres[1] le forgent en épées, en couteaux, en plaques de broignes, et même en fils et en mailles pour les haubergiers. Comme ils sont très nombreux, je peux leur acheter de belles lames à des prix raisonnables. Ensuite, je les aiguise et je les monte sur des manches.

» Laisse-moi te montrer, mais surveille quand même la soupe !

Il tira un couteau d'un sac. La lame était très large, rebondie, avec une poignée simplement formée d'une courbure du fer.

— Tu vois, cette lame, qui n'est pas aiguisée, vient justement d'un forgeron d'Alest. Fais couler un peu d'eau sur la meule et tourne la manivelle... pas si vite !

Il appuya le fer sur la pierre, faisant naître quelques étincelles.

Guilhem suivit la leçon tout en remuant la soupe. Puis, à son tour, il aiguisa une lame.

Quand la soupe fut prête et odorante, Simon se servit une écuelle et laissa la marmite à Guilhem.

— Un couteau bien tranchant permet de belles prouesses. Un jour, j'ai si bien aiguisé une lame : un fer très large, très lourd et long de plus d'un pied...

Avec ses mains, il mimait la forme du couteau.

— ... que son possesseur l'a utilisée pour partager un mouton en deux, d'un seul coup, devant moi !

Ébloui, Guilhem demanda :

— C'est pour ça qu'on vous nomme Simon l'Adroit ?

---

1. Forgerons.

— Pour ça et d'autres raisons, répondit énigmatiquement le rémouleur.

— Et les épées, on les aiguise de la même façon ?

— Pas tout à fait, c'est plus difficile. Tout dépend de ce que l'on veut faire avec leur lame : percer ou tailler ! À Nîmes, j'aurai à aiguiser des épées de chevalier, je te montrerai. Mais le travail de forge n'est pas le même non plus pour des épées et des couteaux, les forgerons t'en diront plus.

— On fait des épées à Alest ?

— On fait de tout là-bas : les forgerons forment des casques et des plates, et les tréfileurs de mailles des haubergs et des jaques. Mais c'est surtout à Rodez, où on ira l'hiver prochain, si tu restes avec moi, que tu verras des forgerons d'épées.

— Je resterai avec vous, maître ! promit Guilhem, les yeux brillants de joie.

Plus tard, il s'endormit en songeant à tout ce qu'il allait apprendre. Il commençait à oublier ce qui s'était passé à Marseille.

Le lendemain, ils s'arrêtèrent plusieurs fois. Dans des fermes fortifiées et aussi dans un petit bourg où ils s'installèrent à l'intérieur d'une étable. Partout le rémouleur était bien accueilli, car Simon était connu pour son affûtage parfait, entamant à peine le métal. C'est que les couteaux, les haches et les ciseaux étaient indispensables à la vie de tous les jours. Or ils coûtaient cher. Mal aiguisés, ils s'usaient vite et demandaient plus d'efforts. Un bon rémouleur faisait donc gagner du temps et de l'argent.

On le payait en vivres et en vin, rarement en pièces de monnaie, ce qui ne manquait pas d'inquiéter Simon, car un surplus de nourriture sous-entendait qu'on le porte. Qui plus est, le rémouleur savait qu'il aurait besoin de sous pour payer les forgerons d'Alest.

À Nîmes, ils franchirent le rempart romain par la porte Neuve et furent reçus dans le château des Arènes. C'est là que vivaient le vicomte de Nîmes et les chevaliers des Arènes, gardiens de la forteresse. Comme à Arles, de nombreuses maisons avaient été bâties à l'intérieur de l'amphithéâtre.

Simon monta sa meule sur une placette et les clients arrivèrent nombreux, laissant qui un œuf, qui un morceau de lard, ou simplement du pain et du grain suivant le nombre d'aiguisages demandés.

Guilhem, qui n'avait rien à faire, se sentait inutile. Il s'éloigna donc vers une antique tour carrée transformée en chapelle sous l'invocation de saint Martin. Après s'être installé devant son porche, il se mit à chanter le *Salve Regina*. Très vite, de petits groupes se formèrent et quelques piécettes de cuivre commencèrent à tomber. Quand l'intendant du comte, ayant appris l'arrivée du rémouleur, vint chercher Simon pour aiguiser les couteaux et les armes du château, il fut charmé par les psaumes interprétés par le jeune garçon et les pria de venir souper à la table du vicomte de Nîmes. En échange, Guilhem chanterait à la fin du repas.

Le vicomte logeait dans un donjon érigé sur les énormes maçonneries romaines. Les galeries du monument romain avaient été transformées en longues salles utilisées pour les repas et rendre la justice.

Ils mangèrent à la grande table, avec le vicomte, personnage impressionnant par sa taille, son maintien et son visage léonin. Les chevaliers des Arènes l'entouraient, avec leurs épouses, et, au bout de la table, les serviteurs. Intimidé, Guilhem n'en fut pas moins séduit par tous ces gens en armes. Un troubadour de passage interpréta quelques contes en s'accompagnant d'une viole, puis ce fut le tour de Guilhem qui chanta son répertoire religieux avec un grand succès.

Satisfait, le vicomte les logea avec ses domestiques et, les deux jours suivants, Simon eut du travail d'aiguisage à profusion qui fut payé avec dix deniers d'argent de Melgueil. Durant ces deux jours, Guilhem put examiner et manipuler les armes que les chevaliers et les écuyers voulaient bien lui montrer. Il essaya une arbalète sur les gradins de l'amphithéâtre et utilisa même une massue de bois, une rondache et une épée, dont la lame large et courte avait des tranchants rabattus et une pointe émoussée, dans une joute courtoise avec un jeune écuyer.

En quittant le château des Arènes, ils s'arrêtèrent deux journées dans le bourg de Nîmes où ils gagnèrent encore quelques deniers par leur travail. Ravagée par les Sarrasins, les pestes et les famines, l'ancienne ville romaine était dépeuplée et ruinée. Ses habitants logeaient dans des masures misérables, en bois et en torchis, le long de ruelles ravinées, mais une bourgeoisie marchande tentait de redonner vie à la cité désormais dirigée par des consuls.

Ils reprirent la route chargés de vivres, s'arrêtant à chaque fois qu'on leur demandait des aiguisages.

De plus en plus souvent, Guilhem chantait sur le chemin. Sur les questions de Simon, intrigué qu'il connaisse si bien les chants religieux, il avoua avoir appris dans un couvent. Mais il n'en dit pas plus.

Autour d'eux, le paysage changea. Les chemins devinrent plus raides, plus caillouteux, et la forêt s'épaissit.

— N'y a-t-il pas des loups ici ? s'inquiéta Guilhem, qui avait taillé un bâton en épieu et s'en servait pour la marche.

— Des loups et des brigands, répondit calmement Simon.

— Que ferons-nous s'ils s'en prennent à nous ?

— Pour les loups, il faudra trouver un refuge mais, en cette saison, ils ne manquent pas de gibier et ne s'attaquent pas aux hommes. Quant aux brigands, nous ne risquons rien avec ceux que je connais. S'ils m'arrêtent, je leur aiguiserai leurs couteaux gentiment et ils nous laisseront tranquilles. Pour les autres, ils auront plus à craindre que moi.

— Comment cela ?

— Regarde cette branche, dit Simon en montrant à son compagnon une ramure de frêne, à trois ou quatre toises de là. Imagine que ce soit un larron.

Le temps d'un battement de cils, il avait tiré deux des couteaux qu'il portait en travers de son torse et les avait lancés. Les lames s'étaient plantées dans la branche l'une à côté de l'autre.

— Comment faites-vous ça ? s'exclama Guilhem, émerveillé.

— C'est facile, ce sont des couteaux à lancer. Ils partent tout seuls !

— M'apprendrez-vous, maître Simon ?

— Si tu veux, sourit le vieux rémouleur.

— C'est donc pour ça qu'on vous appelle Simon l'Adroit ?

— Tu as deviné.

Ce soir-là, après souper, il lui montra les différents couteaux qu'il transportait.

Ils s'étaient installés dans une construction de pierres sèches bâtie contre un escarpement. Une borie, avait expliqué Simon. Les moutons s'y abritaient avec leur berger quand il faisait froid.

— Celui-là, fit-il en sortant le plus grand de ses couteaux, est une lame pour la chasse.

Le manche était épais, en chêne sculpté.

— Ces petits couteaux, tu les connais…

C'étaient ceux qu'il avait aiguisés.

— Ces deux-là, c'est moi qui les ai emmanchés, avec de la corne de cerf ou de l'os. Celui-ci a une lame de Damas, extrêmement tranchante. Ces quatre autres sont des couteaux de pèlerin. Ce sont ceux qui se vendent le plus. Et voici mes couteaux à lancer. Observe combien la lame est courte, plate, et arrondie au milieu.

Elle fait à peine la longueur du manche, qui lui aussi est en fer. Ils ne sont tranchants qu'à leur extrémité et très pointus.

Il en lança un qui se planta dans une souche placée auprès du foyer et servant de siège.

— Je peux essayer ?

Simon lui tendit son second couteau.

Guilhem imita le geste de son maître et envoya la lame qui se ficha à côté de l'autre.

— Tu as un bon coup d'œil, reconnut Simon. Maintenant, il faut que tu t'entraînes pour être précis et surtout rapide. Mais avant, tu devras apprendre à emmancher les lames. On commencera demain.

Il ajouta :

— N'oublie jamais, petit : *Coteu de ren, ome de ren*[1].

Guilhem lui montra alors le couteau de son père qu'il portait attaché à son cou et lui expliqua comment il lui avait permis d'éviter le servage quand il avait été capturé par les gens de Trinquetaille.

C'était la première fois qu'il parlait de ce qu'il avait fait avant leur rencontre.

Le lendemain, après une halte durant laquelle Simon avait montré à Guilhem comment tailler un morceau de bois pour l'emmancher sur une lame, la chaleur du soleil au zénith les obligea à enlever leurs robes qu'ils attachèrent sur leur dos. Tandis qu'ils reprenaient leur marche en braies et en chemise, Simon aperçut le disque de cristal taillé au cou de Guilhem.

— Qu'est-ce que c'est ? s'enquit-il.

Guilhem devint écarlate.

— Je l'ai trouvé, balbutia-t-il.

— J'en ai déjà vu, chez des seigneurs... Montre-le-moi.

---

1. Couteau de rien, homme de rien.

Guilhem retira la pierre et la lui passa.

Simon la tourna entre ses doigts, puis la mit devant un œil.

— Cela sert à grossir les objets... C'est un Arabe qui l'a taillée, dit-il.

— On me l'a dit en effet, fit Guilhem qui ne voulait pas en parler.

— Ça peut aussi servir à autre chose. Arrêtons-nous là pour emplir nos gourdes, je vais te montrer.

Ils longeaient un ruisseau et ils s'assirent sur les racines d'un saule. Pendant que Guilhem emplissait les gourdes, Simon cherchait à capter les rayons du soleil avec le verre.

— Regarde, lui dit-il. Un seigneur m'a montré ça dans son château, avec des brindilles.

Il rassembla un tas de feuilles sèches, tint le cristal à quelques pouces et focalisa un rayon de soleil. Un point rouge s'afficha sur les feuilles qui soudain s'enflammèrent.

Guilhem recula, terrifié.

— C'est le démon...

— Non, juste ton cristal.

Il écrasa les feuilles enflammées et lui tendit le verre :

— Essaie.

Guilhem prit le cristal avec précaution. Simon le guida et lui montra comment concentrer les rayons.

— Tu vois, à travers le verre la lumière du soleil provoque un cercle sur les feuilles. Quand ce cercle se réduit, en rapprochant le disque, la chaleur devient intense, jusqu'à brûler.

Les feuilles s'enflammèrent et Guilhem, pris de peur, lâcha le cristal.

— Le diable n'a rien à y voir ! plaisanta Simon. Souviens-toi seulement qu'avec ce verre, tu peux faire du feu.

À chaque halte, le rémouleur lui prodiguait une nouvelle leçon sur la façon de fourbir les lames sur les manches, et, quand il en avait l'occasion, Guilhem affûtait les couteaux que Simon n'avait pas encore aiguisés. Un soir, le rémouleur lui passa le dernier qui lui restait. C'était un couteau à lancer.

— Celui-là, je te l'offre, Guilhem. Affûte-le et garde-le. Tu pourras t'entraîner avec.

— Mais ce couteau, vous pourrez le vendre à Alest !

— Tu oublies les gains de tes quêtes quand tu as chanté devant les églises. Tu m'as rapporté bien plus que sa valeur, aussi tu l'as bien mérité.

Ils arrivèrent à Alest au début du mois de juin sous un soleil écrasant. C'était un petit bourg de maisons en bois et torchis appartenant à un coseigneur de la famille des seigneurs de Narbonne. Les boutiques y étaient nombreuses et l'argent circulait facilement car, malgré les apparences, la ville était riche des innombrables mines d'or, d'argent et surtout de fer disséminées dans les montagnes alentour.

Simon loua une petite pièce dans un grenier. La chaleur y était étouffante, mais elle ne les indisposa pas, car ils restaient la plupart du temps dehors. Ils firent d'abord du colportage dans les fermes et les villages des montagnes environnantes, partout où on avait besoin d'un rémouleur.

Guilhem découvrit des forges dans toutes les vallées. Toujours au bord d'une rivière, elles paraissaient identiques : une roue à eau entraînait une roue dentée faisant monter et retomber un lourd marteau. Cette masse écrasait le minerai en fusion provenant d'un four de pierre recevant de l'air par un soufflet de cuir, lui aussi activé par la roue à eau. Ces chocs débarrassaient le minerai de ses scories et martelaient des blocs de métal ou des barres vendus ensuite aux forgerons d'Alest.

Car à Alest, on trouvait toutes sortes d'artisans transformant le fer brut. Des maréchaux-ferrants, des serruriers, des cercleurs de tonneaux, des faiseurs de charrues, des chaudronniers, et tous les armuriers possibles : des tréfiliers étirant le fil à mailles, des escuciers faisant écus et casques, des éperonniers, des mailleurs forgeant des mailles, des haubergiers fabriquant des hauberts et des cervelières. Et bien sûr tous les autres métiers de la métallurgie comme des fermaillers travaillant les fermoirs, des forcetiers confectionnant des lames de forces, des couteliers, des fourbisseurs et des faiseurs de carreaux d'arbalète, de fers de lance ou de pointes de flèche.

Guilhem ne se lassait pas de les voir travailler avec leurs enclumes de pierre. Avec eux, il apprit à battre le fer et à utiliser les filières, ces grosses plaques métalliques percées de trois ou quatre trous, au travers desquels étaient tirés les fils de fer pour faire des mailles.

Parlant avec les fèvres et leurs ouvriers, curieux de tout et les aidant si nécessaire, il s'instruisit sur les procédés de fabrication. Il pensait de moins en moins à sa vie de tanneur, à sa famille et au crime qu'il avait commis. On devait l'avoir oublié à Marseille, songeait-il. Au demeurant, il n'y retournerait jamais.

Simon acheta des lames forgées chez ses fournisseurs habituels. Une fois aiguisées et fourbies, il les revendrait durant leur voyage pour Rodez. Quant à Guilhem, il dépensa toute sa fortune pour un autre couteau à lancer et une longue lame de chasse de plus d'un pied de long, qui ressemblait fort à une épée et qu'il aiguisa et emmancha lui-même.

Il fut aussi tenté par une flûte que lui vendit un troubadour de passage et entreprit d'apprendre à en jouer, devenant rapidement bon interprète. Il s'en accompagnait pour chanter le dimanche devant l'église. C'est également à Alest qu'il connut sa première femme. Une tenancière, surnommée l'Abbesse et choisie par le coseigneur, tenait une maison avec de belles et agoustantes partenaires à paillardises, bien nécessaire dans une ville de mineurs.

Simon acheta aussi des bouterolles[1] fabriquées par un forgeron, Guilhem lui ayant promis de coudre des fourreaux de cuir.

---

1. Extrémités métalliques des fourreaux.

Chapitre 10

Ils restèrent à Alest jusqu'à la fin du mois d'août et partirent après un violent orage qui, en rafraîchissant l'air, soulagea tout le monde. Durant l'été, la chaleur avait été infernale et des milliers de moucherons, venus de bestiaux, suçaient le sang des gens, les rendant malades, parfois jusqu'à ce que mort s'ensuive.

De nouveau, ils traversèrent des montagnes et des plateaux, sauvages et déserts. Guilhem avait placé une pointe de fer à l'extrémité de son épieu, le transformant en lance dont il se servait avec adresse, tout comme les couteaux qu'il possédait désormais.

Ils étaient partis depuis plusieurs jours et marchaient l'un derrière l'autre, dans un vallon, le long d'un ruisselet bordé par une falaise, quand déboucha devant eux un énorme sanglier roux qui les chargea en grognant. Avec une vivacité incroyable, Guilhem lança son épieu qui atteignit la bête au bourbelier[1], mais sans la tuer. Tirant son grand couteau, il se jeta sur elle et lui trancha la gorge comme il l'aurait fait à un cochon.

L'affaire, réglée en un instant, laissa Simon stupéfait, puis affolé.

---

1. Torse.

— Cache vite le corps de cette bête et filons ! s'écria-t-il.
— Non ! On va le dépouiller et s'en nourrir ! Cela fait presque une semaine qu'on n'a pas mangé de viande ! Et je garderai sa peau pour fabriquer des étuis à mes couteaux et une cuirasse.
— Tu es fol comme un oison ! Nous sommes sur les terres du comte de Rodez, répliqua Simon, le regard balayant les alentours. Qu'on soit pris avec ce sanglier et ses gens nous pendront sur l'heure. Le gibier est à lui !
— Mais la bête nous aurait éventrés ! protesta Guilhem en montrant le solitaire dont les défenses étaient pointues comme des couteaux.
— Filons, te dis-je ! répéta Simon.
— Il n'y a personne ! On ne risque rien ! Dépouillons-le ! Vous avez bien acheté du sel à Alest ?
— Oui, beaucoup…
— Regardez, on s'installera là-bas.

Guilhem désigna un profond renfoncement sur la paroi rocheuse, le long de la rivière.

— Prenons juste le temps de le dépouiller et de tanner sa peau.

Simon grimaça, mais effectivement, ils étaient seuls et ils n'avaient rencontré personne depuis le matin. Cela aurait été dommage de perdre une telle quantité de viande. De surcroît, Guilhem avait raison : ce mâle possédait de belles broches[1] avec lesquelles il ferait de splendides manches de couteaux.

Ils transportèrent la dépouille au bord de l'eau où ils l'écorchèrent, puis découpèrent la chair à saler et les jambons. Simon rassembla ensuite les restes pour les cacher dans un fourré, les recouvrant de cailloux. Pendant ce temps, Guilhem, avec un des couteaux arrondis

---

1. Défenses.

de Simon, écharnait sur une pierre plate les déchets de graisse et de viande accrochés à la peau.

Ensuite, ils se rendirent jusqu'à la grotte. Elle était suffisamment profonde pour que Simon puisse s'y installer et saler quelques morceaux en les posant sur des feuilles, gardant les autres pour les faire cuire ou fumer la nuit venue.

Durant ce travail, Guilhem remonta le lit de la rivière jusqu'à ce qu'il trouve un bassin bien alimenté par le courant. Il y plaça la peau au fond, retenue par des pierres, pour qu'elle y trempe quelques heures.

Le soir venu, ils firent un feu et suspendirent des lanières de viande au-dessus à l'aide de branches. Ce travail, pour moitié fumage et pour moitié cuisson, dura une partie de la nuit.

Le lendemain, Guilhem récupéra la peau dans le bassin et, après avoir trouvé une petite mare d'eau stagnante, y fit tremper le cuir en y ajoutant les cendres du foyer. Il aurait fallu le laisser ainsi plusieurs jours, mais ils ne pouvaient rester si longtemps, d'autant plus qu'une brise s'était mise à souffler, apportant une humidité annonciatrice d'orage. Ils passèrent quand même encore la journée et la nuit sur place, Simon finissant de préparer les viandes. Quant à Guilhem, il se lança à la recherche d'œufs, ayant maintenant une grande habitude de ces collectes.

Le jour suivant, il sortit la peau de l'eau et parvint à gratter la soie et la bourre, même s'il eut beaucoup de difficultés. Ensuite, il la laissa sécher avant de frotter sa face intérieure avec le contenu des œufs ramassés. L'ayant ainsi assouplie, il termina en la nettoyant avec du sel.

— J'aurais eu besoin de plus de temps pour en faire une belle et souple peau, expliqua-t-il à Simon qui l'observait, mais telle quelle, je pourrai quand même l'utiliser. Je vais l'attacher sur mon dos où elle finira de sécher.

Le soleil était passé au zénith depuis longtemps et ils s'apprêtaient à partir quand soudain le ciel s'assombrit. Comme ils levaient les yeux, s'attendant au passage d'un nuage, ils virent avec terreur que c'était le soleil qui disparaissait !

Ils restèrent figés dans un mélange d'épouvante et de surprise. L'obscurité s'étendit rapidement autour d'eux.

Simon se signa et tomba à genoux. Guilhem fit de même et ils récitèrent une patenôtre sans que cela fasse le moindre effet sur les ténèbres.

— C'est la fin des temps, murmura Simon. Seigneur, pardonnez-nous…

Ils poursuivirent leurs prières avec encore plus de ferveur et, miracle, la lumière commença à renaître et le soleil resplendit à nouveau. Du fond du cœur, ils bénirent le Seigneur de les avoir exaucés.

— C'était un avertissement divin, Guilhem. Nous avons cherché à contourner les lois divines en nous appropriant du gibier qui ne nous appartenait pas et le Seigneur Dieu nous a prévenus que la prochaine fois, Il nous punira plus durement, expliqua Simon, la voix tremblante.

Le jeune garçon ne répondit rien. Ce qui s'était passé était étrange, incompréhensible, mais pourquoi Dieu se serait-Il intéressé à ce sanglier ? Il resta cependant troublé, tandis qu'ils reprenaient la route.

À l'étape du soir, il assouplit un peu plus la peau avec une lame, puis, la découpa en plusieurs portions, selon les usages qu'il voulait en faire. Simon resta à l'écart, à prier.

L'extinction du soleil[1] ne se reproduisit pas et ils auraient pu croire avoir rêvé si ceux qu'ils rencontraient

---

1. L'an 1187, le 4 septembre, à trois heures, aurait eu lieu une éclipse partielle de soleil qui aurait duré deux heures.

ne leur parlaient aussi du fabuleux miracle. Leurs explications étaient diverses. Pour les uns, c'était l'annonce d'un terrible événement ; pour d'autres, c'était la preuve de l'affliction de Dieu qui Se désespérait de ne pas constater plus de volonté chez les chrétiens de reprendre la ville sainte de Jérusalem aux mahométans. Mais quelles que soient les explications, elles rassuraient Guilhem ; Dieu ne lui en voulait pas plus que ça.

Ils s'arrêtèrent dans plusieurs villages et châteaux où l'on avait besoin du talent d'aiguiseur de Simon qui vendit par la même occasion tous ses couteaux. Guilhem reprit quelques-unes des pastourelles[1] qu'interprétait le troubadour d'Alest lui ayant vendu la flûte. Celle de la bergère séduite par un chevalier, et appelant ses frères à la rescousse, connut un triomphe quand il la mima avec beaucoup de conviction.

Lors d'une de ces étapes, il se procura du fil et une aiguille et commença la confection d'une casaque sans manches avec la peau du sanglier. À l'intérieur il cousit les étuis de ses couteaux.

Ils arrivèrent à Rodez en novembre. Rodez était formée de deux cités séparées par une muraille, comme beaucoup de villes, l'une au comte et l'autre à l'évêque. Mais les relations entre les deux bourgs étaient bonnes car le comte et l'évêque étaient frères. Ils s'appelaient d'ailleurs tous deux Hugues[2] !

Avec leur pécule, Simon avait prévu de passer l'hiver dans la ville comtale, comme il l'avait déjà fait plusieurs fois, avant de repartir dans le Midi aux premiers beaux jours. Il connaissait un fèvre, dont la forge se situait

---

1. Chansons d'amour courtois.
2. Il s'agissait des fils de Hugues, comte de Rodez, qui avait rendu hommage à Raimond Bérenger IV, comte de Barcelone. L'évêque était nommé Hugues de Rodez et le comte Hugues de Millau.

dans une lice du rempart, qui leur laisserait la soupente de sa maison pour une somme modique.

Bertrand, c'était le nom du forgeron, fut content de revoir Simon. Les soirées d'hiver étaient longues à Rodez et le rémouleur apportait quantité de nouvelles et de récits cocasses ou tragiques de ses pérégrinations.

Simon présenta Guilhem comme son fils. Il ne donna aucune explication, précisant seulement que sa mère était morte et que le garçon travaillerait désormais avec lui.

Bien que Bertrand eût déjà un ouvrier, Guilhem proposa ses services. C'est que le forgeron ne martelait pas seulement des couteaux, des faux et des faucilles. Il forgeait aussi des épées, des clous et toutes sortes de pièces pour les cuirasses et les hauberts.

Guilhem apprit ainsi comment les clous pouvaient être utilisés pour fixer les mailles sur les pièces de haubergerie, sur les plates et sur les lames de brigandines.

Mais ce qui le passionna, ce fut le martelage des lames.

Fabriquer une épée solide demandait une journée de travail. La lame était durcie par chauffes successives sur un feu de charbon de bois et par des martelages suivis de trempes. Le forgeron appelait cette tâche l'aciérer, c'est-à-dire le durcissage.

De telles lames possédaient un tranchant résistant pouvant être affûté avec une rare finesse. On les nommait des lames fourrées, et chacune était fabriquée selon les besoins du chevalier ou du seigneur qui en passait commande.

— Vois-tu, garçon, expliqua un jour Bertrand à Guilhem tandis qu'il frappait de toutes ses forces sur une lame rougie, certains veulent une épée pour trancher, pour frapper de taille. Les deux côtés devront alors être aiguisés.

» D'autres préfèrent férir d'estoc. Pour ceux-là, la lame sera plus fine, plus longue et surtout plus pointue.

» Enfin, d'autres encore se servent de leur épée comme d'une masse. Ils frappent de taille, mais pour parer et briser. Pour eux, je fais des épées larges, lourdes, qu'on tient à deux mains.

— Mais une épée ne peut-elle pas tout faire ? demanda Guilhem.

— Certes, oui, mais elle sera moins bonne dans une ou deux de ces trois utilisations. L'épée pour parer fera toujours mauvaise besogne en estoc. C'est donc le chevalier qui décide ce qu'il préfère, car il sait comment il se bat.

Ayant fini de marteler la lame, il la trempa et la laissa à son ouvrier pour qu'il la termine.

Il conduisit Guilhem à l'un des murs de la forge où il avait pendu des épées forgées les jours précédents.

— Examine cette lame, dit-il en en choisissant une. Elle est plus longue que les autres, c'est un avantage en estoc ou lorsqu'on se bat à cheval et sans bouclier. Mais il ne faut pas qu'elle soit trop longue et qu'elle traîne au sol quand on la porte ! Celle-ci, poursuivit-il en en prenant une autre, est plus courte et plus maniable. Moins lourde aussi, ce qui est préférable si une bataille dure une journée entière.

» Cette troisième est large, ce qui permet de l'affûter souvent car les coups provoquent des entailles dans le fil. Une lame fine sera plus tranchante mais plus fragile.

» Prends celle-là. Elle est très épaisse, donc très lourde, aussi, pour l'alléger sans la rendre fragile, j'ai creusé une gorge au milieu. Cela va la rendre plus rigide. La rigidité est importante car une épée peut toujours casser, surtout si l'adversaire frappe la lame sur le plat, d'où l'intérêt de l'aciérage. Plus tu martèleras une lame et plus tu la rendras souple. Un bon acier donnera une épée résistante aux chocs.

» Maintenant, examine le bout des lames : aucune de ces épées n'est pointue. Certaines ont même une extrémité arrondie : elles sont faites pour trancher. Enfin, peut-être plus importants que la lame, regarde bien la poignée, la garde et le pommeau.

» La garde doit servir à parer mais également à piéger la lame adverse. De surcroît, elle empêche la main de glisser en cas d'estoc. La poignée est tout aussi importante. Elle peut être en bois, en corne ou en cuir, comme pour les couteaux, mais ça tu le sais. Elle sera longue pour une épée à deux mains. Enfin, il y a le pommeau. Il retient la main, et équilibre le poids. Si la lame est longue, ou lourde, le pommeau doit être plus lourd lui aussi, sans pour autant fatiguer le combattant.

Ainsi Guilhem découvrait que les épées étaient comme les hommes : chacune différente, avec ses qualités et ses défauts. Le bon forgeron cherchait toujours à forger l'épée parfaite, mais c'était une quête impossible. À son tour, il se mit à la forge et fabriqua quelques lames. Le fèvre le surveillait et le conseillait :

— Vas-y, frappe sur la lame, elle est rouge !
— Mais je ne la vois pas sous les braises, maître !
— Tu devras apprendre à la voir ! C'est ce qui distingue le bon forgeron du mauvais ! Non, pas maintenant, c'est trop tard ! Le fer est blanc et va brûler ! Le fer sera perdu si tu continues ! Ignores-tu ce qu'il coûte ?

Transpirant, l'œil irrité par la lumière et la chaleur du feu, Guilhem recommençait chaque jour son travail, devenant peu à peu sinon un bon forgeron, du moins un ouvrier capable de marteler une lame solide.

Un jour, Bertrand reçut une commande pour cinq épées toutes simples destinées aux gardes du commun de paix. Il demanda à Guilhem d'en forger une.

— Elles seront pour les gens d'armes du comte ?
— Non. Le commun de paix est une milice créée par le comte et son frère l'évêque qui se charge de la sûreté des gens dans le pays autour de la ville. Les gardes

circulent à cheval, font la police et exercent la justice. Quand ils prennent des larrons en flagrant délit, ils les pendent sur l'heure[1] sans les ramener à la cour du comte ou de l'évêque pour qu'ils soient jugés.

» Armés d'épées comme celles que nous allons faire, ils ont tous les droits et ils sont redoutés des gens sans aveu maraudant dans les campagnes. Leurs gages sont payés par une taxe qui finance aussi leur harnois, leur bannière et leur monture. Mais cet équipement appartient au comte et à l'évêque. Tous ceux qui possèdent des biens, que ce soient des religieux, des chevaliers, des marchands, des bourgeois ou des clercs doivent payer. Ainsi, je donne huit deniers par an pour être protégé.

— Les gardes sont des chevaliers ?

— Nenni, mais ils sont plus que des sergents d'armes. Si tu en croises, tu dois les honorer comme des seigneurs.

Dans les jours qui suivirent, Guilhem termina l'épée qu'il avait forgée et sur le pommeau de laquelle Bertrand fit graver la lettre R pour Rodez. Ce fut une patrouille du commun de paix qui vint chercher les armes. Les gardes, en surcot rouge à croix d'or, arrivèrent à cheval, portant lance et bannière.

Guilhem envia leur prestance. Et s'il restait à Rodez comme compagnon de Bertrand ? songea-t-il. Ne pourrait-il pas devenir garde lui aussi ?

Quand il n'était pas à la forge, Guilhem aidait Simon à qui on confiait beaucoup de travaux d'aiguisage, tant dans les maisons que chez les seigneurs et les chevaliers. Il passait aussi beaucoup de temps à s'exercer au lancer du couteau et il devint d'une adresse et d'une

---

[1]. Le commun de paix avait été promulgué en 1164.

rapidité époustouflantes. Un jour, il montra à Bertrand et à son ouvrier, stupéfaits, qu'il pouvait envoyer ses quatre lames à cinq toises sur une minuscule cible, le temps d'un éclair.

Chapitre 11

Avril 1188

Ils quittèrent Rodez aux premiers beaux jours. Chaque année, Simon partait habituellement au mois de mars, mais ayant gagné plus d'argent que d'habitude, grâce à Guilhem, il avait décidé de rester un peu plus dans la ville.

Avec la hotte d'osier pleine de couteaux à fourbir et à aiguiser, ils reprirent la route pour se rendre à Montpellier. Comme il faisait encore froid, ils étaient chaudement vêtus. Sur une chemise de lin, Simon portait son épais sayon de laine à capuchon et son ample pèlerine. Quant à Guilhem, il avait abandonné le froc offert par le chantre d'Arles pour une chainse[1] en chanvre, un caleçon de toile et un ample surcot sans manches, en étoffe grossière. Par-dessus le surcot, il avait enfilé la cuirasse en peau de sanglier qu'il s'était faite, avec ses couteaux à lancer à l'intérieur, et enfin une chape[2] à capuchon. Outre sa besace et sa gourde à l'épaule, il portait sur son dos la meule et son grand couteau.

---
1. Sorte de chemise ample.
2. Manteau.

Un an après avoir quitté Marseille, le jeune Guilhem avait bien changé. Physiquement, le garçon craintif qu'il était avait disparu, laissant la place à un jeune homme presque aussi grand que son maître Simon.

Les longues marches journalières et les travaux à la forge l'avaient affermi et rendu endurant. Son caractère aussi s'était transformé. Les épreuves qu'il avait connues ne l'avaient pas marqué, sinon pour lui donner de l'expérience. Heureux avec son maître qu'il aimait comme un père, sans crainte du lendemain, c'était désormais un garçon vif, sûr de lui, perspicace et d'un tempérament plutôt joyeux.

Simon avait tout autant confiance en lui et ils élaboraient ensemble des projets d'avenir. Encore deux ou trois bonnes années comme les mois qui venaient de s'écouler, et ils pourraient s'installer dans une boutique. À Rodez, Charles le forgeron se faisait foi de leur trouver une maison.

Ils marchaient depuis deux jours sur un sentier caillouteux bordé de grands arbres, à flanc de colline, quand Guilhem aperçut du mouvement dans un fourré. Intrigué, il s'approcha pour découvrir un lièvre se débattant dans un collet. Immédiatement, il se déchargea de la meule pour attraper l'animal.

— Voilà notre repas, maître Simon ! s'écria-t-il, tout heureux.

Simon avait posé sa hotte d'osier et ses deux lourdes besaces, pas fâché de cet arrêt impromptu tant le poids de ses bagages lui pesait, quand il entendit une cavalcade. Il se retourna vers le chemin.

Trois cavaliers approchaient, au trot. Coiffés de casques ronds sur un camail de mailles, revêtus d'un manteau sous lequel on distinguait leurs broignes annelées et leurs guêtres de mailles, chacun tenait une lance à la hampe passée dans un fourreau court attaché à la selle.

À leur surcot et à la banderole d'une lance, Simon reconnut les gardes du commun de paix qui patrouillaient dans les campagnes pour protéger les voyageurs. Ayant craint un instant des fredains[1], il fut rassuré.

Les cavaliers les entourèrent, plutôt menaçants.

— Qui êtes-vous, manants ? interrogea un garde sèchement.

— Simon le rémouleur, et mon fils Guilhem, répondit l'aiguiseur. Nous venons de Rodez.

L'un des gardes eut alors le regard attiré par le lièvre qui tressautait.

— Vils pourceaux ! Vous avez posé un collet ! accusa-t-il.

— Nenni, protesta Guilhem, j'ai entendu du bruit et je l'ai découvert, comme vous.

— Enfer et mort ! Vous êtes des braconniers ! lança celui qui paraissait mener la troupe.

Maigre et haut de taille, son front et l'expression de sa bouche révélaient un caractère borné.

— Non, seigneur ! protesta Simon. D'ailleurs, comment aurions-nous eu le temps de poser ce collet ?

— Taisez-vous, insolents coquins ! Le comte en a assez des rustres impudents qui pillent ses forêts ! Il nous a ordonné de pendre court ceux que nous prenons en flagrant délit.

Il fit un signe et les lances de ses compagnons s'abaissèrent sur les gorges de Simon et Guilhem.

Le garçon lança un regard terrorisé au rémouleur qui se jeta à genoux en suppliant :

— Pitié, seigneurs, nous ne sommes que de pauvres rémouleurs ! Nous n'avons jamais posé ce collet ! J'en fais serment devant la bienheureuse Vierge Marie !

— Laissez-nous ! cria Guilhem, affolé. Nous n'avons rien fait !

---

1. Bandits, voleurs.

Il balaya des yeux les alentours, cherchant à fuir pour attirer les gardes derrière lui, mais la lance lui piqua le haut du torse et il comprit que s'il bougeait, l'autre le percerait.

Le sergent d'armes commandant la troupe descendit de cheval et saisit une corde attachée à sa selle. Il fit rapidement un nœud coulant à une extrémité et se dirigea vers Simon toujours à genoux. Lui attrapant les cheveux sans douceur, il lui souleva la tête, lui passa la corde au cou et l'entraîna. Simon s'affala de tout son long, essayant vainement de résister en s'accrochant aux touffes de thym rabougri.

Guilhem haletait, son cœur battait comme un tambour. On ne pouvait pas les tuer ainsi !

— Pitié ! cria-t-il à son tour.

Avisant la branche basse d'un hêtre, à sept ou huit pieds du sol, le garde y envoya l'extrémité de la corde et la récupéra quand elle retomba. Puis, après avoir enroulé le surplus de corde autour de son avant-bras, il recula rapidement. Le corps de Simon se releva en un instant et on entendit ses vertèbres craquer tandis que ses jambes entamaient une gigue endiablée.

Guilhem retrouva son sang-froid quand il comprit que tout était perdu. Mourir pour mourir, il ne partirait pas seul. Le garde qui pendait Simon s'était écarté pour regarder danser sa victime avec un plaisir féroce. Le deuxième garde, qui surveillait Guilhem, avait détourné la tête à l'instant où retentissait le craquement des vertèbres. S'il n'avait pas été distrait, il aurait vu une lueur effrayante dans les yeux du jeune garçon de quatorze ans. D'un seul mouvement, Guilhem attrapa l'extrémité de la lance de l'homme d'armes et la tira brusquement à lui. De son autre main, il planta un de ses couteaux, qu'il venait de sortir de sa cuirasse, dans le poitrail du cheval. Celui-ci hennit, se cabra sous la douleur, et le cavalier qui n'avait pas lâché la lance chuta de sa selle.

Avec une rapidité stupéfiante, motivée par l'horreur qu'il vivait, Guilhem abandonna cet homme pour se précipiter sur le troisième sergent qui venait de se tourner vers lui, surpris par le hennissement du cheval.

Ayant tiré le grand couteau qu'il portait dans le dos, le jeune garçon fut sur le cavalier en deux bonds et lui abattit de toutes ses forces le tranchant de sa lame sur la jambe. L'autre n'ayant pas eu le temps de l'empêcher d'utiliser sa lance pour le repousser.

En frappant, Guilhem se souvint de cet homme qui avait fendu un mouton en deux. Le fer aciéré et aiguisé coupa les mailles de métal de la guêtre, les muscles et même l'os. Le sang gicla comme jaillissant d'une source, mais Guilhem n'y prit garde. Il s'en prenait déjà au sergent qui avait pendu Simon.

Celui-ci avait hésité à lâcher la corde pour intervenir. Guilhem lui lança un autre couteau tiré de sa cuirasse. La lame se ficha dans l'œil gauche du garde qui lâcha la corde, laissant retomber le rémouleur.

Aussitôt, le garçon se retourna vers l'homme d'armes tombé de cheval. Ce dernier avait tiré son épée et fonçait sur lui comme un sanglier furieux. À l'instant où il abattait sa lame pour le détrancher, Guilhem para de son grand couteau et s'écarta.

Un combat inégal s'engagea. Le garde était plus grand et plus fort que le jeune garçon. Son épée plus longue et plus lourde que le couteau. Guilhem ne pouvait que rompre et reculer.

Pendant ce temps, l'homme à la jambe tranchée et celui à l'œil crevé hurlaient leur douleur et leur soif de vengeance.

Toujours reculant, Guilhem sortit un troisième couteau de sa cuirasse. L'autre devina qu'il allait le recevoir et rompit à son tour. Le jeune Marseillais saisit alors sa chance : se jetant au sol, il lança sa grande lame de toutes ses forces. Le couteau faucha les jambes du garde comme un hachoir, tranchant un jarret.

147

L'homme abattit son épée mais Guilhem, qui avait roulé sur lui-même, évita la lame. Il se redressa à bonne distance et sut qu'il n'avait plus qu'à attendre. Le garde chancela sur sa jambe blessée, puis bascula contre un arbre, en appui sur le tronc pour rester debout. Bien que tenant encore son épée, il était incapable de se déplacer.

Guilhem revint alors vers celui à qui il avait tranché la jambe. Presque entièrement vidé de son sang, le garde du commun de paix avait cessé de hurler et ne paraissait tenir en selle que par miracle. Le peu de son visage visible entre son casque et sa barbe était blanc comme neige. Ses yeux restaient vides et ne suivirent même pas Guilhem quand celui-ci s'approcha.

Le garçon ficha le couteau à lancer dans le flanc du blessé, puis donna une poussée à l'homme afin de le faire tomber. Il roula au sol et Guilhem lui saisit son épée, retenue seulement à son baudrier par une boucle de métal.

C'était une lame lourde, peu tranchante et peu effilée. Il se souvint de ce que lui avait dit le forgeron de Rodez : certaines épées ne pouvaient servir à férir d'estoc. Celle-là était une arme de taille. La tenant à deux mains, le jeune garçon frappa donc de toutes ses forces sur le cou du garde pour le briser. Mais l'homme n'était déjà plus qu'un cadavre.

— Que le diable te crève ! cracha Guilhem.

Il se tourna alors vers le borgne qui, adossé à l'arbre auquel il avait pendu Simon, semblait sur le point de perdre connaissance. Le couteau avait fait plus que pénétrer dans l'œil, il avait atteint la cervelle. Guilhem lui infligea un coup de taille dans le flanc, tranchant la broigne de cuir qui, à cet endroit, n'avait pas de protection métallique. Sa victime s'effondra.

Restait le troisième garde qui se tenait toujours à l'arbre. L'homme suivait son bourreau des yeux, cherchant à comprendre comment ce jeune garçon était parvenu à les meurtrir si vite et si facilement. S'approchant, Guilhem ressentit la peur et la haine qui exsudaient de sa victime.

Il le frappa d'abord à l'épaule, puis au ventre d'un coup d'estoc. Le garde s'écroula.

Guilhem revint alors en courant vers Simon couché par terre, espérant qu'il ne soit pas trop tard. Après tout, son maître n'avait été pendu qu'un bref instant.

Il s'agenouilla, posa sa tête sur ses genoux, mais la sentant remuer en tous sens, il comprit que son cou était brisé. C'était cela le craquement qu'il avait entendu.

Alors il fondit en pleurs. Il pleura longtemps, sans chercher à retenir ses sanglots. Combien de temps resta-t-il ainsi ? Il ne le sut jamais, mais quand il n'eut plus de larmes et que la tension du combat se fut dissipée, il se releva et parcourut des yeux les alentours. L'endroit ressemblait à une boucherie. Un profond silence régnait, pas un oiseau ne chantait.

Le cheval blessé au poitrail avait disparu mais les deux autres s'étaient regroupés à l'écart de la tuerie et broutaient, indifférents.

Il devait partir au plus vite, songea Guilhem. Des voyageurs pouvaient passer à tout moment sur ce chemin. Mais auparavant il devait enterrer son ami, son père. Seulement, comment faire ? Il ne disposait pas d'une pelle et surtout il n'avait pas le temps.

Le plus simple était d'emmener Simon, se dit-il, et de lui faire une sépulture ailleurs. Sa décision prise, il alla chercher un cheval. La bête, placide, se laissa faire.

La tenant par la bride, il la conduisit près du corps de son maître. Avec de grandes difficultés, il parvint à mettre le cadavre en travers de la selle et à l'attacher avec la corde pour éviter qu'il ne tombe. Ensuite, il dépouilla les corps des gardes du commun de paix de tout ce qu'ils possédaient. Puis il récupéra la broigne de celui à qui il avait brisé le cou. C'était la moins abîmée. Il lui retira aussi son camail, ses chausses de mailles et son casque. Enfin, il garda deux des épées.

Une fois équipé, il attacha le cheval portant le corps de Simon à la selle de la seconde monture, chargea tout ce qu'il avait pris dans ses sacoches et monta sur la bête avec un brin d'inquiétude. Il n'avait jamais mené de cheval mais le roncin était doux et il se mit en route dès que son cavalier lui pressa les flancs. Mis en confiance, Guilhem le mit au trot et s'éloigna au plus vite.

Il savait qu'on serait rapidement à ses trousses et que le comte de Rodez mettrait tout en œuvre pour le retrouver. Un an après sa fuite de Marseille, il se retrouvait à nouveau fugitif, même si c'était dans de meilleures conditions puisqu'il possédait deux chevaux, des armes et suffisamment de vivres pour plusieurs jours.

Ne sachant où aller, il se dirigea vers le couchant, passant à travers les bois en évitant les chemins trop larges.

Le pays était vallonné et il trouva vite une rivière dont il suivit les berges en lacets. Par endroits, le cours d'eau se resserrait entre des gorges rocheuses et les chevaux devaient marcher dans l'eau. Guilhem explorait ces falaises du regard, en quête d'une sépulture pour Simon. Les cavités étaient nombreuses, mais soit trop basses et certainement noyées durant les crues, soit trop hautes et difficiles d'accès. Guilhem découvrit enfin un trou convenable, sur une paroi rocheuse en pente, et s'en approcha par un sentier.

Arrivé près de l'ouverture, il chargea sur ses épaules le corps raidi de Simon. Le rémouleur était maigre mais tout de même lourd. Guilhem parvint quand même à le transporter jusqu'au renfoncement. Là, il l'installa avec beaucoup de douceur, puis alla chercher l'épée et une des miséricordes prise aux gardes pour les poser sur le corps en signe d'hommage. Il aurait aimé mettre aussi la meule et la hotte de couteaux, mais il les avait laissées sur le lieu du drame. Ensuite, il boucha le trou avec des pierres.

Ce travail exténuant lui prit beaucoup de temps, mais lui donna un sentiment de libération. Depuis la bataille qu'il avait livrée, il se sentait oppressé et malheureux. Ils échangeaient tant de projets avec Simon ! Désormais, il serait seul. Il n'aurait plus personne à qui parler, avec qui chanter ou rire. Simon lui avait tant appris ! Il s'agenouilla devant la sépulture et demanda au Seigneur d'accepter son maître dans le paradis, se refusant cependant à le faire pour ceux qu'il avait tués.

Enfin, il remonta à cheval et s'éloigna de la rivière. Grimpant sur une colline boisée, il reprit la direction du couchant.

Son périple dura plusieurs jours, sans qu'il progresse beaucoup car pour éviter les grands chemins, les villages, les fermes et les châteaux, il faisait beaucoup de détours par les vallons et les combes. Cependant, à aucun moment il n'eut l'impression qu'on était sur ses traces.

Il ne rencontra personne, sinon un ermite avec qui il partagea ses vivres. Il dormait dans les forêts, à la belle étoile, et il resta même deux jours au même endroit, bien dissimulé, pour s'assurer qu'on ne le poursuivait pas. Durant cette attente, il n'entendit ni voix, ni aboiement, ni hennissement. Si le comte de Rodez avait lancé des gens à ses trousses, ses suiveurs avaient perdu ses traces.

Durant ce guet, Guilhem s'interrogea sur ce qu'il allait devenir. Après avoir tué les trois hommes d'armes, il avait décidé qu'il ne serait plus jamais ouvrier ou homme de peine. Il avait le métier des armes dans le sang. En vérité, il l'avait toujours su. Donc il devait rechercher un engagement. Avec les armes et les chevaux, cela lui semblait possible, mais il savait qu'il aurait du mal à dissimuler son âge. De plus, on ne manquerait pas de le questionner sur l'endroit d'où il venait, sur ses anciens maîtres. Et il devrait expliquer pourquoi il possédait deux roncins.

Après de longues réflexions, il se convainquit que ses armes et les chevaux seraient plus un problème qu'une solution. Il résolut de les abandonner s'il entrait dans une ville.

Il commença par le second cheval. Comme il n'en avait plus l'utilité, il le laissa près d'une rivière, après lui avoir enlevé selle, harnais, rondache et sacoches qu'il cacha dans des fourrés.

Poursuivant son chemin au hasard dans la montagne, il déboucha sur un plateau surplombant une rivière sinueuse en contrebas. Sur un éperon rocheux, dans une boucle du cours d'eau, se dressait un puissant donjon carré. Suivant les courbes du relief, quatre hauts murs l'entouraient, formant une basse-cour. De ce château, qui surveillait les passages dans la vallée, une ligne de crête, elle aussi fortifiée, conduisait à un bourg défendu par une enceinte de pierre, un fossé et une porte à pont-levis, pour l'heure baissé. L'endroit paraissait inexpugnable.

Guilhem resta hésitant. Cela faisait neuf jours qu'il avait étripé les hommes d'armes de Rodez et personne ne l'avait rattrapé. Il ne risquait certainement plus rien. Or ses provisions étaient épuisées. Il devait se procurer de la nourriture. Certes, il aurait pu chasser, mais il ne voulait pas s'y risquer, connaissant désormais les dangers du braconnage.

Puisqu'il possédait quelques pièces d'argent, pourquoi ne pas se procurer des vivres ici ? Peut-être trouverait-il un engagement au château ? Restait à savoir où il se trouvait et qui était le seigneur du lieu. Devait-il s'y présenter à cheval ? Il jugeait prudent de mettre à l'abri ses armes quelque part, de laisser sa monture attachée à un arbre et de s'y rendre à pied, sans épée, comme le ferait un pèlerin. Il regrettait de ne pas avoir gardé la meule et la hotte de Simon qui lui auraient permis de se faire passer pour un rémouleur.

Cependant, l'inconvénient d'agir ainsi était le danger de se faire voler cheval, bagages et armes. Il ne doutait pas que ces forêts étaient pleines d'estropiats et d'écorcheurs. Il avait d'ailleurs été étonné de n'en rencontrer aucun. Il décida donc de conserver sa monture et ses armes.

De la hauteur où il se trouvait, il évalua le chemin pour rejoindre le bourg. Il lui faudrait certainement plusieurs heures pour s'en approcher tant le relief était vallonné et abrupt.

Chapitre 12

Les corps des gardes tués par Guilhem furent découverts peu après son départ par des pèlerins, mais comme ceux-ci marchaient vers le midi, ils ne signalèrent les meurtres que lors de leur étape suivante, au château du seigneur de Landorre, à Arvieu, à dix lieues de Rodez. Le lendemain, ce seigneur envoya des hommes chercher les corps. Ayant reconnu des gardes du commun de paix, les gens de Landorre les conduisirent à Rodez dans la soirée.

Le château comtal se situait au sud de l'église, jouxté par une porte du bourg surmontée d'une tour crénelée. Construit le long des fortifications et des tours occupées par les chevaliers, ce château se réduisait à une grande salle, la Sala Comitis, érigée au-dessus des arcades de la place qui abritaient des boutiques. On y rendait la justice et le comte y recevait sa mesnie. Lui-même logeait au-dessus.

Ce fut durant le souper que les gens du seigneur de Landorre se présentèrent pour annoncer avoir trouvé deux cadavres de gardes du commun de paix, un homme mort dépouillé de ses vêtements et une hotte de rémouleur pleine de couteaux avec une meule. Il n'y avait aucun cheval.

L'affaire étant gravissime, on fit porter les corps dans la salle et des serviteurs identifièrent vite les frères Roquefeuil : Gaillard et Alphonse, dont on était sans nouvelles depuis la veille. On envoya chercher Hélie, le troisième frère, qui aurait dû partir en patrouille avec sa fratrie mais s'était fait remplacer au dernier moment à cause de maux de ventre. Son remplaçant se nommait Jourdan.

Désespéré après avoir appris le sort de ses frères, Hélie arriva aussitôt. C'était un individu rugueux, ni grand ni petit, poilu comme une chèvre et sale comme un verrat, sanguin, avec de petits yeux noirs surmontés de sourcils épais. La quarantaine, d'un caractère violent, rancunier et méchant comme la gale, il était craint de tous les habitants de Rodez.

Quand il vit sa fratrie, l'un le cou brisé, l'autre l'œil crevé et le flanc tranché, son corps se raidit, sa bouche édentée s'ouvrit en grand et il se mit à hurler :

— Quel est le maudit damné qui a fait ça ?

— Calme-toi, Hélie ! lui ordonna le chancelier du comte Hugues. On vient juste de les découvrir. Nous ne savons rien de plus.

— Ce ne peut être que des brigands, observa le fils du comte Hugues. Dès demain, il faudra armer une troupe, les trouver et les assaillir.

— Par l'enfer, c'est moi qui vais les trouver ! rugit Hélie. Et je les éventrerai !

— Une attaque de brigands n'explique pas la présence de la hotte pleine de couteaux et de la meule que les gens du seigneur de Landorre ont rapportées, objecta le vicaire de l'évêque, venu sitôt averti des meurtres.

— Quelle hotte ? demanda Hélie.

On alla la chercher dans la cour du château où elle était restée.

— Ce n'était pas à mes frères, fit Hélie en la regardant d'un air bovin.

Malgré la tragédie, la remarque fit sourire le fils du comte. Comme si les gardes du commun de paix circulaient avec des meules !

— Un rémouleur et son fils passent l'hiver dans le bourg, intervint le sénéchal. Nous l'avons fait venir au château pour aiguiser haches et couteaux. Peut-être cette hotte lui dira-t-elle quelque chose, il connaît certainement les rémouleurs qui passent par Rodez.

— Je sais qui c'est ! s'exclama Hélie. Il habite chez Bertrand le forgeron et se nomme Simon l'Adroit !

— Va le chercher, Hélie, ordonna le comte.

Le garde partit aussitôt. La forge de Bertrand n'était pas loin, mais fermée à cette heure tardive. Cela ne pouvait arrêter Hélie qui tambourina à la porte. Le forgeron parut à sa fenêtre et reconnut le garde puisque la nuit n'était pas tombée.

— Que veux-tu, Hélie ? Ce n'est pas une heure à déranger un bon chrétien.

— Ton rémouleur et son fils, fais-les descendre ! Le comte veut leur parler.

— Ils ne sont plus là, ils sont partis il y a trois jours.

Tout borné qu'il fût, Hélie songea alors que la hotte pourrait leur appartenir. Il eut alors le sentiment que ces deux-là avaient un rapport avec la mort de ses frères.

— Partis où ? grogna-t-il.

— À Montpellier.

Le chemin pour Montpellier passait par l'endroit où le carnage s'était déroulé.

— Descends, tu vas raconter ça au comte !

— Raconter quoi ? s'enquit l'autre, ébahi.

— Descends ou je démolis ta porte ! Mes frères sont morts et quelqu'un doit payer ! hurla Hélie.

Tout costaud qu'il fût, Bertrand fut pris de peur et s'exécuta. Il enfila une cotte de laine, mit un manteau et un bonnet.

En chemin, il questionna Hélie, lequel lui dit ce qu'il savait, poings serrés et sanglots contenus.

— Dieu du ciel ! Ces brigands ont dû tuer tes frères et mes amis ! fit le forgeron en se signant.

Au château, le souper avait été interrompu, les plateaux des tables démontés sauf l'un sur lequel on avait déposé les cadavres. Ne restaient que quelques chevaliers et les plus proches serviteurs du comte. Celui-ci interrogeait son médecin, qu'il avait fait venir pour examiner les corps. Quand Hélie et Bertrand entrèrent, il s'interrompit pour désigner la hotte au forgeron.

— C'est la sienne sans nul doute, noble comte, assura le fèvre après s'être incliné très bas. Je reconnais aussi sa meule.

— Pourquoi des brigands auraient-ils emmené des rémouleurs ? s'interrogea le fils du comte à haute voix.

Personne dans la salle ne proposa une réponse. Ils se trouvaient face à un mystère incompréhensible, et pour certains, diabolique.

— Quel genre d'homme était ce Simon ? demanda finalement le comte, songeant que ce rémouleur avait peut-être invoqué les puissances des ténèbres.

— Un bon chrétien, seigneur. Respectueux de Dieu et des lois. Très habile dans son métier, on l'appelait Simon l'Adroit parce que personne ne savait mieux aiguiser que lui. De plus, il était très fort au lancer du couteau. Il venait chaque année loger chez moi et m'acheter des lames qu'il revendait ensuite en Provence.

— Et son fils ?

— Je ne le connaissais pas, seigneur, il l'a amené cette année pour la première fois. Un jeune garçon très vif et très robuste. Il m'aidait à la forge. Il deviendra bon forgeron s'il continue dans ce métier.

— Comment peut-il n'être venu que cette année si c'est son fils ? s'enquit le vicaire, intrigué.

— Je ne sais pas, vénéré père, j'ignorais même son existence. Simon ne m'avait jamais parlé de lui. Il m'a juste dit que c'était son fils, qu'il l'avait retrouvé.

Le comte se tourna vers le médecin.

— Termine ce que tu disais sur la façon dont on a tué mes hommes.

— Gaillard a été éborgné par un couteau effilé. La lame ne l'a pas tué, mais il a reçu un coup de taille au flanc qui a tranché sa broigne et sa hanche. Il n'a pas dû parvenir à se défendre à cause de son œil crevé.

Hélie serrait les poings à s'entrer les ongles dans la chair des paumes.

— Jourdan a eu le jarret coupé avec une arme effilée, pas une épée, plutôt un couteau de chasse. En revanche, c'est un coup d'épée qui lui a tranché l'épaule, et un autre lui a estoqué le ventre. Quant à Alphonse, une lame a rompu les mailles de ses chausses et fendu sa cuisse. C'est très étonnant : ce n'est pas un coup de taille fait avec une épée, il devait plutôt s'agir d'un tranchoir particulièrement bien aiguisé. Il a aussi reçu un coup de couteau dans le flanc et a eu le cou brisé.

— Ça fait beaucoup de coups de couteau, observa le comte d'une voix égale.

— Enfer et mort, je comprends tout, seigneur ! beugla Hélie. C'est le rémouleur et son maudit fils, les criminels ! Après leurs meurtres, ils ont abandonné leurs affaires et volé les chevaux !

Bertrand n'osa protester, songeant qu'il pourrait bien être pendu pour complicité. Mais le comte ne l'avait pas oublié :

— Ton ami serait-il capable de tels crimes ?

— J'en doute, seigneur. Simon est vieux, même s'il reste adroit au lancer de couteau... mais son fils...

Le fèvre eut un instant d'hésitation, tourmenté par l'idée de proférer une accusation à tort. Mais la peur d'être accusé comme comparse l'emporta sur ses scrupules.

— C'est un jeune garçon qui lance très bien le couteau, lui aussi. Il en portait toujours plusieurs sur lui, très effilés. De plus, il possédait un coutelas large et court, bien tranchant. Un jour, il m'a montré qu'il pouvait couper des mailles de fer avec.

— C'est lui ! murmura le comte. Ou plutôt, c'est eux !

— Mais pourquoi s'en sont-ils pris aux frères Roquefeuil ? demanda le fils du comte.

— Pour voler leurs chevaux ! répliqua Hélie. C'était un guet-apens !

— Peut-être, reconnut le comte avec un hochement de tête.

Il se tourna vers les gens du château d'Arvieu.

— Aubert, quand tu rentreras demain, Hélie vous accompagnera jusqu'à l'endroit où tu as trouvé les corps. Tu demanderas à ton seigneur de proclamer partout que je veux ces deux rémouleurs. Toi, Hélie, débrouille-toi pour retrouver leurs traces.

— Je les trouverai, seigneur, promit Hélie, fulminant, et je les châtierai !

— Il y a loin du vouloir au faire, Hélie. Ne les sous-estime pas. Ils ont tué tes frères, et ils se débarrasseront de toi avec autant de facilité. Je ne veux pas que tu les affrontes. Contente-toi de les chercher. Je te donnerai une lettre pour mes vassaux. Si ces rémouleurs sont toujours dans le comté, tu auras les gens nécessaires pour les saisir. J'enverrai aussi des émissaires au comte de Toulouse et à ses vassaux pour qu'ils te portent assistance, car avec des chevaux, nos criminels sont peut-être déjà loin.

— Ils n'ont pas pris que les chevaux, seigneur, remarqua Aubert. Je n'ai pas retrouvé les épées de vos gens, ni leurs affaires, ni la broigne d'Alphonse.

— Raison de plus pour te méfier, Hélie, fit le comte.

Mais chacun remarqua que celui-ci n'écoutait plus. Nul ne doutait que s'il trouvait les assassins de ses frères, il les tuerait en leur faisant subir les plus affreuses souffrances.

Guilhem prit un sentier qui l'éloigna d'abord du château.

Le chemin descendait à flanc de colline dans une épaisse forêt quand il huma les fumées d'un feu. S'il y avait un foyer, se dit-il, il y aurait des hommes et ils pourraient le renseigner.

Il découvrit la forge un peu plus bas, près d'un ruisseau dévalant en cascade. C'était une mine de cuivre où une dizaine d'ouvriers travaillaient.

L'un d'eux, qui tenait une arbalète, semblait faire le guet. Il prévint ses compagnons sitôt qu'il l'aperçut et tendit la corde de son arme. Immédiatement, les hommes disparurent pour se mettre à l'abri.

Guilhem arrêta sa monture à quelque distance pour éviter de recevoir un carreau.

— Dieu te dit bonjour, l'ami, fit-il d'une voix forte, mais avec courtoisie.

— Vous aussi... seigneur, répliqua la sentinelle sans baisser son arme.

Plusieurs ouvriers s'approchèrent. Guilhem évalua le groupe. Ils étaient tous armés, qui de pique, de coutelas, de fronde ou d'arc. Le jeune garçon les salua d'un mouvement de tête.

— Je me rends à Toulouse, expliqua-t-il. (Il ignorait ou était exactement Toulouse, mais les autres devaient être aussi ignorants que lui.) J'ai aperçu un bourg près de la rivière. J'ai besoin d'acheter des vivres.

Les autres échangèrent des regards, mais parurent rassurés par les paroles de l'inconnu. Quelqu'un prêt à payer ne pouvait être un détrousseur.

— C'est Najac, fit un des forgerons, qui tenait une large lame.

— Le château est au comte de Toulouse ?

— Oui. Il l'a donné en garde au seigneur Gaubert de Bruniquel.

— Merci, maître forgeron. Que le Seigneur vous bénisse tous.

D'un coup de talons, Guilhem fit avancer sa monture en contournant la mine. C'est alors que la sentinelle l'interrogea :

— Vous n'avez rencontré personne dans les bois, messire ?

— Personne, depuis Millau. Pourquoi ?

— À cause des retondeurs ! Les gens de Malvin le Froqué, de Jean le Loup ou de Garin le Bouc, tous se disant miles mais, en fait de chevaliers, ce ne sont que des détrousseurs. Une de ces bandes d'écorcheurs rôde autour de Najac. On a peur, ici.

Guilhem songea qu'il avait eu de la chance de ne pas croiser leur route. Mais peut-être ces routiers ignoraient-ils un homme seul, préférant s'en prendre aux marchands ou aux grasses abbayes.

— Y a-t-il péril à les rencontrer ?

— Hier, ils se sont attaqués à des marchands de laine qui quittaient la foire de Najac. Ils ont volé leurs marchandises, forcé les femmes et éventré les hommes.

— Merci de votre avertissement, maître forgeron. Je vais être vigilant.

Guilhem poursuivit son chemin avec inquiétude. Tomber entre les mains de brabançons serait pire que d'être saisi par les gens du vicomte de Marseille ou ceux du comte de Rodez. Serait-il jamais quelque part en sécurité ? se demandait-il en restant aux aguets.

Il parvint cependant jusqu'à la rivière sans rencontrer âme qui vive. Un autre chemin longeait le cours d'eau et il le suivit en direction du bourg et du château. En même temps, il examinait attentivement les alentours pour repérer un endroit où cacher cheval et armes en étant assuré de les retrouver. Soudain, il entendit une galopade dans son dos. Se retournant, il vit une poignée de cavaliers armés de lances se précipiter vers lui.

Immédiatement, il lança sa monture au galop pour les distancer mais, au détour du chemin, il découvrit une autre troupe, bien plus importante, pour partie de gens à cheval et pour partie d'hommes à pied. Comme il lui était impossible de forcer le passage, il mit sa monture au pas pour s'approcher.

Un des cavaliers tenait une lance avec une bannière rouge peinte d'une tour crénelée dorée. Les autres se tournèrent pour lui faire face. Ceux à pied étaient de deux sortes : une douzaine de gens d'armes en surcots sur lesquels était peinte la tour jaune, casqués et en cervelières, portaient des arbalètes. Ils détachèrent leur pavois et tendirent les cordes de leurs armes pour le mettre en joue. Les autres hommes à pied étaient encordés par le cou et, pour quatre d'entre eux, les mains entravées sur les manches de civières grossières faites avec des branches et des manteaux. Sur ces litières reposaient deux corps.

Sous la menace des carreaux, Guilhem s'arrêta. Un coup d'œil en arrière lui apprit que les autres cavaliers arrivaient. Eux aussi arboraient la tour crénelée sur leurs écus. Il devina être tombé sur des gens du seigneur de Najac avec des prisonniers.

— Qui es-tu, étranger ? interrogea l'un des chevaliers.

Glabre, la trentaine, son visage lisse aux lèvres épaisses ne reflétait d'autres sentiments que la sévérité.

— Un voyageur, noble seigneur. Je me rends à Najac.

— Quel est ton nom ! D'où viens-tu ? À qui es-tu ?

Embarrassé, Guilhem n'eut pas l'à-propos de répondre tout de suite.

— Il est avec eux, Gaubert. C'est un des gredins de Malvin le Froqué, affirma un autre chevalier.

— Non ! protesta Guilhem. Je suis bon chrétien et j'arrive à peine dans votre pays ! Je n'y connais personne.

— Je crois plutôt que c'est un espion de Richard ou de Mercadier, décida le glabre, qui s'appelait donc Gaubert. Qui t'envoie ?

— Je me rends à Toulouse, seigneur.

Il se sentait paralysé, incapable d'inventer une histoire qu'il n'aurait pu défendre.

— C'est l'un des vôtres ? lança un des cavaliers à un prisonnier.

Comme celui-ci ne répondait pas, le cavalier lui envoya un coup de pied, le faisant chuter.

— Réponds ou je t'ouvre le ventre ici même !

Le prisonnier eut un regard affolé. Pour sauver sa pauvre vie, il répondit par l'affirmative.

— Non ! hurla Guilhem.

— Descends de cheval ! ordonna le glabre.

En un instant, Guilhem balaya du regard ceux qui l'entouraient, cherchant une issue. Mais six arbalètes étaient pointées sur sa poitrine et deux lances le menaçaient. Impossible de fuir. Quant à se battre, c'était la mort assurée.

Il s'exécuta avec désespoir.

— Défais ton baudrier et abandonne tes armes.

Lentement, il détacha l'agrafe de son manteau et le laissa tomber puis dénoua le baudrier qui portait son épée. Ensuite, il défit le second baudrier auquel étaient attachés son couteau de chasse et les fourreaux de ses couteaux à lancer qu'il avait mis à sa taille. Il était maintenant totalement désarmé.

— Retire ta broigne.

C'était celle prise au garde de Rodez. Il dénoua les aiguillettes qui la serraient au col et la fit passer sur ses épaules. Elle tomba sur le manteau.

Un homme d'armes ayant ramassé son épée la tendit à celui au visage glabre. Ce dernier examina le pommeau gravé de la lettre R.

— Ton épée vient de Rodez. Ce sont celles qu'utilisent les gens du comte. À qui l'as-tu prise ?

Guilhem resta silencieux. Jugeant inutile de se défendre.

— Entravez-le. Qu'il soit avec les routiers de Malvin le Froqué ou avec ceux de Mercadier, peut me chaut. C'est un fredain et il subira le sort des autres. Bremond, poursuivit-il en s'adressant à un homme à pied, ramasse ses affaires et prends son cheval. Encorde-le au destrier de mon cousin.

Les poignets attachés, Guilhem fut entravé par le cou et l'extrémité de son licol noué à une selle. La troupe se remit en route. Le nommé Gaubert et son cousin marchaient en tête et ils se mirent à parler latin, sans doute pour que les prisonniers n'apprennent pas ce qu'on leur préparait, ce qui aurait pu les inciter à un acte désespéré.

Comme ils pensaient que leur prisonnier était un rustre, ils n'imaginaient pas qu'il comprenait en partie ce qu'ils disaient. En partie seulement, car le latin de Guilhem n'était pas aussi bon que le leur, mais le peu qu'il saisit le terrorisa.

L'homme glabre était Gaubert de Bruniquel, tenant du fief de Najac et seigneur du château. Son cousin se nommait Geslin. Bruniquel avait reçu le fief du comte de Toulouse qui l'avait chargé d'éradiquer les détrousseurs qui hantaient les forêts et d'empêcher les routiers de Mercadier d'entrer dans le Toulousain. De plus, il devait protéger la foire de Najac où se vendaient des balles de toile, des bestiaux, de la laine, du merrain et des mulets. Le comte de Toulouse espérait beaucoup dans les ressources qu'elle lui apporterait.

C'est dire si l'agression contre les forains avait mis Bruniquel dans une rage folle. Que l'on apprenne que des routiers s'en prenaient impunément à ceux qui se rendaient à Najac, et ce serait la fin de ce marché. Pour cet échec, Raymond de Toulouse pourrait bien lui reprendre le fief.

Parti à la recherche des détrousseurs avec ses chevaliers et ses gens, il en avait retrouvé quelques-uns. Leur châtiment serait exemplaire pour persuader les autres de ne pas revenir. Ceux qui avaient tué les marchands et forcé les femmes seraient éventrés et abandonnés jusqu'à ce que Dieu les rappelle, disait-il à son cousin.

— Et celui qu'on vient de prendre, crois-tu vraiment qu'il pourrait être au comte Richard[1] ? demanda Geslin.

— Tu l'as appris comme moi, l'autre jour, Richard se dirige vers Moissac avec ses routiers. Va-t-il s'en prendre au comté de Toulouse de ce côté-là, ou va-t-il passer par ici ? Il a certainement dû envoyer des aviseux pour connaître nos défenses. Et celui-là en est certainement un. Dans tous les cas, c'est un estropiat et je n'en veux pas ici. Je lui ferai trancher les mains et arracher les yeux avant de le relâcher. Cela fera réfléchir les autres.

Épouvanté par ces paroles, Guilhem se retint de sangloter. Que deviendrait-il une fois invalide ? Il ne pourrait que mendier et finirait sa misérable vie dans de terribles souffrances. Il se mit à prier le Seigneur de l'épargner, mais il devinait que Dieu ne l'écouterait pas après ce qu'il avait fait.

Alors il décida de se débrouiller tout seul pour échapper à son sort.

Près du bourg, la troupe s'arrêta sur une plate-forme, devant le pont-levis. L'un des gardes se moqua des prisonniers en leur disant de bien regarder l'endroit, parce que c'était là qu'ils seraient exécutés.

---

[1]. Richard Cœur de Lion était alors comte de Poitiers. Sa mère Aliénor, emprisonnée par son mari Henri II, lui avait promis le duché d'Aquitaine.

Pendant ce temps, Bruniquel donnait des ordres. Il chargea trois de ses chevaliers de partir avec leur écuyer prévenir ses vassaux que l'exécution des fredains s'en étant pris aux marchands de la foire aurait lieu le lendemain, en fin d'après-midi. Il exigeait qu'ils soient présents avec leurs serviteurs.

La troupe passa ensuite le pont-levis et traversa le bourg jusqu'à une seconde porte fortifiée.

Dans la rue principale, les habitants rassemblés acclamaient leur seigneur et insultaient les prisonniers. Leur assurant qu'ils viendraient tous assister à leur détranchement et leur éventration.

Guilhem ne distinguait aucune opportunité de fuite. D'ailleurs, même s'il parvenait à quitter le château, comment traverserait-il un village aussi hostile ?

Chapitre 13

Après avoir passé la seconde porte fortifiée, ils empruntèrent un chemin serpentant jusqu'au mur d'enceinte du château. Un pont dormant et un pont-levis permettaient de franchir la courtine et ils pénétrèrent dans une cour intérieure où se dressait le donjon carré au sommet bordé de hourds. Des gens d'armes se tenaient sur le chemin de ronde et des serviteurs travaillaient dans la cour où se trouvaient la forge d'un maréchal-ferrant, une grande étable et des écuries.

Objets de tous les regards, et sous les quolibets, les prisonniers passèrent une nouvelle enceinte intérieure pour accéder à un escalier de bois très raide conduisant à l'unique porte du donjon, située à trois toises du sol. Là, on les rassembla et on les fit attendre pendant que le seigneur et ses gens grimpaient jusqu'à la grande salle ou dans les logis aménagés dans les étages supérieurs.

Ensuite, ce fut le tour des fredains. Leur ascension fut difficile, puisqu'on leur avait laissé les poignets liés. Quant aux blessés, ils furent tirés par des cordes sans aucun ménagement.

La salle au plancher mal raboté, dans laquelle débouchait l'escalier, contenait des coffres, des tonneaux, des paniers et deux grandes couchettes. Un autre escalier, dressé contre le mur, permettait l'accès à la salle supérieure.

L'endroit était sombre, à peine éclairé par de longues et étroites archères et l'emplacement de la porte. Un garde ouvrit une trappe dans le plancher. On les fit avancer jusqu'au trou et descendre par une échelle. En bas, des hommes d'armes les attendaient. Ici, l'obscurité était quasi totale et seules des bougies de suif permettaient d'y voir. Sur le plancher étaient entreposés des caisses de vivres, des tonnelets, des amphores et des jarres. Quelqu'un ouvrit une autre trappe fermée par deux grands verrous de fer. Des effluves puants montèrent de l'ouverture. Cette fois, il n'y avait pas d'échelle et on leur ordonna de sauter. Guilhem passa en premier pour avoir le temps d'examiner leur cachot.

Ce soubassement du donjon ne dépassait pas cinq pieds de haut et on ne pouvait y tenir debout. Le sol n'était que de la roche, de hauteur et de forme irrégulières, rempli de détritus et d'excréments dans ses parties basses. Un trou dans l'épaisseur de la muraille servait de latrines. La puanteur prit Guilhem à la gorge. À neuf là-dedans, ils pourraient à peine respirer et certainement pas s'allonger, se dit-il.

Mais ils n'y resteraient pas longtemps et ils y seraient quand même mieux que sur l'esplanade à l'heure de leur supplice.

Il choisit sa place dans la partie la plus élevée du cachot, tandis que les prisonniers valides descendaient. Ce fut ensuite le tour des blessés, suspendus à des cordes.

Quand ils furent tous en bas, l'un des sergents les prévint :

— Si l'un d'entre vous retire ses liens, je lui couperai les mains demain.

Après ces menaces, il referma la trappe et l'obscurité redevint totale. Enfin, pas tout à fait, car à l'endroit où Guilhem s'était mis ouvrait un trou carré de quelques pouces qui laissait pénétrer de l'air, un peu de lumière et surtout les bruits de la cour.

Un blessé gémissait sans cesse. Les autres restèrent silencieux jusqu'à ce que l'un d'eux déclare :

— Tête Dieu ! Le Froqué nous sortira de là, compaings !

— Ah oui ? Comment ? Il prendra d'assaut la tour et le bourg ? Tu as vu combien il y a de sergents ? Au moins trois douzaines, et cinq ou six chevaliers avec autant d'écuyers. Quant au village, il compte bien deux cents hommes !

— Ils vont nous pendre, fit une autre voix, d'un ton accablé. C'est injuste, j'ai tué personne !

— Tu as quand même foutriqué la grosse marchande ! ricana quelqu'un.

— Tout le monde l'a fait ! répliqua la voix, comme si c'était une excuse.

— J'ai soif ! Pourquoi on a pas d'eau ?

— Pourquoi ils nous soigneraient... pour ce qu'ils vont nous faire.

— Pourvu qu'ils nous pendent... J'ai peur, dit un autre.

— Je crois pas qu'ils vont nous pendre...

— Tu crois quoi ?

— Ils vont nous détrancher, ou nous faire tirer par des chevaux.

— Non ! hurla une voix.

Guilhem écoutait à peine, essayant plutôt de deviner ce qui se passait dans la cour. Soudain une main le frôla :

— Qui tu es, toi ? s'enquit une voix.

— Que t'importe !

— Tu es pas avec nous, l'ami.

— Non, et vous le savez bien ! Mais vous m'avez quand même dénoncé !

— C'est Boniface qui t'a dénoncé, dit la voix la plus proche, c'est un lâche !

— Il m'aurait tué, si j'avais pas dit oui, glapit quelqu'un.
— Tu viens d'où ?
— De loin ! Maintenant, laissez-moi ! fit Guilhem d'un ton sans réplique.
— Fais pas le faraud, le gamin ! menaça un autre. On est plus nombreux que toi !
— Et alors ? On va tous mourir, alors pourquoi se battre et se disputer ? dit la voix proche de Guilhem. On devrait plutôt chercher à fuir ensemble.
— Fuir ? Comment ? ricana un autre.
— Personne ne pourra échapper, dit sombrement Guilhem, qui n'avait aucune envie que les routiers se révoltent avant qu'il agisse. Laissez-moi prier tranquille !

Chacun s'abîma dans un silence ponctué par les gémissements des blessés et quelques sanglots.

Personne ne tenta de se détacher.

La nuit vint sans qu'on leur porte ni eau ni nourriture. La soif devint douloureuse, le froid les tortura et leurs poignets serrés les faisaient souffrir.

À un moment, un des prisonniers se dressa et frappa contre la trappe, cherchant inutilement à l'ouvrir, car on avait bien poussé les verrous. Les autres ne l'aidèrent pas, craignant une nouvelle punition.

L'un des blessés agonisa toute la nuit. Un coup d'épée lui avait brisé le bras gauche dont l'os saillait, le faisant atrocement souffrir.

Guilhem sommeilla à peine. Submergé par la peur, il songeait sans cesse à ses parents, à son frère et à sa sœur. Il les suppliait de lui donner le courage nécessaire pour surmonter les épreuves qui l'attendaient. Finalement, incapable de dormir, il parla avec son voisin. Celui qui avait nommé son dénonciateur. C'était un garçon un peu plus âgé que lui, qui avait rejoint la compagnie de Malvin après que des routiers de

Mercadier avaient mis le feu à son village et tué ses parents. Il s'appelait La Fourque et craignait de mourir.

— Qui est Mercadier ? lui demanda Guilhem. J'ai entendu le seigneur du château parler de lui.

— Un capitaine de brabançons. Parfois, il se met au service du roi d'Angleterre, parfois, à celui de son fils le comte Richard qu'on surnomme Cœur de Lion. Mais, en vérité, Mercadier mène la guerre pour son compte. Pour l'heure, il se trouve dans le Quercy avec Richard. Il était venu demander à Malvin que notre compagnie s'en prenne à la foire de Najac.

— Ce Malvin, c'est ton seigneur ?

— Je lui ai donné ma foi, c'est mon maître.

— Il serait donc au service du comte Richard ?

— Il est au service de qui le paye et de son intérêt, répliqua cyniquement le garçon.

Par la minuscule ouverture, un peu de lumière parvint de la cour et ils entendirent des éclats de voix et des rires. Le château se réveillait, ce qui mit fin à la discussion sur Mercadier, Richard et Malvin le Froqué, car les autres prisonniers commencèrent à parler à leur tour.

— Tu crois qu'ils vont nous pendre ce matin ? demanda une voix terrorisée.

— Ils vont pas nous pendre, prévint un autre. Il faudra que Dieu nous aide...

Il étouffa un sanglot et commença un Notre-Père.

— Ce ne sera pas ce matin ! intervint Guilhem. Le seigneur a dit qu'il attendait ses vassaux pour l'après-midi.

Soudain, un rayon de soleil se glissa dans l'ouverture, et comme une illumination divine, une idée lui vint à l'esprit. Immédiatement il tâta sa poitrine. Le disque était toujours là. Étaient-ce ses parents qui lui envoyaient ce message ?

Alors que sexte n'avait pas encore sonné à la chapelle du bourg, ils entendirent des pas au-dessus, puis tout un vacarme, des éclats de voix et la trappe s'ouvrit dans un formidable grincement.

— Sortez !

Guilhem, qui avait hâte d'en finir et surtout de voir le ciel, se précipita et passa le premier. Il se sentait tout engourdi après des heures immobile. Une fois hors du cachot, il aida les premiers à sortir, puis les laissa se débrouiller, examinant ceux qui étaient venus les chercher.

Ils étaient une dizaine, dont trois avec des arbalètes. Plusieurs gardaient leurs épées à la main. Au demeurant, il aurait été sot de tenter quelque chose. Pour fuir, il fallait être à l'extérieur.

— Où nous mène-t-on ? demanda-t-il.
— Au spectacle ! répondit un garde.

Les autres s'esclaffèrent.

On sortit ensuite les blessés en les tirant avec des cordes. L'un d'eux avait perdu connaissance.

— Montez ! ordonna un sergent d'armes.

Toujours mains attachées, on leur fit grimper l'échelle les uns après les autres. Arrivé en haut, Guilhem fut poussé vers l'autre échelle, celle conduisant dans la cour.

La première chose qu'il fit fut de regarder le ciel. Le firmament était d'azur, sans nuages, et le soleil brillait. Il en ressentit un profond soulagement. Le Seigneur s'apprêtait-Il à lui pardonner ?

Il se mit à descendre. Une fois en bas, alors qu'on lui ordonnait de tendre les mains pour vérifier ses entraves, il demanda à boire. Celui qui examinait ses liens haussa les épaules mais un autre garde, plus âgé, alla emplir un pot de fer à un tonneau et le lui porta, l'aidant à boire sous le regard réprobateur de son compagnon.

— Merci ! fit Guilhem. Dieu te le rendra.

On fit descendre un autre prisonnier. Leurs gardiens étaient prudents, ne faisant sortir qu'un homme à la fois, observa Guilhem. Puis il se désintéressa des autres et se mit à scruter le ciel, saluant juste La Fourque d'un triste sourire quand celui-ci vint se placer près de lui.

À cause des blessés, il fallut près d'une heure pour rassembler et vérifier les entraves des captifs silencieux. Tous étaient terrorisés. Quand ce fut terminé, sous les regards des serviteurs et sous la surveillance des sergents d'armes, on leur serra une corde autour du cou et on les fit avancer.

Escortés par une dizaine de gardes, ils franchirent le pont-levis. Guilhem ne voyait aucune occasion de s'échapper. Le ciel restait son seul espoir.

Il avait remarqué l'absence du seigneur du château lors de leur départ, et aucune présence de vassaux, puisque les écuries ne semblaient pas plus pleines que la veille. Ils disposaient donc encore d'un répit de quelques heures avant leur supplice.

Sur leur passage, la badaudaille de bourgeois, d'artisans et de manants s'était agglutinée pour se moquer, leur promettre une mort douloureuse et l'enfer dans l'au-delà. Certains voulaient les frapper, mais les gardes les en empêchèrent.

Le soleil était au zénith, et seul cela comptait pour Guilhem, assailli par un tourbillon de pensées sur la façon dont il allait s'y prendre.

Ils passèrent la porte du bourg et le pont-levis pour déboucher sur l'esplanade. C'était un grand espace bordé de chênes, de châtaigniers et de hêtres avec un orme majestueux au centre.

Des ouvriers terminaient de monter une estrade et des bancs. D'autres construisaient une sorte de grande claie en branches de châtaignier. Longue de cinq cannes et large de sept ou huit pieds, elle était érigée en plan incliné face à l'estrade, sur de gros poteaux et des traverses en bois. Trois ou quatre douzaines de personnes travaillaient à ces constructions. Comment fuir ? s'interrogea Guilhem, notant quand même les deux chevaux sellés attachés près du pont-levis.

On les mena au pied de l'orme, donc très loin des chevaux, et on les fit asseoir avec interdiction de bouger ou de parler. Guilhem se mit le plus loin du tronc, face au midi. Deux gardes s'installèrent près d'eux et les autres s'éloignèrent pour discuter avec les menuisiers.

Une joyeuse cohue s'était formée devant un tonneau de vin mis en perce sur une charrette, mais on ne proposa même pas d'eau aux futurs suppliciés. Toute la population du village se réjouissait du spectacle à venir et de la fin de ces écorcheurs si nuisibles.

La Fourque, assis près de Guilhem, l'interrogea :

— Je n'ai pas vu de potence, que vont-ils nous faire ?

Sa voix tremblait, car en vérité il avait deviné le rôle de la claie.

— J'ai entendu le seigneur sur le chemin, hier. Il annonçait à son cousin ce qu'il avait décidé.

— Tu as compris ? Il parlait un charabia.

— Il parlait en latin.

— Tu sais le latin ? s'extasia le garçon.

— Un peu.

— Que disaient-ils ? demanda-t-il après un moment, comme s'il hésitait à connaître son sort.

— Vous allez être éventrés. C'est à ça que servira la claie.

— Non ! hurla le garçon.

Un garde s'approcha et lui donna un coup d'épieu dans le dos :

— Silence ! Tu parleras seulement au prêtre pour te confesser.

Les autres prisonniers grognèrent et d'autres gardes arrivèrent, certains ayant tiré leur épée. L'un d'eux tenait un fouet et le fit claquer. Le silence revint et Guilhem baissa les yeux avec servilité.

Les gens d'armes restèrent un moment, menaçant tel ou tel faisant mine de s'agiter. Puis les routiers retombèrent dans une apathique soumission.

Les gardes s'éloignèrent, sauf ceux qui les surveillaient.

Les rayons du soleil arrivaient maintenant aux pieds de Guilhem.

— Écoute-moi, fit-il à voix basse à La Fourque, si je tente de filer, tu en es ?

— Bien sûr, mais comment ? On est attachés.

— Je couperai tes liens.

— Comment ?

— Tais-toi ! On aura besoin de chevaux. Ceux là-bas sont trop loin. Il faut attendre que les premiers chevaliers arrivent.

Guilhem porta ses deux mains attachées à son cou et parvint à sortir le disque de cristal, puis à l'orienter jusqu'à ce que les rayons du soleil tombent sur le verre tenu entre pouces et index au-dessus de la fine corde de chanvre qui le liait. Il essayait de reproduire ce que Simon lui avait montré. En même temps, il regardait autour de lui, mais on ne s'intéressait pas à sa personne. Seul La Fourque l'observait sans comprendre.

Le point rouge devint tout petit et on sentit une faible odeur de brûlé qui inquiéta Guilhem. Ne risquait-elle pas d'attirer l'attention ?

Une petite flamme jaillit, terrorisant La Fourque. D'un coup de pied, Guilhem lui fit comprendre de rester impassible.

La flamme lui grilla la peau, la douleur devint insupportable, mais il sentit l'entrave se desserrer. Il baissa les mains et les frotta sur sa poitrine, éteignant le feu.

Il était libre, même si les liens restaient visibles. Certes, il gardait une corde au cou mais il savait qu'il pourrait défaire le nœud coulant sans mal.

— Avance tes poignets près de moi, au soleil, dit-il à La Fourque.

Le routier avait compris et se mit dans la position adéquate. Mais le disque n'arrivait pas jusqu'à lui. Il aurait fallu le placer plus loin, or c'était impossible à cause du cordon de cuir qui le retenait.

— On va pas y arriver, grimaça Guilhem. On fera autrement. Écoute-moi bien...

Il observait maintenant les deux gardes qui surveillaient vaguement les prisonniers. L'un d'eux était celui qui l'avait fait boire. Ils portaient une épée, plutôt courte, simplement retenue au baudrier par une boucle de fer. Tous deux avaient aussi une miséricorde attachée à leur broigne. Sans casque, leur cervelière était baissée sur leurs épaules.

Un hennissement et quelques éclats de voix, puis un son de trompe retentirent, provenant du chemin conduisant au bourg. Tous les regards convergèrent vers les nouveaux arrivants.

— Profitons-en ! fit Guilhem. Avance tes bras !

La Fourque fit comme il lui était demandé et Guilhem plaça le disque à bonne distance. Immédiatement, la corde se mit à grésiller, mais déjà les regards s'étaient détournés des nouveaux venus et La Fourque dut baisser les bras.

— Ils sont un peu brûlés, mais pas assez, chuchota-t-il, s'efforçant de tirer sur ses poignets.

Il se contorsionna discrètement un moment, sentant la corde qui se desserrait car plusieurs brins avaient lâché.

Guilhem, lui, ne quittait pas des yeux les arrivants. C'étaient deux chevaliers, avec des écuyers porteurs de lances et trois hommes d'armes, dont deux sur le même roncin. Il reconnut l'un des chevaliers qui faisait partie de la troupe l'ayant capturé. Le second, assez jeune, était en haubert avec un casque à nasal.

Ils s'approchèrent de l'orme pour interroger un garde :

— Ce sont eux ? demanda celui en haubert, en examinant les routiers.

— Oui, messire. Mais notre seigneur est encore au château.

— Je vais le saluer, décida le chevalier.

Il se tourna vers ses gardes.

— Vous autres, restez là ! Il y a du vin et vous préférerez boire ! plaisanta-t-il.

Tandis que les trois hommes d'armes descendaient de leur monture pour s'approcher du tonneau de vin, les deux chevaliers et leurs écuyers filèrent vers le bourg. Guilhem observa que les chevaux avaient été laissés sous un chêne, à environ dix cannes de l'orme. Il regarda La Fourque, qui lui fit signe qu'il avait réussi à dégager ses mains.

— Tiens-toi prêt, lui murmura-t-il.

À cet instant, un nouveau cavalier arriva, monté sur un robuste cheval bai aux jambes plus foncées que sa robe, presque noires. Son manteau étant ouvert, Guilhem reconnut le surcot rouge avec la croix jaune cousue dessus. C'était un garde du commun de paix de Rodez.

Immédiatement, il plongea sa tête entre ses mains, comme l'aurait fait un homme désespéré à l'approche de la mort. Ce garde pouvait-il le reconnaître ?

Celui-ci s'approcha, mais des gens d'armes se portèrent à sa rencontre avant qu'il n'atteigne les prisonniers.

— Qui êtes-vous, messire ? s'enquit poliment un sergent, jugeant que le voyageur pouvait être chevalier ou écuyer à cause de son épée et de son cheval.

— Garde des communs de paix de Rodez ! Que le Seigneur vous protège...

— Qu'Il vous bénisse aussi, messire. Venez-vous rencontrer notre gracieux seigneur ?

— J'ai un courrier pour lui de la part de mon maître, le comte.

— Notre noble seigneur est au château, si vous voulez le voir maintenant, passez le pont-levis et traversez le bourg. Sinon, il sera là dans un moment.

— Que se passe-t-il ici ?

— Une compagnie de routiers s'en est prise à des marchands quittant notre foire, il y a une semaine. Notre noble seigneur les a rattrapés. Ils sont là...

Il désigna les prisonniers.

— ... pour subir leur châtiment.

— Je viendrai y assister dès que j'aurai remis ma lettre, dit Hélie avec un sourire gourmand.

Il salua le garde et talonna sa monture dans la direction indiquée.

Cet homme venait pour lui, cela ne faisait aucun doute ! paniqua Guilhem, pris d'une peur qu'il n'arrivait pas à maîtriser. Levant la tête, il parcourut les alentours de la place d'un regard affolé.

Pour aggraver la situation, un chevalier qui examinait la claie avec les sergents d'armes se tourna vers les prisonniers.

— Commençons à les attacher, décida-t-il.

Ayant entendu, un routier se mit à hurler :

— Non ! Je veux pas mourir !

Indifférent, un sergent se dirigea vers le chêne et fit signe aux deux gardes de se saisir de La Fourque, qui était le plus près de la claie. Ils s'approchèrent de lui, suivi de près par le sergent. D'autres hommes d'armes s'étaient avancés vers les prisonniers, mais se trouvaient encore à quelques cannes de distance.

La Fourque se leva lentement, visage défait et dissimulant ses mains dans un pli de son sayon. Guilhem et lui étaient convenus de ce qu'ils devaient faire.

Comme le garde prenait le bras du prisonnier, Guilhem se leva d'un bond et arracha la miséricorde que l'homme portait à son baudrier pour la lui plonger dans les tripes. De l'autre main, il lui soutira son épée.

Au même instant, La Fourque se tourna vers le second garde, à trois pas de lui, et le frappa au visage avec une pierre qu'il cachait au creux de ses mains. Il tira à son tour l'épée de l'homme et courut vers les chevaux.

Quand le sergent vit Guilhem se lever et bousculer le garde, il crut qu'il voulait protéger son compagnon. L'homme d'armes se précipita pour les séparer, sans imaginer un instant que ce prisonnier pouvait s'en prendre à lui, aussi n'avait-il pas tiré son épée. Quand il comprit la gravité de ce qui se passait, il tenta de la dégainer mais Guilhem l'esquiva et lui infligea un coup de taille avec la lame qu'il venait de prendre, lui brisant le cou. Il fonça aussitôt au cheval restant et, ayant glissé la miséricorde dans sa chemise, défit la bride à peine nouée à une branche et bondit sur le dos de la monture qu'il lança au triple galop.

Derrière lui, la confusion était totale. Cris, vociférations, avertissements fusaient en tous sens.

Les autres gardes et le chevalier s'élancèrent sur-le-champ vers les fuyards mais les prisonniers s'étaient tous dressés, certains cherchant à retirer la corde de leur cou. Les hommes d'armes durent donc d'abord mater cette révolte avant de courir sus aux évadés.

En un instant, ce fut une estourmie incroyable. Les routiers captifs tentaient le tout pour le tout, certains frappant les gardes malgré leurs mains liées, parfois avec leur tête, préférant mourir tout de suite que subir le sort qu'on leur réservait. Ils s'écroulaient, se relevaient dans une mêlée confuse mais à l'issue certaine tant les hommes d'armes aidés des villageois étaient nombreux. Ceux-ci parvinrent finalement à venir à bout de cette rébellion à coups de fouet et d'épieu, laissant plusieurs corps navrés et tailladés.

Le calme revenu, le chevalier et le sergent sautèrent en selle. Entre-temps, quelques gens du village étaient partis au château chercher du secours.

Sur son cheval, Guilhem suivait La Fourque, se fiant à lui pour le guider. Son cœur battait si fort qu'il crut un instant perdre connaissance. Tenant l'épée en même temps que les rênes, il rattrapa son compère et lui cria :

— Ils vont forcourir après nous. Prends un chemin où ils ne nous trouveront pas !

Étant maintenant hors de vue de la ville et du château, La Fourque engagea sa monture dans un sentier en pente douce bordé de mousse et de houx.

Chapitre 14

Par d'étroits sentiers, ils s'enfoncèrent de plus en plus profondément dans les bois. Guilhem se retournait sans cesse, mais personne ne paraissait les poursuivre. Aurait-on déjà perdu leur piste ? songeait-il, plein d'espoir.

Il aurait voulu aller plus vite, mais même sur les terrains plats, leurs montures fatiguées trébuchaient souvent, ayant certainement marché toute la matinée. Le galop de leur fuite les avait encore plus épuisées. Ces faiblesses ne manquaient pas de l'inquiéter. Que faire si un cheval tombait ou se cassait une jambe ?

Sur une crête, se retournant une nouvelle fois, Guilhem aperçut cette fois deux silhouettes qui se déplaçaient en contrebas. Des cavaliers. On les avait donc retrouvés, même si leurs poursuivants n'étaient que deux. Or, avec leurs chevaux fourbus, ils seraient vite rattrapés.

Il fallait donc agir au plus vite. Guilhem ayant rapidement expliqué son plan à son comparse, ils poursuivirent un moment jusqu'à trouver un tronc massif en bordure du sentier. La Fourque s'arrêta derrière, gardant le cheval de Guilhem, tandis que celui-ci revenait en arrière pour se dissimuler.

Au bout de quelque temps, leurs poursuivants apparurent. C'étaient le chevalier et le sergent présents sur l'esplanade. Le sergent aperçut les deux chevaux, à peine cachés par le tronc, et plaça un carreau dans son arbalète dont l'arc était déjà tendu.

Guilhem s'approcha dans leur dos sans qu'ils s'en rendent compte. Seulement, au dernier moment, un cheval sentit sa présence et fit un écart. Sur le qui-vive, le chevalier se retourna et le vit, mais c'était trop tard pour lui. Le jeune garçon brandissait déjà son épée et le frappait à la hanche avec le plat de la lame, de toutes ses forces.

Dans la confusion, le destrier du chevalier prit peur, se cabra et hennit, effrayant le cheval du sergent. Stupéfait, celui-ci se tourna à son tour et vit tomber son compagnon.

Comprenant le guet-apens, il abandonna son arbalète et saisit sa hache, mais déjà Guilhem avait contourné sa monture et l'avait féri d'une violente frappe de taille.

Asséné trop vite et trop loin, le coup était cependant trop faible et la broigne maclée du sergent amortit le choc. Celui-ci brandit alors sa hache pour fendre la tête de Guilhem, qui parvint cependant à l'éviter.

À ce moment, La Fourque chargea en hurlant, épée haute. Dès lors, le sergent tenta de fuir et Guilhem en profita pour lui porter un second coup d'épée, cette fois à la jambe qui n'était pas protégée par des chausses de mailles, la tranchant en partie. Le cheval se cabra lui aussi et fit tomber son cavalier.

Au sol, Guilhem acheva le soldat en lui perçant la poitrine, puis revint au chevalier qui se relevait.

Celui-ci avait été gravement touché par le coup de Guilhem. Étourdi, et sous le coup de la douleur, il haletait, s'évertuant à tirer son arme. Guilhem le frappa à la tête du plat de l'épée, comme avec une masse. L'autre retomba. Le jeune garçon se jeta sur lui et, ayant tiré sa miséricorde, il la lui enfonça dans la gorge.

— Dieu tout-puissant ! s'exclama La Fourque. Tu les as eus tous les deux !

Guilhem resta assis, pantelant et tremblant. Comme les précédentes fois où il avait tué, il éprouvait un écœurant mélange de honte et de satisfaction qui le laissait comme brisé.

Combien de vies avait-il déjà prises ? Il tenta de compter mais son esprit s'embrouilla et il chassa cette idée de dénombrement.

— C'était eux ou nous, que le Seigneur me pardonne, murmura-t-il. Rattrape les chevaux, ordonna-t-il ensuite, d'un ton plus assuré.

Reconnaissant l'autorité de son compagnon et n'éprouvant aucun tourment de conscience, La Fourque descendit de sa monture et obéit allègrement.

Guilhem entreprit alors de dépouiller le chevalier. Il avait volontairement frappé avec le plat de l'épée pour ne pas abîmer le haubert qu'il voulait récupérer. Il enleva le manteau du mort, légèrement taché de sang, déboucla le double baudrier, prit l'épée, plus solide et plus belle que la sienne avec son pommeau ciselé, puis la bourse qui contenait quelques pièces d'argent et la dague au manche d'argent avec une garde terminée en tête de loup.

Avec cette lame, il trancha la cotte de laine que le chevalier portait sur son haubert. Ensuite, il lui ôta son casque, défit les aiguillettes attachant le camail au haubert, puis celles des chausses de mailles. Le haubert étant court avec de larges manches, il parvint à le retirer facilement.

Dessous, l'autre portait un gambison que Guilhem lui ôta également pour l'enfiler, même s'il était un peu grand pour sa taille.

Par-dessus il passa le haubert avec quelques difficultés et demanda à La Fourque de l'aider pour attacher les aiguillettes ; son compagnon dépouillait le sergent de tout ce qu'il possédait.

185

Guilhem décida de mettre les chausses plus tard. Ils ne devaient pas plus perdre de temps. Il boucla les ceinturons, attacha son ancienne épée au pommeau de sa selle et monta sur le cheval du chevalier.

Avec une corde trouvée dans le harnachement du sergent, La Fourque attacha leurs premiers chevaux en longe et rassembla dans des sacoches tout ce qu'il avait rapiné.

— N'oublie pas les gourdes, l'arbalète et la trousse de carreaux, lui commanda Guilhem avant de repartir.

Au château, Hélie Roquefeuil fut conduit dans la salle du troisième étage du donjon où le comte, en compagnie de son cousin, recevait le seigneur arrivé un peu plus tôt. Il avait fait monter le garde dès qu'il avait su d'où il venait. Le comte de Rodez détenait peut-être des informations sur la campagne militaire conduite par le comte Richard. De plus, l'épée de ce routier, qui provenait de l'armurerie du commun de paix de Rodez, l'intriguait.

Hélie lui remit la lettre que son maître lui avait remise.

Gaubert de Bruniquel la lut et la passa à son cousin Geslin.

— Ce truand qui a tué tes frères, que sais-tu de lui ?

— Il était rémouleur. Je ne l'ai jamais vu mais il aurait une quinzaine d'années. Pas de barbe au menton, mais plutôt robuste pour son âge, m'a-t-on dit. Adroit lanceur de couteaux.

— Intéressant... Geslin, va faire chercher l'épée et la broigne du jeune espion qu'on a pris hier.

Gaubert de Bruniquel les avait données à un de ses hommes.

Geslin partit et Hélie demanda :

— J'ai vu les routiers qui vont être exécutés devant le bourg, seigneur. Celui que je pourchasse en ferait-il partie ?

— Peut-être. Ces routiers ont tué des marchands et forcé leurs femmes. Ils seront éventrés quand mes autres vassaux arriveront. Mais j'ai pris aussi un garçon à cheval qui n'a pas pu expliquer d'où il venait. Il portait une épée de Rodez et plusieurs couteaux. Il correspondrait à ta description.

— C'est lui ! décida Hélie en se signant. Merci, Seigneur !

Geslin revint rapidement avec la broigne et l'épée, mais il était surtout dans un état de grande agitation.

— Gaubert ! Deux prisonniers viennent de s'évader ! s'écria-t-il.

— Quoi !

— À l'instant ! On vient de me prévenir ! Taillebourg est parti à leur poursuite mais il faut envoyer des gens lui porter main-forte.

Il tendit broigne et épée au visiteur sans un regard. Le sujet ne l'intéressait plus.

— C'est à mon frère ! rugit Hélie.

Mais déjà le seigneur de Najac, son cousin, le vassal et les quelques hommes qui se trouvaient là s'étaient précipités vers l'échelle.

Leur troupe traversa le bourg au galop. Sur la place, il ne fallut pas longtemps à Gaubert de Bruniquel pour se faire expliquer la situation. Il laissa le commandement du château à son cousin et partit lui-même avec deux chevaliers et une poignée d'hommes d'armes à la poursuite des fuyards.

Sans demander l'autorisation, Hélie les suivit.

Ils trouvèrent rapidement le sentier emprunté par les fuyards. Les traces étaient bien visibles car Taillebourg avait cassé volontairement des branches sur son passage afin qu'on le retrouve facilement.

Ils le retrouvèrent, effectivement, brisé et ensanglanté ainsi que son écuyer.

Bouleversé, Gaubert de Bruniquel mit pied à terre et s'agenouilla devant son chevalier.

Il pria un moment avant de se relever. Hélie lui trouva un air hagard, désemparé.

— Poursuivons-nous ? demanda-t-il.

— Je ne peux ! laissa tomber le châtelain dans un sanglot de rage. Je n'ai pas assez d'hommes ! Ce garçon est un démon ! Satan le guide ! Pour le rattraper, je devrais dépouiller mon château, et le comte Richard pourrait bien en profiter !

— Laisserons-nous ce meurtrier impuni, seigneur ? demanda un des chevaliers, un soupçon de désaccord dans la voix.

Bruniquel ne savait que décider. Torturé entre son devoir envers le comte de Toulouse et ses obligations de suzerain et de seigneur qui devait protection et assistance à ses chevaliers.

— Messire, proposa Hélie, laissez-moi le poursuivre ! J'ai un rude compte à régler avec lui ! Mes frères crient vengeance. Je les entends chaque nuit !

— Tu serais prêt à risquer ta vie, Hélie ? demanda le seigneur, visiblement alléché par la proposition.

— Oui, messire. Je ne pourrais pas vivre sans venger les miens.

— S'il te découvre sur ses traces, il te fera pareil ! répondit le châtelain en montrant les corps.

— Je commence à le connaître et je serai prudent. Je ne m'en prendrai pas à lui. Je veux seulement découvrir où il va se terrer. Ensuite, je reviendrai vous prévenir, ainsi que mon maître, le comte de Rodez.

— Il n'y aura pas que lui à craindre, le prévint Bruniquel. Tu vas t'enfoncer dans des terres que se disputent le duc d'Aquitaine, le roi de France et le comte de Toulouse. Les bandes de routiers sont partout, les voleurs aussi, sans compter les encapuchonnés pour qui ta vie sera sans valeur.

Les encapuchonnés étaient une confrérie organisée quelques années plus tôt par un charpentier du Puy à qui la Vierge était apparue en lui demandant d'instaurer la paix de Dieu. La confrérie s'était étendue rapidement en Berri, Limousin et Auvergne. Ses membres portaient un petit capuchon de toile ou de laine blanche auquel étaient rattachées deux bandes de tissu tombant l'une sur le dos, l'autre sur la poitrine. Sur la bande frontale était attachée une plaque représentant la Vierge et Jésus, avec les mots : Agnus Dei.

Ces confrères de la Vierge avaient constitué une armée contre les routiers, et sur les tombes de ceux morts en combattant, les miracles s'accomplissaient. Au début, barons, évêques, abbés, moines, clercs et même des religieuses avaient rejoint le mouvement qui avait obtenu d'immenses victoires, massacrant jusqu'à trois mille routiers en 1183. Mais les encapuchonnés affirmaient aussi l'égalité des hommes, refusaient l'obéissance aux seigneurs, voulant lutter contre l'injustice. Ils avaient même osé déclarer que le servage n'était pas le châtiment du péché originel ! Dès lors, l'Église les avait considérés comme des hérétiques, laissant les brabançons et les cottereaux les massacrer. Ainsi Louvart, un lieutenant de Mercadier, en avait tué plusieurs milliers. Depuis, la confrérie avait perdu sa puissance mais quelques croquants se réclamant encore d'elle s'en prenaient, s'ils le pouvaient, aux chevaliers isolés.

— L'évêque de Rodez et messire le comte m'ont donné un sauf-conduit. Rodez est en dehors des querelles entre le duc d'Aquitaine, le roi de France et le comte de Toulouse. Moi, je ne fais que servir la justice. Pourquoi m'en empêcherait-on ?

Bruniquel regarda tour à tour les chevaliers qui l'accompagnaient. Ils paraissaient approuver la proposition du garde des communs de paix, même si la plupart ne croyaient pas à sa réussite, aussi hocha-t-il la tête.

— Tu es un brave, Hélie. Convenons d'un accord : trouve le refuge de ces gredins et reviens me le dire. Je préviendrai le comte de Rodez de ta mission et je te récompenserai à ton retour.

Il s'interrompit un instant avant d'ajouter :

— Mais la poursuite peut durer des semaines, de quoi as-tu besoin ?

— J'ai mon épée, il me faudra des vivres mais je saurai en trouver... Cependant je n'ai guère de clicaille.

Bruniquel détacha son escarcelle.

— Il doit y avoir deux ou trois livres en sols caorciens. Fais-en bon usage.

Un chevalier intervint :

— Dans la forêt, vous ne trouverez aucune nourriture, sire garde, sauf à chasser. Or un feu vous fera repérer.

— Il a raison ! approuva Bruniquel. Mieux vaut revenir au château où je te donnerai le nécessaire.

Hélie secoua la tête :

— Je perdrais leur trace. Pouvez-vous plutôt envoyer quelqu'un sur mes pas ? Je marquerai ma route et il me rattrapera avant la nuit.

— Entendu.

— Que savez-vous sur celui qui accompagne ce pendard ? demanda alors Hélie.

Le seigneur interrogea du regard ses hommes. Un sergent d'armes qui avait assisté à l'évasion répondit :

— C'est un des gueux de Malvin le Froqué. J'ignore son nom, il a une vingtaine d'années et il va certainement rejoindre son maître.

— Avez-vous une idée de l'endroit où il se rend ?

— Le camp du Froqué se trouve dans la montagne, près de Peyrusse, qu'on appelle aussi Petrucia. Adhémar, le seigneur de Peyrusse, est vassal d'Aquitaine et protège plus ou moins ces fredains. Il ne nous a jamais laissés approcher.

— Vous pourriez torturer les prisonniers pour qu'ils vous disent d'où ils viennent.

— Je l'ai fait, l'année dernière. Un des routiers de Malvin a accepté de nous guider en échange de sa vie, mais il nous a fait tourner en rond et les gens de Peyrusse nous ont pris dans une embuscade. J'ai perdu quatre hommes pour rien.

— À Rodez, j'ai entendu dire qu'il y avait des mines à Peyrusse.

— Des mines de plomb et d'argent. Le bourg est important et ses bourgeois envient notre foire. Ce sont eux qui ont dû envoyer ces routiers.

Hélie médita un instant cette nouvelle information. Jugeant en savoir assez pour partir, il inclina la tête devant Bruniquel et déclara solennellement :

— Seigneur, je les trouverai, ou je serai mort. Que Dieu et la sainte Vierge Marie vous protègent.

— Qu'Ils veillent aussi sur toi, avec tous les saints du paradis, dit Bruniquel.

Hélie salua les autres hommes et talonna sa monture, s'éloignant sur le chemin.

— Nous prierons Dieu pour qu'il réussisse, déclara le seigneur de Najac à ses hommes. Maintenant, ramenons ces pauvres corps pour leur donner une sépulture chrétienne. Quant aux prisonniers qui restent, ils payeront pour les évadés !

Les fuyards marchaient sans se presser, se dissimulant parfois un moment pour repérer un éventuel poursuivant, mais ils ne virent personne. On avait perdu leur trace.

Avec l'arbalète, Guilhem tua un cerf dont les gigots, cuits rapidement, serviraient de nourriture pour le voyage. Peu lui importait désormais d'être accusé de braconnage maintenant qu'on le recherchait pour de plus graves crimes !

Il interrogea son compagnon pour savoir où ils se rendaient.

— Encore plus loin dans cette forêt, lui répondit La Fourque. Un endroit difficile d'accès. Malvin y a établi son camp.

— Quel genre de camp ?

— Un château fortifié, en bois.

— Combien êtes-vous ?

— Trois, quatre douzaines, cela dépend. Et puis il y a des femmes, ajouta-t-il, égrillard.

Autour d'eux, la forêt s'épaississait. Les chênes aux larges troncs jetaient leurs rameaux sur des taillis de houx étroitement serrés. Le soleil pénétrait de moins en moins dans les futaies.

Ils dormirent dans une grotte que La Fourque connaissait, n'allumant pas de feu pour ne pas se faire repérer, malgré la présence de loups. Mais, en cette saison, ils ne s'attaquaient pas aux hommes.

Le lendemain, ils passèrent la nuit dans une hutte grossière faite avec des troncs d'arbres.

Le plus souvent, ils avançaient sur les sentiers sans échanger une parole, l'un derrière l'autre, s'enfonçant toujours plus profondément entre des troncs moussus.

Le troisième jour, le crépuscule approchait quand, soudain, le son plaintif d'un cor retentit trois fois, relayé par un second mugissement, beaucoup plus lointain.

La Fourque s'arrêta, sourire aux lèvres :

— On n'est plus très loin, les guetteurs nous ont vus !

Peu après, ils rattrapèrent deux enfants vêtus de peaux de bête et chaussés de sabots qui menaient un troupeau de cochons. La Fourque les salua amicalement. Il les connaissait.

Ils poursuivirent jusqu'à se retrouver dans une clairière au milieu de laquelle poussait un gros chêne étendant ses branches noueuses dans toutes les directions. À son pied attendait un homme vêtu d'un simple sayon, avec un couteau à la taille, une fronde à la main et une corne au cou.

— Bonjour, Pons ! Je suis content de te revoir, dit La Fourque.

— Où sont les autres ? Et qui c'est, lui ?

— Les autres ne reviendront pas. On a tous été pris, ou navrés. Lui, il était prisonnier comme nous. On allait nous éventrer quand il m'a fait évader.

— Évader ? lança une voix dubitative, venant de l'arbre.

Guilhem leva les yeux. Quelqu'un le tenait en joue de son arc avec une flèche encochée.

— Je raconterai tout à Malvin, promit La Fourque.

— Entendu, continue, mais si tu conduis du monde ici, tu seras écorché. Tu sais que Malvin sait y faire !

Ils reprirent le sentier qui grimpait au milieu d'épais taillis, de fougères touffues et de rochers moussus. Le crépuscule approchait quand ils débouchèrent sur une vaste prairie au milieu de laquelle s'élevait une éminence entourée d'un fossé et d'une barrière de pieux appointés. Derrière se dressait une palissade en épaisses planches de châtaignier chevillées à clin. Surmontant les deux enceintes, on apercevait une forte tour carrée avec un hourd et un toit pointu, en bois lui aussi, ainsi que la toiture en bardeaux d'une construction mitoyenne.

La barrière, haute d'une toise, était doublée de branches entrelacées entre les pieux. On y pénétrait par un pont dormant sur le fossé, puis par un portail de bois. Il y avait là trois hommes d'armes en broigne et casque à nasal, l'un tenant un écu et les autres des rondaches.

La Fourque les saluant, ils répondirent fraîchement à son salut mais les laissèrent passer.

Les deux cavaliers traversèrent alors un espace de quelques toises jusqu'à une barbacane, encadrée de deux tours de bois, avec une porte étroite, basculante. De part et d'autre s'étendait la palissade de planches. En haut de cette enceinte de plus de deux toises, on distinguait, entre les merlons de bois, des silhouettes avec des arcs et des arbalètes. Le chemin de ronde devait reposer sur des troncs ou de gros pieux. Le son d'une trompe retentit et la porte s'abaissa, laissant sortir une poignée d'hommes en haubert, armés de hache, d'épée ou d'épieu, et portant écu ou rondache.

— La Fourque ! lança l'un d'entre eux.

Sa chevelure et sa barbe noire s'emmêlaient en une toison sale et repoussante.

— Où est Garin ? demanda son compagnon qui portait un bliaut de laine crème, sans manches, sur son haubert.

De haute taille, il paraissait d'une force prodigieuse avec des mains semblables à des pelles. Deux épées pendaient à son baudrier. Imberbe, mais pas rasé de frais, il ne portait pas de casque et sa chevelure était tonsurée.

— On a tous été pris, seigneur.

— Raconte !

La voix claqua, méfiante et menaçante.

— On a attaqué trois chariots de marchands qui quittaient la foire, comme vous nous l'avez demandé. Seulement les marchands étaient avec leurs femmes. Garin a voulu les emmener. Elles se sont pas laissé faire et on a dû les tuer. Ensuite on a filé, mais on avait perdu du temps. Le seigneur de Najac avait envoyé ses hommes partout et ils nous ont coupé la route. Ils avaient des arbalètes et ont abattu plusieurs des nôtres, alors Garin et Boniface se sont rendus. On a fait pareil.

— Lâches ! s'exclama le chevelu.

— On nous a conduits au château. En chemin, le seigneur de Najac a rencontré mon compère, il se nomme Guilhem. Bruniquel croyait que c'était quelqu'un à Mercadier et il l'a emmené avec nous. Le lendemain, on nous a conduits devant le bourg pour nous étriper. Mais Guilhem est parvenu à brûler nos liens et on s'est enfuis avec des chevaux volés. On nous a poursuivis et il a tué nos poursuivants.

Le chevelu et le Froqué s'approchèrent de Guilhem, dubitatifs.

— Tu aurais fait tout ça ? Tu es à Mercadier ?
— Non, je suis en fuite, c'est tout.
— Comment tu as brûlé vos liens ?
— Je vous montrerai demain, il me faut du soleil. J'utilise ça.

En parlant, il avait sorti le disque de cristal de sa chainse et le leur montra.

Malvin devait savoir de quoi il s'agissait car il ne demanda rien de plus. Il l'examina encore un moment en silence. Essayant de deviner s'il lui mentait. Mais les guetteurs auraient sonné du cor trois fois si des compères avaient été derrière eux.

Or, par la sottise de Garin, il venait de perdre une douzaine d'hommes. Et ce Guilhem, même s'il paraissait bien jeune, semblait être une bonne recrue. De surcroît, il était équipé et possédait deux chevaux.

— On va parler, décida-t-il. Moi, je suis Malvin, le seigneur du lieu. Lui, c'est Tête-Noire, mon lieutenant, et lui, Bertucat le Bel.

Il désigna un jeune homme à l'aspect soigné, indifférent et distant, qui portait un surcot brodé sur son haubert. La garde de son épée était serrée de fils d'argent.

— Bertucat est chevalier, précisa le Froqué.

Lui et ses gens firent demi-tour et rentrèrent dans la forteresse. Guilhem et La Fourque leur emboîtèrent le pas.

La palissade était beaucoup plus épaisse qu'elle ne le paraissait. Double, soutenue effectivement par de gros pieux, l'espace entre les deux parois était comblé de pierres.

Malvin le Froqué se dirigea vers le principal corps de logis, à côté du donjon. Ils entrèrent à sa suite dans une salle obscure. Deux tables grossières l'occupaient et, au fond, on apercevait vaguement des couchettes et des coffres le long des murs. Le sol en terre était jonché de paille sale.

Tout le monde s'assit sur les bancs autour d'une des deux tables sur laquelle les gens de Malvin déposèrent casque, hache et épée. Deux femmes arrivèrent du fond de la salle. Jeunes, mais le visage ravagé par la fatigue ou les coups, elles attendirent les ordres, soumises. Malvin s'installa à l'extrémité de la table, sur un siège aux accoudoirs sculptés, et demanda aux servantes de porter du vin, du pain et des tranches de porc pour les visiteurs, le souper ayant été pris depuis longtemps.

Un des hommes alluma des chandelles de suif. D'autres entrèrent peu à peu, dont un vieillard en robe sombre, tonsuré comme un clerc ou un moine.

Tous affichaient une apparence sauvage et féroce. Plusieurs portaient des peaux de bêtes mal tannées, renforcées de plaques de fer sur la poitrine. Quelques-uns tenaient des haches à double fer, d'autres de simples épieux.

— D'où viens-tu ? demanda Malvin à Guilhem.
— De loin, seigneur.
— J'aime pas les insolents.

La voix était calme, posée, mais à la lueur des bougies, Guilhem vit que le regard du routier brillait d'une incroyable dureté.

— Que vous importe d'où j'arrive, messire ? Je venais à Najac acheter des vivres. On m'a pris, je suis parvenu à fuir. Ce n'était pas la première fois. Je fuis depuis un an. Je ne sais où aller. La Fourque m'a proposé de vous rejoindre. Là ou ailleurs, je veux bien m'installer si j'ai le ventre plein et un lit au sec.

— J'ai besoin de guerriers, reconnut Malvin.

— Je peux être votre homme, seigneur. Je veux bien faire la guerre pour vous, mais je ne veux ni voler ni piller comme l'ont fait les amis de La Fourque.

— Nous ne sommes pas des voleurs ! Mes gens devaient faire peur aux marchands de Najac, rien d'autre. Ils ont trahi ma confiance ! gronda Malvin. Je suis un homme d'honneur, même si je ne suis pas chevalier. Tu n'auras pas à te plaindre de moi. Mais quelle expérience as-tu des combats à ton âge de jouvenceau ?

— Aucune, seigneur, je vous l'avoue. J'ai vaincu le chevalier qui nous poursuivait uniquement par la ruse et la rapidité.

— La ruse est nécessaire. Nous t'éprouverons demain pour savoir ce que tu vaux. Tête-Noire et Bertucat le Bel t'apprendront d'utiles choses. Pour l'heure, mange et bois. La Fourque te montrera ta couche. Tu me rendras hommage, mais si tu m'es infidèle, le châtiment sera douloureux.

Guilhem hocha du chef.

Chapitre 15

Pour la première fois depuis son départ de Rodez, Guilhem dormit dans un lit. Certes, ce n'était qu'une couchette qu'il partagea avec quatre individus sales et puants ; certes, les poux et la vermine y grouillaient, mais au moins il ne craignit pas d'être surpris dans son sommeil.

Le lendemain, n'ayant pas ôté le gambison pris au chevalier de Najac, il décida de ne pas enfiler le haubert. Il se contenta de boucler son baudrier et ses armes avant d'aller partager la soupe matinale et le pain chaud, cuit dans le four du camp. Autour de la table, il se trouva entouré d'hommes frustes, brutaux et sans-gêne, dont certains le bousculèrent sans ménagement. Pourtant, il ne réagit pas, ne désirant pas de querelle. Comme il ne possédait pas d'écuelle, il partagea celle de La Fourque et quitta la salle sitôt son repas achevé.

Dans la cour, chacun vaquait à ses occupations et il visita les lieux, s'attardant chez le maréchal-ferrant pour observer son manque d'adresse à la forge. La veille, La Fourque avait pris soin des chevaux, comme l'aurait fait un servant. Guilhem le considérait désormais comme une sorte d'écuyer à son service. Il se rendit quand même à l'écurie vérifier si leurs montures étaient bien soignées, et c'est là qu'il rencontra Tête-Noire.

— Ah, te voilà ! Malvin m'a demandé de t'éprouver à l'épée.

— Je dois vous dire que je ne sais pas me battre, seigneur. J'ai tout à apprendre.

— Ne fais pas le coquard, tu as vaincu un chevalier et un sergent !

— J'ai eu de la chance et je les ai surpris, je vous l'ai dit.

— Alors, on va commencer tout de suite. Viens par là.

Il le conduisit dans une sorte de champ clos entouré de quatre barrières. Quelques personnes autour, visiblement prévenues, attendaient le combat. Un sergent d'armes tenait deux épées, une dans chaque main.

— Prends-en une. Elles ne tranchent point, aussi frappe autant que tu en es capable. Moi, je ne t'épargnerai pas.

Guilhem se saisit d'un des estramaçons. Des armes lourdes avec un gros pommeau. Leur fil n'était pas aiguisé et leur extrémité arrondie.

Tête-Noire lui montra comment se mettre en garde en la tenant à deux mains :

— Tu ne tiendras pas l'épée de la même façon à pied et à cheval. D'ailleurs, à cheval, mieux vaut utiliser la lance, et ensuite le marteau ou la masse d'armes. Maintenant, vas-y, frappe-moi !

Guilhem hésita un instant. Tête-Noire le dépassait d'un bon pied. Avec sa pilosité en bataille, son nez cassé et ses traits massifs, il avait tout de l'ogre. Malgré ses craintes, Guilhem leva sa lame et frappa en basse taille sur le flanc de son adversaire qui se trouvait, à découvert.

Tête-Noire détourna aisément le fer d'un coup fendant[1] d'une force si prodigieuse que Guilhem faillit lâcher la poignée de son arme. Le routier le mailla[2]

---

1. De haut en bas.
2. Mailler : sonner des coups de masse.

alors de frappes ininterrompues d'une puissance telle que le jeune garçon fut contraint à une humiliante retraite, incapable de soutenir l'assaut.

Les badauds encourageaient Tête-Noire avec force exclamations. Certains proposaient des paris, mais personne ne voulait miser sur Guilhem. Celui-ci, épuisé, s'appuya contre la barrière, ne parvenant plus à relever son épée. L'autre, sourire suffisant aux lèvres, leva sa lame pour l'abattre sur la sienne, dans le dessein de le désarmer.

Vif comme l'éclair, Guilhem bondit pour envoyer son poing gauche dans la bouche du routier, l'étourdissant un instant. Aussitôt, il férit de taille, écartant la lame de Tête-Noire et le frappant ensuite au flanc.

Le routier chancela sous ce coup inattendu tandis que Guilhem s'éloignait de quelques pas.

— Joli tour d'escremie, le gamin ! persifla une voix.

Furieux, Tête-Noire reprit la bataille, hastant le garçon de coups furieux. Finalement, Guilhem chancela et tomba à genoux, demandant merci.

Tête-Noire se détourna, levant les deux bras pour se faire acclamer, puis il essuya le sang qui lui coulait du nez.

Penaud, Guilhem se releva. Quelques hommes se moquaient de lui, mais Bertucat le Bel les fit taire. C'était lui qui l'avait loué pour son coup de poing.

— Certes, le jouvenceau a perdu, mais il aurait eu une miséricorde dans la main gauche, c'est lui qui l'emportait, fit-il aux badauds.

— Merci, messire, soupira Guilhem.

Tête-Noire s'approcha et lui tendit chaleureusement une main.

— Tu manques de force et d'endurance, jeune Guilhem, mais ça viendra avec l'entraînement. Pour l'heure, recommençons. Ensuite, tu t'exerceras à la masse avec un de mes sergents.

La journée s'écoula ainsi et, le soir, Guilhem se retrouva épuisé et endolori quand le Froqué rentra au camp. Leur chef avait été absent toute la journée, parti avec une escorte. Il revenait avec un roncin porteur de deux coffres de bois couverts de cuir, avec de grosses peintures en fer. Mais quand on les déchargea, Guilhem observa qu'ils paraissaient bien légers.

Les entraînements se poursuivirent les jours suivants. Parfois avec Tête-Noire, d'autres fois avec Bertucat qui lui apprenait surtout sournoiseries et ruses, d'autres fois encore avec de simples hommes d'armes. Guilhem entendait sans cesse ces recommandations :

— Haste ! Haste[1] !
— Maille !
— Soutien, soutien[2] !

Peu à peu, ses réactions devinrent instinctives. D'un coup d'œil, il devinait l'action envisagée par son adversaire et il ripostait dans l'instant.

Le dimanche, il assista à la messe célébrée par le vieillard tonsuré qu'il avait vu le soir de son arrivée. Le service divin se déroula dans la grande salle et Bertucat chanta les psaumes. Guilhem apprit que ce moine était un compagnon de Malvin et se nommait Freteval.

Après la messe eut lieu la cérémonie d'hommage. Guilhem et deux autres jeunes gens, des serfs ayant fui leur maître, s'agenouillèrent devant Malvin, en présence du prêtre, de Tête-Noire et de Bertucat le Bel. Ils lui embrassèrent le pouce en déclarant :

— Je suis votre homme et je me donne à vous.

Lors du dîner qui suivit, le père Freteval l'interpella :

— Sais-tu chanter, l'enfant ?
— Oui, mon père. J'ai appris avec un chantre.

---

1. Presse-le de coups.
2. Résiste !

— À la fin du repas, tu chanteras pour nous et pour la gloire de Notre-Seigneur.

Le dîner terminé, Guilhem s'exécuta et entama le *Salve Regina*. Bertucat le rejoignit avec une harpe et ils célébrèrent ensemble les psaumes, puis Bertucat déclama un récit de chevalerie. Guilhem en fut esbaudi, médusé par la voix et les attitudes expressives du chevalier troubadour.

Durant l'après-midi, le moine le fit chercher pour l'interroger en présence de Malvin le Froqué. Le religieux logeait dans le donjon, au deuxième étage. La pièce contenait une couchette, des coffres, quantité d'armes mais aussi un lutrin et des casiers de parchemins.

Cette fois, Guilhem dut avouer venir de Marseille, avoir tué un homme et avoir failli devenir moine.

— Sais-tu le latin ?
— Un peu, vénéré père.
— Écrire ? Compter ?
— Oui, mon père.
— Tu viendras chaque jour avant souper, le père Freteval t'apprendra ce que tu ignores, décida Malvin. N'oublie pas cela, jouvenceau : Par bien apprendre et retenir, un grand honneur peut parvenir !

Sans rien ajouter, il fit signe à Guilhem de se retirer.

En retournant dans la cour du château, Guilhem ne savait que penser. Certes, il se sentait flatté d'avoir été distingué par Malvin, mais il se doutait aussi que cette attitude cachait quelque dessein secret. Lequel ?

Son entraînement se poursuivit avec toutes sortes d'armes. À cheval, il apprit à manier la lance et l'écu contre d'autres cavaliers ou face à une quintaine[1]. La Fourque lui enseigna aussi le maniement de la fronde avec laquelle Guilhem devint fort adroit. Il portait

---
1. Bras tournant sur un poteau avec d'un côté un bouclier et de l'autre une masse. En frappant le bouclier de sa lance, le cavalier doit esquiver la masse qui peut l'assommer.

désormais souvent sur lui le petit sac de pierres rondes et la corde à lancer, et il parvenait facilement à tuer un lièvre en pleine course.

Avant le souper, il travaillait le latin avec le père Freteval et, après, Bertucat le Bel lui enseignait à jouer du luth et de la harpe.

Ces premières semaines dans ce camp de routiers furent donc pour le jeune fuyard cette très belle vie que chantaient les trouvères. Persuadé d'avoir trouvé une communauté dans laquelle il prendrait souche et donnerait naissance à une lignée, Guilhem avait hâte de faire des prouesses, de quérir des aventures et de gagner de l'honneur pour son seigneur. L'avenir s'annonçait aussi radieux que ce printemps de l'an de grâce 1188.

Il se trompait lourdement.

Les confidences du père Freteval auraient dû le mettre en alerte. En effet, quelques jours après avoir commencé ses leçons, l'ancien moine lui parla de sa vie passée et de Malvin, qu'il considérait comme son fils :

— Il était novice dans le monastère où j'étais sous-armarius. Mais notre prieur, homme de vieille race, était d'une dureté impitoyable pour ceux qui ne respectaient pas à la lettre la règle de Bernard de Clairvaux. Un jour, il a puni injustement Malvin, qui s'est rebellé. On l'a renvoyé et, comme je l'avais défendu durant les coulpes, on m'a chassé aussi.

» Malvin m'a pris sous sa protection. Ayant renoncé à l'état ecclésiastique pour celui de guerrier, il a rassemblé cette mesnie par sa seule hardiesse. Ce sont des gens rejetés de leur communauté, comme lui ou moi, des pèlerins, d'anciens croisés ayant perdu leurs biens et leur famille, des femmes de prêtre, des moines n'ayant pas supporté la clôture, des vilains ayant rompu avec leur village ou chassés de leur terre, des serfs en fuite. Il a érigé ce camp comme une salvetat au milieu de cette sauvage forêt. Le seigneur de Peyrusse ne peut que nous tolérer, car Malvin prête ses hommes à Mercadier. De plus, il verse chaque année un tribut de deux cents marcs d'argent.

— Au comte Richard ? demanda Guilhem.

— Non, à Mercadier lui-même. Il lui a porté cette dîme la semaine dernière.

C'était certainement ce qu'avaient contenu les coffres sur le roncin, songea le jeune garçon.

— En échange, Mercadier a promis de parler de lui au comte, de lui obtenir un fief. Peut-être même cette terre, avec le droit d'y ériger un château de pierre… Seulement…

Guilhem s'attendait à ce que Mercadier ait exigé un versement plus important, mais ce n'était pas cela.

— Le comte Richard est un fin lettré, qui chante et compose des poèmes. Tous les jeux de l'esprit lui sont familiers, il écrit d'oc et d'oïl et parle si bien le latin qu'il peut même faire des plaisanteries dans cette langue. Sa cour est la plus raffinée de la chrétienté avec nombre de chevaliers qui sont aussi talentueux poètes et gentils troubadours. On dit que Richard accorde plus facilement un fief à un seigneur bien entouré. Or, Malvin ne dispose d'aucun chevalier troubadour, sinon Bertucat. Quand il se rendra à la cour de Richard, il souhaite être entouré de *milites* et de damoiseaux hardis, capables de lui faire honneur dans de belles joutes, mais aussi pleins d'esprit dans une cour d'amour. Il veut que tu sois l'un d'eux.

En cette fin du douzième siècle, la noblesse ne constituait pas un état social comme elle le deviendrait un siècle plus tard. N'étaient nobles que les anciens lignages francs ou germains propriétaires de domaines, même si beaucoup, ruinés, les avaient perdus.

À côté de ces vieilles familles se trouvaient les possesseurs d'une seigneurie, d'un fief ou d'un alleu. Ce pouvait être des guerriers, mais aussi des clercs, des hommes d'Église ou même de riches bourgeois. Enfin, il y avait les chevaliers et les écuyers, les gens de guerre qu'on nommait les milites. La plupart n'étant ni nobles ni seigneurs.

Mais tout individu audacieux, clerc ou roturier, bâtard de noble ou simple routier, pouvait s'imposer en rassemblant une mesnie d'hommes d'armes. Installé quelque part par la force, ou louant ses hommes à des rois ou des barons, un tel guerrier pouvait obtenir un fief et devenir vassal de quelque noble comte ou même d'un roi. Bien que parti de rien, c'est ainsi que Mercadier deviendra sénéchal du Périgord.

Guilhem savait tout cela. Que Malvin le Froqué reçoive un fief et son seigneur et maître assurerait sa fortune. Pourquoi ne deviendrait-il pas écuyer, ou même chevalier, à force de prouesses ? N'en avait-il pas déjà le talent ? Cette ambition le stimula et le jeune garçon travailla les armes, les lettres et la musique avec encore plus d'acharnement.

Trois jours après les explications du père Freteval, une troupe de brabançons se présenta au château. À sa tête se trouvait un nommé Louvart dont le cimier du casque était orné d'une paire de cornes. Ces mêmes armes étaient peintes sur son écu.

Guilhem apprit que beaucoup de capitaines routiers faisaient de même, plaçant sur leur heaume des cornes, des ailes, des sabots ou même des aigles ou des dragons.

Louvart était le principal lieutenant de Mercadier.

Tout en suivant les fuyards, Hélie Roquefeuil fut rattrapé par le serviteur envoyé de Najac pour lui porter des vivres, aussi ne perdit-il jamais leur trace jusqu'au moment où il entendit dans le lointain le bourdonnement d'un cor. Trois fois.

Des chasseurs n'auraient pas sonné ainsi. Ce ne pouvait être que des sentinelles qui avaient repéré ceux qu'il pourchassait. Avancer plus profond dans ce bois c'était la certitude de se faire prendre. Ignorant où il se trouvait, Hélie fila vers le couchant jusqu'à une rivière dont il remonta le cours.

Apercevant au loin les tours d'une forteresse accrochées au sommet d'un rocher, il songea que ce pouvait être Peyrusse et prit cette direction.

Quittant le cours d'eau, il monta sur une crête pour s'assurer de la distance, puis il descendit dans la combe suivante, longea un autre torrent et ensuite une rivière qu'il traversa à gué.

De nouveau il remonta sur un plateau, puis descendit dans une autre ravine où roulait un torrent tumultueux. Les tours se rapprochaient, mais se dressaient sur l'autre rive. Cherchant à traverser les grosses eaux, il découvrit finalement un pont de pierre en dos-d'âne.

Il le franchit et déboucha sur la barbacane d'une enceinte. La porte fortifiée se composait d'une tour, d'une porte charretière et d'un assommoir. Deux gardes s'y tenaient.

Hélie les interrogea après les avoir salués.

— Vous êtes à Petrucia, messire, lui répondit l'un d'eux.

— C'est là que je me rends ! Bénie soit la Vierge Marie qui a guidé mes pas ! Où puis-je passer la nuit ?

— Durant la foire, l'auberge est toujours pleine. Mais en ce moment, vous y trouverez de la place. Suivez la rue montant au château, celle avec les boutiques. L'hôtellerie, c'est la maison à l'enseigne du Plat-d'Argent.

Hélie s'y rendit. Il passa devant plusieurs échoppes à l'ouvroir en forme de voûte brisée et, ayant repéré une écurie, il y laissa son cheval.

L'auberge du Plat-d'Argent n'avait pas de clients et il obtint un lit pour lui seul, expliquant qu'il resterait quelques jours.

Il se fit ensuite servir un solide repas dans la salle basse, réchauffée par une belle flambée. C'est à la fin de ce copieux dîner qu'un homme se présenta.

Vêtu d'un gambison de cuir bouilli, portant dague et épée et coiffé d'un chaperon, c'était le prévôt du seigneur Adhémar de Peyrusse.

— Qui es-tu, étranger, et que viens-tu faire chez nous ? demanda-t-il.

Hélie sortit son laissez-passer.

— Mon maître l'évêque de Rodez envisage l'achat d'une mine d'argent. Il m'a demandé de venir examiner celles de Peyrusse pour savoir si leurs possesseurs accepteraient de les vendre.

— C'est possible. Mais le seigneur exigera une leyde[1] au denier six sur le montant de la vente.

— Je le dirai à mon maître.

— Vous resterez donc quelques jours ? demanda le prévôt après avoir encore regardé le sauf-conduit.

— Certainement.

— Je le dirai au seigneur et je vous enverrai un guide, car plusieurs mines sont difficiles d'accès.

Il se retira.

Hélie était satisfait. Il aurait tout son temps pour fouiller les bois et trouver le repaire de Malvin le Froqué.

Louvart passa une partie de la journée en conciliabules dans le donjon avec Malvin, Tête-Noire et Bertucat le Bel. Le soir, lui et ses gens soupèrent dans la grande salle où chacun dut se serrer pour leur faire de

---

1. Droits à payer sur tout ce qui peut être pesé ou vendu.

la place. C'est après le bénédicité que Malvin annonça la nouvelle :

— Nous partons demain. Que chacun soit prêt au lever du soleil avec ses armes et son harnois. Il y aura bonne picorée pour les plus hardis. Le père Freteval gardera le château avec les gens que je lui laisserai.

Personne n'osa demander où ils se rendraient, mais Guilhem devina qu'ils auraient à se battre.

Les gens de Mercadier furent logés dans le dortoir jouxtant la grande salle. Comme les hommes durent se serrer dans les lits, Guilhem dormit mal et se leva un des premiers. Sa soupe avalée, il s'équipa de sa cotte de mailles avec l'aide de La Fourque. Puis il ceignit son épée, ayant hâte de mettre en pratique ce qu'il avait appris durant tous ces jours d'entraînement.

Ensuite, il alla préparer sa monture. Il avait vendu le second cheval à Malvin qui le lui avait payé de quelques pièces d'argent, d'une lance et de gants de mailles.

La troupe partit peu après. Trois douzaines d'hommes serviteurs de Malvin, plus les gens de Mercadier. La plupart des cavaliers portaient un homme à pied en croupe.

C'est en chemin que Tête-Noire expliqua où ils se rendaient : une maison forte entourée d'un petit bourg. Le fief appartenait à Gauthier de Savignac qui avait rendu hommage à Najac. Savignac pouvait gêner le duc d'Aquitaine. La maison forte devait être prise et ses habitants passés au fil de l'épée, comme ceux du bourg. Le pillage serait partagé avec les gens de Mercadier.

Ils traversèrent vallons et plateaux, franchirent des rivières à gué et débouchèrent dans une plaine où les cultures et les fermes étaient nombreuses, Guilhem découvrit alors les ravages commis par les routiers. Jusqu'à présent, il n'avait rien connu de tel. Certains lieux ressemblaient à ce que devait être l'enfer. Hommes, femmes et enfants pendus par grappes à proximité de bâtiments incendiés. Des animaux morts gisaient dans les champs. Louvart et les gens de

Mercadier commentaient ces tueries avec force rires et exclamations, l'un d'eux précisant même que ces croquants avaient connu un sort bien doux car Richard était autrement sévère avec les manants de ceux qui lui étaient infidèles. Ces pendus n'avaient été ni écorchés, ni démembrés, ni aveuglés. Certes, les femmes avaient été forcées, mais c'était l'usage.

À un embranchement, Louvart et ses brabançons quittèrent leur compagnie pour marauder. Ils ne rejoignirent le gros de la troupe qu'au crépuscule, dans le petit bois où ils étaient convenus de passer la nuit. Les routiers ramenaient trois mulets portant des pièces de tissu et des coffres. Louvart expliqua à un Malvin un brin envieux que des marchands suivaient souvent la route qu'ils avaient coupée. En la remontant, ils avaient effectivement découvert un chariot de laine escorté de gens d'armes qu'ils n'avaient eu aucune peine à étriper. Marchands et commis avaient été expédiés au royaume des taupes et ils rapportaient un bon butin, qui compléterait agréablement leur expédition.

Les routiers semblaient faire la guerre pour leur propre compte en se donnant l'apparence de servir la cause de Richard, observa Guilhem. Mais ils finiraient par ruiner le Quercy, ne laissant rien à leur maître.

Savignac se situait de l'autre côté du bois. Ils avaient eu le temps d'observer la maison forte. Une bâtisse carrée, en pierre, avec une tour d'angle. L'entrée se faisait par un pont-levis. La forteresse ne pouvait être prise, sinon après un long siège ou avec des engins de guerre, mais le petit bourg au-devant, formé d'une vingtaine de maisons, d'étables et de granges, était une proie facile. Il fallait seulement que ses habitants n'aient pas le temps de se réfugier avec leurs richesses dans la maison forte.

Les routiers encerclèrent le bourg avant le lever du soleil, empêchant tout passage vers le château, puis ils commencèrent à incendier les granges. Aussitôt les premiers habitants sortis, ils furent abattus à coups de hache et de lance. Guilhem suivait Tête-Noire, agissant comme lui. Ces gens appartenaient à un ennemi de leur seigneur. Ils n'avaient pas de pitié à attendre.

Quelques traits partirent de la maison forte, mais la distance était trop grande pour inquiéter les assaillants. Gauthier de Savignac devait hésiter à tenter une sortie. Combien d'hommes pouvait-il avoir dans son château, vingt ou trente ? Avec pas plus de deux ou trois chevaliers. Or les routiers étaient une quarantaine. Se hasarder hors les murs, c'était prendre le risque de tout perdre.

Il ne sortit donc pas et le carnage se poursuivit. Après avoir tué les hommes, il restait les maisons à piller, mais Malvin et Louvart ne voulaient prendre aucun risque. On ordonna à Tête-Noire, Bertucat, Guilhem et quelques autres de rester à proximité du pont-levis pour contrarier toute sortie. Pendant ce temps, les routiers entrèrent dans les maisons.

Chacune était fouillée, pillée et incendiée consciencieusement. Les femmes étaient forcées et tous ses habitants, y compris les enfants et les nourrissons, massacrés. Guilhem s'efforçait de ne pas entendre les cris et les supplications.

La tuerie dura jusqu'en fin de matinée, puis Malvin amassa les produits du pillage sur les mules, les ânes et les bœufs qu'ils avaient trouvés. On rassembla le bétail, les chèvres et les moutons. Quelques hommes partirent incendier les blés qui n'étaient pas encore mûrs.

Malvin sonna alors le boute-selle. En partant, Guilhem vit que les gens de Louvart continuaient à s'amuser avec quelques survivants, coupant nez, oreilles, langues et mains aux pauvres gens attachés à des arbres. Ce n'était pas des cruautés gratuites, expliqua Bertucat au jeune garçon horrifié. C'était aussi les ordres du comte Richard. On devait inspirer la terreur à

211

ceux qui n'acceptaient pas la loi du comte de Poitiers, et Louvart aimait se charger de cette sanglante besogne.

Ils mirent deux jours pour revenir, ce qui laissa à Guilhem le temps de réfléchir. Le Froqué avait toujours mis en avant son honneur et sa probité, mais après ce à quoi il avait assisté, Guilhem doutait qu'il en eût vraiment. À moins que tous les seigneurs en fussent démunis. Quelles différences y avait-il entre eux et des larrons ? Était-ce cela la chevalerie ?

Devinant son désarroi, Bertucat le Bel lui parla le soir. Lui aussi avait éprouvé ce qu'il ressentait après ses premiers combats, mais ces sentiments disparaîtraient, il le lui assura. La guerre était sanglante, le pillage et les tortures en faisaient partie.

— Devait-on faire à ces pauvres gens ce qu'ils ont subi ?

— Bien des animaux font de même avec leurs proies. Nous ne sommes pas différents des bêtes.

Il ajouta :

— Ne parle pas de tes états d'âme au seigneur Malvin. Sous sa bonhomie, il dissimule une grande violence et il pourrait te chasser, ou pire. Tu dois comprendre qu'il ne possède pas de fief. Adhémar de Peyrusse le tolère mais ne lui laissera jamais cultiver la terre. Le seigneur Malvin ne peut distribuer de manses, ni avoir de manants et de laboureurs. Sa seule richesse, ce sont les troupeaux de moutons et les cochons. Ces vivres que nous rapportons nous permettront de manger pour trois mois, et le reste du butin agrémentera le confort du camp. Seul cela compte.

Guilhem dut se contenter de ces paroles.

Cela faisait presque trois semaines qu'Hélie Roquefeuil vivait à Peyrusse. Certains jours, il partait avec un guide visiter les mines d'argent. D'autres fois, il se rendait seul dans la forêt, se dirigeant avec prudence du côté où se situait le camp de Malvin. Son guide lui en avait parlé plusieurs fois. C'était une bande de routiers que le seigneur tolérait parce qu'ils leur versaient un tribut et que Mercadier les protégeait, avait-il dit. Mieux valait ne pas s'en approcher.

Dans ses pérégrinations, Hélie rencontra un ancien noble devenu ermite par amour de Dieu. Le pénitent fabriquait du charbon de bois pour le vendre aux forgerons et il accepta de conduire le garde des communs de paix près du camp des routiers. Comme on le connaissait, les sentinelles ne donnèrent pas l'alerte.

C'est à l'auberge, le soir du départ de Malvin et de ses gens pour Savignac, qu'Hélie Roquefeuil apprit des habitants du bourg qu'un berger avait vu une grosse troupe traverser la rivière.

— Au moins quatre douzaines, tous en harnois ! Sûr que Malvin partait pour quelques pillages, fit l'un des gens de Peyrusse, venu vider une chopine de vin. J'ai aussi reconnu l'écu de Louvart.

— Qui est Louvart ? demanda Hélie.

— Un des démons de Mercadier, répliqua un bûcheron en se signant.

— Que le diable le crève ! souhaita un de ses compagnons.

— Surtout que le Seigneur prenne en pitié ceux qui tomberont entre leurs mains ! ajouta un troisième.

— Que le démon se charge surtout de nous en débarrasser ! intervint un autre.

Le lendemain, Hélie s'équipa et partit vers le camp des routiers. Il n'eut aucun mal à le retrouver et à s'en approcher pour examiner les fortifications. Mais même en vue de l'enceinte et du donjon, aucune trompe ne retentit. Soit on ne l'avait pas vu, soit la plupart des guerriers étaient absents.

Il jugea cependant en savoir assez et décida de rentrer à Najac prévenir Gaubert de Bruniquel.

Avec une bonne armée, prendre ce château, en bois facile à brûler, ne présenterait pas de complications. Quant au seigneur Adhémar de Peyrusse, il n'aurait pas le temps d'intervenir, pour autant qu'il ait envie de le faire, ce dont Hélie doutait après ce qu'il avait entendu.

Chapitre 16

Au cours de l'été, Guilhem participa à de nouvelles incursions dans le Quercy et le Rouergue avec des brabançons, des Aragonais ou des cottereaux dont il apprit les mots de patois les plus usuels. Ce fut à chaque fois de sanglants affrontements contre des seigneurs refusant de se laisser dépouiller, mais jamais il n'y eut de batailles ou de sièges durant lesquels il aurait pu montrer ses prouesses et gagner de la gloire. Bien au contraire, il revenait de ces entreprises mal à l'aise, le cœur meurtri après avoir laissé villages et fermes dévastés, livrés aux flammes.

Les gens comme lui, on les appelait les écorcheurs ou les retondeurs, car les plus féroces écorchaient ceux qui leur résistaient, ou les éventraient après les avoir pendus ou démembrés.

Guilhem lui-même participa quelquefois à ces cruautés, particulièrement un jour où la fureur l'avait dominé. Il avait été envoyé avec La Fourque tenir un pont, par où des renforts ennemis pouvaient arriver pendant que Malvin et ses gens pillaient un village. Sur place, il avait été surpris dans un guet-apens tendu par des marmousets. On appelait ainsi des milices de croquants encore plus féroces qu'eux, ayant tout perdu sauf leur sayon à capuchon, et qui se vengeaient de leurs malheurs par toutes sortes d'atrocités sur les routiers qu'ils capturaient. Ces manants les empêchèrent de prendre le pont et parvinrent même à faire chuter La Fourque de sa selle.

Devant leur nombre, Guilhem dut se replier en abandonnant son serviteur et camarade. Quand il revint, aussi vite qu'il put, avec Tête-Noire et une douzaine de sergents d'armes, il trouva La Fourque démembré et éviscéré, suspendu encore vivant à un arbre. C'est Guilhem qui abrégea ses souffrances avant de partir à la recherche des marmousets. Parvenu à en saisir quatre, il leur fit subir les plus effroyables tortures.

Après la mort de son compagnon, il aurait voulu pleurer toutes les larmes de son corps, mais il ne le fit pas. C'était chose impossible au milieu des farouches guerriers de la compagnie. Cette retenue l'endurcit et, de retour au camp de Malvin, il ne cessa de penser à un canson entendu au château des Arènes de Nîmes et dont les paroles l'avaient marqué :

Cruelle mort, tu peux te vanter car tu as enlevé au monde le meilleur qui fût jamais.

Il comprit que la vie de violence et de cruauté qu'il menait ne lui permettrait jamais de s'attacher, aussi s'efforça-t-il de s'éloigner de Tête-Noire et de Bertucat le Bel, les deux amis qui lui restaient, sachant qu'il les perdrait aussi un jour ou l'autre.

Car les deux routiers l'avaient pris en affection. Aucun d'eux n'avait d'enfants ou, s'ils en avaient eu, ils n'en parlaient jamais, mais ils semblaient vouloir modeler Guilhem à leur ressemblance, le rudoyant et le protégeant à la fois. Tête-Noire, estropiat brutal, grossier et sale, qui paraissait n'éprouver aucun sentiment, se trouvait pourtant toujours à côté de Guilhem dans les combats et, plusieurs fois, il lui évita un mauvais coup qui l'aurait laissé pour mort.

Bertucat le Bel était fort différent. Chevalier élégant, de grande taille, au visage fin et froid, il était d'un caractère fallace jusqu'à la piperie, s'affichant sans foi ni morale. Il apprit surtout à Guilhem le cynisme et l'indifférence devant les coups du sort, mais aussi les bonnes manières et la musique, lui donnant patiemment des leçons de viole. Dans les combats, c'était pourtant un rude guerrier, frappant de taille avec son épée ciselée aussi fort que Tête-Noire avec sa masse d'armes.

Tous deux se retrouvaient dans la cruauté habituelle des routiers, incendiant les maisons des croquants, écorchant et massacrant, forçant femmes et filles. Ce à quoi Guilhem participait rarement.

Mais la vie dans la mesnie de Malvin n'était pas que tristesse et sauvagerie. Durant l'été passa un couple de jongleurs qui allait de château en château et de ville en ville, donnant un spectacle contre quelques jours d'hospitalité.

À cause de la guerre, ils ne se rendaient plus dans le Quercy où Mercadier les aurait fait pendre, bien que Richard ait donné ordre de les protéger. Pour l'heure ils se dirigeaient vers l'Auvergne.

Le ménestrel, qui se nommait Arrache-Cœur, portait la trentaine. Il faisait toutes sortes de tours de passe-passe, de simagrées et de cabrioles mais il chantait aussi avec talent d'épiques récits de chevalerie. La femme, un peu plus jeune que lui, jouait de la cithare, du luth et de la vielle à roue.

Comme c'était l'été, le repas fut pris dans la cour, toute la mesnie assemblée pour l'occasion. Le jongleur, imberbe et revêtu d'une cotte verte brodée de violet et de jaune, dont les manches élargies étaient fendues en plusieurs places, commença par annoncer les vertus du saint du jour dans un petit texte rimé qui fit sourire les femmes.

Sa compagne, rondelette plantureuse à la bouche mutine et aux yeux voilés de longs cils, portait une surcotte paille, sans manches, sur une robe en velours sombre. Sa chevelure noire, tressée et partagée en deux masses de chaque côté du visage, était couverte d'un bonnet brodé. Elle l'accompagnait à la cithare, tirant de l'instrument des sons tristes et mélodieux en faisant tinter des sonnettes d'argent pendues à sa ceinture ou nouées à ses poignets.

Arrache-Cœur poursuivit son divertissement par des tours de gobelets, ramassés sur la table, qu'il lançait et rattrapait en en faisant sortir pièces de monnaie, souris, plumes, médailles ou pattes de lapin. Ensuite, il jongla avec des dagues, les jetant en l'air pour les recevoir par la pointe, suscitant chaque fois des cris de crainte et des exclamations d'admiration.

Il fit de même avec des couteaux et des cerceaux, tous ses tours étant soulignés de vifs et guillerets accords de cithare, de tambourin ou de viole lancés par la ménestrelle.

Après cette mise en bouche, le jongleur conserva l'attention du public en déclamant, dans un petit prologue, que l'histoire qu'il s'apprêtait à conter était véridique, l'ayant entendue de celui qui l'avait vécue, un noble chevalier vivant désormais dans une forêt mystérieuse au milieu des fées.

Il entama alors un chant tiré d'une légende bretonne, où apparaissaient rois, chevaliers, fées, sorcières et démons. De son luth et avec ses autres instruments, la ménestrelle illustrait le récit en imitant admirablement les chants d'oiseaux, les voix joyeuses ou coléreuses, les sentiments des dames, les cris des animaux, le bruit de l'orage, le vacarme des fleuves et le grondement du tonnerre.

Les rudes soudards de Malvin, tous goulus comme des pourceaux, car au château les jours maigres étaient plus fréquents que les jours gras, ne prêtaient guère attention au spectacle, s'attachant surtout à se remplir la panse. Mais le talentueux jeu de la jeune femme les sortit de leur goinfrerie, au point que plusieurs cessèrent de manger et de boire, éclatant parfois de rire, et même se retenant de pleurer tant l'émotion les saisissait.

Après une longue ovation, la ménestrelle interpréta seule plusieurs cansons d'amour qui laissèrent tout autant les rudes guerriers subjugués. Bertucat essuya même une larme.

Mais quand elle eut terminé, elle retrouva sa fantaisie en proclamant vivement :

> *Après tours d'adresse et cabrioles,*
> *Quand de ce conte voyez la fin,*
> *Que le seigneur nous donne argent ou vin,*
> *Tout maintenant et sans faribole !*

Satisfait, Malvin leur jeta une poignée de pièces d'argent et, pour montrer aux ménestrels que ses gens n'étaient pas des rustres, il demanda à Bertucat le Bel et à Guilhem de chanter à leur tour. Leur prestation fut cependant bien fade après le prodigieux spectacle. Guilhem se rendait compte avec dépit qu'il ne possédait ni l'inspiration, ni la virtuosité, ni l'aisance des jongleurs. Pourtant, sa gêne se changea en ravissement quand, entamant un psaume, la ménestrelle vint près de lui pour l'accompagner avec sa vielle à roue.

À la fin de ses chants, les vivats éclatèrent, provoquant alors un visible dépit chez Arrache-Cœur.

Les jongleurs s'étaient installés dans l'étable. À la relevée, Guilhem vint les trouver. Dans un mélange de pudeur et d'admiration, il les complimenta pour leur talent. Expliquant qu'il aspirait à jouer comme eux de la viole et de la cithare.

Le troubadour le remercia avec un soupçon d'indifférence. Pour lui, ce garçon n'était qu'un de ces rustres comme il en côtoyait dans tous les châteaux. Un soudard inculte, cruel, aimant avant tout se battre et faire souffrir. La ménestrelle, qui se nommait Marion, resta elle silencieuse, ressentant de la tristesse assortie à un trouble qui la fit rosir.

Leur vie durant, les jongleurs restaient pauvres et méprisés. Ils menaient une existence d'errance, misérable, sauf s'ils parvenaient à s'attacher à quelque grand seigneur. Esclaves des plaisirs populaires, leur talent restait réprimé et quand ils suscitaient des vivats et des acclamations, c'était souvent pour les exhibitions les plus vulgaires. Ne lui demandait-on pas parfois de danser et de jouer poitrine découverte ? À la fin du repas, n'avait-elle pas reçu la proposition de plusieurs routiers de venir s'escambiller dans le dortoir ? L'un d'eux s'appelait même Gros-Groin, le porc portait bien son nom ! Or ce jeune guerrier n'était pas comme ces brutes. Il avait apprécié leur talent. De surcroît, il possédait une belle voix et elle devinait chez lui des sentiments non corrompus.

Mais elle ne le reverrait sans doute jamais. Comme tous ces soudards, il se ferait tuer, tôt ou tard.

Malvin lui accordait grande confiance, le traitant quasiment en écuyer. Malgré sa jeunesse, il lui confiait souvent la garde dans le donjon et sur les remparts. Le reste du temps, Guilhem continuait à s'entraîner aux armes mais aussi aux combats à mains nues avec Tue-Bœuf, un sergent d'armes rugueux surnommé ainsi depuis qu'il avait tué un taureau fou d'un coup de masse.

Ancien croisé, Tue-Bœuf avait appris toutes sortes de perfidies dans les corps-à-corps, du temps où il avait été esclave des infidèles, en Terre sainte. Visage haut en couleur, regard perpétuellement menaçant, Tue-Bœuf était cependant sot comme une chèvre et, s'il possédait la science de la lutte, il n'avait aucun esprit pour anticiper le moindre stratagème, aussi Guilhem devint-il très vite bien plus habile que lui. Tue-Bœuf le battait quand même facilement au marteau d'armes et à la masse, à cause de sa force herculéenne.

Guilhem apprit également à manœuvrer l'épieu et l'arbalète avec Gros-Groin. Ce routier, compère de beuverie de Tue-Bœuf, devait son surnom à sa face défigurée après avoir reçu une pierre de fronde. Petit comme un crapaud, d'un tempérament hargneux et franc comme un âne qui recule, Gros-Groin maniait habilement la lance, l'arc et l'arbalète. Des disciplines dans lesquelles le jeune garçon devint un honnête combattant, malgré tout moins fort que son maître.

Quand il le pouvait, Guilhem travaillait à la forge où il s'était façonné de nouveaux couteaux à lancer. Ses journées étaient donc bien occupées, puisqu'il devait aussi assister aux leçons du père Freteval. Et cependant, il parvenait à s'isoler avec la viole que lui prêtait Bertucat le Bel, cherchant désespérément à en tirer les sons mélodieux que Marion obtenait.

La ménestrelle était partie avec son jongleur et il pensait souvent à elle, ignorant les femmes du camp qui, ayant compris que ce jouvenceau n'était pas comme les autres soudards, cherchaient à capter son attention. Si quelques-unes avaient été enlevées, la plupart étaient des paltonières, venues à cet état après avoir été abandonnées comme concubine d'un clerc ou d'un prélat. Il se lia pourtant avec l'une d'elles qui s'occupait de son linge.

En septembre, Louvart revint avec ses brabançons. Cette fois, ils étaient plus nombreux, une trentaine, dont plusieurs chevaliers et écuyers.

Guilhem fut invité à un conseil qui se tint dans le donjon, dans la chambre de Malvin. Louvart en était, avec deux de ses chevaliers. Malvin avait fait venir Tête-Noire, Bertucat et Gros-Groin. Le père Freteval y assistait aussi.

Cette fois, ce serait une longue expédition, les prévint Louvart. Il s'agissait de prendre l'abbaye de Saint-Maurin, située à quarante lieues ! Ils devraient donc traverser tout le Quercy. Louvart avait prévu un cheminement oblique, pour ne pas donner l'alerte autour de l'abbaye. De ce fait, le trajet prendrait quatre jours, et peut-être plus au retour avec leurs chariots de butin.

L'abbaye qui suivait l'ordre de Cluny avait pris position contre le comte Richard, expliqua Louvart. L'abbé avait même donné un tribut à Raymond de Toulouse pour qu'il lève des troupes contre le fils d'Henri II. Celui-ci avait donc décidé de le châtier. L'abbaye serait brûlée et ses moines pendus pour l'exemple. La répartition du pillage se ferait en trois parts, Richard en exigeant une.

Ils partirent deux jours plus tard, le temps de bien s'équiper. Tous les hommes portaient casque ou cabasset[1], broigne, cuirasse, haubert ou jaque de mailles. Quelques-uns, dont Guilhem, possédaient même des chausses de mailles.

Comme pour les autres expéditions, nombre de routiers portaient un cavalier en croupe, même si la compagnie disposait de bien plus de chevaux, après leurs précédents rapinages.

Ils arrivèrent à proximité du monastère sous un violent orage, aussi ne les remarqua-t-on pas. Entourée d'un mur d'enceinte, mais trop confiante dans la proximité de la ville de Toulouse, l'abbaye n'était gardée par aucune sentinelle.

---

1. Coiffe de fer.

Les brabançons, habitués de telles expéditions, jetèrent des grappins et escaladèrent sans mal les murs. Une fois dans la place, ils brisèrent les portes et la horde pénétra.

Le carnage dura plusieurs heures et nul ne fut épargné. Les routiers visitèrent les dortoirs, le logis abbatial de l'abbé, qui par chance pour lui était absent, l'infirmerie, l'hostellerie. Les frocards furent meurtris dans leurs lits, dans la chapelle, dans le cloître, dans les jardins et dans les cours. Les brabançons massacrèrent de la même façon les domestiques, les enfants moines et les frères lais. Guilhem participa au carnage, ayant du sang partout.

Quand la tuerie fut terminée, le pillage commença. Les routiers rassemblèrent tous les vivres disponibles, en particulier plusieurs chariots de sacs de blé, le bétail et le vin. Ils volèrent les objets saints, vases, coupes, reliquaires et chandeliers, quand ils étaient en or, en argent ou incrustés de pierres précieuses.

Le butin fut ensuite réparti. Pour le comte Richard, Louvart exigea l'orfèvrerie et les reliquaires, plus faciles à transporter. Pour lui-même, il chargea sur des chevaux les tissus d'or et d'argent, gardant aussi les pièces de valeur trouvées dans le trésor de l'abbaye.

Malvin fut satisfait de ce partage, car il préférait rapporter les vivres et le bétail. L'hiver approchait et il devait nourrir désormais plus de cinquante âmes avec les nouveaux vagabonds qui l'avaient rejoint durant l'été.

La nouvelle de leur pillage se répandit rapidement dans le pays et, dès le surlendemain, ils furent poursuivis par une troupe d'encapuchonnés voulant venger le massacre des moines. Ces membres de l'ancienne confrérie subsistaient dans ce pays comme une milice de défense contre les routiers.

Dans l'arrière-garde, ce fut Guilhem, avec une douzaine de guerriers, qui combattit les hommes au capuchon blanc. Si plusieurs guerriers furent blessés, dont Guilhem qui reçut une estafilade provoquée par une guisarme, les croquants furent tous passés au fil de l'épée ou s'enfuirent. Par représailles, les gens de Malvin brûlèrent un village proche dans lequel ils forcèrent toutes les femmes.

Plus tard, à l'étape, Tête-Noire se moqua de Guilhem qui n'avait pas voulu participer à la tuerie et profiter de ces bonnes fortunes. Le jeune garçon lui répondit sèchement que vouloir posséder une dame par violence, c'était pécher contre l'amour et encourir la perte de l'âme. Il avait entendu cette sentence dans un canson interprété par Marion.

Chapitre 17

Ils avaient retrouvé leur camp depuis quelques jours quand, un matin, Guilhem partit chasser le daim avec Bertucat, Tue-Bœuf et Gros-Groin. Bertucat avait choisi les deux routiers pour leur adresse à l'épieu.

Les quatre hommes se trouvaient à une ou deux lieues du château de bois quand retentit au lointain le meuglement de trompes. Ce n'étaient pas les trois alertes habituelles, lorsque arrivaient des visiteurs, mais un long mugissement, repris plusieurs fois et suivi, peu après, par une fanfare de trompettes. Ces derniers sons ne provenaient pas de leur forteresse qui ne disposait que de cors.

Abandonnant le daim qu'ils pistaient, ils furent aussitôt en alerte et Guilhem interrogea le chevalier sur la signification de ce tintamarre.

— Rien de bon ! grimaça Bertucat. Rentrons !

Ils foncèrent au triple galop vers le château jusqu'au moment où ils aperçurent une fumée noire montant en volutes au-dessus des arbres.

Le chevalier leur intima l'ordre de s'arrêter.

— Nul doute que nous sommes attaqués, dit-il.

Sa voix était teintée d'inquiétude.

— Par qui ? demanda Guilhem, plus surpris qu'effrayé.

— Nous allons le savoir. Peut-être par le seigneur de Peyrusse. Possiblement par des gens de Toulouse voulant venger le pillage du monastère. Ou alors des routiers, tout simplement. Mais pas d'inquiétude, le château ne sera pas facile à prendre.

— Cette fumée, observa Guilhem. Y auraient-ils bouté le feu ?

— Sans doute ont-ils essayé. Mais les poteaux des clôtures sont en chêne et bien serrés. L'emperament de planches est doublé et renforcé avec de la roche. De plus, on dispose en quantité de peaux à détremper qui, suspendues sur la palissade, empêchent les bois de s'enflammer. Quant à la réserve d'eau dans la cour, elle contient de quoi éteindre n'importe quel incendie !

Une rumeur sourde se faisait maintenant entendre. Ils poursuivirent prudemment, avec Gros-Groin en avant-garde. À quelques centaines de toises du château fort, ils commencèrent à distinguer les clameurs. La fumée s'épaississait et des volutes arrivaient sur eux. Abandonnant leurs montures, ils avancèrent à pied, se dissimulant derrière les taillis jusqu'à ce qu'ils aient une vue étendue sur les prairies entourant la forteresse.

L'endroit grouillait d'une centaine d'hommes en armes, peut-être plus. Cette armée s'était rendue maîtresse de la barrière et du portail qui brûlaient par places.

Balayant du regard les bannières portées par les écuyers, Guilhem reconnut les armes de Najac, les autres étaient celles de Raymond de Toulouse.

— Ils ont pris la barrière sans même chercher à négocier, observa Gros-Groin avec inquiétude.

— Négocier quoi ? répliqua Tue-Bœuf, furibond. Ils sont venus pour nous massacrer, pas pour discuter !

— Pour l'heure, impossible d'entrer dans le château, grimaça Bertucat, indifférent à ce qui venait d'être dit.

Il était évident que le comte de Toulouse avait décidé de se débarrasser d'eux.

— Allons nous battre ! décida Guilhem. Il y a de la gloire à acquérir !

— Nous battre ? ironisa Bertucat en le retenant par l'épaule. Contre une armée ? Et équipés comme nous le sommes ? Nous n'avons même pas d'épées.

Pour la chasse, le chevalier avait revêtu un justaucorps de laine recouvert d'une cotte de drap vert, sans manches, d'un ample manteau et de heuses[1] de cuir. Il était coiffé d'un simple bonnet de feutre et ses seules armes étaient un grand couteau de chasse et un épieu.

Quant à Gros-Groin et Tue-Bœuf, ils n'arboraient que des tuniques épaisses à capuchon, des grèges et un manteau. En plus de leur couteau et de leur épieu, ils avaient emporté un arc et une trousse de flèches.

Seul Guilhem était un peu mieux équipé. Quelques semaines auparavant, ayant tué un gros sanglier dans une chasse, déjà avec Gros-Groin et Tue-Bœuf, il en avait tanné la peau, cette fois bien mieux que ce qu'il avait fait avec Simon l'Adroit. Avec cette peau, il s'était constitué une cuirasse lacée sur le devant, à l'intérieur de laquelle il glissait quatre couteaux à lancer. De plus, il avait forgé quelques fines lames de métal qu'il avait cousues sur le dos, ce qui lui assurait une protection contre les flèches. Comme Bertucat, il portait des heuses de cuir et un couteau de chasse, plus long et plus effilé que ceux de ses compagnons, car il l'avait lui-même forgé et aiguisé.

— Que va-t-on faire, alors ? demanda-t-il, reconnaissant la justesse de la remarque du chevalier.

— Attendre ici. Je ne crois pas qu'ils préparent un siège. Le temps joue contre eux, car Peyrusse et ses gens pourraient arriver. Ils vont tenter un assaut ou deux et se retirer la queue entre les jambes. La prise de la

---

1. Sortes de guêtres attachées aux souliers.

barrière leur a déjà coûté cher, quand je vois le nombre de corps étendus.

Pour l'heure, des volées de flèches étaient échangées entre les gens de Malvin, à l'abri sur le chemin de ronde, et les archers toulousains qui se protégeaient derrière pavois et palisses.

Hors de portée des traits se tenaient les chevaliers. En haubert, portant haut leurs écus, plusieurs étaient coiffés de heaumes leur cachant entièrement le visage. À quelques pas d'eux, une vingtaine d'hommes s'activaient autour de mulets, déchargeant et assemblant des pièces de bois.

— Que font-ils ? demanda Guilhem, intrigué.

— Par tous les diables d'enfer, ils assemblent des mantelets ! répondit Tue-Bœuf. Cela leur permettra de se rapprocher de l'enceinte sans risquer d'être atteint par les flèches.

— Pas que des mantelets... remarqua sombrement Bertucat. Ils montent aussi des échelles.

— Ils se briseront contre le mur d'enceinte et leurs flèches n'arriveront à rien, se rassura Guilhem.

Mais les autres ne répondirent pas à son assurance.

L'échange de traits cessa quand les archers de Najac firent mouvement sur un flanc de la forteresse. Protégés par les mantelets, ils se placèrent sur une élévation opposée à la porte d'entrée, en face de l'endroit où l'enceinte était la moins haute. Un autre groupe prit position un peu plus loin. Désormais, les gens d'armes sur le chemin de ronde se trouvaient à la merci de traits envoyés dans leur dos.

Guilhem observait toutes ces manœuvres, cherchant surtout à découvrir la présence du garde de commun de paix de Rodez. Se pouvait-il qu'il l'ait suivi ? Mais si cela avait été le cas, les gens de Najac ne seraient-ils pas venus plus tôt ? Quoi qu'il en soit, Guilhem savait qu'il ne devait pas tomber entre leurs mains. On lui ferait payer cher la mort du chevalier et du sergent d'armes.

Soudain, les cors sonnèrent, relayés par les trompettes. Les lames des épées sortirent des fourreaux, les haches furent brandies et une clameur effrayante monta de l'armée ennemie. Puis l'air retentit du tonnerre des cris et des menaces parmi lesquels on distinguait :
— En avant Najac !
— Toulouse !
— Sus aux écorcheurs !
— Najac à la rescousse !
— Mortaille ! Massacre !

Sur un signe d'un chevalier, l'armée entière s'élança à l'assaut. Aussitôt une volée de flèches partit de l'enceinte et quelques assaillants tombèrent, mais déjà les premiers gens d'armes étaient parvenus aux murs de bois et installaient de longues échelles, tandis que les archers postés autour de la forteresse criblaient de traits ceux qui, du haut du rempart, essayaient de les repousser. Dès qu'un homme de Malvin se montrait à découvert, il devenait la cible d'une terrible grêle de flèches dont au moins quelques-unes l'atteignaient et le blessaient, même s'il portait une broigne ou une cuirasse.

Avec appréhension, Guilhem nota que les gens de Malvin n'étaient pas assez nombreux pour défendre l'enceinte de tous les côtés à la fois. De plus leur nombre diminuait constamment. D'ailleurs, peu à peu les tirs des archers du château se firent rares, puis cessèrent complètement.

Autour de la barrière, un chevalier dont l'écuyer portait la bannière de Najac commandait la manœuvre. Sur un signe, une dizaine d'arbalétriers, jusque-là restés à l'écart, s'avancèrent, protégés de leur pavois. Avec une diabolique précision, ils abattirent les derniers défenseurs jusqu'à présent hors de portée des archers.

Dans un vacarme infernal, les assaillants qui avaient planté leurs échelles grimpaient les uns à la suite des autres, comme des fourmis, prenant rapidement pied sur l'enceinte malgré les pierres qu'on leur jetait. Les gens de Malvin, déjà moins nombreux que les assaillants, s'écroulaient les uns après les autres, exposés aux flèches et aux carreaux d'arbalète, tandis que les Toulousains paraissaient innombrables.

Sur le chemin de ronde, l'estourmie se poursuivit avec fureur, à la hache ou au marteau d'armes. Mais c'était une lutte inégale. Les Toulousains, confiants dans leur harnois de mailles ou de fer, protégés par leurs grands écus et leurs solides rondaches, causaient infiniment plus de dommage aux assiégés revêtus seulement de cuirasses maclées.

Pendant que cette mêlée faisait rage, des chevaliers s'étaient précipités sur la barbacane avec de lourdes haches. Après avoir comblé le fossé avec des sacs de terre, ils portèrent de tels coups sur la porte que, malgré les clameurs assourdissantes, Guilhem et ses compagnons les entendirent.

Depuis les tours, quelques défenseurs faisaient pleuvoir des pierres, mais les arbalétriers parvenaient à les abattre dès qu'ils se découvraient trop. Finalement, une partie de la porte vola en éclats et les chevaliers s'élancèrent dans la brèche.

Sur le chemin de ronde, les derniers défenseurs étaient précipités du haut des remparts. Une poignée de routiers tenta un ultime corps-à-corps pour empêcher la jonction entre ceux venant des échelles et les autres passés par la porte, mais la déroute était maintenant certaine. Malvin donna donc ordre à ses gens de se replier vers le donjon. Dans cette retraite, quelques-uns tombèrent encore et seulement une dizaine d'hommes parvint à s'enfermer dans la tour après en avoir détruit le pont d'accès.

La porte de la barbacane céda quand, d'un coup de hache, un chevalier trancha les cordes qui la retenaient. Dès lors, la confusion fut totale. Les routiers n'ayant pu se réfugier dans le donjon fuyaient en tous sens, cherchant un endroit pour se cacher. Les femmes hurlaient, sachant quel serait leur sort. Les enfants pleuraient.

Livide, frissonnant, Guilhem comprit que la place était prise et tout espoir perdu.

— N'aie crainte, le rassura pourtant Bertucat. Malvin et Tête-Noire sont certainement à l'abri dans le donjon, et celui-ci est imprenable.

Revenu à Najac, Hélie avait fait son rapport au seigneur Gaubert de Bruniquel. Il avait longuement décrit la forteresse de Malvin et donné une estimation de sa troupe.

— Je pourrai à peine aligner autant d'hommes que lui, observa Gaubert de Bruniquel. Et leur compagnie aura l'avantage d'être derrière une enceinte. J'ai besoin de renfort. Je vais prévenir le comte Raymond à Toulouse.

— Cela va prendre du temps ! observa Hélie.

— Certainement, mais je détruirai alors la tanière de ces fauves sans coup férir.

Seulement, à Toulouse, Raymond de Saint-Gilles avait des préoccupations plus pressantes à cause de l'avancée de Richard et des routiers de Mercadier dans le Quercy et le Rouergue. Il savait pourtant qu'il devait se débarrasser de ces détrousseurs qui, sur le flanc de son comté, lui portaient de rudes coups en s'alliant à ses ennemis. Il demanda donc l'aide à ses vassaux de Narbonne, Albi, Béziers et Carcassonne. Après toutes sortes de pressions, menaces et promesses, il obtint d'eux une soixantaine d'hommes d'armes et quelques chevaliers. Lui-même en rassembla une cinquantaine et, en octobre, cet ost[1] fit route vers Najac où Bruniquel devait en prendre le commandement.

---

1. Service armé de vassaux convoqués par leur suzerain.

À l'intérieur du château, les gens de l'armée toulousaine tuèrent tous ceux qui avaient une arme à la main, mais firent se regrouper les autres habitants devant la barbacane pour les entraver. Bruniquel ayant donné ordre de ne forcer aucune femme, celles-ci subiraient un autre châtiment pour avoir été les garces des routiers.

D'autres guerriers, sous les ordres des chevaliers, firent sortir chevaux et mulets de l'écurie, ainsi que le bétail de l'étable. Les bâtiments furent pillés mais on n'y trouva aucun objet de valeur, tout ce qui avait du prix étant à l'abri dans le donjon.

Cependant, durant cette picorée, les archers réfugiés dans le donjon poursuivaient leurs tirs et plusieurs hommes d'armes tombèrent sous leurs traits sans pouvoir riposter.

Prendre ce donjon serait long et coûteux en vies humaines, jugea Bruniquel, aussi décida-t-il d'en finir sans y pénétrer. Tant pis pour les richesses qu'il contenait et pour les châtiments qu'il aurait voulu infliger à Malvin le Froqué.

Protégés par les mantelets, les Toulousains rassemblèrent la paille des granges et les branches de la barrière en un énorme tas, comblant le fossé autour du donjon. Sur ce monceau, ils vidèrent toute l'huile dénichée dans les celliers, puis mirent le feu à cette immense torche.

Du haut des créneaux, les assiégés vidèrent toute l'eau dont ils disposaient, mais la hauteur des flammes et la chaleur du brasier étaient telles qu'elles incendièrent les hourds et la toiture, obligeant les défenseurs à se terrer à l'intérieur. Rapidement, les parois de la tour commencèrent à s'enflammer.

En peu de temps, l'incendie se propagea partout. Sa puissance fut telle que les Toulousains durent quitter la cour et s'éloigner au-delà de la barrière, emmenant avec eux les serviteurs, serfs, femmes et enfants prisonniers. Auparavant, ils avaient aussi incendié celliers, granges et écuries.

La torche géante brûla jusqu'au soir avant de s'effondrer sur la grande salle.

Le feu se poursuivit jusqu'au matin, illuminant la nuit.

Chapitre 18

Le crépuscule s'étendait sur le champ de bataille, rendant plus sinistres encore les lieux illuminés par le brasier. Pendant que les Toulousains faisaient sortir montures et bétail de la forteresse, Bruniquel et ses chevaliers, suivis d'Hélie, se rendirent auprès des prisonniers qui attendaient, misérables, assis à même le sol : six garçons, huit femmes et douze hommes, dont deux serfs portant un collier de fer. Battus, blessés, contusionnés, leurs visages marqués de traces de larmes reflétaient toute la terreur du monde. Ils se levèrent avec humilité devant le seigneur de Najac.

— La justice du comte de Toulouse va s'abattre sur vous, leur dit-il sans compassion. Mais vous pouvez éviter bien des souffrances en répondant à une question : je recherche deux garçons, l'un nommé Guilhem et un autre appelé La Fourque. Étaient-ils avec Malvin le pendard dans le donjon ? Ont-ils été tués dans l'assaut ?

Un homme s'avança :

— La Foulque est mort il y a deux mois, noble seigneur. Tué par des encapuchonnés. Quant à Guilhem, il était là hier, mais je ne l'ai pas vu durant la bataille.

— Il est parti ce matin, messire, lança un enfant d'une voix tremblante. Je lui ai préparé son cheval, avec celui du sire de Bertucat.

— Qui est Bertucat ?

— Un chevalier, seigneur. Ils sont partis chasser avec Tue-Bœuf et Gros-Groin.

— Ils sont revenus quand ?

— Ils ne sont pas revenus, seigneur.

Hélie, qui écoutait, blêmit. Ce Guilhem n'était donc pas avec les défenseurs ?

— Tu mens ! intervint-il.

— Non, seigneur, c'est vrai comme la messe, jura l'enfant en se jetant à genoux.

Les autres ne disaient rien, terrorisés.

— L'un de vous a-t-il vu ce Guilhem pendant le siège ? demanda Bruniquel.

Personne ne bougea mais quelques têtes remuèrent, négativement.

— Et les autres, Bertucat, Tue-Bœuf et Gros-Groin ?

— Ils n'étaient pas là, seigneur, affirma une femme plus courageuse que les autres.

Bruniquel regarda ses chevaliers, puis Hélie qui parcourait des yeux les bois environnants que l'obscurité recouvrait.

— Ils sont là, dit le garde des communs de paix. Peut-être même nous observent-ils.

Effectivement, à quelques centaines de toises, Guilhem et ses trois compagnons regardaient toujours le donjon en flammes et l'armée ennemie qui rassemblait animaux et prisonniers. Quelques hommes fouillaient les corps des routiers précipités du haut des remparts. La fumée et l'odeur du brasier parvenaient jusqu'à eux. Une émanation de bois brûlé et de chair grillée.

Dans ce feu se consumaient leurs amis. Guilhem songeait au père Freteval qui lui avait appris tant de choses, à Malvin le Froqué, menteur et beau parleur mais qui l'avait accepté dans sa mesnie, à ses autres compagnons, au maréchal-ferrant... aux femmes qu'il avait connues. De nouveau, il perdait ceux qu'il aimait. Qu'allait-il devenir, sans toit ni ami, alors que l'hiver approchait ?

— Que fait-on ? demanda-t-il, désemparé.

— Inutile de rester plus longtemps, on finirait par nous trouver et ils pourraient entendre nos chevaux. Allons les chercher et filons à la vieille mine de plomb pour y passer la nuit. Demain, ils seront partis et nous pourrons chercher les survivants, s'il en reste, et enterrer les morts, décida Bertucat.

— Pourquoi seraient-ils partis demain ? demanda agressivement Gros-Groin, contestant ainsi ce que disait le chevalier.

Bertucat ignora l'insolence de l'homme d'armes, la mettant sur le compte de la peur.

— Que feraient-ils ici ? Ils ne trouveront rien dans ce qui reste du donjon qui mettra des jours et des jours à se consumer entièrement.

— Et ensuite ? demanda Gros-Groin.

— On verra.

— Et les prisonniers, les femmes et les enfants ? Ne peut-on rien faire ?

— Rien, dit Bertucat, détournant les yeux.

Chez les Toulousains, Bruniquel avait aussi pris sa décision en accord avec les chevaliers. Il était inutile de garder les prisonniers. Or, les libérer, c'était fournir des renforts à Mercadier et ses brabançons. Chassant toute miséricorde de son esprit, il ordonna :

— Pendez les femmes et les enfants à ces arbres. Quant aux hommes, sauf les serfs, qu'on leur tranche les mains pour avoir profané l'abbaye de Saint-Maurin, et qu'on les pende ensuite.

Hélie n'assista pas au supplice. Avec trois serviteurs que lui avait confiés Bruniquel, il explora la lisière de la forêt. Mais la nuit devint vite si épaisse qu'il dut renoncer.

Quand ils arrivèrent à la vieille mine avec leurs montures, l'obscurité était complète. En chemin, Gros-Groin les avait conduits à une source où ils avaient pu se désaltérer. Mais si les chevaux avaient pu brouter quelques brins d'herbe, les hommes avaient le ventre vide, n'ayant emporté qu'un peu de pain et de salaison le matin de leur départ. Ils trouvèrent quand même quelques pommes sauvages, aigres, mais qui calmèrent leur malefaim.

Ils montèrent la garde à tour de rôle. Le boyau possédait une autre sortie, bien utile en cas d'alerte, mais l'utiliser aurait impliqué d'abandonner leurs chevaux. Heureusement, la nuit se déroula sans incident.

Le lendemain, Gros-Groin et Tue-Bœuf partirent en reconnaissance dans les environs. Pour vérifier que personne n'était sur leur trace, dirent-ils.

Cette ronde imprévue intrigua Bertucat.

— Pour quelles raisons nous chercherait-on puisqu'on ignore notre existence ? objecta-t-il.

— Les prisonniers ont dû être interrogés, répondit Gros-Groin. L'un d'eux a pu révéler que nous sommes partis chasser.

Bertucat haussa les épaules pour montrer qu'il n'y croyait pas, mais Guilhem, persuadé que le seigneur de Najac était aussi venu pour lui, partageait le jugement de Gros-Groin. Il approuva cette idée.

Bertucat n'insista pas, d'autant plus qu'il voulait parler à son compagnon seul à seul.

C'est donc après le départ de ses sergents qu'il interrogea Guilhem :

— Veux-tu rester avec moi, mon garçon ?

— Que deviendrais-je sans vous, seigneur ?

— Tu ne sais rien de moi, il est temps de te dire d'où je viens. Ma famille est picarde. J'avais un frère, on s'est battus tous les deux et mon père m'a chassé. D'aventure en aventure, j'ai fini ici. Ce qui vient de se passer me donne l'occasion de recommencer ma vie. J'ai entendu dire que le roi de France recherche des chevaliers pour lutter contre Henri II, en Normandie. J'ai réfléchi, je vais lui demander de me prendre à son service. Je suis de bonne famille et, avec toi comme écuyer et Gros-Groin et Tue-Bœuf comme sergents d'armes, je ne doute pas qu'il accepte. Si nous nous distinguons, je parviendrai à obtenir un fief et tu resteras près de moi.

Guilhem buvait ses paroles.

— Nous partirions pour Paris ?

— Dès que nous aurons donné une sépulture à ceux de notre compagnie. Ils se sont battus courageusement et je ne veux pas m'en aller sans leur rendre hommage.

Ils parlèrent encore un moment du voyage à venir, et de ses difficultés, quand Guilhem déclara :

— Je possède presque vingt sous d'argent, seigneur, je les mets à votre service.

C'était la monnaie provenant de la vente du cheval, ainsi que quelques clicailles que Malvin lui avait données.

— Merci de ton offre généreuse, Guilhem, mais j'ai aussi trois livres dans ma bourse. Je regrette seulement ma cassette qui se trouvait dans le donjon. Elle a malheureusement dû brûler et les pièces fondre.

Ils cessèrent de parler quand des bruissements se firent entendre. Guilhem se leva, tirant son épée, mais ce n'étaient que Gros-Groin et Tue-Bœuf qui revenaient.

— Qu'avez-vous vu ? leur demanda Bertucat.

— Rien, seigneur.

— Je m'en doutais, ironisa le chevalier. Partons maintenant au château. En chemin, je vous dirai ce que j'attends de vous.

Gaubert de Bruniquel fut debout bien avant le lever du soleil. Il n'avait dormi qu'une couple d'heures, sans cesse à circuler autour du camp pour vérifier que les sentinelles montaient bien la garde. Il avait aussi envoyé quelques hommes battre la campagne du côté de Peyrusse et du Lot. Après sa victoire, il aurait été dommage qu'il se fasse surprendre par des gens de Mercadier.

Le matin, le moine qui les avait accompagnés célébra une messe en plein air pour ceux qui avaient été tués. Ils furent enterrés près du donjon qui se consumait toujours. Des soldats poursuivaient leur fouille des décombres, espérant découvrir quelques piécettes, bijoux ou beaux objets.

Ensuite, on chargea les blessés sur les chariots, abandonnant échelles et mantelets désormais inutiles. C'est à ce moment-là qu'Hélie vint parler à Gaubert de Bruniquel.

— Ce démon de Guilhem m'a échappé, seigneur, mais je n'ai pas oublié le serment que je dois à mes frères. Je ne rentrerai pas avec vous. Pourriez-vous avoir la bonté de prévenir le comte de Rodez ?

Bruniquel s'attendait à la décision du garde.

— Je le ferai, Hélie, mais ta quête sera vaine. Comment pourrais-tu le retrouver ?

— Ce garçon est devenu un routier. Il ne changera pas de vie. Où peut-il aller désormais, sinon dans le Quercy rejoindre l'une des compagnies de Mercadier ?

— Ils te prendront et t'écorcheront, intervint Geslin, le cousin de Bruniquel.

— Ils me prendront d'autant plus facilement que je les rejoindrai volontairement.

— Quoi ?

— Au milieu des routiers, je finirai par découvrir celui que je cherche. Pour venger mes frères, je vendrais mon âme au diable s'il le fallait ! gronda le garde.

— Tu blasphèmes, Hélie ! Et je te désapprouve, se fâcha Bruniquel, haussant le ton. Je combats les routiers de Mercadier, je les combattrai jusqu'à leur extermination ! Et si tu les rejoins, tu deviendras notre ennemi.

— Je le sais, seigneur, et cette décision m'est rude à prendre. Mais je suis certain de vite trouver ce meurtrier, et je demanderai l'absolution à mon évêque en rentrant à Rodez.

Comprenant qu'il ne parviendrait pas à le convaincre, Bruniquel le laissa partir, mais sans lui souhaiter bonne chance et sans appeler sur lui la bénédiction du Seigneur.

— Pourquoi perdre du temps à se rendre à Paris, seigneur ? demanda Gros-Groin d'un ton froid. Louvart nous accueillera et nous pouvons rejoindre sa compagnie à Cahors en deux jours.

— Pour rester des routiers ?

— Des routiers du comte Richard ! le corrigea Gros-Groin. Louvart nous l'a dit, le roi Henri est vieux et, à sa mort, Richard sera roi d'Angleterre, duc d'Aquitaine et duc de Normandie. Il sera autrement plus puissant que le roi de France. Nous, ses hommes, serons respectés partout !

— De plus, rien ne dit que le roi de France nous prendra avec lui quand il saura d'où on vient, objecta Tue-Bœuf.

— Faites à votre gré, répliqua Bertucat avec une indifférence forcée. Vous n'avez pas engagé votre fidélité et je n'exige rien de vous. Mais vos chevaux sont à Malvin, et après sa mort c'est moi qui le remplace. Si vous me quittez, vous partirez à pied.

Sans répondre, les deux sergents échangèrent un regard contrarié. Guilhem, derrière eux, n'attacha pas d'importance à la chicane.

À un quart de lieue du château, ils laissèrent leurs chevaux au même endroit que la veille et marchèrent jusqu'à la lisière de la prairie.

Les cors avaient sonné le boute-selle et l'armée de Najac et de Toulouse se mettait en route. Tandis que les sergents d'armes faisaient avancer les premiers chariots, Guilhem observa un cavalier qui s'éloignait vers le septentrion. D'autres cavaliers avaient fait de même dans la matinée, mais toujours par groupes de trois ou quatre ; certainement des batteurs d'estrade vérifiant qu'aucune troupe hostile n'arrivait.

Or celui-là partait seul. Comme il était couvert d'un manteau et casqué d'une calotte à nasal, de la distance où il se trouvait, Guilhem ne pouvait l'identifier, mais il distinguait que son cheval bai avait des jambes presque noires. Comme celui du garde des communs de paix qu'il avait vu à Najac. Se lançait-il à sa recherche ?

Ils attendirent encore un long moment, de façon à être certains qu'il ne restait personne. Quand les corbeaux revinrent picorer les cadavres et que les oiseaux se remirent à chanter, ils furent assurés que le calme était revenu et ils allèrent chercher leurs montures pour rentrer au château.

Laissant de côté les arbres couverts de fruits humains, car ils savaient qu'il n'y avait plus rien à faire pour eux, ils se dirigèrent vers les ruines fumantes de la forteresse.

Sur place, le champ de bataille était encore plus effrayant que Guilhem ne l'avait pensé. Le donjon rougeoyait toujours en grésillant. L'âcre odeur de la fumée se mélangeait aux effluves de la mort. Certes, il avait participé à des carnages du même genre quand, avec la compagnie de Malvin, ils avaient attaqué villages, maisons fortes ou l'abbaye de Saint-Maurin, mais il avait toujours quitté les lieux après le pillage.

Ici, tout était différent. Quand ils pénétrèrent dans la cour par la barbacane et la porte brisée, une vingtaine de corps dépouillés, parfois nus, détranchés, jonchaient le sol. Leur sang formait d'épaisses croûtes, les boyaux sortaient des ventres, les visages reflétaient la terreur, la douleur, le désespoir. Et surtout, Guilhem les connaissait. C'étaient ses amis, sa mesnie.

Sans plus s'intéresser à ses compagnons, il laissa son cheval près de la forge du maréchal-ferrant, qui n'avait pas brûlé, et examina chaque corps, espérant un souffle de vie. Mais cette quête était vaine. Ils étaient morts depuis longtemps. Il s'approcha aussi du donjon, mais à deux toises la chaleur était encore insupportable.

Les autres bâtiments de bois avaient été réduits en cendres sauf quelques poutres qui se consumaient encore. Restait la grande salle. Le donjon s'était effondré dessus mais une extrémité paraissait intacte. Il s'y rendit et pénétra à l'intérieur. Le cadavre d'une femme nue était étendu sur le sol. Il la reconnut. C'est elle qui s'occupait de ravauder ses vêtements.

Les larmes aux yeux il sortit rejoindre les trois autres qui transportaient déjà les corps.

— Où les met-on ? demanda-t-il.

— Dans le fossé, hors de l'enceinte, répliqua Bertucat. On mettra ensuite les pendus avec eux et on les recouvrira de pierres et de poutres.

Ils déplacèrent ainsi tous les corps. Quand ce fut terminé, Guilhem dit au chevalier :

— J'ai découvert Étiennette, dans la grande salle. Allons la chercher.

Ils s'y rendirent, Tue-Bœuf et Gros-Groin fermant la marche. Comme il s'approchait du cadavre, Guilhem vit Bertucat basculer devant lui en gargouillant.

Il n'eut pas le temps de se retourner pour comprendre ce qui se passait. La douleur de la lame lui perçant le dos lui fit perdre conscience.

Chapitre 19

Combien de temps resta-t-il inconscient ? Il ne le sut jamais, mais quand il reprit ses sens, il faisait encore jour. Une atroce douleur lui vrillait le dos. Après de terribles efforts qui lui firent venir des larmes, il parvint à s'asseoir et découvrit Bertucat le Bel couché près de lui, sur le ventre.

Le chevalier était mort, cela ne faisait aucun doute, sa cotte verte – il avait déposé son manteau près de la barbacane avant de transporter les cadavres – était rouge d'une incroyable quantité de sang.

Guilhem regarda plus longuement la tache : le tissu était déchiré par le coup de couteau.

Même l'esprit engourdi, Guilhem comprit ce qui s'était passé. Tue-Bœuf et Gros-Groin avaient choisi de les abandonner. Ils voulaient les chevaux et les avaient pris. Machinalement, Guilhem porta la main à sa ceinture. Sa bourse n'était plus là, pas plus que son couteau de chasse. Il se souvint des bruits entendus le matin, pendant que Bertucat lui parlait de ses projets. Guilhem avait révélé détenir quelque argent, et le chevalier avait renchéri sur ce qu'il possédait. Les deux estropiats devaient être près d'eux, cachés dans les buissons. Ils avaient entendu et la menace de Bertucat de leur prendre leurs chevaux les avait décidés à la félonie.

S'appuyant sur un mur, Guilhem se releva et entreprit de délacer puis de retirer sa cuirasse. Ses couteaux à lancer étaient toujours à l'intérieur, ce qui provoqua chez lui un maigre sourire de satisfaction.

Regardant le dos du corselet, il vit le trou dans le cuir, entre deux lames de fer, mais pas beaucoup de sang. En revanche, sa chainse de laine était poisseuse. Le coup aurait dû lui percer le cœur. Du bout des doigts de la main droite, il parvint à toucher la plaie et sentit les chairs déchirées. Heureusement, la blessure ne saignait plus.

Il regarda à nouveau sa cuirasse. La marque du coup de couteau apparaissait sur une plaque de fer. Il comprit que la lame avait glissé sur le métal et pénétré la chair de l'épaule de travers, tranchant plutôt qu'estoquant. Sa cuirasse lui avait sauvé la vie.

Après l'avoir vu tomber, les deux routiers n'avaient pas perdu de temps à l'achever tant ils étaient pressés de partir. Ils avaient eu tort, se dit-il.

Il se rhabilla. Pouvait-il les rattraper ?

Jetant un nouveau regard à Bertucat, il se rendit compte que Tue-Bœuf et Gros-Groin lui avaient volé son escarcelle.

Il sortit. Le soleil était encore haut. Les voleurs ne devaient pas avoir beaucoup d'avance, seulement ils possédaient les chevaux.

Guilhem regarda autour de lui, cherchant une arme, mais il ne découvrit rien, sinon leurs épieux. Il alla prendre le sien. Un manche bien droit avec une lame tranchante qu'il avait forgée lui-même. Il se savait capable de le lancer à quatre ou cinq cannes et de percer facilement un animal avec. Ou un homme.

Il récupéra le manteau de Bertucat, plus chaud que le sien, et se dirigea vers l'endroit où ils avaient attaché leurs montures.

Passant la barbacane, il regarda tristement l'amoncellement de cadavres dans le fossé. Il n'avait ni le temps ni la force de le recouvrir. Pour l'heure, c'était des vivants qu'il devait s'occuper.

À l'endroit où auraient dû se trouver les chevaux, les marques de sabots indiquaient la direction prise par les voleurs, vers le septentrion, mais plus à droite que Peyrusse. Il connaissait ce sentier qui menait à un cours d'eau en contrebas, dans une petite vallée. Le chemin remontait ensuite sur un plateau boisé et permettait de gagner quelques maisons fortifiées autour d'un prieuré appartenant à l'abbaye de Saint-Géraud. Au-delà, on pouvait se rendre jusqu'à Aurillac où il n'était jamais allé, mais dont il avait entendu parler par Louvart qui avait pris et pillé le bourg. Ce trajet faisait faire un grand détour pour gagner le Quercy, mais évitait Peyrusse et les terres de Toulouse. Guilhem comprenait pourquoi les félons l'avaient choisi. Après tout, ils n'étaient pas pressés, et avec le contenu des bourses dérobées, ils pouvaient vivre des semaines dans l'abondance.

Jetant un dernier regard aux pendus qu'il devait abandonner, et qui, eux aussi, n'auraient pas de sépulture, il emprunta le sentier en s'appuyant sur l'épieu.

Au début, la marche fut difficile, puis son corps s'habitua à la douleur qui se fit moins sentir. Il s'efforçait de penser à ce qu'il ferait s'il parvenait à rattraper les deux routiers. Il ne possédait que ses couteaux à lancer et son épieu, tandis qu'eux étaient bien armés. De plus, à cheval, il leur suffirait de lancer leurs montures au galop dès qu'ils l'apercevraient pour qu'il ne puisse jamais les retrouver.

Pourtant, il bénéficiait d'un avantage : Tue-Bœuf et Gros-Groin ignoraient qu'il était vivant et qu'il les suivait. Seulement, cette supériorité ne servirait qu'à la première rencontre.

En même temps, Guilhem ne parvenait pas à chasser ses inquiétudes. Il ne disposait ni de vivres ni de gourde, même s'il connaissait les sources et les ruisseaux du plateau. De plus, le ciel se couvrait et le temps fraîchissait. Un orage éclaterait avant la nuit. S'il ne les avait pas rattrapés avant, il perdrait leurs traces.

Le chemin resta plat un moment, puis commença à descendre vers le torrent. Guilhem se pressa malgré sa blessure. Sous la haute futaie, au milieu des fougères, le sentier dessinait des lacets. Il distinguait, par places, les marques des sabots. Il commençait à avoir soif, mais, connaissant la sente, il savait qu'il n'était plus très loin du cours d'eau où il pourrait se désaltérer.

Par une trouée dans la voûte de branches, il aperçut un ciel bas et menaçant. Une brise froide et humide s'engouffra jusqu'à lui, étouffant un moment le gazouillis des oiseaux. L'orage approchait.

Dans un tournant du chemin, la forêt s'ouvrit subitement et il découvrit, en contrebas, les chevaux et leurs cavaliers. Les deux routiers ne se pressaient pas.

Guilhem se mit à courir, s'interrogeant sur ce qu'il pourrait faire. Tant qu'il faisait jour, il ne voyait aucun moyen d'approcher les voleurs. Il connaissait Gros-Groin et le savait capable de le repérer au moindre bruit. Seul contre les deux sergents, il n'avait aucune chance. En revanche, la nuit tombée, il pourrait les surprendre dans leur sommeil, s'ils ne montaient pas la garde à tour de rôle.

Il s'arrêta à une autre trouée dans la frondaison et observa qu'ils avaient atteint le ruisseau. Leurs chevaux se désaltéraient. Portant son regard plus loin, Guilhem aperçut un âne et deux voyageurs, qui descendaient lentement l'autre versant de la vallée. Ceux-là allaient croiser la route des cavaliers. Peut-être leur parleraient-ils un moment, se dit-il, ce qui lui permettrait encore de se rapprocher.

Le chemin devint difficile, de plus en plus raide et rocailleux. La forêt s'assombrit et il devint impossible de revoir le ruisseau et les cavaliers.

Inexplicablement, Guilhem crut entendre le son d'un luth au milieu des chants d'oiseaux. Il mit d'abord cette étrange musique sur la douleur qu'il éprouvait, s'inquiétant même de perdre à nouveau conscience. Mais soudain retentirent des éclats de voix, tout un tumulte d'interjections et de vociférations incompréhensibles. Ce ne pouvait être qu'une altercation entre les routiers et les voyageurs. Puis il entendit un hurlement.

Le cri aigu d'une femme.

En un éclair, Guilhem devina ce qui se passait. Ces voyageurs, c'étaient Marion et Arrache-Cœur ! C'était l'un d'eux qui jouait du luth et les routiers s'en prenaient à eux.

Le hurlement reprit, encore plus fort et plus désespéré.

Abandonnant le sentier, il se jeta dans la pente abrupte où s'accrochaient buissons et fourrés. Il glissa, tomba sur le dos, dévalant l'escarpement, sentant les plaques de fer de sa cuirasse s'arracher. Il parvint à arrêter sa chute en bloquant son épieu entre deux troncs.

L'avait-on entendu ? Les cris continuaient, les menaces et les provocations des hommes aussi. Trop occupés, les deux routiers n'avaient pas fait attention aux bruits de la forêt. Il se releva et se précipita vers l'endroit d'où provenaient maintenant des sanglots.

Soudain, il les vit. À peine à quelques cannes. L'un tenait Marion, l'autre essayait de lui arracher son bliaut. Elle criait et se défendait en les griffant. Le corps du ménestrel gisait à quelques pas. Le crâne ouvert d'un coup de hache, la cervelle répandue.

Sans tenir compte de son épaule qui l'élançait, Guilhem courut aussi vite qu'il le put mais, cette fois, Gros-Groin l'entendit. À l'instant où le routier se retournait, l'estropiat reçut l'épieu dans le ventre. Tue-Bœuf, lui, n'eut pas le temps de réagir. Deux couteaux l'avaient atteint, l'un perçant sa gorge, l'autre son torse.

Tenant l'épieu à deux mains pour tenter de le retirer de ses entrailles, Gros-Groin s'affaissa sur les genoux, le regard terni par l'incompréhension. Il n'eut pas le temps de sentir la souffrance arriver, car Guilhem était déjà sur lui. Le garçon lui souleva la tête en lui agrippant les cheveux et lui trancha la gorge avec son troisième couteau. Puis il enfonça l'arme dans la poitrine de Tue-Bœuf, mais celui-ci était déjà mourant.

Alors Guilhem ressentit la douleur dans son dos, atroce et insupportable, il vacilla.

Marion le retint comme il allait tomber.

— Vous ? fit-elle, interloquée.

Guilhem vit les arbres danser autour de lui, le sol se relever et s'abaisser comme les vagues de la mer. Inspirant profondément et s'appuyant sur la jeune femme, il retrouva son équilibre.

— Aidez-moi à m'asseoir, balbutia-t-il.

Une fois qu'il fut dans l'herbe, elle courut chercher la gourde attachée au bât de l'âne. En passant devant Arrache-Cœur, elle fondit à nouveau en larmes avant de revenir pour le faire boire.

Entre les sanglots qu'elle ne pouvait maîtriser, elle l'interrogea :

— Pourquoi ? Pourquoi ont-ils fait ça ?

— Le château... de Malvin a été pris... par les gens de Toulouse...

— Quoi ?

— Hier... J'étais à la chasse avec eux...

Il désigna les deux routiers.

— ... et le sire Bertucat le Bel. Nous avons entendu les trompettes, vu les fumées des incendies. Quand nous sommes arrivés, c'était trop tard. On a assisté au siège, cachés dans la forêt.

— Les gens... les gens du château ? demanda-t-elle, en se doutant de la réponse.

— Morts... Les gens de Najac et de Toulouse ont tué tout le monde...

Elle se détourna, s'éloigna et vomit. Ensuite, s'efforçant de surmonter son désespoir, elle se rendit près d'Arrache-Cœur et s'agenouilla.

Elle passa doucement sa main sur la figure mal rasée de son compagnon. Elle n'avait éprouvé aucune passion pour lui. Arrache-Cœur la battait souvent, il l'avait forcée à se prostituer, mais il l'avait prise avec lui quand il l'avait découverte, dans son village pillé par des routiers. Il lui avait enseigné la musique, il lui offrait une certaine sécurité. Maintenant, sans sa présence, elle se retrouvait seule, sans protection.

— Dame Marion... demanda Guilhem.

Elle revint vers lui.

— Je suis désolé pour Arrache-Cœur, mais je n'aurais pu aller plus vite.

— C'est mon destin, dit-elle tristement. Une Égyptienne m'avait dit que je connaîtrais un grand malheur.

— Gentille Marion, quand nous sommes revenus au château ce matin, pour ensevelir les morts, Gros-Groin et Tue-Bœuf nous ont poignardés, Bertucat et moi, pour voler nos bourses, nos armes et nos chevaux. Bertucat est mort et je suis blessé.

— Où ? s'inquiéta-t-elle.

— Dans le dos... Il faudrait me panser... Mon sang me quitte... et ma vie avec.

Elle remarqua alors combien il était pâle, son teint avait la couleur de la neige. Immédiatement elle défit les lacets de la cuirasse, l'aida à l'ôter et fit de même avec la chainse. Il se laissa faire, peut-être parce qu'il lui plaisait qu'elle s'occupe de lui, mais surtout parce qu'il se sentait trop faible.

Elle le fit allonger sur le ventre.

La plaie était béante, sanglante, mais peu profonde. Marion en avait déjà soigné de pareilles et cela ne l'effraya pas. Elle alla à l'une des sacoches attachées au bât de l'âne et sortit la seconde chemise qu'elle possédait, la trempa dans l'eau glacée du torrent et entreprit de le nettoyer.

Guilhem serrait les dents. La douleur était intolérable.

Quand la blessure fut propre, elle retourna à la sacoche et en sortit une jupe de dessous qu'elle déchira en lanières. Avec celles-ci, elle fit un bandage serré autour de l'épaule, immobilisant le bras.

Ensuite, elle l'aida à se rhabiller, puis elle resta silencieuse, attendant qu'il prenne une décision.

Guilhem s'efforçait de chasser la douleur qui lui prenait tout le dos. Pour y échapper, il regardait les trois cadavres près de lui.

— Où alliez-vous, dame Marion ? demanda-t-il enfin.

— Au château du seigneur Malvin, ensuite nous devions nous rendre à Rodez. Et vous ?

— Bertucat voulait nous conduire à Paris. Il pensait être engagé par le roi de France et me proposait d'être son écuyer.

Les premières gouttes l'interrompirent. Il leva les yeux. Le ciel était noir, le tonnerre grondait au loin.

— L'orage approche, nous parlerons plus tard. Essayons de trouver une sépulture pour Arrache-Cœur.

En achevant ces paroles, il se leva difficilement et alla retirer l'épieu sanglant du ventre de Gros-Groin. Puis, s'appuyant dessus, il explora sommairement le lit du ruisseau. L'espace entre deux rochers lui parut favorable et il lui expliqua ce qu'il voulait faire. Elle acquiesça, incapable de suggérer autre chose.

À deux, ils parvinrent à porter le corps jusqu'à la faille et ils le recouvrirent de pierres.

Il pleuvait beaucoup plus fort quand le cadavre fut enfin entièrement dissimulé. Marion s'agenouilla devant la sépulture et se mit à prier, ses vêtements en lambeaux collés par la pluie. Pour la première fois, Guilhem remarqua les contusions que les routiers lui avaient faites. Il lui posa son manteau sur les épaules et alla s'occuper des chevaux.

Les ayant rassemblés, il attacha l'âne à la selle de l'un d'eux et récupéra les armes de Gros-Groin et Tue-Bœuf, leurs escarcelles et leurs manteaux. Quand il eut terminé, il revint à Marion qui priait, toujours en pleurant.

— Nous devons partir, nous mettre à l'abri. Nous ne sommes pas en sûreté ici, dit-il.

— Où irions-nous ?

— À la vieille bergerie, en haut du chemin par où vous êtes venus.

— Je la connais.

— Allons-y.

Elle n'était jamais montée à cheval et il dut l'aider. Ensuite il se hissa avec difficulté sur le sien. La douleur irradiait dans son flanc et il se sentait d'une faiblesse infinie.

Ils prirent le sentier sans se retourner, abandonnant les corps des deux routiers aux bêtes sauvages.

Plus tard, Guilhem n'eut aucun souvenir de ce trajet. La pluie tombait de plus en plus fort, heureusement, les chevaux étaient placides. Ils gagnèrent le plateau, puis Marion passa en tête. Guilhem ressemblait à ces chevaliers ayant reçu un coup fatal lors d'un tournoi, mais qui restaient assis maintenus par les bâts de leur selle.

Arrivés à la longue cabane de pierre et de branches, elle l'aida à descendre et, le soutenant, elle le conduisit à l'intérieur où il resta allongé sur le sol.

Elle fit ensuite pénétrer les chevaux et l'âne. Dehors, la bourrasque se déchaînait, la pluie se mit à tomber dru, accompagnée du fracas du tonnerre et des lueurs des éclairs.

Marion aurait voulu faire du feu, mais il n'y avait pas de bois. De plus, l'eau commençait à traverser le toit de feuillage.

Elle trouva tout de même un coin sec où elle tira le jeune garçon, le recouvrant des manteaux des routiers.

Puis elle se mit près de lui, s'enroula à son tour dans des vêtements et se mit à prier.

Guilhem ne reprit conscience que deux jours plus tard. Quand il ouvrit les yeux, Marion était toujours à côté de lui.

Elle approcha un bol de bois de sa bouche et, d'une main douce, lui souleva la tête.

— Buvez.

C'était chaud et parfumé.

— Où est-on ?

— Dans la bergerie. Depuis deux jours. Vous avez déliré. J'ai soigné votre blessure avec des herbes, mais vous ne devez pas bouger, vous avez encore de la fièvre.

Il ne dit rien. Les souvenirs lui revenaient par vagues. La prise du donjon, la mort de Bertucat, celle d'Arrache-Cœur, la façon dont il avait tué les deux routiers. Il sentit la douleur dans son épaule et devina que, sans Marion, il serait mort.

— Nous ne pouvons pas rester ici, c'est trop près de Peyrusse. Si on nous trouve, on nous pendra, s'inquiéta-t-il.

— Restons encore un jour, le temps que votre fièvre baisse.

— Nous n'avons pas de vivres.

Il avait faim, c'était bon signe !

— J'ai du pain, des salaisons et des noix. Arrache-Cœur prévoyait toujours le nécessaire.

Incapable de s'opposer à sa décision, Guilhem accepta, éprouvant curieusement un sentiment qu'il n'avait jamais ressenti, un mélange de félicité et de plénitude pourtant incompatible avec la situation dans laquelle il se trouvait.

Elle l'aida à manger et il se rendormit pendant qu'elle jouait de la vielle à roue en fredonnant une mélodie mélancolique.

Deuxième partie

La relique
1191-1193

Chapitre 20

Quand il ouvrit les yeux, Marion dormait. Il fit jouer son épaule et constata que la douleur ne le gênait plus. De plus, la fièvre avait disparu.

Ne voulant pas éveiller la jeune femme, il resta allongé, songeant à son passé. Tous ceux qu'il avait aimés, tous ses amis, avaient disparu. Ses parents, sa fratrie, Simon, La Fourque, Tête-Noire et Bertucat. Pourquoi le destin s'acharnait-il sur ses proches ? Il songea ensuite à ceux qu'il avait tués. Il essaya d'en faire le compte, mais abandonna, ne parvenant pas à se souvenir de tous. Surtout, il ne voulait pas se rappeler les visages des femmes et des enfants dans ce village que la compagnie de Malvin avait pillé. Lui-même avait frappé au hasard, pour faire comme les autres.

Il n'avait pas quinze ans, pourtant.

Que devait-il faire maintenant ? Poursuivre son errance ? Rejoindre les routiers de Louvart ? Il y serait bien accueilli, il n'en doutait pas, mais il continuerait à tuer. Il se savait habile pour ça.

Seulement, il y avait Marion. L'abandonner, ce serait comme la navrer de ses propres mains. Comment survivrait-elle, seule, dans un pays si hostile ?

Il prit donc sa décision.

Près de lui, contrairement à ce qu'il pensait, Marion ne dormait pas. Elle aussi songeait à la cruauté de sa destinée. De quel côté devait-elle tourner ses pas ? Sans protecteur, elle ne pouvait continuer à faire la ménestrelle. Sur les routes, elle serait vite dépouillée, forcée et meurtrie. Pourrait-elle devenir servante dans quelque château ? Peut-être. Après tout elle jouait de la musique et un riche seigneur pourrait avoir envie d'elle. Mais où aller ? À Toulouse, à Najac, à Foix ?

À son souffle irrégulier, Guilhem se rendit compte qu'elle ne sommeillait plus.

— Dame Marion, êtes-vous réveillée ?
— Je ne dormais pas.
— Alors, il faut partir, décida-t-il en s'asseyant.
— T'en sens-tu capable ?

Elle se leva. C'était la première fois qu'elle le tutoyait.
— Oui.
— Marion, nous devons parler, lui dit-il après une hésitation. Que veux-tu faire, à présent ?
— Je ne sais pas… Devenir servante dans un château, peut-être.
— Pourquoi ne pas rester ménestrelle ?
— Seule ? Impossible !
— J'étais rémouleur, avant de faire partie de la compagnie de Malvin le Froqué.
— Rémouleur ?

Il vit l'incrédulité sur son visage et en fut contrarié. Croyait-elle qu'il lui mentait ?

En réalité, il ne pouvait deviner qu'elle était incapable de l'imaginer colporteur, surtout après l'avoir vu tuer aussi sauvagement les deux routiers.

— Mes parents travaillaient dans une tannerie, poursuivit-il. Après leur mort, j'ai vengé ma mère en tuant un homme. Je me suis enfui. J'ai rencontré Simon, un rémouleur, qui m'a pris avec lui. Il m'a appris son métier. Je serais resté rémouleur si nous n'avions pas été accusés de braconnage par des gardes du comte de Rodez. Ils ont pendu Simon.

Elle eut un regard horrifié.

— Et je les ai tués. J'ai encore fui, puis j'ai été pris par les gens du seigneur de Najac. On m'a accusé d'être un routier. On voulait me trancher les mains, mais j'ai réussi à fuir avec un garçon de la compagnie de Malvin. C'est comme ça que je suis arrivé ici.

— Tu as une jolie voix, se contenta-t-elle de dire.

Il se contraignit à sourire.

— J'ai appris avec le chantre d'une abbaye. Il voulait que je devienne moine.

— Tu aurais fait un gentil moine, plaisanta-t-elle.

— Jamais je ne serais devenu un frocart, répliqua-t-il.

Il planta ses yeux dans les siens :

— Mais je ne veux plus de cette méchante et déshonnête vie. Je ne veux plus tuer... Je sais qu'il me faudra en rendre compte et j'ai peur d'être damné. J'étais un bon rémouleur, je peux le redevenir. Restons ensemble, nous irons de village en village, j'aiguiserai et tu chanteras... supplia-t-il.

Elle se détourna sans répondre et alla jusqu'à l'âne. Elle avait sorti la pauvre bête chaque jour pour qu'elle puisse brouter, comme les chevaux, mais l'herbe était insuffisante et l'animal avait faim. Il avait besoin de fourrage.

Pourtant, si elle s'éloignait de Guilhem, ce n'était pas pour caresser la bête. Elle voulait seulement cacher les larmes qui lui venaient aux yeux.

Partir avec ce jeune garçon ? Pourquoi pas ? Mais il lui avait dit avoir quinze ans, peut-être moins, en vérité, et elle en avait dix de plus. Il l'abandonnerait tôt ou tard.

C'était impossible !

Cependant, il lui avait sauvé la vie. Il saurait la protéger, et elle aimait sa voix. Elle savait qu'il n'était pas mauvais comme les autres hommes qu'elle avait connus.

Alors pourquoi pas ? Même s'il la quittait, elle aurait eu droit à un peu de bonheur.

Elle revint vers lui.

— L'hiver arrive, tu n'as pas de meule, comment vivrons-nous ?

— Je n'ai pas de meule, mais j'ai de l'argent. Certainement de quoi vivre tout l'hiver. On m'a parlé d'un bourg près d'une abbaye, vers là-bas.

Il montra le septentrion et expliqua :

— C'est une salvetat[1] de bénédictins. Quiconque trouve refuge dans leur territoire borné de quatre croix de pierre ne peut être poursuivi, quels que soient les crimes qu'il a commis. L'endroit s'appelle Aurillac. C'est le pape Sylvestre II, un ancien moine de cette abbaye[2], qui en avait décidé ainsi.

Il poursuivit :

— Personne ne sait qui je suis, là-bas, et même si on me reconnaissait, on me laisserait tranquille. Restons-y durant l'hiver. Je fabriquerai ou j'achèterai une meule. Je ferai forger des lames que j'aiguiserai et que j'emmancherai. Je suis aussi fourbisseur. Peut-être pourrai-je m'établir. Les moines ont toujours besoin d'artisans, et si on ne veut pas de nous nous repartirons au printemps.

— J'ai été à Aurillac avec Arrache-Cœur, dit-elle songeuse.

Elle se souvenait du bourg et des hameaux environnants. Effectivement, c'était une sauveté, mais c'était

---

1. Les salvetats, ou sauvetés, étaient des territoires refuges pour les personnes nécessiteuses ou en danger. Contre la protection de l'église, ceux qui s'y installaient défrichaient les forêts pour les mettre en culture. À Aurillac, la sauveté était sous la juridiction du Saint-Siège.
2. Il s'agit de Gerbert.

un territoire appartenant à l'Église. Ils n'accepteraient jamais un couple vivant dans le péché.

Sauf à se faire passer pour frère et sœur. Après tout, ce serait presque la vérité. Ce garçon n'était pas son amant et ne le serait jamais.

Elle hésitait quand même à dire oui.

Il s'était levé et avait ouvert sa bourse, vidant les pièces dans sa paume, puis ajoutant celles de l'escarcelle de Bertucat le Bel.

— Il y a là pas loin de quatre-vingts sous.
— Tu sais compter ? s'étonna-t-elle.
— Compter et lire ! fit-il fièrement.
— Je ne sais pas, moi, dit-elle tristement.
— Je t'apprendrai, et tu m'apprendras à jouer de ça.

Il montra la vielle à roue posée près de leur couche.

Ils mirent plus de deux semaines pour rejoindre Aurillac, s'arrêtant trois jours à l'abbaye Sainte-Foy de Conques où ils vendirent deux chevaux et l'âne. Le mauvais temps et le froid précoce ne leur permettaient pas d'avancer vite. Partout, ils se présentaient comme frère et sœur, comme l'avait décidé Marion. On ne les croyait pas forcément, mais ils payaient leur lit, leurs repas, et quand ils chantaient devant les églises, les badauds se pressaient autour d'eux, même s'ils ne leur donnaient pas grand-chose : du pain, des œufs, des noix, du fromage, parfois quelque harde pas trop usée.

Aurillac était sous la dépendance de l'abbaye. Les premiers jours, ils logèrent en face de l'église, dans l'hôtellerie du monastère destinée à accueillir les pèlerins et les gens de passage.

Ils furent bien accueillis car, quelques mois auparavant, Louvart avait pris et pillé la ville, aussi l'abbaye voulait-elle attirer des hommes capables de la défendre.

Dans le petit bourg se dressaient quelques boutiques d'artisans, dont un fourbisseur. L'homme, veuf, vivait seul avec un domestique et accepta de laisser au couple son grenier, où logeait son serviteur. Celui-ci irait installer sa couche dans la boutique. Leur mansarde n'était pas chauffée, mais la maison ne l'était pas plus, n'ayant pas de cheminée. La cuisine se faisait à l'extérieur, dans une pièce située dans une cour où ils se réfugiaient quand il faisait trop froid.

Le fourbisseur leur demanda un denier par semaine ainsi que l'aide de Guilhem dans sa boutique tous les matins. Évidemment, pour ce prix, il exploitait le jeune garçon, car en échange de son travail il aurait dû les loger gracieusement, mais Guilhem et Marion avaient accepté, trop heureux de bénéficier d'un abri pour lequel on ne leur posait pas de questions.

Avec l'argent dont ils disposaient, ils mangeaient plus qu'à leur faim. Le dimanche, ils chantaient des chants religieux devant l'abbaye, bien que les habitants du bourg, pour la plupart des réfugiés, fussent trop pauvres pour leur donner des aumônes. Mais ils les remerciaient avec du pain, du boudin, du lard, des pâtés et même parfois des morceaux de venaison.

Malgré le froid, ils passèrent donc l'hiver confortablement, et Guilhem songeait à s'établir. Avec ce qu'il possédait, et le produit de la vente des chevaux et de l'âne, ils pourraient faire construire une maison avec l'accord du prieur.

Mais leur logeur vint anéantir ce rêve.

Avec les nuits glaciales qu'ils connaissaient, et dormant dans la même couche, ils avaient dû se tenir chaud et Marion était devenue la maîtresse de Guilhem. Au début, elle avait seulement éprouvé pour lui de la reconnaissance, mais comme il ne se passait pas de jour sans qu'elle reçût des marques cachées de sa passion, elle commença à sentir dans le fond de son cœur quelque chose qu'elle n'avait jamais connu.

Bien sûr, ils cachaient cet amour naissant et leurs escambillages, passant toujours pour frère et sœur.

Seulement le fourbisseur eut la mauvaise idée de tomber amoureux de la jeune femme. Il s'en ouvrit à Guilhem, lui demandant s'il serait hostile à leur mariage. Il avait du bien, lui affirma-t-il, et il ferait un bon époux. Quant à son futur beau-frère, il lui offrait de devenir compagnon dans son échoppe.

Embarrassé, Guilhem resta évasif, mais l'autre insistait chaque jour un peu plus, désespéré de ne pas obtenir de réponse.

Or, le domestique, qui avait perdu son logis au grenier, découvrit les relations coupables entre le frère et la sœur. Il les révéla à son maître qui, horrifié, menaça Guilhem de le dénoncer à l'abbé, exigeant qu'il quitte Aurillac en lui laissant sa sœur.

Cette fois, Guilhem et Marion risquaient le bûcher pour un crime d'inceste qu'ils n'avaient pas commis ! Ils partirent un dimanche, au début du mois de mars 1189, ayant transporté leurs affaires à l'écurie pendant que leur logeur était à la messe.

Au début de l'hiver, Guilhem avait acheté une meule qu'il avait fait monter sur un cadre par un menuisier. Il avait aussi fait forger des couteaux dans une forge de Fabrègues, un hameau proche. Ce matériel lui aurait permis de s'établir, s'ils étaient restés à Aurillac. Désormais, ce serait son gagne-pain, comme au temps de Simon l'Adroit. De surcroît, Guilhem avait l'avantage d'avoir Marion avec lui. Sitôt qu'elle jouait du luth ou de la vielle, les badauds se pressaient autour d'elle.

Les premiers jours furent pourtant difficiles, car la neige couvrait les chemins et ils durent s'arrêter plusieurs jours dans le cabaret d'un village à cause du mauvais temps. Cette halte fut cependant profitable, car ils firent fabriquer des coffres de bois couverts de cuir, résistant aux intempéries, pour y placer leurs biens.

C'est qu'ils transportaient avec eux beaucoup de choses : outre l'équipement de rémouleur, il y avait les instruments de musique de Marion, ses vêtements de ménestrelle, une robe et un bliaut, plusieurs manteaux et des chemises. Dans un panier d'osier, ils gardaient leurs vivres et dans un autre Guilhem avait rangé les couteaux pris à Gros-Groin et Tue-Bœuf, ainsi qu'une hache. Mais il avait abandonné l'arbalète et les épées. À la place, il s'était procuré à Aurillac une tablette de cire, un parchemin, un petit pot d'encre de charbon, un grattoir, des plumes et une mine de plomb. Avec ce matériel, chaque soir il apprenait à Marion à écrire.

Souvent cela se passait à la table d'une auberge et parfois des curieux venaient assister à la leçon.

— Êtes-vous clerc ? s'étonna un jour un des clients, surpris que Guilhem n'eût pas de tonsure.

— Nenni, messire.

Ils se trouvaient à Arpajon. La neige menaçait et ils avaient prévu d'y passer la nuit. Leur interlocuteur, en robe noire, paraissait être un intendant. Il était venu encaisser un cens auprès de l'aubergiste.

— Je suis au service du seigneur Astorg, expliqua l'homme en robe. Savez-vous lire le latin ?

— Un peu, messire.

— Mon maître recherche un clerc pour comprendre une charte. Personne dans le pays n'en est capable. Venez avec moi, il vous récompensera.

Ils se rendirent ainsi au château de Conros bâti sur un plateau, au-dessus de la rive droite de la Cère. Un rude donjon d'une vingtaine de cannes de haut.

Ils y demeurèrent une semaine, bien logés et bien nourris. Marion, présentée comme sa sœur, chantait et racontait les aventures des preux de Charlemagne chaque soir à la veillée, tandis que Guilhem traduisait difficilement deux longues chartes.

Satisfait, le seigneur Astorg leur remit deux pièces d'argent à leur départ, et surtout une vieille robe de son épouse pour Marion.

Puis le beau temps revint et la vie fut plus douce. Voyageant sans fatigue et possédant de l'argent, ils ne dormaient jamais à la belle étoile, recherchaient toujours un logis dans une hôtellerie, une abbaye, une maison forte et même parfois un château car Guilhem veillait à leur sûreté. Sur les chemins, Marion lui apprenait à jouer du luth et surtout de la viole, un instrument qu'il aimait beaucoup. Il devint fort adroit et il chantait désormais de concert avec elle. Elle lui enseignait aussi les trois matières des troubadours : les récits de France, de Bretagne, et de Rome la Grand. C'est-à-dire les exploits chevaleresques des compagnons de Charlemagne, les aventures fabuleuses d'Arthur et des preux de la Table ronde, et les légendes de l'Antiquité.

Quand ils étaient certains d'être seuls, ils se baignaient sans pudeur dans les rivières, veillant toujours à ne pas découvrir leur amour. Pourtant la passion de Guilhem pour la jeune femme augmentait chaque jour. Il l'aimait tout simplement follement. Elle-même s'était persuadée de la sincérité de son amour. Chassant toute pensée quant à leur avenir, elle croyait avoir trouvé le bonheur.

Mais les endroits qu'ils traversaient étaient pauvres. Pour les travaux d'aiguisage, on le payait en nature, rarement en pièces, même si on appréciait sa façon d'aiguiser et de monter les lames sur les manches. Marion, quand elle jouait et chantait, ne recevait que quelques oboles, même les fois où elle interprétait à la vielle à roue d'entraînantes gigues qui faisaient danser le public. Heureusement, lorsqu'ils s'arrêtaient dans des châteaux, on leur offrait l'hospitalité et parfois des vêtements.

Dans les bourgs et les hameaux, ils pouvaient quelquefois payer leur gîte en travaux d'aiguisage, ou avec les cadeaux reçus ailleurs, mais, le plus souvent, ils devaient utiliser leur pécule qui fondait lentement, même si Guilhem y attachait peu d'importance.

Les routes n'étaient cependant pas sûres. Avant de se rendre dans un castrum, ils se renseignaient sur le châtelain, évitant ceux réputés comme pillards. Plusieurs fois, ils furent arrêtés par des gueux sur les chemins. Des encapuchonnés voulant les dépouiller. Guilhem évitait les combats, lançant d'un coup de talon leurs chevaux au galop pour se mettre hors de portée. Une fois pourtant, ils tombèrent sur de redoutables routiers.

C'étaient des Aragonais ayant quitté leur compagnie. Ils étaient trois. L'un d'eux les menaça d'une arbalète, les deux autres de guisarmes. Celui à l'arbalète possédait aussi une épée.

Ils avaient barré le chemin dans la forêt qu'ils traversaient et leur ordonnèrent de descendre de cheval. Ils voulaient les voler et auraient aussi forcé Marion.

Guilhem fit ce que Bertucat le Bel lui avait appris. Il simula la peur et supplia d'être épargné en descendant de selle. Sous les rires des trois estropiats, il tira un couteau de son pourpoint de cuir et le lança à la gorge de l'arbalétrier. En tombant, celui-ci appuya sur la poignée de son arme et le carreau partit, se perdant dans les futaies.

Guilhem sortit alors un des couteaux de chasse qu'il gardait à son baudrier et attrapa l'épieu suspendu à sa selle.

Un épieu contre deux guisarmes, le combat était inégal, mais les deux routiers sous-estimaient leur adversaire et surtout, dominés par leur envie de venger leur compagnon, ils commirent des imprudences.

Dans l'affrontement, Guilhem mit en application des ruses de Gros-Groin. Détournant les manches des deux guisarmes, il planta finalement son couteau dans le ventre d'un des détrousseurs. Voyant son compère meurtri, l'autre s'enfuit mais Guilhem lui lança l'épieu dans le dos.

Il s'approcha ensuite de celui ayant reçu le coup de couteau. Il agonisait et Guilhem lui trancha la gorge, sous les yeux horrifiés de Marion.

L'excitation du combat disparut. Comme toujours après avoir donné la mort, il se sentit mal à l'aise. Il regarda tristement Marion qui baissa les yeux, puis il entreprit de dépouiller les routiers.

Ayant détaché l'épée de l'arbalétrier, il la considéra un instant. La lame était lourde, le pommeau large, tenant bien en main. Il la soupesa un moment avant de la glisser dans la hotte d'osier, derrière sa selle.

Restait l'arbalète. Un simple arc de fer monté sur un manche de bois terminé par un anneau. La corde était tendue à la main en bloquant l'anneau du manche avec son pied. Une courte manette libérait la corde. Les carreaux étaient de bois avec une pointe de fer.

Mais c'était une arme solide, capable de percer un animal, ou un homme, à deux cents pieds.

Il démonta l'arc et le mit avec le manche et la trousse de carreaux dans le panier.

Marion n'avait rien dit, troublée par ce à quoi elle venait d'assister. Durant des mois, Guilhem s'était comporté avec une douceur et une gentillesse qu'elle n'avait jamais connues chez un homme. Il avait toujours évité de lui déplaire, mais elle comprenait maintenant qu'un autre être vivait en lui, un guerrier farouche et violent, et elle en ressentit un mélange de crainte, mais aussi de fierté.

Lorsqu'ils reprirent la route, Guilhem resta longtemps silencieux. Cette bataille avait fait remonter chez lui des sensations qu'il croyait avoir oubliées. Il avait éprouvé du plaisir à se battre, sachant dès le début de l'affrontement qu'il serait vainqueur. Il était fait pour combattre, pas pour rester rémouleur, et la conscience de cet état l'effraya tout en l'apaisant.

Il s'adressa finalement à sa compagne :

— Ils méritaient leur sort.

Elle se contenta de hocher la tête.

Leur bonheur dura seulement six mois, car le destin avait choisi de le faire encore souffrir.

Ils approchaient du village de Saint-Paul, dans une contrée appartenant à l'abbaye de Mauriac, quand la neige les surprit. Pourtant on n'était qu'en septembre. Guilhem savait, pour avoir interrogé un aubergiste à leur précédente étape, qu'ils n'étaient pas loin du château des barons de Salers, un donjon et des salles fortifiées érigées à l'extrémité d'un plateau montagneux dominant la vallée de la Maronne. Autour de cette forteresse, les barons avaient favorisé la construction de maisons, d'ateliers et de granges. C'était devenu une petite ville avec son marché et une enceinte qui la protégeait.

Abrités sous les épaisses branches d'un pin et regardant tomber les flocons, Guilhem dit à Marion :

— L'hiver paraît bien précoce. Il serait prudent de trouver dès maintenant un logis pour les mois les plus froids.

Elle ne répondit point. Depuis plusieurs semaines, il avait observé que la jeune femme était souvent absente, plongée dans ses pensées. Cette fois, il s'en inquiéta.

— Salers serait un bon endroit pour passer l'hiver, ajouta-t-il.

— Nous aurons les mêmes difficultés qu'à Aurillac, remarqua-t-elle tristement.

— Cette fois, nous serons plus précautionneux, ma sœur ! plaisanta-t-il pour la faire sourire. Et puis, tu as vu que les hôteliers ne sont jamais curieux quand on leur donne de jolies piécettes d'argent. Combien possède-t-on ?

C'était Marion qui gardait la bourse.

— Vingt-quatre sous, trois deniers et quelques oboles.

— À Salers, on trouvera certainement quelqu'un qui nous laissera une soupente pour trois deniers par mois, peut-être moins.

— Il faudra manger, Guilhem.

— Je travaillerai.

— Personne ne nous logera, dit-elle alors d'une voix éteinte.

— Pourquoi ? s'alarma-t-il soudain.

— Nous ne pouvons plus passer pour frère et sœur. Tu devras dire que nous vivons dans le péché, que nous paillardons et on refusera de loger la godinette qui t'accompagne !

— Ne parle pas ainsi ! Le premier qui te manquera de respect je lui plongerai cette lame dans le ventre, ragea Guilhem, tirant son long couteau de son fourreau.

— Et tu finiras pendu, dit-elle avec un pauvre sourire.

— Tu as raison, je n'ai que trop tardé à te le proposer. Nous nous épouserons pour l'avent, décida-t-il.

— Toi et moi ? s'étonna-t-elle.

Elle éclata de rire.

— Je suis trop vieille pour toi !

— Non !

Comme elle restait silencieuse, il approcha son cheval du sien et lui saisit la main, tandis que la neige virevoltait autour d'eux, déposant une poussière blanche sur leurs houppelandes.

— Je suis à la fin de ma vie, Guilhem, dit-elle enfin. Tu devrais me laisser.

— Mais tu es folle !

— J'ai cherché à te le dire... Je n'ai pas eu le courage...
— Quoi ?
Elle ne répondit pas tout de suite, mais enfin elle lâcha :
— Je suis grosse de tes œuvres.

Chapitre 21

Deux ans après son départ, le chevalier Arnuphe de Brancion était revenu à Cluny, bredouille.

L'abbé n'espérait plus. Sans le ménager, Brancion, vieilli et fatigué après avoir passé tout ce temps sur les chemins, lui annonça ne pas avoir retrouvé les fuyards, pas plus que la Sainte Lance.

Les premiers jours de sa quête, pourtant, il débordait de confiance. Ayant découvert des empreintes de sabots sur un chemin qui s'éloignait du prieuré de Marcigny, vers l'occident, il les avait suivies sans peine.

Avec ses trois hommes d'armes, ils avaient traversé une partie de l'Auvergne, interrogeant vilains, laboureurs, moines et colporteurs. On leur avait parlé d'un couple allant à pied. Le cheval semblait avoir disparu. Peut-être l'avaient-ils vendu, à moins qu'on ne le leur ait volé. Ils s'étaient fourvoyés plusieurs fois pour finalement arriver à Bourges. Là, ils avaient perdu les traces des apostats.

Brancion ne s'était pas découragé. À force de questions, lui et ses hommes avaient appris qu'un couple de colporteurs se dirigeant vers Orléans avait été vu. Ils avaient repris la route à l'été et passé l'hiver à Orléans. Mais les traces s'étaient définitivement perdues jusqu'à ce qu'on leur parle d'un mire[1] ambulant nommé Joceran ! L'homme disait aller à Paris. Il était seul. Il avait certainement abandonné la prieure, ou elle l'avait quittée.

Ils étaient donc allés à Paris où ils l'avaient cherché durant des mois. Dans la Cité, près de Notre-Dame en construction, Brancion avait rencontré un vendeur de reliques. Celui-ci connaissait quelqu'un ayant proposé la Sainte Lance à la vente à l'abbaye Saint-Rémi de Reims.

En plein hiver, sous une forte neige, ils étaient partis pour Reims. Un voyage terrible durant lequel un des hommes d'Arnuphe était mort de froid. À Reims, ils avaient eu confirmation qu'un larron avait tenté de vendre une fausse Sainte Lance. Le gredin avait été pendu par le prévôt. Ce dernier l'avait décrit à Brancion : d'après sa taille et ses traits, ce pouvait être Joceran. Quant à la fausse lance qu'il proposait, un morceau de fer rouillé, elle avait été détruite.

Le prieur de Cluny s'était signé, murmurant une prière de pardon envers le Christ pour avoir perdu la sainte relique de Sa Passion. Coupable de sa perte, il devrait expier sa faute. Il avait depuis longtemps fait le deuil du fer sacré et des mille sous d'or, mais il gardait un faible espoir. Brancion le lui enlevait. Cependant, appréciant son honnêteté, car le chevalier lui avait rendu la trentaine de livres qui lui restait, il l'avait gardé au service de Cluny.

Heureusement, le chambrier était parvenu à faire rentrer plus d'argent que prévu et les repas étaient de nouveau copieux à l'abbaye. Malgré cela, d'autres difficultés s'étaient présentées car plusieurs seigneuries

---

[1]. Médecin.

rechignaient à payer leur cens ou leur dîme. On contestait même des terres appartenant à l'abbaye depuis toujours. À la fin de l'année 1189, malgré le mauvais temps, les brigands et les loups qui infestaient l'Auvergne, l'abbé dut se déplacer à Clermont pour un procès l'opposant à un baron qui revendiquait un des fiefs du monastère. Brancion l'escorta avec une vingtaine d'hommes.

La cité de Clermont appartenait à l'évêque. C'est devant sa cour de justice que devait être tranché le litige. L'abbé et son escorte choisirent de loger dans l'abbaye de Saint-Alyre, située hors des remparts. L'abbaye bénédictine suivait la règle de saint Benoît et dépendait de Cluny. Comme elle était fortifiée, entourée de fossés et d'un mur d'enceinte, l'abbé savait qu'il y serait en sécurité, car il n'était pas rare qu'à l'occasion d'un procès l'une des parties profite de la présence de son adversaire pour l'attaquer et s'en débarrasser par les armes.

Ils étaient installés depuis deux jours, et le procès ne devait commencer que la semaine suivante, quand l'abbé Hugues de Clermont apprit la présence au château comtal de Montferrand d'un vieux clerc pouvant témoigner en faveur de Cluny. Il chargea donc Brancion de s'y rendre pour le convaincre de venir.

Quelque soixante et dix ans plus tôt, le comte d'Auvergne Guillaume VI, en conflit avec l'évêque de Clermont, avait décidé de le mettre au pas par la force et de s'approprier à cette occasion la ville épiscopale. Ne pouvant y pénétrer, il l'avait assiégée et avait construit sur une éminence, au nord-est de Clermont, un donjon et une grande salle entourés d'une enceinte à huit pans ponctuée de demi-tours rondes : le château de Montferrand.

L'évêque avait alors demandé secours à son suzerain, le roi de France, Louis VI, que certains appelaient le Gros, et d'autres le Batailleur[1] du fait de sa passion des combats. Venu avec son armée, Louis avait attaqué le château de Montferrand et, ne parvenant pas à le prendre, il avait brûlé les maisons des alentours. Le comte de Clermont avait alors à son tour appelé à l'aide son suzerain, le duc d'Aquitaine. Dès lors, le conflit avait tourné court et une trêve avait été conclue, les deux suzerains préférant négocier que s'engager dans une coûteuse guerre.

L'armée royale avait donc quitté le siège de Montferrand sans avoir pris la tour et l'enceinte. Ce succès – relatif – du comte de Clermont avait forgé la rumeur que Montferrand était imprenable. En cette période troublée par les bandes de routiers, nombre de marchands étaient donc venus s'y établir, d'autant que la bourgade était bien située, au carrefour de voies commerciales.

Entouré d'une solide enceinte, le bourg s'était vite agrandi autour du château comtal. Couvents et églises avaient été érigés, et les chevaliers de Saint-Jean de Jérusalem puis les templiers y avaient bâti leurs commanderies, développant encore plus le commerce. Le comte avait aussi favorisé des foires et, pour attirer les artisans talentueux, son épouse avait garanti des franchises aux nouveaux arrivants.

À sa sortie du château où il avait convaincu le clerc de venir témoigner, Brancion suivait la rue circulaire entourant la forteresse et conduisant à la porte du bourg quand il se trouva nez à nez avec l'infirmier Joceran d'Oc.

---

1. Grand-père de Philippe Auguste.

Tous deux restèrent stupéfaits.

L'ancien moine, à pied, en robe noire et coiffe de médecin, tenait une sacoche. Il se rendait chez un malade. Brancion, à cheval et suivi de son écuyer, était revêtu d'une jaque de cuir de cerf avec des anneaux de fer cousus sur les épaules. Manteau ouvert, on voyait son surcot sans manches à ses armes : azur aux trois ondées d'or. À son double baudrier pendait son lourd estramaçon et il était coiffé d'un casque rond sous sa cervelière.

Ils se dévisagèrent un instant. Joceran laissa paraître sa contrariété et Brancion évalua, d'un regard vif, par quel moyen il pourrait se saisir de l'infirmier. Certes, avec son écuyer, cela serait aisé, mais il venait de Clermont, la ville épiscopale. S'il tentait quelque chose, les gardes du comte ne le laisseraient pas faire et il pourrait même finir pendu.

Il se contraignit à sourire :

— Maître d'Oc ! Quel bonheur de vous retrouver ici !

L'autre, le corps raidi, détourna les yeux, cherchant de l'aide. Brancion ressentit la peur qui émanait de lui et il entreprit de lui rendre confiance.

— Que faites-vous à Montferrand ? poursuivit-il chaleureusement, comme s'il était vraiment content de revoir un vieil ami.

— Je vis ici, et vous-même ? répliqua l'ancien frère infirmier, après une hésitation.

— Je me rends à Toulouse et je venais saluer un ami... Mais il n'est plus au service du comte. Je reprends donc la route.

Apparemment rassuré, le médecin demanda, plus aimable :

— Comment va votre jambe ?

— Je boite un peu. Mais vous m'aviez prévenu... Vous m'avez bien soigné. Sans vous, je serais mort, je le sais.

Il laissa paraître un franc sourire :

— Pourquoi ne pas vider une chopine de vin chaud pour fêter notre rencontre ? Il fait un froid de loup dans cette rue !

Joceran parut hésiter. Mais que risquait-il ? se dit-il. Deux ans après qu'il avait quitté Cluny, Brancion n'était certainement pas à sa poursuite. Et puis, n'était-il pas protégé par les franchises du comte de Clermont ? Il se dit qu'il serait doux d'avoir des nouvelles de l'abbaye.

— Il y a par là une taverne dont le vin est gouleyant, sourit-il, désignant une enseigne.

Descendu de cheval, Brancion demanda à son homme d'armes de garder les montures avant d'accompagner l'infirmier, le tenant par l'épaule comme un vieil ami.

Ils s'installèrent au bout d'une table et le chevalier commanda un pot de vin chaud à la cannelle.

— Savez-vous que j'ai été abasourdi par votre départ ?
— L'abbé m'en veut toujours ?
— Je le crains... D'autant que vous n'êtes pas parti seul...

Un silence méfiant s'installa.

— Il sait donc pour dame de Chandieu ? demanda enfin l'ancien moine.

— Cela n'a pas été difficile de le découvrir.

Au voile qui recouvrit les yeux de Joceran, Brancion se maudit d'avoir parlé. Mais que croyait donc ce relaps ? Que personne n'avait remarqué le départ de la prieure ?

— Que voulez-vous savoir sur Cluny ? s'enquit-il.

— Je m'intéresse surtout au sort de mes malades, mais je suppose que vous ne savez rien sur eux.

— En effet. Quant aux officiers de l'abbaye, je serai franc : ils ne vous portent pas dans leur cœur. Mais cela ne me regarde pas. C'est une affaire entre Dieu et vous. Cependant, pourquoi ne pas avoir écrit à l'abbé pour vous justifier ?

— Je ne sais pas. Je n'ai pas osé...
— À cause de ce que vous avez pris ?

Immédiatement Brancion regretta sa question. L'autre allait être sur ses gardes.

— Le livre de l'armarius... poursuivit-il.
— J'ai eu tort, mais il m'était si utile pour soigner ! Cependant, je l'ai toujours et je le ferai parvenir à l'abbaye.

Joceran réfléchit un instant avant de dire :

— C'est le Seigneur qui vous a mis sur mon chemin, pour que je me rachète. Grâce à vous, je vais pouvoir régler mes dettes.

— Comment cela ?
— Je peux rendre ce que j'ai volé, et réparer en partie ma faute. Si je vous remets une somme, m'assurez-vous que vous la remettrez à l'abbé ?

— Vous avez ma parole. Mais auriez-vous une si forte somme ? s'enquit le chevalier en songeant à la Lance.

— Je l'ai, car je viens d'être payé pour des soins à la comtesse.

Brancion vida son pot de vin fumant et écarta les mains.

— Vous avez pris un cheval... fit-il.
— Un pauvre roncin valant à peine une livre.

L'autre hocha la tête.

— Le livre, je le ferai parvenir en le remettant à une abbaye. J'avais aussi emporté quelques médecines et cinquante deniers qui m'ont aidé à m'établir. Cette somme couvrira la totalité de ce que j'ai dérobé.

Il tira son escarcelle, qui était bien gonflée, et en sortit plusieurs pièces d'or dont il fit trois piles.

— Vérifiez, mais le compte y est.

Brancion empocha les pièces après une hésitation. Il ne s'attendait pas à cette attitude de la part d'un voleur.

— Vous gagnez donc beaucoup comme médecin ?

— Bien plus ! Je suis réputé ici et la comtesse fait souvent appel à moi. Dame Jeanne est aussi appelée pour les femmes grosses et leur délivrance.

Maintenant qu'il était quitte, Joceran voulut se justifier.

— Avez-vous déjà aimé, chevalier ?

— Nombre de fois ! plaisanta Brancion. Les femmes sont si belles !

— Alors vous n'avez peut-être pas aimé, répliqua Joceran dans un mélange de tristesse et de passion. J'aime dame Jeanne, j'ai tout quitté pour elle et elle a abandonné la robe des moniales pour moi.

Le chevalier réprima une grimace.

— Vit-elle ici ?

— Oui. Pour tout le monde nous sommes mari et femme.

— Comment est-ce possible ?

— Cette ville est neuve. L'Église n'y a pas le pouvoir qu'elle détient à Clermont, ou à Mâcon. De plus, ses habitants ont besoin d'un médecin.

— Aviez-vous déjà prévu de venir ici quand vous avez quitté Cluny ?

— Oui-da. Peut-être vous souvenez-vous du marchand de drap venu il y a trois ans à Cluny ? Il m'avait dit que nombre de ses confrères s'installaient à Montferrand. Que le comte accordait des franchises à ceux qui possédaient au moins cinquante deniers. Il m'avait assuré qu'il n'y avait aucun médecin. On m'a vite accepté.

Brancion se maudit de ne pas avoir songé à ce que le fuyard s'installe dans une telle ville. Mais l'heure n'était plus au regret. Il en savait assez. Il se sentait tout de même troublé par le fait que Joceran n'ait fait aucune allusion à la sainte relique. L'aurait-il déjà vendue ?

Il se leva.

— J'ai encore une longue route, maître Joceran. Que Dieu vous garde.

Il n'en pensait pas un mot. Il ne serait pas difficile de trouver la maison de l'infirmier.

Remonté à cheval et suivi de son écuyer, Brancion se dirigea ostensiblement vers la porte principale du bourg. Avant de la franchir, il interrogea un des gardes :

— On m'a dit beaucoup de bien d'un médecin, ici : maître Joceran d'Oc. Croyez-vous que je puisse le conseiller à mon seigneur ?

— Certainement, messire, il a guéri ma femme !

— Où se trouve sa maison ?

— Presque en face de la porte du château. La maison aux colombages rouges, à l'enseigne de saint Christophe.

Brancion le remercia et reprit le chemin de Clermont, méditant sur la façon dont il allait mettre la main sur le couple. Le plus simple était de les attirer hors de la ville. Pour y parvenir, il enverrait chez Joceran un de ses hommes que l'infirmier ne connaissait pas. Bien attifé, celui-là lui dirait venir de la part de son maître dont la femme était sur le point de délivrer. À l'abbaye de Saint-Alyre, on devait bien connaître quelque riche bourgeois ou quelque seigneur dont l'épouse était grosse. On utiliserait son nom.

Il les saisirait sur le chemin. Ensuite, sous la menace de pendre la prieure, Joceran avouerait où il avait caché la Lance.

Joceran avait regardé Brancion s'éloigner, puis l'avait suivi de loin. Comme il était sorti du bourg, il avait été un peu rasséréné. Peut-être cette rencontre était-elle vraiment fortuite.

Néanmoins, ayant vu le chevalier parler au garde, il songea qu'il serait bon de savoir ce qu'il avait dit.

Il se dirigea vers la porte et, alors qu'il s'approchait, l'une des sentinelles l'interpella :

— Maître d'Oc, quel dommage que je ne vous aie pas vu tout à l'heure !

— Pourquoi ?

— Un homme m'a interrogé sur vous. Son maître est malade et nécessite votre science. Je lui ai dit combien vous aviez bien soigné ma femme.

— Merci, mais savez-vous qui est cet homme ? s'inquiéta le médecin.

— Il me l'a dit en entrant dans la ville. Il commande l'escorte de l'abbé de Cluny, sire Hugues de Clermont.

Joceran se figea.

— L'abbé ? Où est-il ?

— Il loge à l'abbaye de Saint-Alyre. Il est venu à Clermont pour un procès. Mais ne vous inquiétez pas, fit le garde, interprétant à tort le visage défait du médecin. Je lui ai dit où vous habitiez ! Il reviendra certainement !

Joceran chancela. Il était perdu. L'abbé parviendrait à obtenir du comte son arrestation. N'étaient-ils pas de la même famille ? Un moine qui avait séduit une prieure ne pouvait pas être protégé. Il ne lui restait qu'une solution.

— Merci, mon ami, fit-il d'une voix sans timbre.

Il rentra chez lui.

La boutique d'un chandelier, une voûte en pierre avec un étal de part et d'autre de l'ouverture, occupait le rez-de-chaussée de la maison à l'enseigne de saint Christophe. Pour l'heure, l'artisan coulait des bougies dans son dressoir. Joceran le salua avec indifférence et ouvrit la porte située à côté. Une galerie le conduisit dans une cour où se trouvait la cuisine. De là, des degrés de pierre menaient à la salle supérieure qui leur tenait lieu de chambre et de pièce où recevoir les malades. Leur domestique couchait dans le galetas au-dessus.

Étant très à l'étroit, Jeanne lui avait demandé de prendre un plus grand logis. Ce qu'ils devaient faire d'ici quelques semaines. Mais désormais, c'était du passé.

Elle filait devant la fenêtre aux carreaux translucides en peau de porc huilé. Un feu chauffait agréablement dans la cheminée. Accroupie, leur servante préparait une soupe.

Joceran s'approcha de Jeanne et l'embrassa. Elle était toujours aussi belle même si la fatigue, ou l'âge, rendait ses traits saillants et ses cheveux ternes. Le désespoir l'envahit à l'idée de ce qu'il allait lui annoncer.

Tirant une escabelle, il s'assit près d'elle pour lui dire à voix basse :

— Ma mie, une horrible chose vient d'arriver.

— Quoi donc ? demanda-t-elle, effrayée.

— J'ai rencontré le sire de Brancion, un chevalier au service de Cluny. Il m'a reconnu.

— Nous cherche-t-il ?

— Il m'a dit que non, mais il m'a menti. Je viens d'apprendre que l'abbé de Cluny est en ce moment à Clermont. Brancion commande son escorte. À cette heure, il doit savoir que nous sommes à Montferrand.

— Vierge Marie, protégez-nous ! murmura-t-elle.

— Ils nous feront saisir, sans nul doute. Il faut partir.

— Partir ? Mais où ? Avec ce froid ?

— Partir, ou finir dans un cachot.

Elle resta silencieuse un moment. Songeant à ce qu'elle allait perdre et à ce qu'ils allaient connaître. Repartir sur les routes, souffrir du froid, de la faim.

Mais le cachot... ou, pire, le couvent... jamais !

— Partons ! décida-t-elle.

Elle se leva pour préparer des sacs et il annonça à la servante qu'ils s'en allaient. Il lui laissa une pièce d'or et lui dit qu'elle pourrait garder tout ce qu'ils laisseraient dans la maison. Il lui écrivit même un acte rapide sur un parchemin pour qu'elle n'ait pas d'ennuis. Ensuite, il descendit à l'écurie, dans la cour du cabaret où il avait bu avec Brancion. Il demanda au palefrenier de préparer son cheval. Celui qu'il avait volé à Cluny et qu'il venait de payer.

— Il y avait un âne à vendre, l'autre jour, ajouta-t-il.
— Oui-da, mon maître en veut six sous.
— Dis-lui que je le prends. Mais qu'il m'offre le bât. Prépare-le aussi. Je viendrai le payer dans un moment.

Il revint chez lui. Jeanne terminait d'empaqueter ce qu'elle voulait emporter. Leurs vêtements, et surtout leur literie, quelques objets de cuisine et des provisions. Il se vêtit chaudement, se recouvrant de tous ses vêtements, puis, aidés de la servante, ils descendirent avec tous ces bagages.

Le cabaretier était là, content de sa bonne affaire. Joceran le paya. Il ne lui restait plus grand-chose dans son escarcelle, mais il ne s'inquiétait pas trop. Il savait qu'un médecin trouvait toujours des patients.

— Pourquoi partez-vous, maître ? demanda le marchand de vin, intrigué par ce départ soudain.
— Je reviendrai. Une affaire de famille à régler de toute urgence... Ma sœur est morte...
— Où allez-vous ?
— À Tours, répondit Joceran, qui avait entendu le nom de cette ville et n'envisageait pas de s'y rendre.

Les bagages furent répartis entre le dos du cheval et celui de l'âne. Joceran, avec Jeanne en croupe, emprunta la porte de la ville opposée à celle de Clermont.

— Où allons-nous ? lui demanda Jeanne.
— Ce soir à Cebassat[1]. On trouvera facilement à loger. Puis on suivra la vieille route romaine et on tournera vers Pontgibaud. Brancion découvrira qu'on est sortis par la porte au septentrion, il croira à une ruse,

---

1. Actuellement Cébazat.

que nous avons contourné la ville pour aller vers le midi. Et ce d'autant plus que j'ai annoncé aller à Tours.

— Crois-tu qu'il soit si adroit ? Et s'il nous suivait tout simplement ?

— Il est adroit. J'espère seulement l'être plus que lui.

— Et à Pontgibaud ?

— Nous irons au château du comte Robert[1]. Il est riche et il a peut-être besoin d'un médecin. S'il nous garde, on y passera l'hiver. Ensuite, on se rendra à Toulouse. On m'a dit que cette ville est pleine d'hérétiques cathares et que l'Église n'y a plus aucun pouvoir.

— Je vais me rendre à Montferrand. Le comte me recevra et le fera saisir, décida l'abbé Hugues de Clermont quand Brancion lui eut raconté sa découverte.

— Le comte fera peut-être traîner votre demande, et si Joceran apprend votre présence, il fuira.

— Où irait-il ? Le comte peut le faire poursuivre par ses gardes et signaler sa fuite à son de trompe.

— Il peut aussi refuser de le poursuivre. Joceran est un bon médecin et il a besoin de lui. Croyez-moi, mon plan est plus sûr.

L'abbé resta pensif un moment, mais Brancion avait raison. L'important restait de prendre l'apostat et sa putain. De retrouver la relique. Il ne pouvait perdre du temps à se lancer dans une nouvelle chicane judiciaire.

— Faites donc comme vous l'entendez.

Deux heures plus tard, un gros bonhomme, l'air affolé, se présenta haletant à la maison du médecin. Il y trouva la servante.

---

1. Robert Dauphin, comte d'Auvergne.

— La dame de mon maître est proche de la délivrance, elle a besoin du mire.

— Maître Joceran d'Oc vient de partir. Il a quitté Montferrand.

— Partir ? Mais où ?

— À Tours, pour des affaires de famille, sa sœur est morte !

L'autre se lamenta, mais pas trop longtemps car il était pressé. Il demanda :

— Peut-être puis-je le rattraper. De quel côté est-il parti ?

— Au nord.

Il fila et retrouva Brancion et ses hommes sur le chemin entre Montferrand et Clermont.

Brancion comprit qu'il avait été joué, mais le médecin avait très peu d'avance. Il avait certainement indiqué une fausse direction. Il avait dû contourner la ville et se diriger au midi.

Il rentra à Clermont, prévint l'abbé qui lui remit quelques dizaines de livres, lui assurant qu'il prierait le Seigneur pour qu'il les rattrape.

Brancion s'équipa rapidement et partit avec un de ses hommes.

La chasse reprenait.

Chapitre 22

Guilhem resta un instant abasourdi, désemparé.
— Grosse ! Tu es certaine ? demanda-t-il comme s'il n'avait pas compris.
— De deux mois. Voilà pourquoi personne ne nous logera.
— Mais… c'est magnifique, Marion ! Je vais être père ! Tu crois que ce sera un garçon ?
Il se pencha vers elle et la prit joyeusement par le cou pour la bécoter.
— Arrête ! se dégagea-t-elle, riant et pleurant à la fois. Il n'est pas encore né !
— Écoute, voilà ce qu'on va faire. Allons tout de suite au château de Salers et trouvons où loger. Si on ne veut pas de nous, on cherchera ailleurs, ou même, on ira dans la forêt, dans la montagne. À Alest et autour de Peyrusse, j'ai vu les mineurs et les forgerons construire des huttes pour l'hiver. J'en suis capable. Je chasserai et l'enfançon naîtra bien à l'abri, comme Notre-Seigneur Jésus.
— Et si on nous trouve ? La forêt appartient au baron.
— On ne nous trouvera pas. Maintenant, assez parlé, la neige a cessé de tomber. Partons !

Salers était une baronnie considérable. Ses seigneurs disaient descendre d'un prince du royaume de Naples qui s'était exilé en Auvergne. Leur château, grosse tour accolée de bâtisses massives, sans portes ni fenêtres, sinon un passage avec un pont-levis sur un fossé, se dressait sur un éperon, dominant la vallée. Tout autour s'était développée une sorte de bourg d'artisans, de marchands et de chevaliers n'ayant pas trouvé place dans le donjon. Aucune enceinte de pierre ne les protégeait, sinon une solide palissade de planches et de pieux fermée par un portail.

Les gens du baron montaient la garde à l'enceinte mais on les laissa pénétrer sans difficulté. On avait toujours besoin de fourbisseurs adroits et les couteaux qu'arborait Guilhem témoignaient de son habileté. De plus, sa compagne était jolie et les instruments de musique qu'elle transportait laissaient présager des soirées agréables.

Un sergent d'armes leur proposa de passer la nuit dans une écurie près du château. Après un souper dans la salle d'un marchand de vin qui servait de taverne au bourg, et une nuit fraîche dans l'écurie, Guilhem, installé devant le château, aiguisa les lames qu'on lui apportait et répara des manches de couteau. Marion attirait les clients en jouant de la vielle et en chantant des pastourelles. On les paya en nourriture, mais aussi avec quelques pièces de cuivre, car le village était riche de ses troupeaux de porcs, de moutons, et de ses cultures de froment et d'avoine.

Dans l'après-midi, après que plusieurs chevaliers eurent fait aiguiser leur épée, l'intendant du château vint les voir. Il réclama un denier comme prix de leur séjour dans la cité, à moins qu'ils n'acceptent de jouer gracieusement pour le souper du seigneur, ce qu'ils acceptèrent.

Au repas, les gens parlaient surtout de la mort du roi Henri II et de l'avènement de son fils Richard.

Guilhem savait, pour l'avoir entendu, que depuis le début de l'été le roi de France Philippe avait lancé une vaste offensive contre le vieux roi Henri d'Angleterre. Il aurait pris des villes importantes qui se nommaient Le Mans et Tours. Mais on disait aussi que Philippe Auguste avait agi en accord avec le fils d'Henri, le comte de Poitiers Richard, dit Cœur de Lion, pour son courage. Or, après avoir renoncé à ses droits sur l'Auvergne, le roi d'Angleterre avait été rappelé à Dieu[1] et il se disait que le roi de France aurait promis de rendre ses conquêtes à Richard[2]. Auquel cas, le nouveau roi d'Angleterre ferait-il à nouveau valoir ses droits sur l'Auvergne ? L'envahirait-il à son tour ? Personne n'ignorait les atrocités dont il s'était rendu coupable dans le Quercy et le Rouergue. Connaissant les sinistres exploits de Mercadier et de Louvart, chacun craignait l'avenir.

C'est ce soir-là, comme le couple s'apprêtait à retourner dans son écurie, que le curé les questionna sur leur état. Non, ils n'étaient pas mariés, répondit sincèrement Marion.

Le visage du prêtre s'assombrit.

— Vous ne pouvez rester ici, vous attireriez sur nous la colère de Dieu, dit-il sèchement.

— Nous voulons nous épouser, mon père, intervint Guilhem. Pouvez-vous nous unir ?

Le curé les dévisagea à tour de rôle d'un air désapprobateur. Ce garçon avait la carrure d'un homme mais si peu de poil au menton ! Il n'était qu'un jouvenceau. Quant à elle, nul doute qu'elle ne soit une de ces garces à soldats qui couraient les campagnes en faisant la jongleresse, capable d'enjôler les hommes pour leur soutirer leur argent.

---

1. Il était mort le 6 juillet à Chinon.
2. Il l'avait décidé le 18 juillet.

— C'est impossible ! Vous devez le faire dans votre paroisse, mentit-il. Qui me dit que vous ne l'êtes pas déjà ? D'ailleurs, d'où venez-vous ?

Guilhem ne pouvait révéler qu'il était de Marseille. Il mentit lui aussi :

— Arles, mon père.

— Alors, retournez-y ! rétorqua l'autre en leur tournant le dos.

Le baron Séverin de Salers, satisfait des chants de Marion, leur avait donné deux deniers avec lesquels elle acheta des salaisons et des poules qu'elle mit dans sa hotte d'osier. Le couple avait finalement décidé de s'installer dans la montagne. Tous deux s'étaient renseignés. Si la baronnie s'étendait sur le plateau de Salers et la haute vallée de la Maronne, avec droits de haute, moyenne et basse justice, les plus hautes terres appartenaient à l'évêque de Clermont. En été, les éleveurs y conduisaient moutons et porcs, mais, en hiver, personne n'y vivait et le baron n'y chassait pas, car la neige recouvrait tout et un froid intense y régnait.

Guilhem décida de vendre un des chevaux. Ils auraient besoin du second pour monter leurs provisions, et pour repartir au printemps, mais ils ne pourraient pas nourrir deux bêtes tout l'hiver. En échange de l'animal, le marchand de vin lui céda quatre sacs de froment représentant deux setiers. Ce serait suffisant pour survivre. Il acheta aussi à l'intendant du château deux setiers d'avoine et un gros sac de lentilles contre un denier d'argent. Un boutiquier leur céda une grande quantité de cordage de chanvre.

Ils quittèrent Salers après none, par le chemin des Loups.

Ils marchèrent trois jours dans les monts du Cantal jusqu'à ce que Guilhem découvre l'endroit idéal pour bâtir leur hutte.

Pas très éloigné du chemin de Clermont à Aurillac, c'était au cœur d'une épaisse forêt de sapins, sur une petite butte, avec une cascade à proximité.

Avec sa hache, Guilhem abattit d'abord plusieurs arbres, à une bonne distance de l'endroit où il construirait sa cabane, utilisant la force du cheval pour tracter les troncs ébranchés. Ainsi on ne les repérerait pas. Les troncs furent dressés et attachés contre celui d'un immense sapin dont les basses ramures formaient une belle couverture. Avec la corde, il fabriqua ensuite des claies entre ces poteaux pentus qu'il recouvrit d'un mélange de terre et de fougères formant un épais torchis. Ce mélange fut à son tour protégé avec des branches de pin.

La hutte était basse. On ne pouvait tenir debout que dans sa partie la plus haute. Il la sépara en deux, la plus petite partie pour le cheval et les poules, tandis que Marion aménageait le reste avec une couche de fougères. Ils y installèrent toutes leurs affaires et Guilhem bâtit, près de l'ouverture, un foyer de pierre qui les chaufferait et leur permettrait de cuisiner.

La fumée se dissipait à travers le toit et le long des branches du grand sapin, aussi la construction restait-elle quasi invisible, sauf si on s'en approchait.

Durant les dernières semaines d'automne, ils ramassèrent des champignons, des glands, des châtaignes, des baies et même des noix. Marion fit une grande provision d'orties.

Guilhem plaça des pièges et des collets comme il avait vu le faire par les gens de Malvin le Froqué. Il remonta l'arbalète prise aux routiers et parvint à tuer un cerf et un sanglier dont les peaux lui servirent à faire une porte pour la hutte et des soliers confortables.

291

Puis l'hiver s'installa. La neige commença à tomber et recouvrit au fil des jours une grande partie de leur cabane.

Comme ils avaient fait une ample provision de bois, ils purent garder leur foyer allumé tant que durèrent les grands froids. Guilhem se servait de sa meule pour broyer les grains de froment et Marion confectionnait avec cette farine des bouillies, des ragoûts et des galettes qui cuisaient sur des pierres. Grâce à leur provision de sel, ils avaient salé la viande du sanglier. Quand les journées étaient belles et que la neige fondait, le cheval pouvait brouter quelques heures près de la cascade. Le reste du temps, il se nourrissait d'avoine. Les poules picoraient des pignes et fournissaient des œufs faisant de bonnes omelettes.

S'ils n'avaient pas été sans cesse sur le qui-vive, craignant d'être surpris, ils auraient vécu dans une forme de félicité, car le froid ne les gênait pas.

Avec ses quelques outils, Guilhem fabriqua un lit grossier, une table, certes bancale, deux escabeaux et même un berceau pour le nourrisson. Marion lui apprit à jouer aux échecs, dont il tailla les pièces. Les jours de neige, quand ils ne pouvaient sortir, elle lui donnait des leçons de musique et bientôt la vielle à roue n'eut plus de secrets pour lui.

Lui-même tannait les peaux des animaux qu'il tuait. Il réussit à construire un métier à tisser rustique avec lequel elle tissa des fibres d'ortie. Elle cherchait à s'occuper sans cesse, pour ne pas penser à son ventre qui s'arrondissait, à l'enfant qui lui donnait des coups, et à la crainte de la délivrance.

Par deux fois, les loups les attaquèrent. Affamés après plusieurs jours de neige, ils avaient d'abord rôdé autour de la hutte, hurlant et s'appelant entre eux. Ils avaient humé les humains et le cheval. Par chance, le premier assaut eut lieu dans la journée. Guilhem avait appris à Marion l'utilisation de l'arbalète, et dès que les fauves se rapprochèrent, elle atteignit l'un d'eux au poitrail. Guilhem, lui, les attaqua avec un couteau et un épieu. Les loups n'étaient qu'une dizaine. Après avoir perdu trois ou quatre des leurs, ils s'enfuirent, laissant quand même quelques morsures et griffures.

Le second eut lieu alors que Marion s'attendait à une délivrance prochaine. Cette fois, Guilhem n'attendit pas que les loups soient nombreux. Avec les peaux de ceux qui avaient été tués, il s'était fait des gants et toute une protection contre les morsures. Dès que les premières bêtes se montrèrent, il se précipita vers la plus proche, lui envoyant son épieu dans le corps. Effrayés, les fauves grognèrent et reculèrent.

Guilhem récupéra alors son épieu et jeta la carcasse aux autres loups. Comme ceux-ci s'approchaient pour la dévorer, il en tua un second, encore à l'épieu. Les bêtes tentèrent alors de l'encercler. L'une, plus audacieuse, lui sauta à la nuque, mais il s'était couvert avec plusieurs épaisseurs de cuir et elle ne parvint pas à le mordre. Il l'éventra et recula jusqu'à la hutte. Trois loups morts feraient un festin suffisant pour le reste de la bande, jugea-t-il. Il remit alors du bois dans le foyer et menaça de quelques tisons ceux qui continuaient à approcher.

Finalement, les fauves firent demi-tour et ne revinrent pas.

Le lendemain, Guilhem put même récupérer une peau pas trop abîmée. L'ayant tannée, il la tendit sur des planches de bois assemblées en cercle, formant une rondache. La peau fut ensuite collée avec un mélange obtenu à partir des sabots d'un daim et de peaux de lapin. Il avait appris cela à Rodez, en regardant faire un écassier[1]. Il obtint ainsi un solide bouclier renforcé dont il n'avait pas l'usage mais dont il était très fier.

---

1. Fabricant d'écus.

Ce matin-là, Marion ressentit de grandes douleurs. Son ventre formait une boule qui se contractait et durcissait avant de se relâcher. Par instants, elle ne sentait plus ses pieds et ses jambes.

Elle avait éprouvé plusieurs fois cette sensation, mais jamais avec cette souffrance qui ressemblait à un déchirement de ses entrailles.

Il ne neigeait plus depuis une quinzaine et l'eau coulait faiblement dans la cascade qui dégelait. Le redoux s'annonçait et le soleil chauffait agréablement leur hutte. Guilhem avait sorti le cheval amaigri qui broutait avidement tous les brins d'herbe qu'il pouvait trouver. Sur le chemin de Clermont à Aurillac, la neige commençait à fondre et, dans quelques jours, les premiers colporteurs passeraient. Dès que la délivrance aurait eu lieu, ils partiraient. Ils en avaient parlé plusieurs fois. Ils se rendraient à Saint-Flour et trouveraient bien un prêtre pour les marier. Ensuite, ils s'installeraient quelque part.

À l'intérieur de la hutte, Marion tissait, éclairée par l'ouverture de la porte, la tenture de peaux ayant été ôtée. Depuis quelques jours, des crampes et l'impression d'avoir une barre de fer dans le corps l'empêchaient de marcher et de dormir. De plus, l'enfant bougeait sans cesse. Elle avait hâte que tout cela finisse. Mais en même temps elle avait peur.

La douleur arriva, fulgurante, si forte qu'elle ne put se retenir de crier.

Abandonnant le cheval, Guilhem se précipita.

— Qu'y a-t-il ?

Marion était défigurée par la souffrance.

— J'ai mal, balbutia-t-elle.

Elle hurla.

Désemparé, il l'aida à se lever, puis à s'allonger sur le lit, mais la douleur ne disparaissait pas. Elle cria encore, puis gémit et se calma.

Lui qui ne priait plus depuis longtemps se mit à réciter une patenôtre.

— Tu as grand mal ? demanda-t-il sottement.
— Oui, mais ça passe, et ça revient. Ne t'inquiète pas, c'est normal, j'ai déjà assisté à des délivrances. Ce sera difficile, mais j'y arriverai… Toutes les femmes en passent par là.
— L'enfant va venir ?
— Oui, sourit-elle, livide.
La douleur revint peu après, plus aiguë encore.
Elle cria à nouveau, de longs hurlements. Guilhem serrait les poings, ne sachant que faire.
Le mal passa et elle lui expliqua, en sueur, blême :
— C'est dans le dos et dans le ventre à la fois. Comme si une bête malfaisante m'arrachait les boyaux. Heureusement cela ne dure pas.
Mais, peu après, la souffrance réapparut. Elle cria, pria et finalement se mit à quatre pattes, ne sachant plus comment se placer pour éviter la douleur.
Celle-ci revint de plus en plus souvent. Marion avait des sueurs froides, il lui passa un linge humide sur le visage.
Pour la première fois, elle murmura :
— Seigneur, sauvez-moi !
Et elle ajouta, toute frissonnante :
— Guilhem, je vais mourir… Je le sens…
Alors qu'une nouvelle douleur arrivait, sa robe se trempa. Guilhem souleva le tissu, de l'eau coulait entre les cuisses de la jeune femme, de l'eau teintée de sang.
Tremblant, il joignit les mains, pria et supplia le Seigneur et la Vierge Marie.
Le hurlement de Marion dura un temps infini et ne cessa que quand elle perdit connaissance. Guilhem se tordait les mains de désespoir, incapable de continuer à prier. Marion ne pouvait pas mourir ! Dieu ne le permettrait pas !
À ce moment, il entendit une voix à l'extérieur :
— Est-ce ici que l'on crie ?

Chapitre 23

— Est-ce ici que l'on a crié ? répéta la voix.

Guilhem se releva. Qui pouvait-ce être ? Forcément des gens qui ne leur voudraient pas de bien ! Il saisit l'épée posée près du lit et gagna prudemment l'ouverture.

Un homme et une femme attendaient de l'autre côté. Il vit aussi un cheval et un âne, un peu plus loin.

Guilhem remarqua immédiatement qu'ils ne détenaient pas d'armes. Seuls des paniers et des coffres se trouvaient sur l'âne. C'étaient donc des colporteurs.

— Qui êtes-vous ? demanda-t-il.

— Je me nomme Joceran d'Oc, fit l'homme après avoir reculé devant l'épée. Nous nous rendons à Limoges. Nous avons pris cette route quand la neige a commencé à fondre et nous venons d'entendre le cri d'une femme.

— Oui, la mienne, fit Guilhem. Elle est grosse et la délivrance est difficile. Je ne sais que faire...

— Je suis mire, dit l'homme. Puis-je la voir ?

Ils entrèrent en se baissant, car la place était chiche et ils durent longer le lit, contre la pente du toit.

Joceran s'agenouilla. Prenant la main de la jeune femme inconsciente, il se rendit compte combien le pouls était faible. Il se pencha alors sur sa bouche pour sentir son haleine. Celle-ci était mauvaise, signe que l'enfantement se passait mal.

Marion se contracta brusquement et ouvrit les yeux. Elle hurla alors de toutes ses forces, puis se mit à haleter. Le mire dut la retenir pour qu'elle ne se lève pas.

— Pourquoi l'enfant ne vient-il pas ? gémit Guilhem.

Jeanne passait un linge sur le visage de Marion, tentant de la calmer.

— Parfois, l'enfant est trop gros, dit-elle, ou se présente mal.

— Avez-vous du vin ? demanda Joceran.

— Non, rien de tel.

Joceran grimaça. La robe étant toujours retroussée et les jambes humides du liquide rose qui en était sorti, il palpa les chairs, les trouva rigides et dures. Ce n'était pas bon, et ce sang l'inquiétait.

— Je vais chercher mes affaires, dit-il à Guilhem.

Il sortit, alla à son cheval et détacha la trousse de cuir derrière la selle. Allait-il devoir ouvrir le ventre de cette femme ici ? Il le craignait et revint dans la hutte, soucieux. La seule fois où il avait entaillé un ventre, la femme était morte, ainsi que l'enfant.

— Pouvez-vous faire chauffer de l'eau ? s'enquit-il en préparant ses instruments : plusieurs couteaux, des fers et des pinces.

Marion gémissait. Guilhem courut dehors avec leur unique marmite. Il l'emplit de neige et revint au foyer, ajouta fébrilement du bois sur le feu et attacha la marmite à la chaîne au-dessus de l'âtre.

— Il faudra un moment, dit-il.

Joceran mettait quelques grains de poivre dans les narines de Marion. Habituellement, cette stimulation facilitait les contractions, mais cela la fit seulement éternuer.

Tout en passant le linge sur le visage de Marion, Jeanne balayait la petite pièce des yeux. Ces deux-là se cachaient, elle en était certaine. Fuyaient-ils quelqu'un, comme eux ? Ou avaient-ils dû quitter leur famille quand la fille s'était rendu compte qu'elle était grosse ? Ils n'étaient pas mariés. On lui avait rapporté qu'une femme ayant péché accouchait d'un monstre, diable ou animal. Cela pouvait-il expliquer les douleurs ? Dieu merci, Jeanne se disait qu'elle avait toujours été prudente avec Joceran.

— Il faut prier sainte Marguerite, conseilla-t-elle à Guilhem. La sainte viendra à son aide si vous êtes sincère.

Joceran s'approcha de l'eau qui chauffait.

— Versez-m'en un peu sur les mains.

Le garçon s'exécuta. Le mire se nettoya sommairement les doigts. Ensuite, il prit un pot d'onguent qu'il fabriquait lui-même à partir de simples, un mélange de romarin et d'herbes. Il se frotta les mains avant de les enduire d'une huile de laurier qu'il gardait dans sa sacoche.

— Je vais tenter de sortir l'enfant, dit-il avec une grimace. Si je n'y parviens pas, je devrai agrandir l'ouverture.

— Comment ? demanda Guilhem d'une voix blanche.

— Avec un couteau. Maintenant, je vous en prie, laissez-moi faire.

Marion paraissait inconsciente, mais respirait toujours.

— J'ai déjà fait ça, expliqua l'ancien moine à sa compagne qui semblait horrifiée. Si je n'interviens pas, l'enfant va mourir, et la mère aussi. Prends un de mes couteaux. Il faudra que tu coupes le cordon quand l'enfantelet sortira.

Il introduisit difficilement sa main droite dans le col. Il devait trouver le pied gauche, mais attraper les deux serait mieux.

Marion gémit.

Il enfonça sa main, puis son avant-bras profondément dans le ventre. Il sentit alors la cuisse de l'enfant et essaya de faire tourner le corps.

Marion poussa un nouveau hurlement, terrifiant, tandis que Jeanne la maintenait. Guilhem regardait la scène en tremblant, les yeux embués de larmes.

Après ce dernier cri, Marion parut se calmer et Guilhem en fut soulagé, mais pas Jeanne. À la lueur vacillante des flammes du foyer, Guilhem vit que le mire transpirait et tremblait.

— Je les ai ! souffla-t-il. J'ai les pieds !

Il sortit son bras, puis sa main, tirant le petit corps.

Un froid glacial envahit Guilhem. Marion était figée. L'enfant était bleuté et ne bougeait pas plus qu'elle.

Joceran le posa sur le lit en retenant ses larmes et approcha sa tête de la bouche de Marion. Aucun souffle.

Il se tourna vers Guilhem.

— Elle ne souffrira plus, balbutia-t-il.
— Marion...
— Le Seigneur l'a rappelée à Lui.
— Non ! hurla Guilhem.

Il se précipita vers celle qu'il aimait et prit sa tête entre ses mains, mais Marion ne réagit pas.

Un abominable silence était tombé dans la pièce. Guilhem vit que la femme du mire avait pris le petit corps sans vie. Elle le déposa sur le ventre de Marion. C'était un garçon.

Alors il comprit que tout était terminé et que son existence terrestre avait pris fin.

Il dévisagea à tour de rôle l'homme et la femme. Son visage dur n'exprimait plus rien. Puis il se dirigea vers la porte, prit son épée et sortit.

Le froid le saisit mais il n'y fit pas attention. Il se dirigea vers un endroit où la neige avait fondu et commença à creuser.

— Qui sont-ils, Jeanne ? demanda Joceran à voix basse.

— Des gens en fuite, comme nous. Ils se cachaient ici durant l'hiver. Sans doute a-t-elle été chassée par sa famille. Pauvre femme.

En même temps, elle songeait à leurs misérables vies.

— Je vais la laver et l'habiller, décida-t-elle. Peut-être a-t-elle une autre robe. Celle-là est trop sale.

Avec des branches, Guilhem avait construit une étagère sommaire au-dessus du lit. Tout leur linge était entreposé là et Jeanne découvrit la robe offerte par le seigneur Astorg. Elle la déplia et entreprit de retirer les vêtements de Marion. Le corps du nouveau-né était au bout du lit.

Joceran prit la marmite contenant de l'eau chaude, ce serait suffisant pour la laver. Il aperçut alors la seconde étagère, à l'autre bout de la cabane, au-dessus de la porte. Dessus étaient posés un luth, une vielle à roue, un tambourin et un grossier jeu d'échecs au plateau dessiné sur une pierre plate.

— Ce sont des jongleurs, dit-il en examinant les objets.

— Le garçon est bien jeune, observa-t-elle. Bien plus jeune qu'elle. Il a dû la séduire...

Joceran resta silencieux. Le malheur de ces pauvres gens le renvoyait à leurs propres mésaventures.

Ils étaient restés plusieurs mois au château du comte Robert, à Pontgibaud, un grand donjon carré construit pour protéger le pont à péage. La comtesse avait justement besoin de soins et le châtelain voulait les garder définitivement près de lui. Mais une quinzaine de jours auparavant, Joceran avait soigné le clerc encaissant le péage au pont[1]. En glissant sur la neige, l'homme s'était brisé le bras.

---

1. Le premier pont avait été construit au VIe siècle par un comte mérovingien. Le village s'était développé autour du château.

Pendant qu'il le bandait, le clerc lui avait raconté que, juste avant qu'il ne tombe, un chevalier était passé avec un homme d'armes. Tous deux arrivaient d'Ussel. Après avoir payé le denier du péage, le chevalier avait demandé s'il se trouvait un médecin dans le pays. Le clerc avait alors parlé de maître Régnier, dont tout le monde était satisfait dans le village et au château.

C'était le nom sous lequel Joceran d'Oc s'était fait connaître. L'autre lui avait alors demandé depuis quand maître Régnier était à Pontgibaud, et s'il était marié. En quoi cela le regardait-il ? s'était exclamé le clerc devant Joceran. Il avait pourtant raconté ce qu'il savait.

Curieusement, le chevalier ne s'était pas arrêté et avait filé vers Clermont.

Joceran avait tout de suite pensé à Brancion. Pouvait-il faire le tour de tous les bourgs, villages et châteaux d'Auvergne à sa recherche ? Si oui, le chevalier clunisien avait dû aller demander à l'évêque que le comte Robert les livre !

Il était parti le jour même avec Jeanne, après de confuses explications sur un voyage indispensable à Ussel. Ensuite, ils avaient fait un détour et mis cap au sud.

Ces quinze jours avaient été difficiles, alors qu'ils dormaient parfois dehors, sous des arbres, par un froid glacial. Mais Joceran était certain que Brancion, si c'était lui, ne parviendrait pas à les retrouver. Ils n'avaient laissé aucune trace.

Le trou était déjà assez profond quand le mire vint rejoindre Guilhem.

Joceran s'agenouilla et l'aida à creuser. Le sol était glacé.

— Nous les avons lavés, dit-il. Jeanne a trouvé une belle robe dans vos affaires. Elle la lui a mise. L'enfant a été enveloppé dans des langes.

— Merci ! fit rageusement Guilhem en sortant la terre à pleines mains.

— Je peux aller chercher un prêtre dans la vallée, proposa-t-il. Mais je peux aussi réciter la prière des morts et les bénir. J'ai été moine...

— Pourquoi ? Cela leur rendra-t-il la vie ? demanda agressivement Guilhem.

— Le Seigneur les accueillera dans Son paradis.

— Marion et lui y sont déjà. Ou alors le Seigneur n'est pas juste.

— Ne blasphémez pas ! frémit Joceran.

Guilhem s'interrompit et le regarda dans les yeux :

— Maudit soit le Seigneur ! cracha-t-il.

Baissant la tête, il se remit à creuser, tandis que Joceran retournait à la masure, le cœur empli de désespoir.

Quand Guilhem jugea la profondeur suffisante, il planta l'épée dans la terre et rentra à son tour. Ses deux visiteurs étaient agenouillés près du lit. Marion avait un visage reposé. Elle tenait son fils dans les bras.

Essuyant ses larmes, il resta un moment à les regarder. Que son fils était beau ! songea-t-il. Bientôt, il ne les verrait plus. Plus jamais.

Brusquement, il demanda :

— Je vous en prie, aidez-moi à les porter.

Jeanne prit l'enfant dans ses bras, Joceran et Guilhem Marion, saisissant son corps par les extrémités. Sa robe pendait par terre.

Ils la firent doucement descendre au fond du trou, puis Guilhem prit son fils et le plaça sur le ventre de Marion. Il se pencha et les embrassa avant de se relever, le visage humide.

— Laissez-moi avec eux, dit-il.

Le couple s'éloigna pour s'agenouiller plus loin et prier.

Guilhem resta encore un moment avant de revenir à la hutte. Joceran et Jeanne le regardaient sans intervenir.

Il en ressortit avec le luth, les clochettes et le tambourin qu'il apporta à la fosse et déposa sur les deux corps. Puis, saisissant la terre à pleines mains, il commença à les recouvrir.

Quand il eut terminé, il resta encore devant la tombe. Mais sans prier.

Pour Marion, il aurait accepté de rester rémouleur, songeait-il. Il serait devenu artisan, aurait élevé son fils et oublié ce qu'il avait connu. Dieu lui aurait pardonné ses crimes, du moins l'espérait-il.

Mais Dieu lui avait repris Marion. Alors, qu'Il ne lui fasse plus jamais aucun reproche ! Tout était de Sa faute.

Il redeviendrait un guerrier et personne ne pourrait l'en empêcher. Il ne cacherait plus ses armes, il ne dissimulerait plus son épée. Si on tentait de l'arrêter ou de le désarmer, ce serait dommage pour ceux qui s'en prendraient à lui. Il les tuerait, même si cela devait entraîner sa mort, car la vie n'avait plus ni sens ni intérêt pour lui.

Il avisa une grosse pierre qu'il alla soulever et qu'il plaça verticalement sur la tombe, puis il reprit l'épée plantée dans le sol et se tourna vers ses visiteurs.

— Merci. Sans vous, je crois que je me serais pendu à cet arbre.

— Ne dites pas cela, jamais ! répondit Jeanne, effrayée.

— Je vous dois la vie, poursuivit Guilhem. Avez-vous faim ? Vous pouvez vous servir... Je vous abandonne tout ce que je possède, je dois partir, maintenant.

— Nous partons aussi, dit Joceran.

Il ajouta :

— Je vous l'ai dit, j'ai été prêtre... J'ai baptisé votre fils... J'en ai toujours le droit.

Guilhem resta impassible. Le silence se fit jusqu'à ce que Jeanne demande :

— Où vous rendez-vous ?
— Je ne sais pas.
— Pourquoi ne pas partir ensemble ? proposa-t-elle, craignant qu'il n'ait un geste désespéré.

Guilhem ne répondit pas tout de suite. D'abord, l'idée lui parut absurde. Il ne connaissait pas ces gens… mais après tout, pourquoi pas ? Ne leur devait-il pas la vie ?

— Peut-être… Je ne vous ai même pas demandé qui vous étiez, d'où vous venez…

— Nous sommes en fuite, nous nous cachons, répondit Jeanne tristement, comme vous.

— En fuite ?

— Nous vous raconterons, dit Joceran. Quelqu'un nous poursuit pour le compte de l'abbé de Cluny, car nous avons quitté la robe.

— J'étais prieure, ajouta Jeanne.

Guilhem eut un faible sourire. Il ressentait un mélange d'affection et d'intérêt pour ce couple. Cela faisait si longtemps qu'il n'avait pas eu d'amis.

— C'est une bonne raison pour rester avec vous, dit-il. Laissez-moi prendre ce que je veux emporter. Avez-vous besoin de quelque chose ?

— Non, nous disposons de tout ce qui nous est nécessaire.

Guilhem entra dans la hutte. Il boucla son baudrier et glissa l'épée dans le fourreau, rassembla le peu de vêtements qu'il possédait, prit son manteau, les sacs avec les restes de froment et d'avoine, quelques morceaux de viande fumée. Il emplit ainsi une des hottes d'osier et la porta près du cheval.

Puis il revint chercher son épieu, sa hache, ses couteaux, quelques récipients de cuisine qu'il plaça dans la seconde hotte. Il passa dans l'écurie, prit la selle, la rondache, les brides et la couverture de cheval. Tout fut aussi porté à l'extérieur.

Il retourna encore une fois dans la cahute. Parcourant la pièce des yeux, il chercha à en graver tous les détails dans son esprit. Il vit sa meule et ses outils de rémouleur, et ne chercha pas à les reprendre. Il ne serait plus jamais artisan, ni rémouleur, ni forgeron, ni tanneur. Il se tourna alors vers la vielle à roue qu'il prit avec précaution. Il en tira quelques accords avant de la ranger dans le coffre couvert de cuir.

Il alla alors préparer et seller son cheval, attacha les paniers d'osier, le coffre de la vielle, l'épieu et la rondache. Quand ce fut terminé, il revint dans ce qui avait été sa maison et retira plusieurs branches en partie consumées du foyer. Ensuite, il les jeta dans la pièce.

Rapidement, tout s'embrasa. La cabane se transforma en torche sous les regards effrayés de Joceran et de Jeanne. Puis les ramures de l'immense sapin sous laquelle elle était construite s'enflammèrent à leur tour.

Guilhem avait récupéré un morceau de charbon de bois. Quand il fut certain que le feu ne s'éteindrait pas, il alla à la tombe et, avec le charbon, inscrivit :

MARION ET MI FILI

Puis il monta en selle et donna un coup de talons à la monture.

Le mire et Jeanne étaient déjà en selle, ayant rattaché l'âne en longe. Ils le suivirent.

C'est deux jours plus tard que Brancion et son homme d'armes sentirent la fumée. À Pontgibaud, le chevalier avait bien cru avoir enfin retrouvé le voleur de la Lance. Cela faisait six mois qu'il cherchait vainement dans toute l'Auvergne. Mais le temps qu'il obtienne un ordre de l'évêque – lequel avait été informé de l'apostasie de l'infirmier de Cluny et de la prieure par l'abbé Hugues –, le couple avait de nouveau disparu. Il les avait poursuivis à Ussel puis, ayant compris qu'il avait été joué, il était revenu sur ses pas et s'était dirigé vers Saint-Flour.

L'odeur puis la fumée l'avaient attiré. Maintenant, il se trouvait devant la hutte et le sapin entièrement consumés.

Que s'était-il passé ici ?

Il avait essayé de reconstituer les faits sans vraiment y parvenir. Il avait seulement compris que sous cette pierre se trouvait une tombe contenant une femme et un enfant. Le fils de Marion ? Qui était Marion ?

Il avait surtout repéré les traces d'un cheval et d'un âne dans la boue. Celles-là, il était certain qu'elles appartenaient à ceux qu'il poursuivait. On lui avait dit à Pontgibaud qu'ils possédaient un cheval et un âne.

Mais un autre cavalier s'était joint à eux. Qui cela pouvait-il être ?

Il le saurait bientôt.

Chapitre 24

Fin mars 1190

Le couple d'anciens religieux et le jeune garçon n'avaient rien en commun. Dans d'autres circonstances, ils ne se seraient jamais rapprochés. Mais l'atroce fin de Marion avait tissé un lien si fort qu'une inexplicable confiance s'établit aussitôt entre eux.

Faisant route ensemble, ils échangèrent des confidences qu'ils n'auraient jamais faites dans une autre situation. Joceran et Jeanne, ayant déjà révélé avoir quitté l'habit monastique, s'expliquèrent un peu plus sur leur passion, leur fuite, leur installation à Montferrand, puis leur nouvel exode après avoir rencontré Arnuphe de Brancion qui les pourchassait.

Guilhem ayant demandé qui était cet homme, Joceran lui répondit que c'était un honorable chevalier, mais que, par fidélité à Cluny, il agirait contre eux sans états d'âme pour les ramener prisonniers.

Songeant au garde qui l'avait poursuivi depuis Rodez, Guilhem devina qu'il s'agissait du même genre d'individu et il fut pris d'une immense haine envers ce Brancion.

— Croyez-vous que ce chasseur d'hommes soit encore après vous ? demanda-t-il.

— Non, je ne vois pas comment il aurait pu nous retrouver depuis Pontgibaud. Mais nous avions eu tort de nous établir si près de Cluny, voilà pourquoi j'ai décidé d'aller jusqu'à Limoges... Mais, dis-moi, mon garçon, j'ai été intrigué de te voir écrire en latin...

— Je n'en sais que très peu, maître Joceran.

Ressentant à son tour le besoin d'ouvrir son cœur, Guilhem leur parla de sa jeunesse, de Marseille, de ses quelques mois à Saint-Victor, puis de son crime et de sa fuite. Il raconta ensuite les trois années qui avaient suivi, n'insistant cependant pas sur les violences qu'il avait commises.

Le couple resta étonné qu'un si jeune garçon ait pu survivre à tant d'épreuves.

— J'ai seize ans et je ne compte plus les gens que j'ai tués, conclut-il avec résignation. Certains avaient mérité leur mort, mais pas tous. J'ai cru être sauvé en rencontrant Marion, et j'aurais pu me racheter avec elle, mais Dieu a jugé que je n'étais pas assez puni. Je ne crois plus en Sa miséricorde, aussi vivrai-je désormais selon mes propres lois.

Jeanne l'avait écouté, submergée de tristesse. Quelle grande désolation que ce garçon s'éloigne ainsi de la foi envers Notre-Père, songea-t-elle avec affliction.

Elle ne put se retenir d'intervenir :

— Tu ne peux pénétrer les voies du Seigneur, Guilhem. Personne ne les devine. Mais moi, j'ai lu dans ton cœur. Tu n'es qu'un jouvenceau et la vie t'attend, tu seras un homme juste, loyal et bon, et plus tard tu remercieras le Seigneur de t'avoir forgé tel que tu es.

— Jamais ! cracha-t-il, songeant à Marion et à son fils.

— Jeanne a raison, Guilhem. Ce que tu as vécu, le Seigneur l'a voulu, c'est certain. Mais Il t'a aussi modelé à Sa convenance. Pour l'heure, tu n'en connais pas les raisons, mais plus tard, tu les comprendras.

— Si Dieu était juste, Il vous aurait libérés de l'abbé de Cluny et de ce Brancion qui vous poursuit ! persifla le jouvenceau.

— Non, car Il sait que nous devons souffrir et nous repentir pour avoir quitté Son service. Mais je sais qu'Il nous a pardonné puisqu'Il nous a mis sur ta route. Ce n'est pas un hasard.

Cette fois, Guilhem ne répondit rien. Les épreuves avaient été trop rudes au cours de cette journée. Au matin, Marion vivait et il espérait tenir son fils dans ses bras. Maintenant, tous deux étaient froids et rigides, étendus au fond d'une fosse.

Mais, en même temps, il avait rencontré Joceran et Jeanne, et il souhaitait les aimer. Auraient-ils percé la vérité sur les desseins de Dieu ?

Après une longue période de silence et de réflexion, Guilhem leur parla plutôt des dangers de la route, des routiers et des voleurs de grand chemin, des gueux sans aveu qui volaient et tuaient en bande comme des loups. Plus ils avanceraient vers le couchant, plus le péril serait grand d'en rencontrer.

— Dieu merci, jusqu'à présent nous n'en avons pas croisé, répondit Joceran. Mais l'Auvergne que nous avons traversée paraissait plutôt sûre et nous ne sommes pas restés beaucoup sur les chemins, depuis Cluny.

— Ce sera différent pour se rendre à Limoges.

— À Aurillac, nous essaierons de voyager avec un groupe de marchands, proposa Jeanne.

— Le nombre n'arrête pas les routiers, au contraire, gente dame. Dans le Quercy, les estropiats s'en prennent à tous les voyageurs pour les rapiner et les torturer. Puisque je vais à Paris, je pourrais vous accompagner à Limoges, car cette ville sera sur mon chemin, pour ce que j'en sais. Acceptez-vous ma présence ?

— Ce serait un honneur pour nous, Guilhem, répondit Jeanne, émue. Mais tu es bien jeune. Que ferons-nous s'ils sont nombreux ?

— Nous verrons, mais je saurai vous protéger, fanfaronna-t-il.

En réalité, il n'était pas si sûr de lui.

Construit sur un promontoire rocheux, le donjon carré de Polminhac dominait la vallée de la Cère.

Ils cherchaient depuis quelque temps un endroit où passer la nuit quand, au début du chemin conduisant au château, Guilhem aperçut un vieux casque bosselé suspendu à un poteau. C'était le signe que le seigneur des lieux accordait l'hospitalité aux chevaliers errants. Guilhem avait appris cet usage de Bertucat le Bel.

— Mais aucun de nous n'est chevalier, objecta Joceran quand Guilhem s'engagea dans le sentier.

— Demandons toujours l'hospitalité ! proposa joyeusement le jeune garçon.

Tout en gravissant le chemin, il expliqua au mire ce qu'il devrait dire et ne pas dire. Un peu avant d'arriver sur le plateau, ils croisèrent un enfant en sabots ramenant deux porcs à leur étable, après les avoir conduits dans la forêt pour qu'ils se gavent de glands.

— Quel est le seigneur du château ? lui demanda Guilhem.

— Le noble sire Aldebert de Montamat, messire. Il tient son fief du vicomte de Carlat.

Le donjon était ceint d'une palissade formant basse-cour, avec une seconde enceinte en pierre à l'intérieur, protégeant les habituels bâtiments rustiques : écurie, étables, granges et appentis.

Lorsqu'ils s'en approchèrent, ils entendirent le son du cor d'une sentinelle et devant l'enceinte, deux hommes d'armes les attendaient avec un clerc tonsuré.

— Que le Seigneur vous ait en Sa sainte garde, gentil clerc. Je me nomme Régnier, expliqua Joceran. Je conduis ma sœur à Limoges et le fils de mon maître nous escorte. Nous demandons l'hospitalité pour la nuit.

— Loué soit Jésus-Christ, aimables visiteurs. Je vais prévenir mon noble seigneur qui appréciera d'avoir votre gentille compagnie. Quel est le nom de votre maître ?

Guilhem intervint :

— J'ai quitté mon père pour quérir honneur et gloire en restant inconnu. Je vais sur les chemins avec mon mentor et précepteur, maître Régnier, et j'ai fait vœu devant la très Sainte Vierge Marie de ne jamais révéler le nom de ma famille. Ce serait faillir à mon serment que de nommer mon lignage.

C'était chose courante pour les cadets de famille de partir ainsi sur les routes, parfois dès treize ou quatorze ans, en général accompagnés d'un précepteur ou d'un chevalier âgé. Long séjour honnit jeune homme, disait-on pour ceux qui préféraient rester dans la maison paternelle. Sur les chemins, le jouvenceau, non encore adoubé chevalier, goûtait ainsi à ce qu'on appelait la belle vie, errant par les terres, en quête d'expériences et d'aventures, cherchant à acquérir gloire et honneur par ses prouesses d'armes.

Le clerc ne fut donc pas surpris par cette réponse et il proposa aux visiteurs de l'accompagner.

Dans la grande salle du donjon, le souper allait commencer et la mesnie était assemblée. Le clerc, qui était semble-t-il l'intendant ou le procurateur du château, annonça les visiteurs qu'Aldebert de Montamat et son épouse accueillirent avec chaleur.

On les plaça non loin d'eux et ils furent aussitôt l'objet de tous les regards. Heureusement, tous trois savaient se comporter comme des gens de qualité. Après s'être rincé les doigts dans les bassines qu'on leur présenta, ils ne se saisissaient des viandes dans les plats qu'avec deux doigts, ne prenant jamais les gros morceaux et ne s'essuyant pas à la nappe.

Si, pour Jeanne de Chandieu et Joceran d'Oc, ces façons étaient naturelles, Guilhem ne faisait qu'appliquer ce que Bertucat le Bel lui avait enseigné. Questionné sur sa jeunesse, il parla du château des Arènes de Nîmes, qu'il connaissait, faisant comprendre qu'il venait de là.

Il brilla aussi par quelques traits et dictons en latin, ce qui ébahit le clerc et le prêtre du château, et raconta quelques prouesses qu'il avait vécues, transformant ses crimes de routier en faits d'armes chevaleresques.

En se comportant ainsi, il prit pour la première fois conscience que ses maîtres lui avaient donné un enseignement que peu de nobles connaissaient.

Joceran ayant expliqué qu'ils se rendaient à Limoges, le seigneur Aldebert de Montamat les prévint des dangers qui les attendaient jusqu'à Brive et dans la vicomté de Turenne.

— Le roi de France, appelé par Adhémar de Limoges, a fait entrer son armée dans le Maine. Aussi les troupes de cottereaux qui s'y trouvaient s'en sont-elles enfuies au sud, moins pour rejoindre les bandes de Mercadier que pour marauder à leur compte.

— Le péril est-il si grand ? s'inquiéta Joceran.

— Pour ma part, je ne m'y rendrais que si je voulais faire des prouesses, ironisa le châtelain. Je vous prêterais volontiers une escorte, mais moi-même ne suis pas à l'abri de leurs pillages.

Sachant tout cela, Guilhem resta silencieux.

À la fin du banquet, dame de Montamat proposa une joute de cansons entre clercs et chevaliers. Ayant fait chercher sa vielle à roue, Guilhem y participa et obtint un tel succès, avec sa belle voix, que c'est à lui que la dame de Montamat remit le ruban du vainqueur.

Le lendemain, les hommes ayant passé la nuit dans le dortoir des chevaliers et Jeanne dans le lit des suivantes de la châtelaine, ils s'apprêtaient à partir après la soupe matinale quand Aldebert de Montamat insista pour les garder la journée afin de courir un cerf. Guilhem déclina l'invitation, se justifiant par la longue route qu'ils avaient encore à faire. Le seigneur demanda alors au moins une belle joute, suivie d'un dîner qui permettrait à chacun de gagner honneur. Cette fois, Guilhem se sentit contraint d'accepter pour ne pas le fâcher.

Aldebert de Montamat avait prévu un tournoi en champ clos, à cheval et à l'épée courtoise, puis un combat à la barrière avec bâton et harasse. Il marqua sa surprise en découvrant que Guilhem ne possédait ni écu, ni casque, ni haubert, mais celui-ci lui répliqua qu'il avait fait vœu d'acquérir honneur et gloire sans de tels harnois. Ajoutant même qu'il voulait devenir adroit homme de guerre sans se soucier des beaux équipements.

Ayant entendu cette explication, le seigneur la trouva fort juste et félicita le jouvenceau.

Toute la mesnie du château s'était rassemblée derrière des barrières. S'y étaient joints quelques laboureurs et croquants, tout heureux du spectacle.

En remettant à Guilhem une épée courtoise et un écu, le héraut d'armes s'étonna que son cheval ne porte pas de clochettes aux brides, comme c'était la coutume. Mais le garçon avait réponse à tout et il raconta qu'on les lui avait volées dans une écurie à Saint-Flour.

Personne n'eut le temps de faire des commentaires car il était déjà en selle et, au son des olifants, le tournoi s'engagea.

Guilhem chuta à ce premier affrontement, mais parvint à vaincre son adversaire lors de la seconde joute. Ce qui parut à chacun fort honorable.

L'escarmouche suivante était un combat à la barrière. Guilhem, secondé pour la circonstance par Aldebert de Montamat, devait empêcher deux chevaliers, dont un monstrueux colosse, de franchir une barrière ; les combattants n'étant armés que de boucliers de bois et de bâtons. Du sable s'écoulant d'un récipient par un petit trou mesurait la durée de l'épreuve.

L'affrontement fut sans merci et d'une extrême âpreté, provoquant plusieurs cris de terreur des dames et damoiselles qui y assistaient. Mais Guilhem et son allié réussirent à empêcher les deux autres de passer, même si ce fut au prix de coups fort violents, l'un d'eux fendant d'ailleurs la peau du front du jeune garçon.

Pansé par Joceran, Guilhem fut cependant désigné champion par la dame de Montamat, celle-ci ayant trouvé le dernier combat plus impétueux que celui à l'épée. Il reçut de ses mains une dague ciselée et un besant d'or. Quant au seigneur, il lui offrit un casque à nasal en lui déclarant, dans un grand rire, que s'il l'avait porté, il n'aurait pas eu le visage plein de sang.

Un dîner suivit, durant lequel Guilhem interpréta un canson qu'il dédia à la châtelaine.

Enfin ils purent partir. Le clerc leur remit alors une lettre de son maître demandant à ceux à qui ils la montreraient de bien recevoir le gentil damoiseau Guilhem et maître Régnier, son précepteur, lesquels étaient placés sous sa protection.

Ils ne firent pas beaucoup de route ce jour-là, mais trouvèrent quand même facilement à loger chez un vassal de Montamat. Le soir suivant, on leur laissa une grange dans une ferme après que Guilhem eut proposé au fermier un pogès melgorien[1].

Approchant de la vicomté de Turenne, ils découvrirent pour la première fois des fermes brûlées, des chênes couverts de fruits humains, des monastères pillés. Guilhem restait silencieux, aux aguets, mais

---

1. Quart de denier de Melgueil.

cependant indifférent aux massacres. Malgré son jeune âge, il avait fait partie de ceux qui ravageaient ainsi les campagnes, et il savait qu'il recommencerait. La guerre restait le jeu préféré des chevaliers et de leurs compagnies, qu'ils soient de vieux lignages ou des estropiats.

Pour Jeanne de Chandieu et Joceran, en revanche, ces maraudages et ces tueries restaient abominables. Blêmes et sans cesse en prière, ils s'étaient arrêtés les premières fois pour bénir les morts mais ils avaient bien vite pris conscience de la futilité de leur compassion.

Ils avaient pénétré au cœur d'une profonde forêt et les chevaux trottaient sur un chemin bien droit, pavé par places, certainement une ancienne route romaine, quand ils découvrirent des cavaliers devant eux. Ils étaient six, en broigne et haubert. L'un d'eux, lance à la main, portait un écu rouge, et le cimier de son heaume conique représentait une tête de sanglier. Son compagnon tenait un marteau d'armes. Les autres gardaient leur épée au fourreau.

En pénétrant dans la forêt, Guilhem avait monté et tendu l'arc de son arbalète. À la vue de la troupe, il fit arrêter Joceran et plaça un carreau dans l'encoche de son arme, la tenant contre l'arçon de selle. Après quoi, il se retourna. Peut-être pourraient-ils fuir en faisant demi-tour ? Mais, comme il s'en doutait, d'autres cavaliers s'approchaient dans leur dos.

— Allons-y ! dit-il au mire. Quand je les attaquerai, piquez des deux et foncez en avant. Ne vous préoccupez pas de moi.

— Mais...

— Taisez-vous, et faites ce que je vous ai dit ! ordonna Guilhem d'une voix rauque.

Jeanne fut frappée par son visage. Toute douceur en avait disparu. Jusqu'à présent, elle n'avait vu Guilhem que comme un gentil damoiseau, ayant à peine quelques poils de barbe au menton. Pour l'instant, ses yeux recelaient une énergie obscure et terrifiante. Elle frissonna.

Guilhem fit avancer lentement sa monture, l'arbalète dissimulée sommairement par sa rondache, là où se trouvait aussi la hache. Son épieu tenait dans un support, de l'autre côté de la selle.

À une dizaine de toises, il lança aux cavaliers :

— Que voulez-vous ? Nous sommes de paisibles voyageurs.

Immédiatement, il ajouta à voix basse à ses amis :

— Fonçons !

Aussitôt, il lâcha le carreau sur un des hommes en broigne. Abandonnant l'arbalète, il tira l'épieu et, pointe en avant, fonça sur celui en haubert, sa hache dans la main gauche.

Saisi de surprise, le chevalier n'eut pas le temps de baisser sa lance et la pointe de l'épieu perça son haubert. Guilhem en lâcha le manche et frappa de la hache l'épaule du chevalier voisin, lui tranchant le bras. Comme tout s'était déroulé en un instant, les autres guerriers n'eurent pas le temps de réagir et les voyageurs passèrent entre eux au galop.

Immédiatement, la horde hurlante se lança à leurs trousses, mais les cavaliers n'étaient plus que trois, le second groupe étant encore loin.

Guilhem laissa Joceran le dépasser et ils galopèrent ainsi un moment, conscients cependant de ne pouvoir tenir cette allure longtemps. Jeanne et Joceran n'étaient ni gros ni lourds, mais leur charge était telle que leur cheval fatiguerait vite.

Se retournant pour voir si leurs adversaires se rapprochaient, Guilhem se souvint vaguement d'une histoire racontée par le père Freteval, quand il lui parlait de Rome la Grand. Un Romain était poursuivi par trois ennemis, mais ceux-ci ne couraient pas à la même allure. Il s'était retourné contre le premier et l'avait occis, puis il s'était attaqué au second, et enfin au troisième.

Les cavaliers qui le suivaient n'étaient pas loin les uns des autres, mais l'un d'eux se trouvait quand même en avance. Guilhem tira donc sur le mors de sa monture et lui fit faire demi-tour. En un instant, il fut sur le guerrier trop rapide, la hache haute. L'autre brandit son épée dont le fer se brisa en heurtant le tranchant de la cognée. D'un revers, Guilhem abattit alors la hache sur son adversaire qui chuta.

Il attrapa alors la bride de la monture sans cavalier et changea de selle, les rênes de son propre cheval toujours en main. Il repartit aussitôt pour rattraper Joceran, car les deux autres routiers arrivaient déjà en vociférant. De plus le groupe de derrière se rapprochait dangereusement.

Son nouveau cheval était plus frais que le sien, il put le forcer sans pitié. Des coups d'œil réguliers par-dessus son épaule lui apprirent que les autres ne gagnaient plus sur lui.

Enfin il se rapprocha du couple.

— Montez sur mon cheval ! cria-t-il à Jeanne.

Ils s'arrêtèrent un instant. Terrorisée, elle s'exécuta cependant et, soulevant sa robe, passa sur l'autre selle.

Ils repartirent mais leurs poursuivants s'étaient dangereusement rapprochés. On entendait clairement leurs hurlements et leurs effroyables menaces. Par chance, aucun ne disposait d'arc.

La poursuite dura un temps infini. Ils étaient sortis de la forêt et longeaient maintenant de petites parcelles cultivées en orge quand Guilhem aperçut les fortifications d'une maison. Ils prirent le chemin qui y menait, avec le vœu qu'elle ne soit pas le repaire des brigands.

Le mugissement d'une trompe retentit. On les avait vus !

Ils débouchèrent devant un pont-levis où plusieurs archers s'étaient déjà rassemblés, ayant deviné qu'ils étaient poursuivis. Au pont, Guilhem sauta au sol en hurlant :

— Des routiers !

Déjà ceux-ci arrivaient, mais une volée de flèches partit dans leur direction. Atteint, un cheval s'écroula et les poursuivants s'arrêtèrent. Ils ramassèrent leur compagnon sur une selle et repartirent avec moult menaces et imprécations, tandis qu'une autre volée de traits partait, n'atteignant cette fois personne.

Chapitre 25

Construite sur des terres fertiles et tenue par un métayer du vicomte de Turenne, la maison forte produisait de l'orge, du froment et de l'avoine en abondance. Mais de par sa situation aux marches du comté, elle était sans cesse sujette aux attaques de pillards. C'est pourquoi Raymond de Turenne y avait laissé une garnison d'archers et de gens à pied. Avec les laboureurs et les manants qui vivaient à l'intérieur, ne sortant cultiver leurs tenures que dans la journée, sa garnison et ses provisions étaient suffisantes pour soutenir un siège et repousser des agresseurs.

Geoffroy Peyremale, le sergent d'armes en charge, écouta leur récit avec admiration. Ainsi ce jolet[1] avait tué quatre de ces redoutables routiers dont la bande s'en prenait régulièrement à ses gens, forçant les femmes quand elles allaient aux champs ou s'amusant parfois à écorcher un de ses croquants pour les terroriser ! Plusieurs fois, ces estropiats avaient même exigé une rançon pour quitter les lieux. Leur chef disparu, ils allaient heureusement partir.

---

1. Jeune coq.

Le sergent d'armes offrit donc un grand banquet pour remercier ses visiteurs et les logea dans une belle pièce, avec un lit confortable et de beaux draps de toile. Guilhem reçut de plus un nouvel épieu pour remplacer celui laissé dans le torse du routier.

Ils furent à Usarche le lendemain soir. Protégé par une abrupte enceinte ponctuée de tours, le bourg s'étendait devant la Vézère, en contrebas d'une abbaye fondée par Hildegaire, évêque de Limoges. Vassale du duché d'Aquitaine, c'était une des plus riches de la région.

Sur le chemin, les trois voyageurs avaient plusieurs fois aperçu des fermes brûlées et des corps de pauvres gens meurtris par les écorcheurs ; des cadavres laissés aux bêtes fauves et que personne n'avait encore enseveli. Ces sinistres rencontres, la fatigue et les émotions du voyage avaient provoqué un grand affaiblissement chez Jeanne de Chandieu, aussi, ayant trouvé une chambre dans une hôtellerie, Joceran décida-t-il de demeurer au bourg le temps que sa compagne retrouve la santé. De plus, une pluie diluvienne, accompagnée de foudre et de tonnerre, ne cessait de tomber et il paraissait préférable d'attendre la fin des intempéries.

Pour ces raisons, Guilhem passait ses journées dans la salle de l'hôtellerie, parfois jouant de la vielle à roue, parfois disputant des parties d'échecs avec Joceran.

Sa vielle, ou plutôt celle de Marion, était des plus simples : une caisse rectangulaire avec une manivelle à l'extrémité. Assis sur une escabelle, près du feu, les yeux fermés, il faisait doucement grincer les cordes en en tirant des miaulements exaspérants. Les regards échangés entre les clients de la taverne montraient qu'ils avaient du mal à supporter ces crissements, mais aucun ne se serait permis de réflexion, tous ayant vu la lourde brette posée sur la table.

Quand Guilhem en avait assez, il achevait ses séances en enchaînant allègrement toute une série de gigues pour soulager le public du supplice qu'il avait dû endurer[1].

Un soir, un individu corpulent et de petite taille, la trentaine, vêtu d'une robe de velours avec un péliçon[2] sans manches par-dessus, s'approcha de lui après avoir écouté les abominables stridulations.

— Vous faites souffrir mes oreilles, l'ami, fit-il, un sourire ironique aux lèvres.

— Ah ! rétorqua Guilhem, glacial.

— Me prêteriez-vous votre instrument un moment, gentil damoiseau ?

Le silence s'était abattu sur la salle. Chacun s'attendait à ce que le gamin fende le crâne de l'impertinent, ce qui l'aurait conduit immédiatement à la potence, compte tenu de l'importance de la future victime.

Mais, contre toute attente, Guilhem tendit sa vielle.

L'autre la serra contre son bras gauche, puis tourna vivement la manivelle tandis que ses doigts se mettaient à danser sur les cordes, faisant naître une mélodie si douce et si pure qu'elle aurait empli de bonheur le cœur du plus malheureux des êtres.

C'était le cas de Guilhem, qui resta subjugué, incapable de bouger.

L'homme interpréta alors un étonnant sirvente[3] sur le nouveau roi d'Angleterre, Richard Cœur de Lion, dans lequel le dernier vers de chaque strophe devenait le premier de la suivante. Cela avec un timbre à la fois hardi et mélancolique. Le silence régnant montrait à quel point le public était conquis.

---

1. Pardon, sir Arthur, pour avoir plagié cet extrait d'une *Étude en rouge*.
2. Courte robe de dessus en peau.
3. Le canson était un poème d'amour, le sirvente, un chant laudatif au service d'un seigneur.

Le chant terminé, l'homme rendit la vielle à Guilhem avec un sourire plein d'ironie.

— Vrai Dieu ! Comment parvenez-vous à jouer ainsi, gentil trouvère ? balbutia Guilhem.

— Ça s'apprend, l'ami ! Beaucoup de travail, quelques leçons et tu en seras peut-être capable.

— Sur ma vie, je donnerais tout ce que je possède pour y parvenir... Mais qui êtes-vous, messire ?

— Gaucelm Faidit[1], et je ne suis qu'un troubadour. J'habite Usarche, quand je ne cours pas le vaste monde.

— Gaucelm Faidit ! J'ai souvent entendu parler de vous ! poursuivit Guilhem, admiratif.

— Par qui ? demanda le troubadour avec un air suffisant.

— Par ma dame et ma mie, la gentille Marion qui était ménestrelle... Mais elle est morte avant de m'apprendre tout ce qu'elle savait.

— Tu es pourtant doué, mon compère, observa le troubadour avec chaleur. Mais que fais-tu à Usarche ?

— J'accompagne un couple d'amis, mais la dame est fatiguée et nous ne reprendrons la route de Limoges que dans quelques jours.

— Limoges ? Diantre ! Les routes sont diablement périlleuses. Connais-tu au moins la situation dans ce pays ?

— Les routiers, je sais, fanfaronna Guilhem en montrant son épée.

— Pas seulement les routiers ! Ici, la guerre fait rage depuis dix ans.

Joceran, descendu de sa chambre en entendant la musique, s'approcha pendant que Gaucelm Faidit poursuivait :

— J'ai voyagé dans le Piémont, en Lombardie, en Provence, et même en Hongrie, mon garçon, mais je

---

[1]. Il était né autour de 1150.

n'ai jamais rencontré plus de périls et de misères qu'autour de Limoges !

— Comment est-ce possible ? demanda Joceran.

Le troubadour soupira :

— Ici, la moitié des gens semblent être partisans du roi de France, et l'autre moitié du duc d'Aquitaine. Mais en vérité les vicomtes, les barons, les seigneurs, les bourgeois et les chanoines ne veulent que leur liberté !

» Tout a commencé il y a une dizaine d'années. En ce temps-là, le vicomte Adhémar de Limoges et sa noblesse penchaient pour le roi de France, tandis que les abbés de Saint-Martial et l'évêque préféraient le duc d'Aquitaine, c'est-à-dire la duchesse Aliénor, l'épouse du roi Henri.

» Tout le monde le sait, le roi Henri était un homme rude, ne craignant personne, ayant même fait tuer son chancelier dans une église. Il avait eu quatre héritiers de dame Aliénor, qui lui avait apporté le duché d'Aquitaine, mais celle-ci ayant poussé ses fils à se révolter contre leur père, il l'avait fait emprisonner. Quant aux enfants, s'il les avait titrés, il avait veillé à ne leur confier aucun pouvoir. Ainsi l'aîné, Henri, était roi d'Angleterre, mais n'en avait que le titre. Geoffroy, le second, duc de Bretagne, ne disposait guère de moyens[1]. Jean, le dernier, comte de Mortain, ne possédait rien : on le nommait d'ailleurs Jean sans Terre. Seul Richard, qui avait reçu le comté de Poitiers de sa mère, détenait suffisamment de biens pour lever une petite armée.

» Il y a huit ou neuf ans, les barons limousins se révoltèrent contre Richard et demandèrent l'aide du roi de France. Pour les contraindre à revenir dans la loyauté,

---

[1]. Henri – dit le Jeune – avait été couronné roi d'Angleterre en 1170. Geoffroy était le père d'Arthur de Bretagne (voir, du même auteur, *Londres, 1200*). Tous deux étaient décédés au moment de notre histoire.

le comte envoya contre eux une armée de brabançons. Il y eut quantité de massacres, mais finalement le roi Henri et ses trois fils, Richard, Henri et Geoffroy, signèrent un traité de paix à l'abbaye Saint-Augustin de Limoges. En contrepartie, Adhémar renouvela l'hommage qu'il devait à Richard, son suzerain, et s'engagea à ne plus donner de secours à ceux qui soutenaient le roi de France.

» Mais aussitôt après avoir été conclue, cette paix fut rompue à cause d'Henri le Jeune. Ce dernier avait été contraint d'aider son frère Richard, or il ne supportait plus d'être un roi sans pouvoir et de recevoir toutes ses subsistances de son père. Les barons limousins ayant décidé une nouvelle fois de se révolter, Henri, puis son frère Geoffroy les rallièrent, soutenus bien évidemment par le roi de France dont Geoffroy était devenu l'ami.

— Cet Henri n'était guère loyal envers son père, observa Guilhem.

— Je l'ai connu, fit Gaucelm Faidit en hochant la tête. Jamais on ne vit homme plus beau, plus béni en éloquence, plus affable, plus généreux et plus gracieux. Mais il utilisait toutes ces qualités pour le mal et il avait mis la mort de son père en tête de ses désirs. C'est pourquoi le Seigneur l'a puni. Mais revenons à cette rébellion : Adhémar de Limoges avait entraîné avec lui les bourgeois de la ville et seul le château était resté fidèle à Richard. Les opérations militaires furent confuses et marquées par des massacres épouvantables. Henri II, irrité, marcha sur Limoges mais dut se retirer en laissant le château aux bourgeois. Le comte Richard revint alors avec une armée considérable, mais à cause de la résistance opiniâtre du château et du mauvais temps, lui et son père durent lever le siège.

— Adhémar et Henri le Jeune étaient donc finalement vainqueurs ? demanda Joceran qui trouvait l'histoire compliquée.

— Non, car Henri, ne pouvant payer ses mercenaires, pilla quelques abbayes, dont Saint-Martial et Rocamadour. Il perdit ainsi ses alliés et vint ici, à Usarche, pour rencontrer le comte de Toulouse et obtenir son aide. Mais il tomba malade et trouva la mort. C'était il y a cinq ans.

— La guerre était donc finie ? s'enquit Joceran, soulagé.

— Provisoirement ! Mais la guerre est trop belle et le diable se délecte trop à l'attiser ! plaisanta le troubadour. Le vieux roi Henri pardonna à Geoffroy mais marcha quand même sur Limoges où il écrasa dans le sang les barons révoltés. Adhémar aurait dû être puni comme les autres mais, par ses promesses, il parvint à se faire pardonner ses félonies, poursuivit Gaucelm Faidit. Le comte Richard, trop débonnaire à mes yeux, eut grand tort de le croire, car Adhémar et ses barons, toujours appuyés par le roi de France, devaient se soulever à nouveau un peu plus tard.

— Encore ! s'exclama Joceran, dépité.

— Encore ! Il faut dire que bien des circonstances avaient changé : Richard étant devenu très puissant, son père se méfiait à nouveau de lui et il se rapprocha de ses fils Jean et Geoffroy.

Quelle famille ! songeait Guilhem.

— Il décida ainsi de donner l'Angleterre à Richard, mais de lui reprendre le Poitou et l'Aquitaine pour les céder à Jean et à Geoffroy. Richard refusa et engagea Mercadier pour commander son armée contre ses deux frères. Ce ne fut à nouveau que pillages et massacres dans ce pays jusqu'à ce qu'Henri II revienne sur ses décisions et fasse la paix avec Richard. Il le soutint même quand son fils s'en prit au comte de Toulouse, il y a trois ans.

— Et Geoffroy ? demanda Guilhem.

— Bien sûr, celui-ci n'accepta pas de perdre le Poitou, que son père lui avait offert ! Il s'allia au roi de

France pour attaquer son frère Richard ! Mais il mourut dans un tournoi à Paris.

— Cette fois c'était la paix ! conclut Joceran.

— Croyez-vous ? Les querelles couvaient toujours et quand un grand seigneur limousin, le sire de Lusignan, frère du roi de Jérusalem, se querella avec un baron de Richard et le tua, une nouvelle révolte éclata. Les barons de ce pays s'allièrent à nouveau avec le comte de Toulouse pour ravager les terres de Richard. Celui-ci réagit avec une juste vigueur et fit entrer ses brabançons dans le Quercy. Aussitôt, le roi de France en profita et pénétra à son tour dans le Berry, proche du Poitou. Henri vint alors au secours de son fils en s'en prenant à la Normandie française et Philippe Auguste dut battre en retraite.

» La guerre aurait pu devenir générale si la situation n'avait pas été si grave en Terre sainte. Nous avions perdu Jérusalem et tous les vrais croyants jugeaient absurde cette guerre alors que les infidèles profanaient le tombeau du Christ. Il y eut donc un accord entre les parties à l'occasion duquel Richard demanda à son père de devenir son seul héritier. Mais Henri ayant refusé, Richard s'associa contre lui avec le roi de France.

— On m'avait dit que Philippe Auguste était devenu l'allié de Richard contre son père Henri, observa Guilhem. Mais maintenant qu'Henri est mort, la paix devrait régner entre eux.

— Les alliances changent au fil des intérêts. Devenu roi, Richard ne peut plus reconnaître la suzeraineté de Philippe. Néanmoins, ayant accepté de faire route ensemble pour délivrer le tombeau de Notre-Seigneur, ils ont tous deux licencié leurs troupes de routiers.

— Seulement, partiront-ils vraiment ? intervint quelqu'un qui les écoutait. Tout le monde en doute ! Ils ont si souvent repoussé leur partance. On parle maintenant d'un départ après les fêtes de Noël.

— Ils partiront ! L'abbé de Saint-Pierre m'a montré la copie de leur pacte, qu'il a reçue, annonça le troubadour. Il dit à peu près ceci : Moi, Philippe, roi de France, je garderai bonne foi à Richard, roi d'Angleterre, comme à mon ami et féal pour sa vie, ses membres et l'honneur de sa terre. Et moi, Richard, roi d'Angleterre, j'agirai de même à l'égard du roi de France, pour sa vie et ses membres, comme à l'égard de mon seigneur et ami. Espérons que cette amitié dure longtemps, mais il est vrai que le roi de France aurait mieux fait de s'en aller plus tôt combattre les Sarrasins au lieu de se mêler de nos affaires. Cette guerre n'aurait jamais eu lieu et la paix régnerait dans ce pays !

— En entrant dans la vicomté de Turenne, nous avons rencontré une troupe de routiers, dit Guilhem. Sans doute étaient-ils sans engagement.

Ayant deviné que Gaucelm Faidit était un chaud partisan du comte de Poitiers devenu roi d'Angleterre, il préférait ne pas accuser ces routiers d'être des gens appartenant ou ayant appartenu à Richard.

— Guilhem a tué quatre d'entre eux, précisa Joceran avec une évidente fierté.

— Quatre ? À vous seul ? Par la lance de saint Jacques, vous jouez mieux de l'épée que de la vielle, gentil compagnon !

— Si j'avais à choisir, je préférerais l'inverse, sourit Guilhem. Accepteriez-vous de m'apprendre ce que j'ignore ?

— Pourquoi pas ? Pour les quatre routiers que vous avez occis, je vous donnerai donc quatre leçons !

Plusieurs des clients dans la grande salle approuvèrent le troubadour à grand renfort d'acclamations.

C'est ainsi que Guilhem apprit les finesses de la vielle à roue. Ils quittèrent Usarche quelques jours plus tard, Guilhem promettant à Gaucelm Faidit de revenir le voir. Mais le troubadour lui expliqua qu'il pourrait bien ne pas le trouver, car il avait reçu un courrier de celle qu'il aimait – bien qu'il soit marié : la comtesse d'Aubusson, qui désirait l'entendre jouer. De plus, il envisageait de rejoindre la croisade qui se préparait et de servir Dieu, sous l'étendard de la croix.

Malgré les avertissements de Gaucelm Faidit, le voyage vers Limoges se déroula sans histoire. Cette ville, comme beaucoup d'autres à cette époque, était formée de deux bourgs accolés, mais aux murailles distinctes. La cité, placée sous l'autorité de l'évêque, s'étendait autour de la cathédrale. En face, le bourg du château appartenait au vicomte, ce que rappelaient les étendards aux trois lions d'azur flottant en haut des tours.

Arrivés en mai, Joceran trouva une chambre non loin du château, au-dessus de l'atelier d'un pelletier, et Guilhem prit chambre dans une hôtellerie. Bien que ses amis soient en sécurité, il avait décidé de rester quelques semaines à Limoges pour se reposer mais surtout parce qu'il éprouvait grande peine à se séparer d'eux. Une fois reparti sur les chemins, il n'aurait plus de compagnons et il resterait seul avec des souvenirs qui le hantaient.

Comme Limoges avait beaucoup de marchands, il profita de ce séjour pour acheter une simple mais solide cotte de mailles, un écu et une nouvelle arbalète avec le fruit de la vente du cheval pris au routier et le besant d'or donné par Aldebert de Montamat.

La réputation de Joceran, qui avait repris le nom de maître Régnier, connut un brusque essor après qu'il eut guéri l'évêque d'une maladie du petit ventre que personne ne parvenait à soigner. Le prélat offrit même au médecin de s'installer dans la cité, mais l'ancien moine clunisien refusa, préférant rester loin des autorités ecclésiastiques. Il eut tort, car, peu après, une épidémie de suette se répandit dans la ville comtale.

Cette maladie était transmise par les tiques et les poux, surtout durant les fortes chaleurs. La suette provoquait une croûte noire à l'endroit de la morsure de la tique, puis souvent une éruption cutanée granuleuse. Dans bon nombre de cas, le malade mourait en quelques jours et même Joceran restait impuissant, bien qu'il utilisât un onguent parfois efficace quand la piqûre était récente.

Durant des semaines, le médecin alla de malade en malade, ne dormant quasiment pas. Le sachant épuisé, Jeanne ne lui signala pas tout de suite sa fatigue et sa fièvre.

Ce soir-là, Guilhem était venu souper chez eux, car il avait finalement prévu de quitter Limoges le lendemain. C'est à table que Jeanne perdit connaissance. Après l'avoir transportée immédiatement sur sa couche, Joceran découvrit les croûtes noires des piqûres sur ses cuisses. La maladie était très avancée et Jeanne n'avait rien dit car, en été, les poux la piquaient souvent, aimant sa douce chair.

Or Joceran venait de terminer son dernier pot d'onguent. Guilhem se proposa donc pour aller chercher les simples nécessaires auprès de l'herboriste voisin.

Il faisait encore bien jour en cette belle soirée d'été, mais il n'y avait pas grand monde dans les rues. Le jeune homme remarqua donc immédiatement l'individu appuyé contre une borne de pierre qui s'éloigna en boitillant, après lui avoir lancé un regard nonchalant. Certainement un chevalier, avec sa grande épée et ses éperons.

L'herboriste ayant préparé les ingrédients demandés, Guilhem revint chez Joceran, qui s'attela aussitôt à son mélange.

— Un homme se tenait près de la borne, dans la rue, fit alors Guilhem à voix basse pour que Jeanne n'entende pas. Or il était déjà là quand je suis arrivé. Un chevalier, la quarantaine... Il a fait l'indifférent, mais je crois qu'il surveille la maison.

Joceran, déjà angoissé à cause de l'état de sa compagne, cessa de broyer les plantes, soudain terrorisé.

— Tu es sûr ? s'enquit-il d'une voix tremblante.

— Certain ! Même épée, même surcot azur avec trois ondées d'or. Il boite...

— Brancion ! lâcha Joceran.

— Ce serait donc lui, votre Brancion ? Je vais m'en occuper, ne vous inquiétez pas, répliqua Guilhem avec assurance. Je partirai un autre jour pour Paris. Au demeurant, je ne veux pas m'en aller tant que Jeanne est malade.

Jeanne de Chandieu fut rappelée à Dieu deux jours plus tard. Sans la présence de Guilhem, Joceran se serait donné la mort pour l'accompagner au ciel. Guilhem s'occupa de la sépulture, qui eut lieu très vite à cause de la chaleur. Jeanne fut mise dans une fosse et tout fut terminé après une belle messe que Joceran paya six deniers.

Le médecin resta ensuite abattu, hagard, persuadé que tout était de sa faute, car il aurait dû s'apercevoir plus vite de la maladie de celle qu'il aimait. Guilhem ne le quittait pas, craignant qu'il ne se meurtrisse pour la rejoindre. Mais finalement la vie reprit le dessus et, un matin, Joceran annonça à Guilhem qu'il ne voulait plus rester dans cette ville où celle qu'il aimait était morte.

— Je ne vous quitterai pas, lui promit Guilhem. Puisque nous avons connu le même malheur, nous nous épaulerons. Où voulez-vous aller ?

— À Montferrand, j'ai soigné un chanoine nommé Guy d'Ussel dont le frère, Ebles, est le seigneur du château d'Ussel. Il m'avait donné une lettre pour lui, m'assurant qu'Ebles me prendrait à son service car il cherche un médecin personnel.

— Pourquoi n'y êtes-vous pas allés tout de suite, en quittant Montferrand ?

— Je craignais que Brancion ne me retrouve trop facilement, mais désormais peu m'importe qu'il sache où je suis. Je fuyais pour protéger Jeanne, et elle n'est plus. Si Brancion parvient à me faire saisir, peu m'importe mon sort. Certes, j'ai abandonné la robe, mais j'ai remboursé toutes mes dettes. À moins qu'on ne me remette à un tribunal ecclésiastique, on ne peut me punir et je ne crains pas l'excommunication.

— Si Brancion ne vous avait pas pourchassés, vous ne seriez pas allés à Limoges, observa Guilhem d'une voix neutre. Donc il est responsable de la mort de Jeanne. Pour cette raison, si je le revois, je le tuerai.

— Es-tu certain de vouloir m'accompagner ?

— Certain.

— Alors je peux te révéler un fait qui t'intéressera : Guy d'Ussel est un troubadour réputé, comme ses frères Ebles et Pierre. Il a aussi un cousin, maître du château de Charlus, avec qui il aurait composé nombre de cansons et de sirventes. Je crois que tu te plairas à Ussel.

Chapitre 26

Ils partirent au milieu du mois d'octobre. Brancion ne s'était plus manifesté. D'après Joceran, le chevalier avait dû apprendre la mort de Jeanne et juger la poursuite de sa seule personne désormais inutile.

Bien équipé, avec de bons chevaux, Guilhem ne craignait pas les routiers durant le voyage. Dans la pire des situations, ils parviendraient à fuir, sauf s'ils tombaient dans un guet-apens. Pour cette raison, et comme ils avaient à traverser une profonde forêt, il fut d'une prudence extrême, restant à plusieurs reprises en arrière afin de s'assurer qu'ils n'étaient pas suivis.

C'est ainsi qu'il découvrit un cavalier à leurs trousses.

La première fois qu'il le vit, en contrebas du sentier qu'ils gravissaient, il pensa à un voyageur comme eux, un marchand peut-être, mais pour en avoir le cœur net, ils s'arrêtèrent un moment afin qu'il les dépasse.

Cela n'arriva pas.

Un peu plus loin, Guilhem descendit de cheval et confectionna sur sa selle une sorte d'épouvantail avec quelques branches sur lesquelles il posa son manteau à capuchon. Ensuite, Joceran reprit la route en compagnie du cheval portant le mannequin. De loin et de dos, celui qui les suivait ne pouvait deviner que deux cavaliers.

Quant à Guilhem, il se dissimula dans un fourré avec son arbalète et attendit.

L'homme arriva peu après. Vêtu très simplement d'une houppelande de grosse laine, sans épée apparente, avec seulement une dague à sa taille, il pouvait passer pour un bourgeois. Cependant, il avançait avec précaution, marquant une pause à chaque courbe du sentier et examinant la profondeur des empreintes devant lui dans le sol mouillé. Il resta même un instant à regarder un tas de crottin, comme pour évaluer depuis quand il se trouvait là. Guilhem devina le chasseur. Gros-Groin se comportait ainsi quand on lui demandait de suivre une piste.

Il laissa passer le cheval, un destrier comme n'en possédaient pas les marchands, et il aperçut alors l'épée attachée à l'arrière de la selle avec une petite rondache et un casque à nasal. C'était bien un guerrier.

Ayant tendu l'arc de l'arbalète, Guilhem plaça un carreau et cria :

— Arrête-toi, l'ami, j'ai un carrelet prêt à percer la cuisse de ton destrier !

L'homme obéit.

— Descends !

— Pourquoi ? s'enquit le pisteur en se retournant.

Son ton était calme, sans aucune frayeur.

— C'est moi qui donne les ordres ! Tu descends ou je te fais descendre.

— Tu tues ma monture et je te tue, répliqua alors l'autre avec une nouvelle rudesse.

— Crois-tu être plus fort que moi à l'épée ?

— Certainement.

— Tente donc ta chance.

Cette fois, l'homme hésita.

— Tire ton carreau, dit-il pourtant après un instant.

— Je ne veux pas la mort du cheval, ironisa Guilhem. Réponds à mes questions et je te laisse aller.

— Lesquelles ?

— Pourquoi nous suis-tu ?
— Je ne vous suis pas.
— Ce n'est pas la bonne réponse. Le sire de Brancion aurait dû te prévenir que je suis méchant.

L'homme resta un instant silencieux, mais le nom de Brancion avait fait mouche.

— J'ignore de quoi vous parlez.
— Je n'ai plus envie de jouer, répliqua Guilhem. Réponds sans mentir ou je lâche mon carrelet, et ce ne sera pas sur ton cheval. Tu finiras ta triste vie ici.
— Ce n'est pas après vous que le seigneur de Brancion en a, déclara le suiveur après une ultime hésitation. Restez en dehors de tout ça. Cela concerne Cluny.
— Écoute-moi bien, l'ami. Dis à Brancion qu'il a tué Jeanne de Chandieu, et que je lui ferai payer ce crime. Quant à Joceran, c'est mon ami. Si Brancion s'approche de lui, ça me sera encore plus facile de le punir. Je lui conseille donc de rentrer à Cluny et de l'oublier. Et toi, si je te revois, je t'enverrai au royaume des taupes, sans même te prévenir. Maintenant, tu peux t'en aller.

L'homme le regarda un moment, ne posa aucune question et fit faire demi-tour à sa monture. Il partit au trot, sans se presser.

Guilhem voulait faire passer un message. Il y était parvenu.

Le Lion d'Or et l'auberge à l'enseigne de Notre-Dame étaient les deux hôtelleries d'Ussel. Mais seul le Lion d'Or disposait de chambres, même s'il s'agissait presque de dortoirs avec un grand lit à partager à huit. Ce fut donc là qu'ils s'installèrent, payant un prix plus élevé pour ne pas avoir de compagnons de chambrée.

Ensuite Joceran se rendit au château avec la lettre de Guy d'Ussel. Son frère, le seigneur Ebles, le reçut sans dissimuler sa satisfaction. Bien qu'encore jeune, il souffrait de toutes sortes de maux, pour la plupart liés aux plaisirs de la table. Joceran l'ayant examiné, il lui prescrivit un traitement, en espérant qu'il serait suivi. Ebles promit à l'ancien moine de le prendre à son service, avec des gages suffisants pour qu'il puisse s'installer dans le bourg.

Il lui annonça aussi que son frère Guy, coseigneur du château, viendrait lors des fêtes de l'avent pour régler quelques affaires de la seigneurie et fêter Noël.

En attendant Guy d'Ussel, qu'il brûlait de connaître, Guilhem explora le minuscule bourg et surtout la campagne environnante pour s'assurer que Brancion avait bien abandonné sa poursuite. Ne découvrant aucun élément de son passage, il en conclut que Joceran serait désormais tranquille.

Quelques jours avant la Saint-Nicolas, le médecin était justement au château quand Guy d'Ussel arriva avec une suite de quelques serviteurs. Il remercia Joceran d'être venu s'occuper de son cher frère et écouta avec tristesse l'ancien moine lui annoncer la mort de sa dame. Le médecin lui parla ensuite de Guilhem, son compagnon de voyage, qui jouait de la vielle et souhaitait le rencontrer.

Ebles et Guy décidèrent donc d'un banquet avec joute de troubadours auquel ils convièrent les seigneurs des environs et leurs serviteurs, tant chevaliers, prélats que clercs.

Si Ebles y interpréta plusieurs poèmes d'amour, ses deux frères Guy et Pierre s'y distinguèrent dans des jeux-partis[1], c'est-à-dire des joutes poétiques, dont la châtelaine d'Ussel, arbitre de cette cour, avait choisi comme sujet : Le baiser est-il suffisant à l'amour ?

---

1. Débats contradictoires en vers.

Guilhem resta émerveillé par l'adresse et l'à-propos des participants qui se défiaient deux à deux, défendant tour à tour, par couplets improvisés mais de rimes semblables, leurs opinions contradictoires.

Guy d'Ussel emporta la joute en déclarant :

> *Si vous aimiez un peu,*
> *Vous auriez dit la folie grande :*
> *Peu importe au fourbe de prendre*
> *Quelque faveur et de s'enfuir !*
> *Moi, je veux rester, caresser*
> *Ma Dame que j'aime et adore,*
> *Car à bon droit je m'en verrais banni*
> *Si je lui manquais quand elle m'appelle.*

Il connut ensuite un nouveau triomphe avec sa nouvelle pastourelle interprétée au luth :

— Désemparé, sans compagnon, complètement privé d'amour, je chevauchais par une plaine, marri, triste et pensif, en proie à un profond chagrin, le long d'un bois, jusqu'à ce que me retînt l'agréable vue d'une pastourelle...

Quant à Guilhem, il interpréta à son tour quelques cansons qui obtinrent un certain succès, tant pour sa voix que pour son interprétation à la vielle à roue avec laquelle il avait fait de grands progrès depuis les leçons données par Gaucelm Faidit. Mais il ne pouvait pas lutter avec les frères d'Ussel qui étaient de véritables trouvères, car ils inventaient leurs chants quand Guilhem ne faisait que reprendre ceux des autres.

Dans les jours suivants, Guilhem rencontra plusieurs fois Guy d'Ussel. Il était très désireux d'apprendre de lui comment composer des pastourelles et être capable de conduire une joute de jeux-partis.

Deux jours avant Noël, les rues étant couvertes de neige, il rentra tard à l'auberge après avoir travaillé au château avec Guy tout l'après-midi. Il avait en tête les conseils que lui avait donnés le troubadour et se hâtait pour retrouver la chambre où il disposait de parchemins et de plumes. Il se sentait tout excité à l'idée d'assembler enfin les mots et les vers qui lui venaient à l'esprit.

Arrivé à l'auberge, il secoua son manteau et grimpa quatre à quatre l'escalier conduisant à leur chambre. Mais comme il était encore dans le corridor, il entendit un cri étouffé et le bruit d'un objet métallique.

Il se précipita à la porte qu'il tenta vainement d'ouvrir. Il l'enfonça aussitôt à coups d'épaule.

Un homme enjambait la fenêtre donnant dans la cour de l'auberge. Guilhem, qui avait déjà tiré un couteau de sa cuirasse, le lança sur le fuyard. Atteint dans le dos, celui-ci bascula dans le vide.

Immédiatement après, il chercha des yeux Joceran et le découvrit sur le carrelage, du sang coulant de son flanc et de son bras.

— Que s'est-il passé ? demanda-t-il, s'agenouillant près de lui.

— Brancion... murmura l'ancien moine.

— C'était lui ?

— Non... Il a envoyé quelqu'un... Je ne comprends pas...

Guilhem prit son ami dans ses bras et l'étendit sur le lit. Sa blessure ne saignait pas trop, mais Guilhem savait qu'elle n'était pas bonne dans ce côté du petit ventre. Quant à sa main, elle était coupée à la paume. Joceran avait essayé de saisir une lame.

Il rejoignit alors vivement la porte et cria, ameutant les gens de l'auberge.

Peu après, l'aubergiste se montra, ainsi que plusieurs clients. Guilhem leur expliqua en quelques mots ce qui s'était passé : un voleur était entré par la fenêtre. On le trouverait dans la cour, au pied de la fenêtre, un couteau dans le dos. Il demanda ensuite qu'on aille chercher le seigneur Guy au château, ainsi que quelqu'un sachant soigner.

Mais il n'y avait pas d'autre médecin à Ussel et il le savait.

Guilhem revint ensuite auprès de Joceran. La femme de l'aubergiste, qui venait d'arriver, proposa d'aller chercher des linges pour le nettoyer. Il lui dit de faire vite et demanda aux curieux qui attendaient, en commentant l'agression, de le laisser seul et d'aller plutôt dans la cour pour voir ce qu'était devenu le meurtrier.

La pièce vidée, Guilhem interrogea le médecin, étouffant un sanglot en songeant à la malédiction qui le frappait. Tous ses proches allaient-ils ainsi disparaître ? Suffisait-il qu'il aime quelqu'un pour que celui-ci perde la vie ?

— Pourquoi ce gueux vous a-t-il frappé ?
— C'est ma faute, j'ai tenté de lui prendre son couteau. Il s'est débattu, souffla Joceran.
— Il voulait vous emmener ?
— Non, il voulait... Je ne comprends pas ce qu'il voulait, Guilhem.

Il eut un renvoi sanglant que le jeune garçon essuya.

— Il m'a demandé de rendre la relique... reprit l'ancien moine.
— Quelle relique ?
— C'est une longue histoire... J'ai cru comprendre qu'il m'accusait, que Brancion m'accusait... Non, que Hugues de Clermont m'accusait d'avoir volé une relique. Ce serait pour cette raison qu'on me poursuivrait.
— Pourquoi auriez-vous volé une relique ?

Joceran eut un triste sourire sur son visage blême.

— Je n'ai jamais volé de relique, Guilhem... C'est cela que je ne comprends pas.

La femme de l'aubergiste revint avec une servante pour nettoyer la blessure. Son mari l'accompagnait :

— On a trouvé le larron, messire, fit-il, tout fier.

Guilhem laissa les femmes soigner son ami et descendit.

On avait étendu un homme sur une table, couvert de neige maculée de sang. Une vingtaine de personnes étaient agglutinées autour de lui et commentaient son état.

Vêtu comme un oignon, le criminel avait tout d'un pauvre vilain, mais Guilhem reconnut son suiveur dans la forêt, celui qu'il avait menacé. L'homme se mourait. Ses yeux étaient déjà vitreux.

— Par Dieu, je vous avais prévenu de ne pas revenir ! gronda Guilhem.

— Un prêtre... Je vous en prie... Je n'ai pas voulu blesser maître d'Oc, protesta l'autre dans un souffle. Comment va-t-il ?

— Mal. Où est votre maître ?

— Ne comptez pas sur moi pour le trahir...

— Alors vous n'aurez pas de prêtre ! Belzébuth vous arrachera le foie et vous brûlerez en enfer !

L'assistance murmura sa désapprobation en entendant la malédiction. Pouvait-on laisser partir un homme sans qu'il ait pu racheter ses péchés ?

— Pourquoi êtes-vous revenu ?

— Pour la lance, je devais rapporter la Sainte Lance.

Autour de la table, il y eut d'autres murmures, cette fois de stupéfaction.

— Quelle lance ? De quoi parlez-vous ? cria Guilhem.

Puis il s'adressa aux manants :

— Vous autres, éloignez-vous !

Comme personne ne s'exécutait, il sortit son épée dans un accès de rage et les badauds s'égaillèrent.

— Quelle lance ? répéta-t-il.

— La Sainte Lance... Joceran a volé la Sainte Lance en quittant Cluny.

— Fadaises ! Joceran n'a jamais rien volé ! C'est l'homme le plus honnête du monde !

— Le sire de Brancion doit la retrouver et la rapporter...

Soudain son visage livide se crispa et son souffle s'éteignit.

Sous la table, une flaque de sang se mélangeait à l'eau de la neige fondue. Guilhem resta encore un moment à regarder le corps. Qu'est-ce que c'était que cette histoire de Sainte Lance ? S'il était certain d'une chose, c'est que Joceran ne possédait aucune relique et aucune lance. Il en était d'autant plus certain que c'était lui-même qui avait préparé ses bagages en quittant Limoges !

Chapitre 27

Laissant le cadavre, il remonta dans la chambre, l'esprit bousculé par mille questions. La femme de l'aubergiste avait fini de nettoyer la plaie. Guilhem l'examina à son tour. La blessure s'enfonçait profondément dans le flanc, du côté gauche.

Joceran souffrait en s'efforçant de ne pas gémir.

— Guilhem, lui dit-il quand il le vit. Prends ma trousse. Tu y trouveras un petit flacon en verre bleu avec des grains. Mets-m'en deux dans la bouche.

Guilhem s'exécuta et fit sortir la femme de l'aubergiste. Il savait que le flacon contenait de l'opium permettant de calmer la douleur.

Les ayant fait avaler à son ami, il raconta :

— Le maraud vient de passer, mais il a parlé avant. C'était celui qui nous suivait, l'homme de Brancion. Il m'a dit qu'il venait chercher la Sainte Lance.

— La Sainte Lance ! Quelle absurdité ? Pourquoi pensait-il que je l'avais ?

— Je ne sais pas. De quoi s'agit-il ?

Joceran ne répondit pas tout de suite. Il essayait de reprendre son souffle et, en même temps, de se souvenir. Son esprit le fuyait.

— Avant mon départ, j'avais été appelé par l'abbé Hugues de Clermont, comme tous les officiers de l'abbaye, dit-il enfin. Il voulait nous consulter, mais mon avis importait peu, aussi n'ai-je guère accordé d'intérêt à ce qui se disait. En vérité la discussion ne se déroula qu'entre lui, le prieur, le préchantre, le chambrier et le sacriste...

» Un moine itinérant avait proposé au préchantre une incroyable relique : la Sainte Lance qui avait percé le flanc de Notre-Seigneur... Il l'aurait rapportée d'Antioche et la proposait à Cluny, seule abbaye selon lui digne de la posséder. Mais il en voulait mille sous d'or...

— Mille ! s'exclama Guilhem.

— Oui. Cela provoqua un rude débat, car plusieurs d'entre nous pensaient la relique fausse, et étaient persuadés que le vendeur n'était qu'un pardonneur... un larron... Je me souviens qu'Hidran de Thizy, le cellérier, et Renaud de Montboissier, le prieur, étaient résolument opposés à un tel achat. L'abbé Hugues de Clermont, le chambrier Orderic de Melgueil et Étienne le sacriste, gardien du trésor, étaient partagés. De plus, nous ne possédions pas cette somme, sauf à la sortir de nos maigres réserves. Or chaque année voyait Cluny plus pauvre. Nous ne buvions que de la piquette à table, les robes n'étaient plus changées et le chambrier cherchait par tout moyen à rendre son faste à l'abbaye...

» Mais le préchantre a présenté une preuve irréfutable de l'authenticité de la relique : une charte décrivant l'objet saint, qui portait les sceaux de l'archevêque d'Antioche et des seigneurs présents lors de sa découverte. Il les avait vérifiés à partir d'autres chartes conservées au scriptorium. De plus, le grand-oncle de notre chambrier, Pons de Melgueil, avait été prieur de Cluny et s'était rendu à Antioche. Orderic possédait de nombreux actes de l'archevêque et des chevaliers témoins de la découverte de la lance. Les ayant comparés à ceux de la charte, il ne put que reconnaître la véracité de la pièce présentée par le vendeur.

— Alors ?

— Alors le prieur a sorti les mille sous des réserves de l'abbaye et a acheté la sainte relique... J'ai eu l'occasion de la voir peu après, dans l'église. J'ignore ce qui s'est passé ensuite, puisque je suis parti ce soir-là.

— D'après celui qui vous a frappé, la relique aurait été volée, par vous...

— Impossible ! Elle se trouvait enfermée dans le trésor et je n'en possédais pas la clé... Et surtout, qu'en aurais-je fait ? Mon seul dessein alors était de retrouver Jeanne et de disparaître... Il aurait été absurde de mettre les gens de Cluny à mes trousses.

— C'est pourtant ce qui s'est passé, observa Guilhem, méditatif.

Il réfléchit un moment avant d'affirmer :

— Celui qui a volé la relique a profité de votre fuite pour vous faire accuser. Ainsi il détournait les soupçons qui auraient pu peser sur lui.

— Croyez-vous ? Mais, à ma connaissance, seuls quatre officiers de Cluny possédaient la clé du trésor...

— Qui donc ?

— L'abbé bien sûr, le prieur, le sacriste et le chambrier. Peut-être d'autres, mais je l'ignore.

— C'est l'un d'eux qui l'a volée.

— Impossible ! Ce sont tous de saints hommes, d'une honnêteté à toute épreuve !

— *Nimium ne crede colori*[1], m'a appris un prêtre qui me donnait des leçons de latin.

— C'est de Virgile, soupira Joceran. Mais je ne peux croire à la félonie de l'un des nôtres.

Pour Guilhem, la messe était dite et il ne chercha pas à convaincre son ami. Il resta seulement près de lui pendant qu'il sommeillait, sous l'effet de l'opium.

Peu après arriva Guy d'Ussel avec le prêtre.

---

1. Ne vous fiez pas aux apparences.

Guilhem lui résuma ce qui s'était passé, expliquant que selon lui il s'agissait d'une erreur : ce voleur cherchait une relique et croyait que Joceran la possédait. Une histoire d'une terrible absurdité.

Guy savait combien l'appât du gain, surtout d'une sainte relique, pouvait provoquer de violence et il ne douta pas de l'explication.

Pendant qu'ils parlaient ainsi, le prêtre examinait la plaie sur le flanc du petit ventre. Il les rejoignit quand il eut terminé.

— Je ne sais que vous dire, car je ne peux rien faire, mais ma crainte est que le boyau ne soit percé.

— Ce qui veut dire ? demanda Guilhem, ayant deviné la vérité.

— Si c'est le cas, rien ne pourra le sauver, sauf peut-être de sincères prières.

— Je resterai près de lui, décida Guilhem. Je vous ferai chercher si cela s'aggrave.

— Quelle affreuse chose que ce drame se déroule ici, alors que je me réjouissais de retrouver maître Régnier ! fit Guy, les larmes aux yeux. Je ferai tout pour que mes prières touchent le Seigneur.

Malgré ces suppliques, Joceran mourut le lendemain, peu avant none. L'infirmier de Cluny fit preuve d'un immense courage face à la douleur et à la mort. Durant ses derniers instants, il dit à Guilhem qu'il partait heureux, car il allait revoir Jeanne. Il le supplia aussi de ne pas chercher à se venger de Brancion, ce que promit le jeune garçon, tout en se sachant incapable de respecter ce serment.

Joceran se confessa également au prêtre, révélant qu'il avait quitté la robe monacale pour partir avec une femme. Horrifié, le prêtre hésita à lui donner l'absolution mais Guilhem lui fit comprendre que s'il ne le faisait pas, il pourrait lui aussi avoir les boyaux percés.

Aux obsèques, Guy d'Ussel demanda à Guilhem s'il demeurerait dans la ville.

— Je n'ai aucune raison de rester, messire. On m'a dit que le roi Philippe cherchait des hommes d'armes, et qu'il y avait moult honneurs à gagner près de lui. Je vais tenter ma chance, bien que je ne connaisse personne pouvant m'introduire auprès de ses barons ou de ses capitaines.

— Pourquoi pas le roi Richard ? Vous auriez moins de route à faire...

— J'ai déjà approché Louvart, un de ses capitaines, et je ne suis pas sûr d'apprécier sa façon de faire la guerre.

— Elle n'est pas différente de celle du roi de France, persifla Guy d'Ussel. Personne n'ignore comment agit son baron préféré, Lambert de Cadoc ! Venez chez moi ce soir, nous en parlerons. Je ne suis pas riche, mais je vous promets que vous dînerez mieux que chez mon cousin Elias !

Malgré sa peine, Guilhem laissa filtrer un sourire. Guy lui avait déjà parlé de son cousin, seigneur du château de Charlus et gentil troubadour lui aussi, mais si pauvre que, quand il recevait un visiteur, il le nourrissait de ses poésies, ne pouvant lui offrir de festin. Ses amusements tenaient lieu de coupes de vin, ses sirventes de galettes de seigle et de froment, et ses chansons de vêtements ornés de fourrure !

Guy possédait une petite maison non loin du château. Comme sa suite l'accompagnait, il disposait de quelques serviteurs et le service du repas fut majestueusement conduit, même si les plats étaient simples.

Il avait invité son frère Pierre, lequel informa Guilhem qu'il s'était renseigné sur le meurtrier de maître Régnier. Ce maraud était arrivé le jour même de son crime et logeait dans la seconde auberge. On ne savait rien de lui.

Guilhem demanda si un complice l'accompagnait, mais Pierre ne put qu'affirmer que le pendard était seul. Sans doute devait-il rejoindre Brancion ailleurs, se dit Guilhem, ne voulant pas donner de description du chevalier boiteux, ce qui l'aurait contraint à s'expliquer davantage.

Le jour même de la mort de Joceran, le corps de son assassin avait été ignominieusement traîné sur une claie derrière un âne, à travers le bourg, puis pendu à la potence, devant la principale porte d'Ussel, avec un placard indiquant son crime. Auparavant, on lui avait coupé les mains pour les clouer sur les vantaux des autres portes. En assistant à ce cérémonial, Guilhem avait guetté la présence de Brancion. En vain.

C'est après qu'on leur eut porté un plat de carpes et de brochets, car c'était jour maigre, que Guy lui fit une proposition.

— Vous rendre à Paris sera un long chemin plein de périls, qui vous coûtera beaucoup. De plus, rien ne dit que les gens de Philippe vous accueilleront sans suspicion. En ce triste temps, on pend facilement les inconnus, surtout s'ils portent une épée sans être chevaliers ! Enfin, passé la Loire, on parle la langue d'oïl et vous aurez du mal à vous faire entendre, même si les clercs et les nobles vous comprendront toujours en latin. Je vous conseillerai plutôt de faire vos armes avec un capitaine, par exemple dans le Berry. Ainsi, si vous vous distinguez, il vous sera facile d'entrer au service du roi de France ou du roi d'Angleterre.

— C'est parler avec justesse, mais je ne connais pas de capitaines dans le Berry, sourit Guilhem.

— Au septentrion et à soixante lieues d'ici se trouve le château de Levroux. Le connaissez-vous ?

— Je ne suis jamais allé si loin, messire.

— Ce n'est pas un gros château. Mais la place est importante pour le Berry, laissez-moi vous dire pourquoi : Levroux se situe près d'un bourg nommé Châteauroux où se trouve la riche abbaye de Déols, qui est fille de Cluny. Ce pays est disputé depuis des années entre le duché d'Aquitaine et le royaume de France. Il y a trois ans, le roi Henri, le comte Richard, son frère Jean et leurs cottereaux, les plus impies et diaboliques soldats qui soient, avaient gagné Châteauroux pour livrer bataille à Philippe Auguste qui s'en approchait.

» Pour terroriser la population afin qu'elle ne se rebelle pas, et pour payer ses hommes à qui il ne pouvait donner de gages, Richard Cœur de Lion laissa ses cottereaux piller l'abbaye de Déols. Un jour où ses fredains jouaient aux cartes devant l'église, l'un d'eux, venant de perdre, se mit à blasphémer le nom de la Vierge et lança une pierre contre une statue de Jésus et de Sa mère. La pierre brisa un bras de l'Enfant. Aussitôt, un flot de sang jaillit de la statue cassée et le sacrilège s'effondra sans vie sur le sol.

» Bien sûr, les cottereaux effrayés refluèrent. On accourut de toutes parts et tant Philippe Auguste que Richard, avisés du miracle, envoyèrent des clercs et des chevaliers pour constater le prodige. Ils virent les pierres tachées de sang et surtout le bras de Jésus, encore humide et rouge.

Troublé, Guilhem intervint pourtant :

— Ce n'est pas la première fois que j'entends le récit d'un miracle, mais vous savez comme moi qu'il s'agit souvent de rêveries de moines ou, pire, d'une manigance pour attirer des pèlerins crédules.

— Pas cette fois ! Cette histoire est vraie comme la messe, affirma sèchement Guy. N'est-il pas, Pierre ?

Son frère approuva d'un signe de tête.

— La nouvelle frappa les deux armées de terreur, poursuivit Guy. Richard retira ses troupes mais l'émotion étant tout aussi grande dans le camp français, Philippe Auguste renvoya à son tour ses routiers. Depuis, le front entre le roi de France et le roi d'Angleterre demeure autour de Châteauroux. Ce qui explique l'importance du château de Levroux.

» Mais il y a deux ans, quand Richard a envahi le Rouergue et le Quercy, Philippe Auguste a riposté en se jetant sur Châteauroux et Levroux. Après une nouvelle trêve, il a rendu le château l'année dernière à Richard qui l'a confié à un seigneur du pays nommé Aymard. Celui-ci fait régner l'ordre et tant Richard que Philippe sont satisfaits de lui.

» Or cet Aymard est vaguement apparenté aux Ventadour d'où sort ma famille. J'ai appris qu'il recherche des guerriers. Je peux vous écrire une lettre vous recommandant auprès de lui. En entrant à son service, vous vous rapprocheriez à la fois du roi de France et de Richard. Quand ils rentreront de croisade, vous n'aurez plus qu'à choisir.

Guilhem trouva la proposition alléchante. Il serait ainsi assuré de trouver un maître sans avoir à quêter au hasard. De plus, en quelques jours, il serait à Levroux. Un voyage bien moins long que celui de Paris.

Dans l'auberge à l'enseigne de Notre-Dame, Arnuphe de Brancion, arrivé à Ussel revêtu d'une ample houppelande à capuchon qui le dissimulait entièrement, un peu comme un marchand, avait longuement attendu le retour d'Aimeric, son homme d'armes envoyé à l'hôtellerie où logeait Joceran d'Oc.

Tous deux le pistaient depuis Pontgibaud. Après avoir découvert la hutte brûlée dans la forêt de Salers, ils avaient retrouvé la trace du moine et de la prieure à Usarche, tout à fait par hasard, en liant conversation avec Gaucelm Faidit qui leur avait dit avoir rencontré maître Régnier et son compagnon, un nommé Guilhem, jouvenceau troubadour, qui se rendaient à Limoges.

Dans cette ville, Brancion avait mis du temps pour les retrouver. Et quand il avait commencé à surveiller la maison où s'abritait Joceran, afin de saisir une occasion d'y pénétrer, il avait croisé pour la deuxième fois un jeune porteur d'épée qui en sortait. D'après son âge, ce devait être ce Guilhem dont avait parlé Gaucelm Faidit. Pour éviter d'être repéré, il avait demandé à Aimeric de reprendre la surveillance à sa place, mais le lendemain il avait appris la mort de Jeanne de Chandieu.

Tout cynique qu'était Arnuphe de Brancion, cette nouvelle l'avait ému. Il n'avait jamais rencontré l'ancienne prieure mais, la poursuivant depuis deux ans, il avait fini par l'imaginer comme une de ces fées redoutables que quêtent les chevaliers de la Table ronde dans les chansons bretonnes, à la fois Morgane et Viviane, la dame du Lac. Dans son esprit, Jeanne avait séduit Joceran, le gentil moine qui l'avait soigné, et c'était elle qui l'avait écarté de la religion.

Pourtant, elle était morte de la suette. Ce n'était donc pas une fée, mais une femme ordinaire. Cependant, cela ne changeait rien à la quête du chevalier. Il devait reprendre la Sainte Lance à Joceran.

Ayant découvert que le médecin quittait Limoges, Aimeric s'était attaché à ses pas. Son homme d'armes pouvait suivre n'importe qui sans se faire repérer, pourtant ce Guilhem l'avait percé à jour et avait failli le tuer. Il lui avait aussi transmis un message. Quelle prétention ! Ce jouvenceau le menaçait. Cela l'avait fait rire !

Brancion et Aimeric avaient finalement rejoint Ussel bien après l'arrivée de ceux qu'ils pourchassaient pour être certains qu'ils se sentent en confiance. De plus, ils étaient entrés en ville séparément, sans montrer qu'ils se connaissaient, et avaient pris logis dans l'auberge à l'enseigne de Notre-Dame, ayant appris par d'habiles questions que Guilhem et Joceran logeaient au Lion d'Or. Ensuite, un après-midi, Aimeric, ayant vu que le jouvenceau sortait, était allé récupérer la relique.

Mais il n'était pas revenu !

Impatient, Brancion avait fini par quitter l'auberge et, dans sa robe et sa houppelande de marchand, il s'était dirigé vers le logis de Joceran.

Un attroupement se tenait devant la porte. Ce n'était pas bon signe. Le chevalier avait attendu qu'un des badauds s'éloigne et se dirige dans sa direction. Alors qu'il passait près de lui, il l'avait interrogé.

— Un meurtre, mon maître ! lui avait répondu l'autre, surexcité. Un pendard s'est introduit par une fenêtre dans la chambre du médecin du seigneur d'Ussel et l'a meurtri. Il a été surpris par le compagnon de voyage dudit médecin qui l'a tué !

Blême, bouleversé, Brancion était retourné à l'enseigne de Notre-Dame. Ce jouvenceau aurait tué Aimeric, un sergent d'armes expérimenté ? Il n'arrivait pas à l'admettre ! Aimeric avait partagé tant d'aventures avec lui ! Si cela s'avérait, ce Guilhem paierait son crime !

Mais pour l'heure, qu'en était-il de la Sainte Lance ? Et surtout pouvait-on le mettre en cause ? Devait-il quitter Ussel ?

Il avait décidé de n'en rien faire. Rien ne le reliait à Aimeric sinon qu'ils partageaient le même dortoir dans l'auberge. Or il avait besoin de savoir ce qu'allait devenir Joceran.

Un peu plus tard, il avait appris la mort du médecin. Ensuite, on avait traîné le corps de son fidèle serviteur sur une claie comme un vulgaire criminel. Malgré sa douleur, le sire de Brancion n'était pas sorti de l'auberge, mais cette flétrissure avait augmenté sa haine envers Guilhem.

Quelques jours plus tard, après avoir assisté, de loin, au départ du garçon, il s'était rendu à l'église

Saint-Julien. S'étant attaché une chaînette au poignet, il avait fait vœu devant la Vierge Marie de ne pas l'ôter tant qu'il n'aurait pas retrouvé le jouvenceau et qu'il ne l'aurait pas puni pour la mort et la souillure infligées à Aimeric.

Cependant, il n'avait pas suivi le garçon, craignant de tomber dans un piège comme Aimeric. Mieux valait savoir d'abord où il se rendait. Pour le découvrir, il s'était présenté au château. Du fait de son noble lignage, le châtelain l'avait reçu avec égard.

Chapitre 28

Janvier 1191

Guilhem partit finalement le jour des rois, par une belle matinée ensoleillée. Il avait gardé le cheval de Joceran, ainsi que sa trousse de médecin contenant instruments et drogues, bien qu'il ne connût pas la plupart d'entre elles. Sur son second cheval, il transportait des vivres, quelques armes et ses affaires dans les coffres de bois de Joceran. En changeant régulièrement de monture, il estimait pouvoir gagner Levroux en trois ou quatre jours, s'il ne se perdait pas en route. Guy et ses frères lui avaient tout de même donné plusieurs indications sur les chemins à prendre.

Guilhem les regretterait. Les troubadours d'Ussel l'avaient traité en ami, presque en frère. Ils l'avaient soutenu dans l'épreuve et lui avaient appris tant de choses en poésie. Il songeait aussi à ceux qu'il avait perdus. Cela faisait quatre ans que sa mère était morte. Une éternité avec tout ce qu'il avait vécu ! Il avait treize ans, il n'était qu'un enfant quand il avait fui Marseille. Maintenant, à dix-sept ans, il était devenu un solide gaillard au visage ombré d'un début de barbe noire. Robuste, vigoureux, adroit avec n'importe quelle arme, pourquoi ne deviendrait-il pas chevalier, ou au moins écuyer ? Bien plus instruit que la plupart d'entre eux, et de plus talentueux troubadour, il ne déparerait pas la cour d'un noble seigneur.

À cette idée, il ressentait une immense exaltation. Il se promettait de faire des prouesses pour obtenir de la gloire auprès du seigneur Aymard.

Au troisième jour de chevauchée, il commença à cheminer à travers des plaines dévastées, traversant des villages incendiés, découvrant des maisons fortes en ruine et des églises pillées. Les rares hommes qu'il rencontrait semblaient devenus des bêtes fauves. Certains tentèrent de l'arrêter pour tuer ses chevaux et les manger. Pour leur échapper, il dut les frapper à coups d'épieu, d'épée et parfois de hache.

Dans ce pays ravagé, il découvrit finalement sur une hauteur la forteresse de Levroux. Des sonneries de cor prévinrent les gens du château de son arrivée et une patrouille de cavaliers se porta à sa rencontre. Elle était conduite par un chevalier en haubert accompagné d'un écuyer et de sergents d'armes, sales et hirsutes, revêtus de broignes de toile ou de cuir. Guilhem expliqua d'où il venait et qu'il avait une lettre des seigneurs d'Ussel pour le noble Aymard.

On le mena à la forteresse ceinte d'une muraille de pierre flanquée de tours crénelées. Le pont-levis baissé, ils pénétrèrent dans une grande basse-cour aux nombreuses constructions et appentis en planches, poteaux et torchis. Un donjon en construction était couvert d'échafaudages. À côté se dressait un bâtiment carré de deux étages, avec une terrasse crénelée et hourdée.

Comme dans toutes les cours de château, quantité de gens s'activaient : des maçons et des carriers œuvraient au donjon ; des forgerons, maréchaux-ferrants, tonneliers, potiers et fourbisseurs travaillaient dans les appentis d'artisans ; des guerriers s'entraînaient à l'arbalète et à la masse d'armes ; des domestiques préparaient les repas devant les feux des cuisines ; des femmes caquetaient en rapportant de l'eau d'une citerne. Le sol était boueux, creusé de trous puants qu'on traversait sur des planches. Porcs, chiens, chèvres et volailles s'y ébattaient librement. Dans un enclos, quelques ânes et chevaux regardaient ce spectacle, la tête contre leur barrière.

Le chevalier l'accompagna jusqu'au grand bâtiment carré. À des anneaux dans le mur étaient attachés des chevaux et Guilhem noua les brides des siens, balayant les environs du regard.

Une poignée d'hommes d'armes l'examinaient ouvertement. Barbus, pouilleux, équipés de camails ou de haubergeons. Plutôt des estropiats, estima-t-il avec déception. Ils ressemblaient aux routiers qu'il avait connus. Il avait espéré trouver ici des chevaliers et des écuyers de bon lignage, cherchant honneur comme lui, et il craignait d'être retombé dans un camp comme celui de Malvin le Froqué.

Son guide le tira de ses spéculations et le fit passer par une porte étroite au vantail clouté de fer. Ils pénétrèrent directement dans une grande salle sombre dont le sol dallé de pierres était couvert de paille sale. Les ouvertures n'étaient que des fentes dans de profondes embrasures. On démontait les tréteaux et les plateaux des tables, le dîner étant terminé, et un groupe entourait un homme en robe écarlate brodée, avec col d'hermine et bonnet de laine, qui parlait bruyamment devant un foyer en pierre dont les fumées s'évacuaient par une ouverture en haut du mur. Il portait une large épée à son double baudrier.

— Noble seigneur Aymard, dit le chevalier s'approchant et s'inclinant, son casque à la main, ce voyageur a un courrier pour vous.

— Dieu te dit bonjour, damoiseau. Quel est ton nom ? demanda Aymard, fronçant les sourcils.

Le cheveu rare sous son bonnet, maigre comme un destachalard avec un visage taillé à coups de serpe et si étroit qu'il lui aurait permis d'embrasser une chèvre entre les cornes, il n'en avait pas moins des muscles puissants et une attitude autoritaire. Guilhem lui trouva un regard cauteleux et perfide, mais peut-être était-ce dû à son teint cendreux, à ses traits creusés et à l'éclairage vacillant des torches de résine.

À côté de lui se tenait un moine bénédictin, d'après sa robe, dont la face rubiconde affichait la candeur mais peut-être aussi la faiblesse.

— Que Dieu vous conserve en Sa sainte et digne garde, noble seigneur, répondit Guilhem. Je me nomme Guilhem d'Ussel.

C'est durant le voyage qu'il avait décidé d'ajouter ce patronyme à son nom, en souvenir du lieu où était mort Joceran.

Il tendit le parchemin plié en quareignon[1] qu'il avait sorti de sa ceinture. Aymard le prit, regarda le sceau et le passa au moine. Soit il ne savait pas lire, soit il y voyait mal, se dit Guilhem.

Le religieux coupa le fil du sceau avec un canivet attaché au cordon de son froc, puis déplia le document et l'examina avant d'en faire lecture sans omettre quoi que ce fût :

L'an de la nativité du Seigneur mil cent quatre-vingt-dix, le jour de la Saint-Sylvestre, savoir faisons au noble et puissant seigneur Aymard que nous envoyons vers lui le jouvenceau troubadour Guilhem, bon chrétien, preux et loyal guerrier, qui désire entrer au service d'un valeureux maître et seigneur.
Que Dieu vous bénisse, très honoré seigneur Aymard.
Guy, coseigneur d'Ussel, chanoine de Montferrand

---

1. Feuille de parchemin pliée.

Pendant cette lecture, Aymard considérait Guilhem avec attention. Cet examen dut lui convenir, car il demanda :

— Tu as un cheval, garçon ?

— Deux, seigneur, intervint le chevalier. Des roncins.

— Deux ? Je t'en achète un deux livres, sinon tu paieras son avoine.

— Je vous le cède, seigneur.

— Je te prends donc avec moi et tu seras mon homme. Tes gages seront de douze sous par an, payables à Noël. Demain, nous partons en expédition châtier un vassal récalcitrant. Tu auras l'occasion de faire tes preuves. Père Daniel, vous lui trouverez où gîter.

Aymard fit un signe, signifiant qu'il pouvait disposer, et il reprit sa conversation avec ses gens.

Guilhem sortit en compagnie du chevalier et du moine. Ce dernier le conduisit dans un bâtiment de bois, près de la forge.

— Comment connais-tu Guy d'Ussel, l'enfant ?

— Je voyageais avec un de ses amis qui est mort à Ussel. Le seigneur Guy m'a pris sous sa protection et m'a appris à composer pastourelles et sirventes, mais je cherchais à faire des prouesses et à acquérir de la gloire, aussi m'a-t-il envoyé ici.

— Sais-tu écrire ?

— Oui, vénéré père.

— Voilà qui n'est pas usuel ! Tu lis le latin ?

— Un peu, mon père.

— Et tu chantes, donc ! J'ai besoin d'un chantre pour la messe, viens me voir quand tu seras installé. J'ai aussi besoin d'un clerc pour m'aider dans les chartes et les comptes du château. Je dirai à Aymard que tu resteras avec moi. Ne veux-tu pas entrer en religion ?

— Je suis un guerrier, mon père, s'excusa Guilhem.

— Nous en reparlerons. Je suis certain que tu ferais un bon prêtre pour m'épauler.

Guilhem porta ses deux coffres près d'une des couchettes, dans un grand dortoir réservé aux soldats. Dans la salle, au sol en terre battue et aux murs de colombages et de torchis, s'alignaient une dizaine de lits en planches où on pouvait dormir à plusieurs. En face des litières se succédaient coffres de bois, de fer et malles d'osier sur lesquels étaient posés manteaux, casques, armes, cruches ou instruments. Toutes sortes de vermines couraient partout et Guilhem aperçut quelques rats noirs et des mulots. Le vol ne paraissait pas à redouter, car Guilhem savait, depuis son passage au château de Malvin le Froqué, qu'il était si sévèrement puni – les voleurs étant souvent écorchés – que personne ne s'y risquait. D'ailleurs, dans une si petite communauté, le voleur n'aurait pu dissimuler ses larcins et il était plus facile de rapiner les croquants lors des maraudes.

Sur un des lits, des hommes jouaient aux osselets. Deux d'entre eux lièrent conversation et lui dirent que le lendemain serait une bonne journée de pillage. Ils s'attaqueraient à un prieuré, à trois grosses heures de marche du château. Le prieur ayant refusé de donner son cens, il paierait au centuple.

L'un des fredains ajouta en rigolant :

— Mon chevalier m'a dit qu'en vérité c'est le roi de France, avant de partir en croisade, qui aurait demandé à Aymard de terroriser les gens de Richard qui en prennent trop facilement à leur aise. Notre seigneur a reçu cinquante pièces d'or pour ça ! Il nous offrira un banquet au retour !

Ils lui parlèrent aussi des femmes du camp avec force commentaires paillards. Nombre d'entre elles étaient des religieuses devenues grosses et en rupture de cloître. Il y avait aussi quelques fermières ayant trouvé refuge dans l'enceinte, après avoir vu brûler leurs biens, ainsi que nombre de bagasses. Quant aux dames, épouses et sœurs des chevaliers qui vivaient à l'étage, dans le bâtiment carré qu'ils nommaient la tour, bien qu'elle soit très basse, il fallait leur marquer le respect dû à leur rang, sinon le tarif était de cinquante coups de fouet.

Ils partirent avant le lever du soleil. Au souper, le père Daniel avait parlé à Guilhem pour lui dire qu'Aymard désirait qu'il vienne le voir chaque soir. Il lui apprendrait la théologie, compléterait son latin et ses autres connaissances. Guilhem fut contrarié de cette annonce. Il devrait expliquer au moine qu'il ne voulait pas devenir prêtre, et cela sans le fâcher.

Leur compagnie comprenait une cinquantaine d'hommes répartis en six lances commandées par des chevaliers. La troupe était formée de brabançons ayant été au service de Cadoc, l'un des capitaines de Philippe Auguste, mais aussi de proscrits, de vagabonds sans aveu, de moines défroqués et de fugitifs. Comme tous les cavaliers non chevaliers, Guilhem prit un piéton en croupe. Il lui parla peu. L'homme, un croquant ayant rejoint Aymard pour le pillage et le maraudage, ne possédait qu'un fauchard et un coutelas. Coiffé d'un chapel de fer cabossé et protégé par une cotte de cuir treillissée rapiécée, il ne s'exprimait que par des exclamations grossières et des rires gutturaux.

Le prieuré était à peine fortifié et son portail ouvert quand ils arrivèrent, au milieu de la journée. Aussitôt la horde chargea, les piétons descendus des chevaux passant les premiers. Ce fut un horrible massacre durant lequel les moines et les serviteurs furent exterminés à coups de hache, de masse d'armes, de coutelas et de lame d'épée. Guilhem ne s'en prit qu'aux moines qui l'agressèrent, car plusieurs se défendirent farouchement avec des épieux et des lances. Ensuite, ce fut le pillage des étoffes et des objets saints. Le trésor et les vivres furent chargés sur les chevaux et les mulets du prieuré, mais les soldats, échauffés par le carnage, furent déçus de ne pas trouver de femmes. Certains maugréant fort leur insatisfaction, sur le chemin du retour, Aymard les laissa piller un petit village autour d'un moulin, car il savait que le ressentiment d'une troupe pouvait conduire à la révolte. Les cavaliers n'intervinrent pas et seuls les gens à pied s'y précipitèrent, massacrant les manants, tuant vieillards et enfants et forçant femmes et filles.

La horde rentra au château repue et satisfaite. Guilhem se demandait s'il avait fait un bon choix en la rejoignant.

Durant les deux semaines suivantes, d'autres expéditions sanglantes se déroulèrent. L'une d'elles, à laquelle Guilhem ne participa pas, eut lieu dans les alentours, Aymard ayant besoin de vivres et de fourrage. À cette occasion, il laissa ses hommes forcer les femmes, ce qui entraîna un vrai bain de sang et des rétorsions de quelques croquants qui s'en prirent aux gens du château et finirent écorchés et pendus.

Une entreprise de plus grande envergure se fit contre un petit bourg fortifié, au-delà de Tours, à deux jours de marche de Levroux, dans des domaines appartenant au roi de France. Leur compagnie rejoignit une troupe plus importante au service du seigneur d'Amboise qui voulait profiter de l'absence de Philippe Auguste pour venger la prise et la destruction de son château de Montrichard, deux ans plus tôt, et financer ainsi sa reconstruction.

Ainsi, l'absence du roi de France et du roi Richard, tous deux en croisade contre Saladin pour libérer Jérusalem, favorisait escarmouches et vengeances privées. Lorsque les chats sont partis, c'est la fête des souris, disait-on alors. Pour Aymard, l'absence des rois ne présentait que des avantages, il louait ses troupes au plus offrant et s'enrichissait par ses pillages.

Mais dans ces combats et ces rapines, Guilhem comprit qu'il n'aurait jamais l'occasion de faire des prouesses et d'acquérir de la gloire. Il était au service d'un chef de cottereaux pire qu'un mercenaire. En lui confiant le château de Levroux, Richard Cœur de Lion avait commis une grossière erreur.

Il songea donc à s'en aller, mais pour quelle destination ? Il était inutile de se rendre à Paris puisque Philippe Auguste n'y était pas. Alors pourquoi pas en Palestine ? se dit-il. En attendant de prendre une décision, il retrouvait chaque fois qu'il le pouvait le père Daniel. Le moine était un homme très savant et Guilhem apprécia vite leurs entretiens, même si la théologie ne l'intéressait pas. En revanche, il fit de grands progrès en latin et surtout il l'interrogea sur la Terre sainte.

Une fin d'après-midi, juste avant dîner, comme il venait de s'occuper de son cheval, il vit arriver un chevalier escorté par des gens d'Aymard. Sans même le reconnaître, car il portait un heaume conique, il sut de qui il s'agissait en découvrant les trois ondes peintes sur son écu.

Arnuphe de Brancion.

Chapitre 29

Brancion, ayant appris que Guilhem était parti se mettre au service d'Aymard, s'était mis en route pour Levroux.

En chemin, il avait d'abord songé à accuser Guilhem devant la cour d'Aymard et demander le jugement de Dieu pour le meurtre de son fidèle Aimeric. Mais le jouvenceau était capable de se défendre, et si à son tour il accusait Aimeric de crime et révélait qu'il avait été porté sur une claie et démembré ignominieusement, l'affaire se retournerait contre lui.

Mieux valait ne rien faire. Bouillant comme il l'était, nul doute que ce garçon s'en prendrait à lui. Il aurait alors l'avantage d'être l'agressé.

Brancion avait parfaitement deviné le caractère de Guilhem. Dès que le garçon vit entrer dans le château d'Aymard celui qu'il jugeait responsable de la mort de Jeanne et de Joceran, il se précipita vers lui, saisit le mors de son cheval et l'interpella avec rudesse :

— Sire de Brancion ! Cela ne vous suffit pas d'avoir morti deux gentils serviteurs de Dieu par félonie et vilenie ? Venez-vous ici faire de même à mon encontre ?

Brancion ne s'attendait pas à croiser si vite celui qu'il recherchait. Il pâlit sous l'insulte et réagit en lui délivrant un coup de botte dans la poitrine. Guilhem parvint à ne pas tomber et, tirant son épée, se jeta sur le chevalier, qui avait aussi dégainé, et l'aurait frappé si plusieurs hommes n'étaient intervenus pour le maîtriser.

Immédiatement, une badaudaille amusée et flairant le sang s'agglutina. Les altercations et les querelles n'étaient pas rares dans le camp. Elles finissaient souvent en combat en champ clos, quelquefois par la mort d'un des deux belligérants. Un spectacle que personne n'aurait voulu manquer.

Guilhem eut beau se débattre, ceux qui le tenaient réussirent à lui retirer son épée.

— Guilhem d'Ussel, gronda le chevalier qui accompagnait Brancion, vous venez d'outrager gravement ce noble seigneur qui rend visite à messire Aymard. Messire de Brancion, je suis mortifié de telles insolences ! Voulez-vous que je fasse donner le fouet à ce maraud ?

— Je demande le jugement de Dieu ! cria furieusement Guilhem en tentant de se libérer.

Dans un grand brouhaha, la badaudaille approuva par toutes sortes d'interjections et d'encouragements, ne voulant pas être privée d'un duel sanglant.

— Entendu ! Suivez-moi chez notre seigneur, mais je crains que vous ne regrettiez votre audace ! Vous autres, lâchez-le, mais ne lui rendez pas son épée !

Sans même le regarder, Brancion, secrètement satisfait de l'ordalie[1] à venir, rengaina, descendit de cheval et laissa sa monture à un garçon. Il tuerait ce pendard et vengerait ainsi Aimeric. Ensuite, selon les règles du duel judiciaire, il garderait les biens du vaincu et entrerait donc en possession de la lance qu'il rapporterait à Cluny.

À la suite de son guide, il entra dans la grande salle. Encadré par d'autres chevaliers et écuyers, Guilhem

---

1. Épreuve judiciaire pour établir l'innocence ou la culpabilité d'un accusé.

suivait, la gorge nouée par la colère. On prévint Aymard qui se trouvait dans sa chambre de l'étage et ce dernier descendit, accompagné du père Daniel. Le seigneur s'installa sur sa chaise haute et Daniel resta debout près de lui. Le chevalier les informa alors de l'altercation.

Aymard interrogea d'abord Brancion, qui se présenta et expliqua être venu demander l'hospitalité pour la nuit quand il avait été pris à partie par ce manant – il désigna Guilhem. Tous les témoins approuvèrent.

— Tu as gravement insulté ce noble seigneur, Guilhem. Es-tu prêt à implorer son pardon ? s'enquit Aymard.

— Jamais ! J'affirme que cet homme a l'âme mauvaise et méchante et qu'il ment lorsqu'il parle !

Un murmure réprobateur emplit la pièce.

— Je demande au Seigneur Dieu de juger qui ment et qui dit vrai ! ajouta-t-il.

Aymard parut contrarié. Il ne doutait pas que ce Brancion tuerait le garçon dans un duel, donc il perdrait sottement un homme d'armes. Mais comment éviter le combat ?

— Réclamez-vous l'ordalie ? demanda-t-il au chevalier, espérant que l'autre se contenterait d'exiger qu'on donne le fouet à l'insolent.

Mais contre toute attente Brancion accepta la joute. Il n'était donc plus possible de reculer.

— Entendu ! Le duel peut avoir lieu sur-le-champ ou demain matin, si vous souhaitez disposer de temps pour prier le Seigneur et vous confesser, proposa Aymard à Brancion, estimant que l'opinion de Guilhem ne comptait pas.

— Réglons cela tout de suite, répliqua le chevalier.

— Joute à cheval ou joute à pied ? demanda encore Aymard.

— À pied et à l'épée, décida Brancion, qui ne voulait pas prendre le risque que Guilhem blesse son destrier.

— Allez vous confesser auprès du père Daniel, puis retrouvons-nous au pré des Lices, décida Aymard en se levant.

Le moine conduisit les deux adversaires à la chapelle du château. Un petit bâtiment à la charpente en bois, à quelques pas de la tour. Le lieu de culte n'était pas grand mais pouvait accueillir la centaine d'habitants du château.

Brancion se confessa rapidement, persuadé de sortir vainqueur du combat. Il s'installa ensuite devant l'autel pour prier. Quant à Guilhem, il reconnut quelques vagues péchés et se signa.

Le pré des Lices était un champ clos rectangulaire de dix toises sur cinq avec un pieu à chaque angle, une clôture autour et une estrade devant l'un des petits côtés. Suffisamment vaste, on pouvait y combattre à cheval, avec plusieurs cavaliers, ou à pied. Parfois, les duels opposaient deux groupes d'hommes et la règle était que tout combattant mettant genou en terre, tombant au sol ou touchant la barrière était à la merci du vainqueur. Soit il reconnaissait ses forfaits ou la fausseté des accusations qu'il avait portées ; soit il était tué, mis sur une claie d'infamie et généralement démembré.

Quand les adversaires arrivèrent sur place, une immense foule était rassemblée autour du pré des Lices. On avait porté à Guilhem sa rondache et à Brancion son écu. Chacun avait déjà son épée.

Le père Daniel les mena devant Aymard, ses capitaines et les quelques dames qui avaient pris place sur l'estrade, toutes réjouies de voir le sang couler.

— Voulez-vous toujours ce duel ? demanda Aymard à Brancion.

— Je le veux.

— Et toi, Guilhem, n'es-tu pas prêt à faire amende honorable et à reconnaître tes torts ?

— Je n'ai pas de torts, j'accuse cet homme de mensonge et de perfidie.

Une partie de la foule protesta contre l'accusation mais la plupart approuvèrent l'audace du jouvenceau.

— Le vaincu sera celui qui aura mis genou ou corps à terre sans être capable de se relever. Son vainqueur pourra alors le frapper ou décider d'une mort infamante. Il sera traîné sur la claie, en chemise dans la cour du château, aura les mains coupées et sera pendu devant le pont-levis. Il ne sera pas reçu dans l'église pour être enseveli, puisque sa défaite sera une sentence du ciel.

Les deux adversaires hochèrent la tête.

— Que chacun prête serment sur la croix et le Livre saint, jure de son bon droit et s'engage à combattre honorablement et sans traîtrise.

Le prêtre avait apporté la bible de l'église et un crucifix.

— Je jure de me battre loyalement, dit Brancion en s'agenouillant, main droite sur la bible. Avec l'aide de Dieu, de la Vierge Marie et de tous les saints, je prouverai que mon adversaire a menti.

Intimidé mais décidé, Guilhem s'agenouilla à son tour, jura et répéta ses accusations.

Le père Daniel demanda ensuite aux deux hommes de baiser le crucifix. Le seigneur Aymard désigna alors un de ses chevaliers pour être héraut d'armes et ajouta solennellement :

— En choisissant le vainqueur, Notre-Seigneur Dieu fera connaître Sa sainte et divine volonté.

Les cors sonnèrent. Les deux adversaires pénétrèrent dans la lice et le héraut déclara :

— Oyez, oyez, oyez ! Voici le brave chevalier Brancion, qui combattra aujourd'hui honorablement Guilhem d'Ussel. Que personne, sous peine de vie, ne tente par paroles, cris ou gestes de déranger le combat.

— Que Dieu soit avec mon droit ! lança agressivement Brancion.

— Prépare-toi à rôtir en enfer ! répliqua Guilhem, plein de rage.

— Faites votre devoir ! lança le héraut en se retirant sur un des côtés de la lice.

— Laissez aller ! déclara Aymard.

Sans attendre, Guilhem frappa Brancion qui lui opposa son écu, ripostant aussitôt de plusieurs coups qui firent chanceler le jeune garçon.

Brancion avait une grande habitude des duels judiciaires. Il savait comment fatiguer un adversaire et le faire tomber à genoux. Ensuite, advienne que pourra. Peut-être le tuerait-il, peut-être le laisserait-il à l'exposition d'infamie. Tout dépendrait de l'honneur du combat.

Jusqu'à présent, Guilhem n'avait vaincu ses adversaires que par la ruse et la surprise. Dans une bataille sans fard, en face d'un adversaire expérimenté, il ne pouvait qu'être désavantagé.

Il s'en rendit vite compte. Sa rondache le protégeait des coups mais ceux-ci étaient si rudes et si violents qu'à chacun il ressentait une douloureuse secousse. Quant à ses propres coups d'épée, pour rudes et vigoureux qu'ils soient, ils étaient immanquablement arrêtés par l'écu de Brancion, ou parés par sa lame, et l'entraînaient même quelquefois dans de dangereux porte-à-faux.

Pourtant Brancion s'appuyait sur une jambe plus faible, mais cela ne semblait pas le gêner tant il était remonté contre celui qui l'avait insulté. Plusieurs fois, l'épée de Guilhem s'ébrécha au contact de la lame d'acier du chevalier, provoquant une pluie d'étincelles et des exclamations craintives du public.

Craignant que son fer ne se casse, Guilhem décida d'être plus offensif pour en finir rapidement. Il se mit à masser rudement et vaillamment, utilisant le tranchant de son fer pour éviter la brisure. Surpris par cette nouvelle vigueur, Brancion recula et Guilhem sentit qu'il pouvait l'emporter. Mais, d'un violent coup de taille, l'épée de Brancion heurta le plat de la sienne qui se cassa au niveau de la garde. Hébété, Guilhem trébucha avant de battre en retraite, mais l'autre ne lui laissa aucun répit, frappant avec une telle force sur sa rondache que des éclats de bois en sautèrent jusqu'à ce qu'elle soit complètement hors d'usage.

Démuni, haletant, Guilhem demanda merci.

— Pas de merci ! répliqua sauvagement le chevalier, qui, se souvenant de son serment à la Vierge, avait décidé de tuer le garçon.

Il leva son épée pour lui fendre la tête et Guilhem attendit le coup. En un instant, le jouvenceau revit les quatre années écoulées et se sentit étrangement soulagé de retrouver bientôt ses parents, sa fratrie, Simon, Marion, Joceran, Bertucat et ses autres amis disparus.

— Assez !

C'était le père Daniel.

— Je demande la grâce de Guilhem, dit-il. Il désire devenir prêtre et on ne peut tuer celui qui s'est donné à Dieu.

— Veux-tu te mettre au service de Dieu ? demanda Aymard, surpris.

En l'espace d'un instant, Guilhem comprit que la chance passait. Qu'importait la promesse qu'il ferait s'il restait vivant !

— Oui, fit-il.

— Messire Brancion, acceptez-vous la fin du combat ? Vous êtes le vainqueur et vous disposez de la vie du garçon.

La rage du chevalier s'était calmée avec cette interruption soudaine. Après tout, qu'importait la vie de ce maraud ! Brancion était tout sauf un sanguinaire et le combat avait été honorable. Au paradis, Aimeric savait que celui qui l'avait tué avait été vaincu et humilié.

— Je veux bien, mais suivant la coutume ses biens m'appartiennent.

— Le combat prend fin ! décida Aymard, ce qui provoqua une sourde rumeur de mécontentement. Le Seigneur Dieu a fait connaître Sa décision. Guilhem, tu prononceras tes vœux quand le père Daniel t'en jugera digne. Pour l'heure, conduis ton vainqueur au dortoir des hommes d'armes que tu quitteras et remets-lui tes coffres, tes armes, ton cheval et ta bourse. Mais auparavant, agenouille-toi et reconnais la fausseté de tes accusations.

S'il voulait rester en vie, Guilhem n'avait pas le choix. Il se mit à genoux.

— Messire de Brancion n'est ni menteur ni félon, dit-il à voix basse.

En parlant ainsi, il se sentit ramené quatre ans en arrière et les larmes lui vinrent aux yeux. Dès qu'il le pourrait, il quitterait ce château maudit. Mais il lui faudrait partir sans rien, comme un banni. Il avait cru que Dieu lui avait pardonné, il n'en était rien. Il allait de nouveau errer sur les routes pour mendier sa pitance.

Les badauds se dispersaient. Aymard et ses gens s'éloignèrent. Ne restèrent que le père Daniel, Brancion et Guilhem.

— Viens me voir tout à l'heure, mon fils, dit le père avec la voix satisfaite du chasseur ayant attrapé une proie.

Guilhem hocha la tête, honteux et désespéré.

— Où sont tes biens ? interrogea Brancion avec rudesse.

— Je vais vous conduire, messire. Quant à mon cheval, il se trouve là-bas.

Il montra l'enclos, éprouvant désormais une sorte d'indifférence. Pour l'heure, il voulait se concentrer sur son prochain dessein : partir.

Au dortoir, Brancion ordonna à ceux qui s'y trouvaient de sortir un moment. Il voulait rester seul avec Guilhem. Quelques murmures se firent entendre mais, ayant assisté au duel, aucun des hommes d'armes ne souhaitait défier le chevalier.

Guilhem sortit de sa chainse la chaînette à laquelle étaient attachés les deux clés ouvrant les coffres et le disque de cristal. Il s'accroupit et fit tourner les clés dans les serrures. Le mécanisme était des plus simples et il souleva les couvercles.

— Tout ce que j'ai est là. Je vais retirer mon harnois. Mon épieu, ma hache et mon arbalète sont ici.

Il les désigna près des coffres.

— Et ça ?

Brancion montra la boîte de la vielle à roue.

Guilhem l'ouvrit :

— Une vielle, seigneur. Elle appartenait à ma femme.

Tout ça n'intéressait pas le chevalier qui attrapa le premier coffre et le retourna, avant de faire de même avec le second. Le contenu ainsi répandu sur le sol, il y donna quelques coups de pied pour le disperser, mais rien ne ressemblait à la pointe d'une lance.

— Où est la relique ? aboya-t-il.

— Vous ne trouverez pas de relique. Je n'en ai jamais eu, répondit Guilhem.

Une ombre fugitive brouilla les traits du chevalier.

— Joceran a volé une sainte relique à Cluny, dit-il. Tu as ses affaires, donc tu dois la posséder ! Où l'as-tu cachée ? À moins que tu ne l'aies vendue, maraud !

— Tout ce qui appartenait à maître Joceran d'Oc est sous vos yeux. Il n'a jamais eu de relique en sa possession. Il n'avait pas de lance. Votre homme l'a tué pour rien, répondit Guilhem avec un calme qui le surprit.

Le visage de Brancion se contracta au point d'en devenir effrayant. Son corps entier se raidit et Guilhem comprit qu'il allait le frapper. Pourtant, le chevalier parvint à se contenir.

— C'est toi le menteur ! J'ai changé d'avis et je vais te faire pendre !

— J'ai rencontré maître d'Oc quand il a porté secours à la femme que j'aimais et qui se mourait. Il m'a aidé à la mettre en terre et m'a raconté sa fuite de Cluny avec dame Jeanne de Chandieu. Je n'ai jamais connu meilleur chrétien, plus doux et plus honnête. Je n'étais qu'un fuyard et il m'a pris avec lui. Il vous estimait, m'a-t-il dit, et pourtant vous l'avez tué.

— Je ne l'ai pas tué, maraud ! rétorqua vertement Brancion, qui se sentait honteux, car lui aussi estimait Joceran. J'ignore ce qui s'est passé ! J'ai envoyé Aimeric, mon homme d'armes, lui prendre la relique ! Il ne devait pas le tuer ! Jamais ! Et sais-tu pourquoi ?

Il frappa sur sa cuisse :

— Je boite, j'aurais pu perdre ma jambe, et c'est Joceran qui l'a sauvée ! Je sais ce que je lui dois, même si c'était un voleur !

Ébranlé par cette révélation que Joceran lui avait celée, Guilhem reprit cependant :

— Ce n'était pas un voleur, seigneur. Ce funeste jour, quand je suis arrivé à l'auberge, j'ai entendu maître Joceran d'Oc crier, j'ai enfoncé la porte et vu quelqu'un s'enfuir par la fenêtre. Je lui ai lancé mon couteau et il est tombé dans la cour. Il avait frappé Joceran qui s'était défendu après avoir été menacé.

» C'est après que Joceran m'a parlé de la Sainte Lance de Cluny. Votre homme l'avait questionné et il tombait des nues. Il ignorait avoir été accusé du vol. Il m'a alors narré les discussions qui avaient eu lieu pour l'achat de la relique. Mais à cette époque, il ne s'y était pas intéressé, il ne songeait qu'à son départ. D'ailleurs, qu'aurait-il fait de cette lance ? S'il avait souhaité voler le trésor de Cluny, il aurait plutôt pris un reliquaire en or qu'il aurait pu fondre ! Au demeurant, il ne possédait pas les clés du trésor. Il m'a dit n'avoir même pas emporté toutes les pièces d'argent du pécule de l'infirmerie et vous les avoir remboursées. Un voleur aurait-il fait ça ?

Contrarié, Brancion secoua la tête.

— Nous avons vécu ensemble durant des mois et s'il avait dissimulé un fer de lance dans ses affaires, je l'aurais vu.

— Pourtant, l'abbé l'a accusé, insista Brancion, ébranlé.

Sentant qu'il le croyait, Guilhem inspira profondément et reprit :

— Quelqu'un a volé la relique, c'est certain ! Mais celui qui l'a fait possédait la clé du trésor. Il a profité de la fuite de Joceran pour le désigner comme coupable, et ainsi écarter les soupçons de sa personne.

Cette fois, Brancion ne répliqua rien. Cette idée l'avait déjà effleuré maintes fois. Aurait-il été aussi la dupe de l'abbé ou d'un autre ? Mais dans quel but ? Aimeric, Jeanne et Joceran seraient-ils morts pour rien ? Lui-même serait-il sur les routes depuis quatre ans pour une chimère ?

Guilhem n'avait plus envie de s'expliquer, aussi partagèrent-ils un silence lourd de désarroi.

C'est alors que les trompes sonnèrent l'alerte.

Ils se précipitèrent dans la cour. Les grappes d'hommes d'armes rejoignaient les hourds par un escalier et des échelles. Ils s'élancèrent à leur suite.

Tout autour de l'enceinte courait une galerie en bois, suffisamment large pour y tenir à deux de front et couverte d'un toit en pente. Par les ouvertures permettant de tirer à l'arc ou à l'arbalète, ils découvrirent une immense troupe qui approchait. Plus d'une centaine de cavaliers brandissant des lances aux bannières multicolores. Derrière grouillait une foule d'hommes à pied, d'archers et d'arbalétriers, et plus loin, beaucoup plus loin, on apercevait des mules bâtées et des chariots tirés par des bœufs.

— D'où sort cette armée ? demanda Guilhem, stupéfait de la découvrir si près. Les guetteurs auraient dû prévenir bien avant qu'elle n'arrive !

Un homme d'armes lui répondit sombrement :
— Ils ont dû les surprendre... Ils ne viennent pas en amis, c'est sûr...

La troupe se rapprochait et ils commencèrent à distinguer les bannières. La plupart étaient peintes du triple léopard d'or d'Angleterre sur gueule écarlate, mais celles qui étaient en tête représentaient un dragon aux ailes déployées.

— Mercadier ! s'exclama le soldat.

Chapitre 30

Tous les gens du château, y compris les plus humbles serviteurs, les femmes et les grands enfants étaient montés sur les hourds. Un silence mortel régnait dans leurs rangs.

L'armée paraissait innombrable. Les chevaliers bannerets déployaient leurs compagnies tout autour du château. Des groupes d'arbalétriers s'installaient hors de portée des flèches, rejoints par des chariots aux grosses roues de bois, attelés à des couples de bœufs. Un convoi de mules bâtées se dirigea sur une petite éminence, rejoint par quelques chevaliers et écuyers porteurs des bannières au dragon. Des hommes avec des cognées s'attaquèrent aux arbres.

— Ils préparent une palissade... On va être assiégés, dit l'homme d'armes.

Brancion avait le sentiment d'être pris au piège. Il se retrouvait mêlé à un conflit qui ne le concernait pas. Peut-être même pour de fausses raisons, si ce Guilhem était dans le vrai.

Il glissa un regard de biais au jeune garçon. Celui-ci examinait l'armée avec une calme froideur, ne paraissant ressentir aucune peur, contrairement aux gens du seigneur de Levroux qui les entouraient. Brancion en fut déconcerté.

— Veux-tu vraiment devenir prêtre ? demanda-t-il.

Guilhem, surpris, se tourna vers lui :

— Avais-je le choix, seigneur ? demanda-t-il prudemment.

— Et si tu l'avais ?

— Non, seigneur.

Brancion digéra cette sèche et franche réponse. Ce garçon n'avait pas froid aux yeux.

Quant à lui, il devait quitter les lieux. Mais comment ? Il ne connaissait personne ici, sinon ce jouvenceau. Et s'il le prenait à son service ? se demanda-t-il. Quelle dérision, tout de même, s'il le lui proposait ! Il médita encore un moment avant de l'interroger plus avant, observant les chariots dont on déchargeait tout un matériel de guerre.

— S'il y a bataille, te battras-tu ?

— Je n'aurai pas le choix.

Le visage de Guilhem exprimait un mélange de satisfaction et d'impatience.

— Sans épée ?

— Si vous me laissez mon épieu, ma hache, mon arbalète et mes couteaux, cela me suffira, seigneur. Je vous les rendrai quand j'en aurai fini.

Il eut un petit sourire que Brancion s'apprêtait à lui rendre quand un cavalier s'avança, brandissant la bannière du roi d'Angleterre. Le héraut était un chevalier en haubert couvert d'une cotte sans manches aux trois léopards d'or.

Le silence se fit sur les hourds. Chacun voulait entendre ce qui allait être annoncé.

Le héraut s'approcha à une portée de flèches et sonna de l'olifant.

— Oyez, oyez, cria-t-il ensuite. Mon seigneur et maître, sire Mercadier, au service du noble roi Richard d'Angleterre, duc de Normandie et d'Aquitaine, comte de Poitiers, d'Anjou, du Maine et de Touraine, est venu en ce jour châtier le seigneur Aymard pour avoir pillé un prieuré et un village appartenant au noble roi Richard. Il n'y aura pas de quartier.

Ce fut tout. Il fit faire rapidement demi-tour à sa monture, ne voulant pas laisser le temps à quelqu'un de lui envoyer un carreau.

Précaution inutile, car personne ne l'envisageait. La terreur dominait les défenseurs. Pas de quartier, chacun savait ce que cela signifiait. Quelque temps auparavant, Richard avait ainsi traité une bande de Gascons ; les uns avaient été noyés dans la Vienne, d'autres égorgés et les quatre-vingts restants avaient eu les yeux crevés. Quant à Mercadier, chacun savait le plaisir qu'il éprouvait à faire écorcher ses prisonniers.

— Viens ! ordonna Brancion à Guilhem.

Celui-ci obéit. Ils redescendirent dans la cour quasi déserte.

— Tu as tué mon homme d'armes, commença sévèrement Brancion, mais je t'ai laissé la vie, aussi m'appartient-elle.

— Oui, seigneur.

— Je veux que tu me rendes hommage.

— Moi ? répondit Guilhem, interloqué.

Cet homme le haïssait, il ne pouvait lui demander de lui être fidèle !

— Sur-le-champ ! J'ai besoin d'un homme d'armes.

Guilhem resta indécis. Brancion avait tué ses amis. Pouvait-il se mettre à son service sans faillir ?

Voyant son indécision, le chevalier ajouta :

— Je n'ai que faire de la guerre qui s'annonce. Je veux vider les lieux et j'ai besoin de toi. Une fois qu'on sera partis, je te délierai de ton serment et te rendrai ta liberté et tes armes.

Cette fois Guilhem n'hésita pas, il savait que cette chance ne se représenterait pas.

— Je suis votre homme, seigneur, dit-il, posant un genou en terre.

Brancion tendit sa main et le garçon en baisa le pouce.

— Relève-toi. Maintenant, dis-moi comment sortir d'ici.

— Il n'y a que la porte par où vous êtes entré. On ne l'ouvrira pas pour nous. Peut-être peut-on filer par les hourds, en passant par un mâchicoulis[1], mais il faudra une corde. Seulement, le risque est grand de tomber entre les mains des gens de Mercadier.

— Tu n'as pas entendu parler d'un souterrain ?

— Non, seigneur.

— Il ne nous reste donc qu'à nous battre jusqu'à la mort, fit sombrement Brancion.

Guilhem le considéra en dissimulant un sourire. Il n'envisageait pas cette fin.

— Je ne mourrai pas ici, seigneur.

— Tu préfères rester vivant pour amuser les gens de Mercadier ?

— Je préfère rester vivant, seigneur, mais je songe à une autre solution…

Lui ayant expliqué ce qu'il voulait faire, Guilhem alla chercher ses armes au cas où l'attaque commencerait dans la soirée, ce que Brancion ne croyait pas.

Pendant ce temps, le chevalier arracha la chaînette qu'il s'était attachée au poignet.

Retournés sur le hourd, tous deux circulèrent le long du chemin de ronde. Brancion voulait appréhender la totalité de l'armée adverse qui s'installait et Guilhem cherchait du regard celui qui pourrait le sauver, s'il se trouvait dans la troupe ennemie.

---

1. Sorte de soupirail ouvert en encorbellement sur le chemin de ronde par lequel on pouvait voir dans le fossé et, en cas d'escalade d'assaillants, leur jeter des pierres, de l'eau et de l'huile bouillantes.

Ils virent ainsi une troupe de chevaliers et d'écuyers porteurs de lances et de bannières qui entouraient un homme en haubert de mailles. Couvert d'une cotte courte, la mine sombre, brun avec un long nez et une barbe abondante, il examinait le château d'un regard féroce. Le cimier de son casque conique, peint en rouge et noir, représentait un dragon aux ailes déployées. À l'arçon de selle de son robuste palefroi caparaçonné de mailles, on voyait briller une grande hache normande. L'homme veillait à rester à quatre ou cinq cents pieds de distance, hors de portée de flèches ou de carreaux. Près de lui, un damoiseau tenait un écu en amande peint d'un dragon.

La rumeur courut vite sur le hourd : c'était le fameux Mercadier. Guilhem l'examina longuement. Comment aurait-il pu imaginer que dix ans plus tard, il tuerait cet homme[1] !

Des compagnies d'arbalétriers, de piétons et d'archers prenaient position en plusieurs places, certains montaient des tentes et dressaient des palissades de branches et de pieux épointés coupés dans les bois ; d'autres, protégés par leur pavois, surveillaient la porte d'entrée et le pont-levis, prêts à noyer sous leurs flèches toute tentative de sortie des assiégés.

— Mercadier prend toutes ses précautions, observa Brancion. Aymard ne tiendra pas longtemps.

L'immensité de l'armée ennemie apparaissait maintenant pleinement aux occupants du château. Elle comprenait certainement deux ou trois cents guerriers. Ils virent même une dizaine de femmes tirant par des cordes deux grosses machines de bois montées sur des roues pleines.

— Des pierrières ! s'exclama Brancion.

---

1. Voir, du même auteur, *Londres, 1200*.

— Vous savez ce que c'est, messire ? demanda Guilhem, intrigué par ces engins formés d'une sorte de mât avec une verge transversale, l'ensemble étant soutenu par un trépied monté sur roues.

— J'en ai vu à l'œuvre en me rendant à Constantinople, mais en ce temps-là j'étais du côté des assiégeants.

— Que vont-elles faire ?

— Envoyer des quartiers de roche et démolir les hourds. On les appelle les armes des femmes, car ce sont elles qui les manipulent. Regarde bien, il y en a une qui ordonne la manœuvre. C'est l'engeneor. Elle fera les réglages.

Sans hourds, le château sera indéfendable, s'inquiéta Guilhem.

Un groupe d'arbalétriers se pressait maintenant autour des deux machines, qui restaient hors de portée des flèches.

— Quand attaqueront-ils, seigneur ?

— Pour l'instant, Mercadier assure son camp. Il a une grande expérience des sièges, tant il en a conduit avec le roi Richard, et il sait combien une sortie des assiégés peut s'avérer redoutable.

— Je ne crois pas que le seigneur Aymard puisse tenter quoi que ce soit.

— On peut toujours, si on est vaillant, mais il est déjà trop tard. Aymard aurait envoyé une trentaine de cavaliers sur les brabançons, au moment où ils arrivaient, il aurait causé moult dégâts et peut-être changé le cours des choses.

Des sergents d'armes passaient maintenant dans les hourds, donnant des ordres. Guilhem possédant une arbalète, il dut se placer où on l'ordonnait et fut séparé du sire de Brancion.

La soirée s'écoula sans heurts. Les assiégeants avaient monté leurs pavillons et construit des huttes. De gigantesques feux de camp autour du château permettaient d'y voir comme en plein jour.

On porta de la soupe à ceux restés sur les remparts et on les prévint qu'ils passeraient la nuit sur place, dormant à tour de rôle.

Brancion vint voir Guilhem, la nuit étant tombée. Il avait soupé dans la grande salle avec Aymard qui avait bu plus que de raison. Selon le chevalier de Cluny, le seigneur du château, mort de peur, était déjà vaincu. La journée du lendemain serait décisive.

Sur les hourds, les hommes d'armes paraissaient tout aussi terrorisés que leur maître, prêts à se rendre, mais sachant bien que ce serait inutile. Dans la cour, les femmes pleuraient en transportant les pierres que les défenseurs jetteraient sur les assiégeants quand ils utiliseraient des échelles. D'autres apportaient de grandes pièces de tissu et de cuir ainsi que des seaux emplis d'eau pour empêcher que des traits n'enflamment les menuiseries des hourds.

Une infime lueur naissait sous les nuages quand retentit un vacarme de cors et de trompettes dans le camp de Mercadier. Guilhem était réveillé depuis un moment mais il sommeillait, assis sur le plancher. On lui avait même apporté de la soupe et du pain.

Il avait songé à ses amis disparus et à Brancion. Il aurait voulu haïr le chevalier mais, confusément, il se rendait compte que cet homme avait agi de façon honorable. Chargé de retrouver la Sainte Lance par l'abbé de Cluny, il avait poursuivi Joceran durant plus de deux ans, ne cherchant jamais à le meurtrir mais seulement à lui reprendre l'objet saint. De même, il avait été généreux avec lui. Un autre l'aurait tué. Brancion ne paraissait ni cruel ni sanguinaire. Guilhem se rendit compte qu'il aurait aimé sa présence, au moment de l'assaut ennemi.

Mais le chevalier ne se montra pas et finalement Guilhem se leva, vérifiant du regard que sa hache et son arbalète étaient près de lui. Il portait la trousse de carreaux à la taille ainsi que son couteau. Il échangea quelques paroles avec ses voisins. Tous avaient peur.

Chez l'ennemi, la piétaille des arbalétriers manœuvrait, se plaçant en double ligne, puis arrivèrent plusieurs groupes d'archers gallois porteurs de grands arcs de six pieds. Guilhem n'en avait jamais vu de cette taille mais un de ses compagnons les connaissait. Bien utilisés, ils portaient à quatre cents pieds et envoyaient un nombre considérable de flèches, lui dit-il.

Derrière les archers et les arbalétriers, toute une masse de gens de pied, coiffés de chapels de fer ou de cuir bouilli, s'assemblait. Quelques-uns portaient des haubergeons de mailles avec leur gambison rembourré de filasse ou leur cuirasse couverte de lanières entrecroisées ou de plaques de fer. Ils brandissaient des haches, des masses pointues, des fauchards, des guisarmes et des vouges. Plusieurs étaient chargés de longues échelles. Parmi eux, Guilhem distingua un petit groupe de frondeurs qui avait hâte d'en découdre. Il savait par expérience combien la fronde était redoutable à courte distance, y étant lui-même habile.

Mercadier et ses chevaliers apparurent, sortant de leur camp provisoire, tous à cheval, casqués, certains avec des heaumes leur cachant le visage. Ce n'était pas le cas de Mercadier qui portait toujours son casque rond au cimier en forme de dragon. La plupart tenaient leur lance et leur écu. Guilhem aperçut alors un cimier orné d'une paire de cornes. Les mêmes figures étaient peintes sur l'écu de son possesseur et il en fut soulagé.

Les cavaliers se dirigèrent vers les pierrières et le capitaine des mercenaires de Richard discuta un moment avec la femme engeneor.

Elle montra les morceaux de roche préparés et en fit charger un dans un sac pendu au balancier.

Un sergent d'armes passa dans le hourd où se trouvait Guilhem.

— Dès qu'ils s'approchent, tirez. Et ne les ratez pas !

Chacun tenait son arbalète prête. La plupart priaient.

En face, des hommes s'étaient joints aux femmes pour tirer sur une corde attachée à l'extrémité du balancier. La femme engeneor allait d'une pierrière à l'autre, donnant des conseils. Puis elle fit un signe. Des cors sonnèrent et la corde fut lâchée.

Les deux pierres volèrent. Guilhem les suivit des yeux avec inquiétude, mais par chance elles n'allaient pas dans sa direction. Elles parurent prendre un temps infini pour traverser le ciel et retombèrent à quelques toises l'une de l'autre, sur la toiture d'un hourd, passant à travers et brisant les parois. Quelques corps démantibulés et écrasés dégringolèrent.

Immédiatement, un vol de flèches enflammées partit du rang des archers gallois visant le hourd troué.

Quelques arbalétriers du château ripostèrent de leurs carrelets, mais en vain. La portée des arcs gallois étant supérieure, les archers ne risquaient rien.

On rechargeait les pierrières et très vite deux autres rochers tombèrent sur les chemins de ronde. Guilhem comprit que les assaillants allaient tout détruire sans qu'eux-mêmes puissent réagir !

Les pierres suivantes finirent leur course près de lui, écrasant deux hommes qui basculèrent dans le vide. Puis ce fut la nuée de flèches enflammées. Le bois cassé prit feu assez vite car les flèches avaient été imprégnées de suif de mouton. Or nombre de seaux d'eau s'étaient renversés. Les défenseurs parvinrent quand même à arrêter l'incendie.

Mais les nuées de flèches ne cessaient pas. L'une d'elles égratigna Guilhem qui comprit que rester là, c'était la mort assurée. Mais où aurait-il pu se réfugier ? Plusieurs hommes avaient tenté de fuir, mais les sergents d'armes leur avaient fait regagner leur poste à coups de plat d'épée.

Heureusement, les autres roches tombèrent plus loin car les femmes avaient déplacé les pierrières qui s'attaquèrent aux flancs du château. Ces salves de rochers durèrent deux grosses heures. Seuls les hourds du côté opposé à la porte du château restèrent intacts.

Regardant dans la cour, Guilhem vit qu'Aymard rassemblait ses cavaliers. Lances et haches en main, ils préparaient une sortie. Brancion se trouvait avec eux et il regretta de ne pas en être.

Mais on n'eut pas le temps d'ouvrir la porte car dans un immense hurlement, la piétaille ennemie s'élança.

L'attaque se fit de trois côtés. Les assaillants couraient vers le château, se protégeant sous des claies de branches ou de mantelets garnis, sur les côtés, de rideaux de cordages. Guilhem tira un carreau qui se planta dans une de ces claies sans toucher personne. Mettant un pied dans l'anneau de l'arbalète, il retendit la corde, épaula, plaça un carreau et tira. L'ennemi se trouvait déjà au fossé. Cette fois, il eut la satisfaction d'atteindre un homme à la gorge mais son camail parut le protéger et s'il chancela, il ne tomba pas.

Il était trop tard pour recharger car les premières échelles s'appuyaient sur le mur, par-dessus le fossé.

D'un coup de hache, Guilhem frappa le premier qui mit pied sur le chemin de ronde. Mais déjà un autre le remplaçait, plusieurs autres, même, et les défenseurs furent vite submergés. Ils reculèrent vers une tour.

— Par là, Guilhem ! cria une voix.

C'était celle de Brancion.

Frappant les gens de Mercadier à grands coups de hache, couvert de sang et de cervelle, Guilhem recula vers la voix qu'il entendait dans son dos. Parvenu à une échelle, il hésita car ses compagnons refluaient plutôt vers la porte de la tour, qui, une fois fermée derrière eux, leur donnerait un peu de répit.

Il décida pourtant de faire confiance à Brancion et abandonna les autres défenseurs. Bousculant un attaquant avec sa hache, plantant un couteau dans l'épaule d'un autre, il se laissa glisser le long des montants de l'échelle après avoir laissé tomber ses armes dans la cour.

Au-dessus de lui, un assaillant jeta une poutre. Il la reçut sur l'épaule, fut déséquilibré et chuta. Par chance, il ne fut pas meurtri et Brancion l'aida vivement à se relever.

— Ramasse ta hache et filons vers le logis d'Aymard. C'est la fin ! hurla-t-il par-dessus le vacarme.

Ayant saisi le manche du fer, Guilhem détala avec lui. Mais déjà des gens de Mercadier avaient pris pied dans la cour. Un groupe s'attaquait à la porte avec des cognées, d'autres tranchaient la corde soutenant le contrepoids du pont-levis qui s'abaissa, d'autres encore se précipitaient en hurlant vers la tour centrale.

C'était trop tard !

— Au dortoir ! cria Guilhem.

Brancion le suivit. Ils coururent à perdre haleine en direction du bâtiment, frappant les brabançons de Mercadier qui cherchaient à les arrêter.

Le dortoir était vide. Ils s'y cachèrent, couchés derrière un lit.

Dehors, ils entendaient les cris du massacre qui commençait, puis ce fut le bruit d'une cavalcade. La porte avait dû céder et les chevaliers entrer. Le vacarme devint infernal. Les cris des femmes dominaient, puis ils sentirent les fumées. On incendiait et pillait les bâtiments.

Ils entendirent les soldats se jeter sur les coffres, les transporter dehors et les briser.

Un groupe s'approcha d'eux. Aussitôt, ils se redressèrent, les armes à la main.

Les brabançons étaient quatre et ne s'attendaient pas à les voir. En quelques coups de hache et d'épée, Guilhem et Brancion s'en débarrassèrent.

Mais levant les yeux, attirés par les crépitements, ils virent la toiture qui s'enflammait.

— C'est le moment de vérité, fit Brancion d'une voix sourde. Sortons !

Guilhem lui dit seulement :

— Un instant.

Il courut à ses coffres et saisit la boîte contenant la vielle de Marion.

Chapitre 31

•

Jonchée de corps, la cour était rouge de sang. On n'entendait que des gémissements et quelques cris de femmes. Les gens de Mercadier étaient partout, fouillant les bâtiments pour y chercher ce qui avait de la valeur. Des serviteurs rassemblaient les cadavres, les entreposant sur des charrettes en veillant à ne pas mélanger gens de Richard et hommes d'armes ou domestiques d'Aymard. Ceux-là seraient brûlés ou jetés dans une fosse non consacrée.

Près du donjon en construction, un groupe de chevaliers à pied se congratulaient. Certains, ayant ôté leur heaume, riaient bruyamment. On avait sorti un tonneau de vin de la grande salle et des serviteurs emplissaient des coupes pendant que des hommes sortaient du bâtiment avec des coffres, des sacs, des étoffes et toutes sortes d'objets précieux. Mercadier avait posé son casque sur le tonneau. Son visage sombre affichait sa satisfaction et sa cruauté. Il tenait à la main un peigne d'or, qu'un sergent d'armes lui avait porté, et le frottait contre une pièce de tissu pour en faire disparaître le sang. Non loin de lui, quelques clercs et son chapelain examinaient le butin avec intérêt.

À l'écart, une vingtaine de femmes, des servantes, des épouses et des filles de soldat ou de chevalier, certaines en bliauts de soie déchirés et tachés de sang, attendaient en pleurant, la chevelure en désordre et la face tuméfiée par les horions. Celles ayant de la valeur seraient rendues à leur famille contre une rançon, les autres connaîtraient l'enfer.

Les femmes de la troupe de l'engeneor se moquaient d'elles par des commentaires grossiers sur leur sort à venir.

Guilhem et Brancion marchèrent vers Mercadier. Au début, personne ne fit attention à eux, puis un cavalier qui rassemblait des prisonniers les aperçut et galopa vers eux.

— Par Dieu, jetez vos armes ! cria-t-il, les menaçant de sa lance.

Ils s'exécutèrent. Immédiatement, d'autres brabançons se précipitèrent vers eux. L'un d'eux arracha le coffre que tenait Guilhem. Sous les coups, ils furent bousculés vers le groupe de prisonniers.

Ils devaient être deux douzaines. Aymard et deux chevaliers se trouvaient parmi eux. Le seigneur de Levroux avait une plaie à un bras et au visage. Hagard, il paraissait comme inconscient de ce qui lui arrivait.

— Avancez ! ordonna le cavalier qui commandait le groupe.

Il les fit se diriger vers Mercadier.

— Peste ! C'est tout ce que tu as trouvé, Guillaume ? demanda le chef brabançon, marquant sa déception d'une grimace.

— Oui, messire. Ces pendards se sont trop bien défendus.

Mercadier lança un regard de braise aux prisonniers. Il ne le savait que trop, ayant perdu une cinquantaine de bons guerriers.

— Les vivants acquitteront donc le prix des morts. Mets de côté Aymard qui paiera cher ce soir ses offenses à mon seigneur Richard. Ce sera un joli spectacle pour le banquet ! Gardes-en trois ou quatre à écorcher avec lui. Les autres, qu'on leur tranche les mains et qu'on les aveugle avant de les laisser partir. Ils serviront d'exemple pour ceux qui penseraient pouvoir s'en prendre impunément aux biens du roi Richard.

Guilhem regardait désespérément autour de lui. Le salut tant espéré n'était pas là. La terreur l'envahit. Aveugle et privé de ses mains, sa triste existence serait un enfer.

On apporta un billot et arriva une grosse brute avec une hache sur l'épaule ; un gringalet en cuir noir l'accompagnait, un fer courbe à la main pour arracher les yeux. Il ricanait joyeusement, laissant apparaître des chicots noirs.

À cet instant, un chevalier casqué parut, venant de l'arrière de la tour. Avec lui deux hommes à pied poussaient une vieille femme, un prisonnier blessé et un chevalier se tenant le flanc.

Guilhem reconnut les cornes sur le cimier et cria :

— Noble sire Louvart ! J'étais avec Malvin le Froqué, vous m'avez connu !

Un garde lui lança dans les reins un coup de poing d'une violence extrême et il tomba dans la boue sanglante.

Louvart, car c'était lui, avait cependant entendu l'appel. Intrigué, il s'approcha.

— Qui es-tu ? demanda-t-il à Guilhem qui tentait de retrouver son souffle.

— Guilhem, messire. J'étais avec le seigneur Malvin. Je vous ai accompagné pour prendre l'abbaye de Saint-Maurin.

Haletant, il se releva et s'agenouilla.

— Par la Croix, tu connais ce coquin, Louvart ? s'enquit Mercadier, amusé par l'interruption.

Le chef brabançon examina plus attentivement Guilhem et opina lentement du chef.

— En effet, je me souviens de ta sale tête, compère ! Mais le camp de Malvin a été pris par les gens de Toulouse… Tout le monde y est resté. Pourquoi pas toi ?

— J'accompagnais messire Bertucat, seigneur. Nous étions allés chasser avec un autre compagnon. Quand nous avons entendu les trompettes de Toulouse, nous sommes revenus aussi vite que nous avons pu, mais le château était déjà assiégé.

— Ensuite ?

— Nous nous sommes cachés et nous avons attendu le départ des gens de Toulouse. Alors nous avons commencé à transporter les morts dans une fosse. Notre troisième compagnon avait été moine et a récité la prière des morts. Seulement, nous avons été surpris par des gens de Peyrusse qui arrivaient, attirés par les feux. Un carreau a atteint le seigneur Bertucat. Mon compère et moi avons fui.

— Et tu es arrivé ici ? Par la barbe de mon aïeul, quel joli conte ! ricana Mercadier, montrant qu'il ne croyait guère à cette histoire.

— J'avais une lettre du coseigneur d'Ussel, seigneur.

— Le château de Malvin a été pris il y a presque deux ans, observa Louvart.

— Nous avons essayé de vous rejoindre, mais nous sommes tombés sur une troupe de fredains du roi Philippe qui nous a contraints à rester en Auvergne. Finalement, nous avons survécu. Mon compagnon, l'ancien moine, faisait des onguents et des pommades qu'il vendait pendant que je jouais et chantais. Nous étions devant l'église d'Ussel quand il a été reconnu par le seigneur Guy qu'il avait soigné à Montferrand, avant qu'il ne rejoigne la compagnie de Malvin. C'est lui qui nous a dit que le seigneur Aymard cherchait des hommes d'armes. Nous allions partir à Levroux quand ce noble chevalier – il désigna Brancion – est arrivé à Ussel où il a reconnu mon compagnon. Je l'ignorais, mais quand il avait abandonné son monastère, mon compère avait volé une belle somme. Le sire de Brancion le savait et l'a tué. Le seigneur d'Ussel m'a quand même fait sa lettre et je suis arrivé ici, il y a deux semaines.

Avec Marion, Guilhem avait appris comment raconter une histoire et tenir son public en haleine. Mercadier paraissait intéressé et il s'adressa à Brancion, que Guilhem venait de présenter :

— Qui êtes-vous, beau sire ?

— Arnuphe de Brancion, chevalier au service du prieur de l'abbaye de Cluny.

Cluny étant la première abbaye de la chrétienté, et les rois d'Angleterre comptant parmi ses bienfaiteurs, Mercadier ne pouvait écarter cette réponse.

— Que faites-vous ici, chevalier ?

— Je suis de passage. Arrivé hier, j'ai demandé l'hospitalité pour la nuit.

— Vous n'êtes pas à Aymard ?

— Non, messire, et Cluny pourra payer rançon pour moi.

— Par le corps de saint Marc, voilà qui est mieux ! plaisanta Mercadier. Je fixe votre rançon à cent sous d'or. Les avez-vous ?

— J'en possède une vingtaine, répondit Brancion en détachant sa bourse pour la lui tendre. Pour le reste, envoyez quelqu'un à l'abbé Hugues de Clermont. Il paiera.

Mercadier fit signe à un de ses serviteurs de prendre la bourse.

— Je vais le faire et vous m'écrirez une lettre pour l'abbé de Cluny. Mais je ne comprends toujours pas votre histoire. Ce Guilhem vient de dire qu'il vous connaissait et que vous aviez tué son compagnon.

— Un concours de circonstances, seigneur. Passant par Ussel, je reconnais le coquin qui avait volé Cluny, il y a quelques années. Je tente de l'appréhender mais il se débat et se blesse. Il est mort de ses blessures !

Guilhem avait expliqué la veille à Brancion ce qu'il devrait dire s'ils parvenaient à rencontrer Louvart.

— Et vous retrouvez ce Guilhem ici ? remarqua Mercadier avec méfiance.

— Un autre hasard, noble sire. À Ussel, ce Guilhem a été mis hors de cause, ignorant le passé du moine défroqué, mais il m'en voulait. Arrivant ici hier, en me rendant en Normandie pour mes affaires, je le vois dans ce château. Peu m'importait ce fredain, mais il m'a menacé et insulté, aussi nous nous sommes battus en champ clos. Je l'ai vaincu et j'aurais pu le faire pendre, mais j'ai préféré m'expliquer avec lui et il a reconnu ses torts.

— C'est pour ça que vous étiez ensemble ? intervint Louvart.

— Oui, messire. Nous n'étions concernés en rien par ce qui se passait ici, et j'ai proposé à Guilhem de m'accompagner à mon départ.

Mercadier s'adressa à Aymard :

— Damné pourceau, qu'y a-t-il de vrai dans cette histoire ?

Comme le seigneur de Levroux restait silencieux, Louvart le gifla, mais une femme, espérant un peu de mansuétude, intervint :

— C'est la vérité vraie, seigneur. Le jeune Guilhem est arrivé il y a une quinzaine avec une lettre d'Ussel et le chevalier Brancion est venu hier. Ils se sont reconnus et défiés. J'ai assisté à leur duel et le sire Brancion, bien que vainqueur, a généreusement gracié le garçon qui a reconnu ses torts.

Mercadier resta silencieux. Si ces deux-là n'étaient pas à Aymard, pourquoi les tuer ou les mutiler ? Le père du roi Richard, Henri II, avait imposé dans ses États d'Angleterre, d'Aquitaine et de Normandie l'assise des armes. Cette décision obligeait chaque chevalier fieffé à le servir avec un haubert et un heaume, et pour les autres, s'ils disposaient d'un revenu d'au moins dix marcs, à posséder un haubergeon et un chapel de fer quand il était appelé. Mais beaucoup de chevaliers s'efforçaient d'éviter ce service obligatoire. Or ce garçon était équipé et savait utiliser ses armes. Le mettre au service de Richard n'aurait que des avantages. Quant au chevalier, il paierait rançon.

— Louvart, tu penses que je peux garder ce Guilhem dans ma compagnie ? demanda-t-il en lissant sa barbe.

— Certainement, messire. Malvin le Froqué l'appréciait. Je crois même qu'il sait lire.

— Vrai Dieu, est-ce exact, garçon ? s'enquit Mercadier, stupéfait.

— Oui, seigneur, je sais aussi compter et je connais le latin.

Mercadier passa à nouveau sa main dans sa barbe pouilleuse en balançant la tête. Un homme d'armes sachant lire le latin et compter, voilà une belle prise ! Parmi toutes ses attributions, Mercadier avait en charge d'assurer la collecte des impôts que Richard exigeait pour financer son voyage et sa croisade en Terre sainte. Un soldat savant comme un clerc s'avérerait rudement utile !

— Va chercher ta vielle ! ordonna-t-il.

Guilhem s'exécuta. La boîte avait été ouverte mais l'instrument était intact sur le sol.

Il la prit et entama un chant que Gaucelm Faidit avait dédié à son *Comte mon seignor*, le comte de Poitiers : Richard, devenu depuis *Rei engles*.

> *Tant sui ferms e fid vas amor*
> *Que ja, per mal q'ie-n sapch' aver,*
> *No-n partrai lo cor ni-l saber...*

Le chant fut écouté dans un silence religieux et, bien avant de l'avoir terminé, Guilhem sut qu'il avait gagné sa liberté.

— J'ai déjà entendu ce sirvente, observa Mercadier d'un ton plus aimable, mais je dois reconnaître qu'il n'avait pas été interprété avec tant de passion. Aimes-tu donc notre comte et roi Richard ?

Si le capitaine routier était pétri de défauts et de vices, il possédait une qualité rare : la loyauté. L'amour qu'il portait à son maître, comte, duc et roi, était profondément sincère.

— Je ne le connais pas, seigneur, mais Gaucelm Faidit m'en a dit tant de bien que j'ai appris à l'estimer, mentit effrontément Guilhem.

— Entendu ! Tu rejoindras la compagnie de Louvart et tu lui obéiras en tout. Quand nous serons rentrés, tu me rendras hommage. Mais cherche à trahir et à t'enfuir, et tu subiras un sort pire que la mort. D'ailleurs, tu en auras un aperçu ce soir. As-tu un cheval ?

— Oui, seigneur.

— Je ne te le prendrai pas, mais tu n'auras aucun gage durant un an. Quant à vous, Arnuphe de Brancion, je vous laisse libre si vous me faites serment de rester avec mes gens tant que votre rançon n'aura pas été payée.

— J'accepte, seigneur.

— Voici mes autres conditions : la rançon versée, vous partirez avec votre cheval et vos armes. Mais si Cluny refuse, vous resterez à mon service durant cinq ans, sans gages, faisant toutes besognes que j'exigerai.

Brancion se passa la langue sur les lèvres. Se pourrait-il que Hugues de Clermont refuse d'acheter sa liberté ? Il chassa cette idée absurde et hocha la tête, même s'il se rendait compte qu'il faisait un pacte avec le diable.

— Agenouillez-vous tous les deux et jurez devant mes chevaliers. Quelqu'un a-t-il un crucifix ? lança Mercadier, goguenard.

— Ce prêtre en tenait un, seigneur ! répondit un chevalier plus loin dans la cour. Il croyait obtenir merci en le montrant !

Guilhem se retourna et vit le chevalier qui brandissait une croix d'argent. À quelques pas, il reconnut le corps sans vie du père Daniel.

— Apporte-le.

Le prenant dans sa main gauche, Mercadier le montra à Guilhem et Brancion qui s'étaient agenouillés.

— Je vous jure fidélité, seigneur, et je me donne à vous, dit Guilhem, embrassant le pouce gauche du capitaine routier.

— Je fais serment de rester avec vous tant que ma rançon n'aura pas été payée, seigneur, et ce pour une durée de cinq années.

Tous deux baisèrent ensuite le crucifix sur lequel restait un peu du sang du père Daniel.

Ensuite, on ne s'occupa plus d'eux. Pendant que Mercadier faisait couper les mains et aveugler les défenseurs, Guilhem récupéra le coffret de sa vielle et rassembla ce qui restait de ses coffres pillés. Il récupéra également sa bourse qu'il avait eu la précaution d'enterrer sous son lit. Elle contenait toujours quelques pièces d'argent. Brancion tenta aussi de retrouver ses biens, mais il ne restait rien de ses affaires qui se trouvaient dans la tour d'Aymard. Cependant, peu lui importait, puisqu'il était vivant.

Plus tard, un sergent d'armes de Louvart vint chercher Guilhem pour qu'il rejoigne ceux qui transporteraient les corps jusqu'à une fosse. Le soir, ils soupèrent avec la troupe, s'efforçant de ne pas entendre les hurlements d'Aymard et de ses chevaliers qu'on écorchait et qui se prolongèrent la nuit durant.

Guilhem osa et réussit pourtant une action audacieuse. Apercevant Louvart, il le remercia, lui assurant qu'il lui devait la vie et qu'il lui serait fidèle. Comme l'autre affichait sa satisfaction, Guilhem le supplia de lui accorder une faveur qu'il lui rembourserait au centuple.

— Laquelle ? demanda le routier, intéressé surtout par un remboursement qui se ferait en pécunes.

— La femme qui est intervenue lors de mon jugement. Celle qui a révélé la vérité sans fard. Que deviendra-t-elle ?

— C'est une servante, je la donnerai aux hommes.

— Je veux la racheter pour m'avoir aidé.

— Tu n'as pas d'argent et tu n'auras pas de gages.

— Je parviendrai à gagner du butin. Mes dix prochaines pièces d'or seront pour vous, j'en fais serment.

Louvart hésita. Dix pièces, c'était bon à prendre, mais ce n'était qu'une promesse. Que ce Guilhem se fasse tuer et il n'en entendrait jamais le cliquetis !

D'un autre côté, la fille était vieille et ne valait rien. Ses hommes la tueraient sûrement.

— Vingt pièces, dit-il.

— Entendu, répliqua Guilhem sans barguigner.

Louvart l'accompagna dans la salle où les femmes avaient été enfermées. Quand Guilhem vint la chercher, Jaquète, c'était son nom, éclata en sanglots, persuadée qu'elle allait être donnée à la troupe.

Il la fit sortir et lui expliqua qu'il l'avait achetée pour le courage dont elle avait fait preuve. Elle serait sa servante, désormais.

L'armée de Mercadier partit le lendemain. Guilhem gardait Jaquète en croupe. La nuit précédente, il l'avait fait dormir dans le dortoir, la protégeant des soudards avec Brancion. Le chevalier avait trouvé insensé le geste du jouvenceau. Insensé, car il s'était engagé ainsi pour des années, mais aussi généreux et fort honorable, et il avait regretté de ne pas en avoir eu l'idée. Il promit donc à Guilhem de l'aider à rembourser sa dette.

Dans sa marche, l'armée s'étalait sur près d'une lieue. Guilhem apprit que la troupe se rendait au camp de Mercadier, à deux jours de Levroux, une motte féodale érigée au bord de la Vienne, à proximité d'une abbaye bénédictine. L'endroit se nommait Nouâtre. C'était le cantonnement de la principale armée de brabançons de Richard ; un autre camp se situait près de Poitiers. Quant à Mercadier, il y logeait peu, restant la plupart du temps avec ses capitaines soit à Loches, soit à Poitiers, dans des châteaux ou des donjons plus confortables.

Durant ces deux jours, Jaquète ne quitta pas les deux hommes qui l'avaient sauvée. C'était une femme dans la trentaine, brune, de petite taille, ancienne moniale engrossée par un moine et qui avait dû quitter la robe. Son enfant étant mort, elle avait suivi à Levroux un homme qui l'avait prise sous sa protection, mais lui-même avait été tué peu de temps auparavant dans un affrontement avec des paysans qui refusaient de se laisser piller sans réagir. Terrorisée par ce qu'elle avait vu et connu lors de la prise du château, elle pleurait souvent et Guilhem devinait qu'elle lui serait fidèle jusqu'à la mort. Dès leur départ, elle décida de s'occuper de son linge, ravaudant les nombreux accrocs.

C'est aussi durant ce voyage que Brancion parla avec Mercadier de la lettre qu'il aurait à écrire à l'abbé Hugues de Clermont. Le capitaine du roi Richard le renvoya vers un de ses clercs qui lui prêta son écritoire avec un parchemin.

Dans un texte court, Brancion expliqua être prisonnier de Mercadier qui réclamait quatre-vingts sous d'or pour sa liberté. Il ajouta aussi qu'il avait retrouvé Joceran et Jeanne, morts tous deux, et qu'il avait la certitude de leur innocence. Le voleur, précisa-t-il, ne pouvait être qu'un des officiers de Cluny détenant la clé du trésor. Il assurait qu'à son retour, il le confondrait.

Ayant soigneusement fermé le pli, il le noua avec une cordelette et le scella de cire verte avec l'empreinte du sceau qu'il gardait au cou.

Chapitre 32

L'an 1191

Longeant la Vienne et bordée par des fossés dont l'eau provenait d'un ruisseau, l'enceinte extérieure du camp de Mercadier était formée pour partie d'une muraille de pierre et pour le reste d'une double palissade de pieux et de planches ponctués de tours angulaires.

Deux tours de flanquement protégeaient le pont-levis à balancier dont la porte donnait sur un corridor en angle fermé par une herse.

Au-delà s'étendait une grande cour comprenant des bâtiments de toutes tailles, en colombage avec hourdis de torchis et toiture en paille ou bardeaux. C'étaient des maisons, des ateliers, des appentis et des granges. L'extrémité de ce village fortifié était fermée par une seconde palissade, circulaire, qui délimitait une éminence au sommet de laquelle se dressait une troisième clôture fermant une petite cour circulaire avec, en son milieu, un donjon carré en bois dont on gagnait la haute porte par une passerelle.

Ce camp retranché, quasi inexpugnable, où vivaient quelques centaines d'hommes d'armes avec femmes et enfants, commandait le passage de la Vienne. Un second château de pierre, plus petit, sur l'autre rive, autorisait la maîtrise totale du fleuve.

Guilhem, Brancion et leur servante prirent logis à l'étage d'une maison auquel on accédait par une étroite échelle extérieure. Ses anciens occupants avaient été tués durant l'attaque de Levroux, et le clerc de Louvart, qui s'occupait de l'intendance de sa compagnie, le leur céda contre un sou d'argent.

Durant les premiers jours de leur installation, ils n'eurent rien à faire sinon assurer à tour de rôle un service de garde autour de l'enceinte ou des patrouilles le long des rives de la Vienne.

Le dimanche suivant leur retour, une grande messe célébrée par l'évêque de Poitiers se tint devant l'église, car les centaines d'hommes de Mercadier ne pouvaient tous y pénétrer. L'assistance pria avec ferveur pour que leur comte, le roi Richard, parvienne à reprendre Jérusalem aux infidèles.

À cette occasion, plusieurs nouveaux capitaines, chevaliers et simples soldats vinrent rendre solennellement hommage au seigneur Mercadier. Guilhem fut parmi eux et, lui aussi, prononça ces paroles devant une bible :

— J'ai demandé à votre bonté la permission de me remettre à votre garde et de me recommander à vous, seigneur, de bonne foi et sans tromperie. En échange des services que je pourrai vous rendre, vous devez me prêter assistance tant en vivres qu'en vêtements. Et moi tant que je vivrai, je dois vous servir et vous être soumis comme peut le faire un homme libre, sans qu'il me soit permis, ma vie durant, de me soustraire à votre autorité et à votre protection.

Avant de partir en croisade, Richard avait plusieurs fois rencontré son fidèle Mercadier, à Poitiers et à Rouen, pour lui laisser ses instructions. Elles étaient simples : par tous les moyens possibles, il devait préserver l'intégrité des domaines et des biens de son maître, et obtenir de ses vassaux du Poitou, du Berry, de Touraine et du Limousin, qu'ils payent scrupuleusement leurs redevances.

Environ un mois après l'expédition contre Levroux, Mercadier revint au camp de la motte où il resta plusieurs jours dans le donjon. À cette occasion, il fit chercher Brancion pour lui annoncer que les deux messagers envoyés à Cluny étaient revenus les mains vides.

— L'abbé Hugues de Clermont a refusé de payer ma rançon ? s'exclama Brancion, abasourdi.

— C'est cela.

Brancion considéra le chef mercenaire avec attention et crut entrevoir une lueur moqueuse dans ses yeux.

— Pourrais-je rencontrer les messagers ? demanda-t-il.

— Non, messire. Il s'agissait d'un chevalier et de son écuyer qui ont toute la confiance de mon roi. Il me les avait prêtés pour les envoyer à Cluny, car vous comprendrez que je ne pouvais faire appel à n'importe qui pour le transport d'une telle somme. Depuis, ils sont retournés à Rouen car ils accompagneront mon maître en Terre sainte.

Brancion resta muet, mais sans cacher son incrédulité.

— Imaginez-vous que je vous abuse, sire chevalier ? persifla Mercadier.

— Ma foi…

Ils échangèrent un regard malveillant.

— Avant d'aller plus loin dans des soupçons que vous regretteriez, lisez donc ceci, messire, fit sèchement le capitaine de routiers.

Tout en parlant, Mercadier avait saisi un parchemin sur un coffre.

— Quoi que vous pensiez, les messagers du roi Richard sont rompus à ce genre de missions. Ils ont donc exigé une réponse écrite, poursuivit-il.

— Exigé ?

— Je peux exiger, sourit froidement Mercadier. L'abbé de Cluny n'a aucune envie que mes gens s'en prennent à une abbaye fille de Cluny en Touraine. Ils savent que je l'ai déjà fait...

— Je comprends, répliqua Brancion, glacial.

Mercadier tendit le parchemin que le chevalier prit et lut.

Le sire de Brancion n'est pas au service de l'abbaye qui n'a pas à payer rançon pour sa liberté, était-il écrit en latin.

Le grand sceau de l'abbé de Cluny, aux clés croisées, fermait la pièce avec un entrelacs de soie.

Brancion resta longtemps silencieux en fixant l'acte, tant il le jugeait incroyable. Ainsi Hugues de Clermont le reniait ! Après tout ce qu'il avait fait pour l'abbaye !

— Cinq ans ! fit Mercadier. Vous me devez cinq ans, ensuite vous pourrez régler vos problèmes avec les frocarts.

— Je respecterai mon serment, dit seulement Brancion.

Il sortit immédiatement après ces paroles, le cœur plein de rage. Guilhem avait vu juste !

La relation entre Arnuphe de Brancion et Guilhem d'Ussel avait fort mal commencé, l'animosité qu'ils éprouvaient l'un envers l'autre dominant tout autre sentiment.

Si l'estime dans laquelle ils portaient tous deux Joceran d'Oc les avait quand même rapprochés, et si Guilhem avait reconnu la générosité de Brancion envers lui, ils seraient restés dans l'inimitié sans l'arrivée de l'armée de brabançons. La peur et l'appétit de survivre les avaient réconciliés, au moins provisoirement. Ensuite, Brancion avait sauvé Guilhem sur les remparts, et le jeune garçon lui avait rendu la pareille devant Mercadier.

Malgré tout, qu'aurait pu avoir en commun Arnuphe de Brancion, chevalier de noble lignage germanique, avec un jeune ouvrier tanneur marseillais devenu routier ? L'âge même les séparait.

Mais leur gratitude réciproque avait balayé ces différences et leurs préjugés. De plus, le partage de l'énigme sur le vol de la Sainte Lance en avait fait des associés.

L'entente s'était donc établie entre eux. Guilhem avait accepté Brancion comme son maître, admiratif de son passé, de ses voyages, de ses connaissances du monde et des hommes, de sa loyauté et de sa science du combat. Quant à Brancion, sensible à l'estime de Guilhem envers lui, il lui faisait entièrement confiance, songeant même parfois qu'il aurait aimé avoir un fils tel que lui.

Dans ce château de Nouâtre, cet attachement mutuel s'était mué en une solide amitié, forgée autant par l'entraînement aux armes qu'ils pratiquaient chaque jour que par leurs longues conversations, souvent en présence de Jaquète. La compagnie de leur domestique était un lien de plus dans leur entente. Ils l'avaient protégée et consolée, et maintenant que Jaquète avait retrouvé un certain bien-être, la servante s'occupait d'eux comme l'aurait fait une mère ou une sœur.

Au retour de son entrevue avec Mercadier, Brancion en rapporta les paroles à Guilhem, ne pouvant garder au fond de son cœur une telle humiliation. Cela se passa dans leur chambre, une pièce meublée d'un lit pour les hommes et d'une couchette derrière un rideau pour Jaquète. Elle leur servit du vin et du fromage pendant leur conversation.

— L'abbé m'a envoyé quatre ans sur les routes à la poursuite d'une chimère. Il m'a toujours trompé et maintenant il refuse ma liberté. Tout religieux qu'il est, à mon retour, cela se réglera dans le sang !

— On vous a payé pour cette quête, seigneur, plaisanta Guilhem.

— Certes, mais je n'apprécie guère de passer pour un coquart.

— Quelqu'un a dû penser à Cluny que vous ne reviendriez jamais. Il doit être difficile de survivre cinq ans au service de Mercadier, observa Guilhem, plus sérieusement.

— Je saurai survivre ! Mais pourquoi dis-tu « quelqu'un » ? C'est l'abbé qui a répondu ; la lettre portait son sceau ! C'est lui le voleur ! Il a pris peur en lisant mon courrier.

— Dans quel but aurait-il subtilisé la relique ?

— Je le lui demanderai et il avouera ses forfaits.

Guilhem resta silencieux un instant, savourant le pot de vin que Jaquète avait rempli. Il avait chevauché depuis l'aube sur les rives de la Vienne et la fatigue engourdissait ses membres.

— J'ignore comment cela se passe à Cluny, mais j'ai passé quelques mois à l'abbaye Saint-Victor de Marseille, dit-il finalement. Quand un visiteur se présente et demande à voir l'abbé, il est souvent reçu en premier lieu par le prieur ou un autre officier du monastère, comme le cellérier, ou même un sous-officier.

— Cela arrive aussi à Cluny. C'est même toujours le cas, car l'abbé est très occupé et parfois absent.

— Imaginons que les messagers de Mercadier aient été reçus par le voleur de la Sainte Lance, à cause de l'absence de l'abbé. Que celui-ci ait ouvert votre lettre et lu vos accusations.

Brancion ayant écrit la lettre en compagnie de Guilhem, ce dernier en connaissait le contenu.

— Ce serait incroyable ! Impossible ! s'exclama Brancion, assortissant cette affirmation d'un haussement d'épaules.

— *Credo quia absurdum*[1], répliqua Guilhem.
— Mais le sceau...
— Seul l'abbé le conserve-t-il ?
— Non, en effet, quand il se déplace il le laisse dans ses appartements.

Brancion grimaça, car après ces observations de Guilhem, la vérité se faisait jour.

— En vérité, le sceau de l'abbaye n'est pas gardé avec le soin voulu, reconnut-il.
— Donc vous êtes ramené à vos premiers soupçons, messire. Il ne peut s'agir que d'un des officiers ayant la clé du trésor. Vous avez cinq ans pour réfléchir au problème !

Guilhem ajouta :

— Si dans cinq ans vous partez pour Cluny, je demanderai à Mercadier l'autorisation de vous accompagner. Ou je la prendrai ! Moi aussi, je souhaite savoir qui a accusé à tort Joceran et Jeanne. Et moi aussi je souhaite assister à sa punition.

À ces paroles, Jaquète s'écarta pour ne pas laisser voir les larmes qui lui montaient aux yeux. Quand ils partiraient, que deviendrait-elle ?

Le lendemain, Brancion retourna au donjon et demanda audience à Mercadier. Celui-ci le garda à dîner et le chevalier lui fit sa demande.

— Si je dois vous servir cinq ans, je veux un varlet[2] d'armes pour m'aider, et qu'il devienne mon écuyer.
— Je vous trouverai un bachelier[3] de haut lignage, promit Mercadier.

---

[1]. Je le crois parce que c'est absurde (saint Augustin).
[2]. Valet.
[3]. Jouvenceau de bonne famille apprenant le métier des armes. Il devenait chevalier au bout de quelques années de noviciat.

— Peu m'importe le lignage ! Je veux un gaillard fidèle et bon guerrier. Je le veux instruit, aussi.

— Ce sera difficile mais je trouverai. C'est promis, foi de Mercadier !

— J'ai déjà trouvé, seigneur. Je veux prendre Guilhem d'Ussel à mon service.

— Comme écuyer ? Mais il n'est pas noble ! s'exclama le capitaine brabançon en écarquillant les yeux. Gardez-le plutôt comme serviente[1].

— Peu m'importe la race ! Vos varlets et écuyers sont-ils tous nobles ?

Brancion savait que Mercadier disposait de quatre varlets, tous choisis pour leur ardeur au combat, dont aucun n'était issu d'un noble lignage.

— C'est différent, je ne suis pas noble moi-même, répliqua sombrement le mercenaire.

Il n'ignorait pas le mépris dans lequel il était tenu par les familles anciennes du Poitou et du Limousin.

— C'est Ussel que je veux, seigneur !

Le mercenaire réfléchit un moment, mais tant que Brancion restait dans la compagnie de Louvart, cela ne changerait rien. Alors, pourquoi pas ?

— Entendu, soupira-t-il.

Durant l'été, on apprit que le roi Richard était arrivé devant la ville d'Acre[2] dont il avait entrepris le siège. Ce fut un soulagement pour les nobles familles qui le craignaient. Dur, brutal et fourbe, Richard avait pressuré et rançonné ses vassaux jusqu'à l'excès avant de partir pour la croisade. Terrorisés, les barons d'Anjou, du Maine et du Limousin n'avaient pu qu'accepter ses exigences, sauf les fois où ils s'étaient révoltés. Mais, éloigné pour longtemps de ses domaines, Richard

---
1. Sergent d'armes près d'un chevalier.
2. Le 8 juin 1191. Philippe Auguste y était depuis le mois d'avril.

apparaissait désormais moins redoutable. Quelques seigneurs commencèrent donc à faire preuve d'insolence envers les gouverneurs, les baillis et les collecteurs d'impôts venus réclamer les tributs de leur suzerain. Les vilains, eux-mêmes, contestaient de plus en plus souvent les cens de leurs tenures ; les consuls des villes et les abbés des monastères ergotaient quant aux sommes exigées, prétextant le non-paiement de la dîme, la disette qui sévissait ou même la dureté des temps. D'autres chicanaient, assurant que les redevances réclamées l'étaient à tort.

Enfin, quelques puissantes familles se mirent à se quereller, étalant leurs griefs et recrutant des mercenaires pour se faire la guerre et reprendre des domaines ou des droits qu'elles avaient perdus.

Pourtant, les comtes et barons, tant vassaux du roi de France que du comte de Poitiers, c'est-à-dire de Richard, avaient juré qu'ils ne s'écarteraient pas de la fidélité promise à leurs suzerains. Tous avaient fait serment de rester en paix tant que leurs maîtres se trouvaient en croisade, et même durant les quarante jours suivant leur retour. Les archevêques et les évêques étaient d'ailleurs chargés de lancer sentences d'excommunication et interdits[1] contre les récalcitrants.

Mais l'occasion était trop belle pour régler de vieux comptes.

Mercadier, qui avait rang de sénéchal sans en posséder le titre, n'était ni tolérant ni barguigneur. Son roi l'avait chargé de conserver ses domaines en l'état et de collecter l'impôt. Richard avait besoin de cet argent en Palestine, les sommes engrangées étant portées dans les commanderies du Temple qui se chargeaient ensuite de les remettre par l'intermédiaire de leurs établissements en Terre sainte.

---

1. L'interdit consistait à empêcher l'octroi de tout sacrement et la célébration d'offices religieux.

Pour faire céder les récalcitrants, le capitaine brabançon ordonna d'abord à Louvart que des compagnies d'hommes en armes accompagnent les collecteurs d'impôts. Effectivement, leur présence suffit quelque temps à rétablir l'ordre angevin. Quand les croquants d'un village ne payaient pas, le feu était mis aux maisons des rebelles qu'on pendait aux branches pour l'exemple, après avoir forcé leurs femmes. Quant aux barons rétifs, les gens de Mercadier s'en prirent à leurs maisons fortes, passant leurs serviteurs au fil de l'épée.

Des soulèvements éclatèrent alors en Anjou et dans le Maine, nombre de seigneurs rappelant que le suzerain de Richard était Philippe II et qu'ils demanderaient le jugement de sa cour au retour de la croisade.

À l'automne et au début de l'hiver, Guilhem et Brancion, comme les autres chevaliers et sergents de Mercadier, furent sans cesse sur les chemins pour collecter les redevances et les rentes réclamées, ou pour réduire les rébellions. Les combats devinrent plus âpres et plus cruels. Mercadier faisait régner la terreur par la brutalité et la férocité, comme Richard le lui avait appris. Même les abbayes n'étaient pas épargnées. Les brabançons mettaient à sac celles qui ne se soumettaient pas, emportant linges, reliquaires et vases sacrés avant d'incendier les églises. Les moines étaient emmenés en troupeaux, traités de chantres et contraints à chanter pendant qu'on faisait pleuvoir sur eux des coups de verges jusqu'à les tuer, sauf s'ils versaient une rançon de dix-huit sous chacun.

Les fermes et les moulins fortifiés qui ne voulaient ou ne pouvaient payer les redevances exigées étaient ravagés. Les survivants, marqués au fer rouge, avaient bras ou pieds coupés. Les paysans étaient pendus et leurs femmes violées avant d'être écorchées. Les enfantelets étaient cloués aux portes.

Plusieurs fois, Brancion s'opposa aux traitements que l'on faisait subir à d'honorables chevaliers, condamnés au démembrement et à la torture. Si avec Guilhem ils combattaient courageusement lors des affrontements contre les récalcitrants, ils se retiraient de plus en plus souvent après les batailles où les brabançons s'amusaient à pendre les prisonniers par les boyaux.

Les rudes moyens de Mercadier se révélèrent cependant fructueux et il put faire parvenir à son roi les sommes dont celui-ci avait besoin. Cependant, les plus puissants châtelains refusaient encore de recevoir les collecteurs réclamant des taxes indues.

Ce fut le cas du châtelain d'Angles.

Le fief appartenait aux barons de Lusignan, qui le tenaient de l'évêque de Poitiers en franche aumône, sans hommage ni autre obligation. Depuis des années Richard exigeait d'eux une rente de cinq cents livres angevines que le seigneur du château, choisi par les Lusignan, n'avait payée chaque fois que sous la contrainte. De plus, les Lusignan s'étaient toujours opposés au comte de Poitiers, ayant même été à l'origine de la dernière révolte.

Mercadier envoya donc dix lances, c'est-à-dire dix chevaliers, chacun avec leur écuyer et quelques hommes à pied dont deux arbalétriers. La garnison d'Angles étant de six chevaliers et d'une trentaine de sergents et hommes d'armes, une telle compagnie ne pouvait que contraindre le châtelain à payer.

Il s'exécuta.

Ils se trouvaient à six ou sept lieues d'Angles et traversaient une profonde forêt. Le chemin descendait vers une sorte de marais qu'ils devraient franchir. Devant eux, des saules ondulaient sous la brise. Plus bas, ce n'était que mares bordées de grands champs d'ajoncs. L'odeur de vase et de pourriture prenait chacun à la gorge.

À l'aller, les soldats qui les guidaient les avaient prévenus qu'ils ne devaient pas s'écarter du sentier. Dans certaines de ces mares, un cheval pouvait s'enfoncer et disparaître en un instant, sans espoir d'être secouru.

Brancion et Guilhem se trouvaient en avant-garde. Derrière eux, à quelques toises, suivaient quelques hommes à pied, puis le chevalier commandant leur compagnie dont l'écuyer portait, derrière sa selle, un coffre de fer contenant deux cents marcs d'argent, soit mille six cents onces[1]. La redevance d'Angles.

Plus loin, c'était le reste des piétons, et enfin les derniers chevaliers.

Arrivés dans la partie du chemin traversant le marécage, le guide s'arrêta un instant pour rappeler à la troupe de bien le suivre et de ne pas s'écarter. De part et d'autre s'étendaient des fondrières d'un vert d'émeraude, parfaitement lisses, mais cette beauté cachait une mort rapide. Cette partie de la forêt était étrangement silencieuse, songeait Brancion, observant avec attention les petites îles couvertes de saules, formant parfois d'épais taillis.

Il s'adressa à leur guide :

— Un bon endroit pour un guet-apens…

— Qui s'en prendrait à nous, seigneur ? s'étonna l'autre.

— Par exemple, quelqu'un qui envisagerait de reprendre deux cents marcs d'argent.

— Il le paierait cher, remarqua un des piétons. Le seigneur Mercadier reviendrait et brûlerait le château.

— Si on nous retrouve. Nous pourrions disparaître ici sans laisser aucune trace.

En l'écoutant, la vigilance de Guilhem s'était éveillée, tout comme celle du sergent d'armes, à cheval, qui le suivait.

---

1. Près de dix kilos.

Ils repartirent. Devant eux, le chemin était partiellement submergé mais le guide connaissait le gué, même s'il regardait autour de lui avec attention. Les oiseaux s'étaient tus et même les martinets qui les avaient entourés jusque-là ne poussaient plus leurs cris perçants. Le ciel était sombre, chargé de gros nuages, et on entendait le tonnerre gronder au loin. Guilhem se sentait oppressé, mal à l'aise. Il avait hâte de quitter ces marais puants. Il se retourna : les derniers piétons et cavaliers étaient toujours sur la terre ferme.

L'eau venait maintenant aux sabots de son cheval mais, heureusement, il apercevait devant lui le sentier qui émergeait.

Un rayon de soleil perça alors les nuages et le sergent qui lui emboîtait le pas vit briller une lueur dans les fourrés d'une île sur leur droite. Il comprit aussitôt qu'il s'agissait d'un casque ou d'une lame d'épée.

— Attention, là-bas, des hommes cachés ! cria-t-il.

À ces mots, Brancion saisit le guide à pied devant lui et éperonna son destrier. Faisant fi du danger de basculer dans le marécage, il lança sa bête au galop pour gagner la partie au sec. Guilhem et le sergent derrière lui avaient aussi poussé leurs montures pour permettre aux hommes à pied qui les suivaient de franchir l'étendue d'eau couvrant le chemin.

Immédiatement, venant de l'île, des carreaux d'arbalètes sifflèrent. Un homme tomba, mais grâce à l'avertissement du sergent et à la présence d'esprit de Brancion, il n'y eut pas d'autres victimes. Les chevaliers et les gens à pied de l'arrière s'étant arrêtés, ils purent même refluer et se mettre à l'abri.

À peine au sec, les deux arbalétriers qui accompagnaient Brancion lâchèrent leurs viretons vers le buisson d'où étaient partis les traits. Guilhem fit de même, mais ils n'atteignirent personne. À l'arrière, les autres arbalétriers les imitèrent et ils entendirent les bruissements occasionnés par ceux qui s'enfuyaient.

— Rattrapons-les ! proposa Guilhem.

— Ce serait folie ! répliqua leur guide. Ils connaissent des passages que j'ignore !

Très vite, le calme revint, et il parut évident que leurs agresseurs avaient disparu. La troupe se regroupa dès qu'elle fut sortie des marais. Leur capitaine envoya l'homme connaisseur des lieux jusqu'aux buissons d'où étaient partis les tirs. Guilhem l'accompagna. Ils découvrirent une hutte de limon et de branchages, couverte d'herbe. D'après les traces, une grosse douzaine d'hommes devait se trouver là en embuscade. S'ils n'avaient pas été repérés, ils auraient pu anéantir entièrement la troupe au moment où elle se trouvait vulnérable, au milieu du sentier inondé. Dans la panique, plusieurs piétons auraient fui dans les marécages et se seraient noyés. Leurs ennemis auraient ensuite fait disparaître à tout jamais les corps des blessés et des tués. Était-ce des gens d'Angles ? Peut-être... Cela aurait été un bon moyen de récupérer ce qu'ils avaient été contraints de payer. Mais ce pouvait aussi bien être des fredains.

Ils ne le sauraient jamais.

En revenant vers ses compagnons, Guilhem remercia le sergent qui les avait alertés. Pourtant, il n'appréciait pas cet homme, l'ayant vu prendre du plaisir à écorcher un prisonnier lors d'un coup de main. De taille moyenne, couvert de poils, sale comme un porc avec de petits yeux noirs surmontés de sourcils épais, il ne cachait pas son caractère cruel et querelleur.

Guilhem lui demanda ensuite son nom, qu'il ne connaissait pas.

— Hélie, je m'appelle Hélie, répondit le routier dans un effrayant sourire édenté.

Chapitre 33

Après avoir quitté le camp de Malvin le Froqué, Hélie avait erré dans le Quercy à la recherche de la bande de Louvart. Mais celle-ci n'y était plus.

Il avait passé l'hiver à Limoges où il avait entendu parler des brabançons de Mercadier. Louvart l'aurait rejoint, disait-on. Au printemps de l'année 1189, l'ancien garde du commun de paix de Rodez était donc remonté vers le Berry, puis la Touraine, jusqu'au jour où on lui avait parlé du camp de la motte, le long de la Vienne. Le plus grand refuge de brabançons du pays. Il s'y était rendu, persuadé que c'était là qu'il aurait le plus de chance de retrouver celui qui avait tué ses frères.

Justement, Louvart y était. Hélie lui avait dit chercher un engagement et, comme Mercadier demandait toujours plus d'hommes, il avait été enrôlé.

Durant les mois suivants, il avait interrogé beaucoup de brabançons, mais aucun n'avait entendu parler d'un Guilhem qui aurait été au service de Malvin le Froqué.

En revanche, en participant aux expéditions contre des villages, des monastères ou des châteaux rebelles à la loi du comte Richard, Hélie avait découvert combien la vie de routier était plaisante. Violent, cruel et féroce, il pouvait enfin laisser libre cours à ses mauvais instincts sans l'inconvénient d'être poursuivi par une quelconque justice.

Il avait bien écouté et retenu la façon dont Louvart présentait la maison de Dieu : les clercs et les religieux devaient prier pour les misères du peuple. Les serfs, malheureuse engeance, ne possédaient rien qu'au prix de leur peine. Enfin, les guerriers, défenseurs de tous, assuraient leur propre sécurité et avaient tous les droits. Or il était un guerrier.

Durant l'année 1190, Louvart, qui l'appréciait, l'avait promu sergent d'armes. L'ancien garde envisageait désormais de devenir écuyer, à l'occasion de quelque bataille où il se distinguerait. Il s'en sentait capable. Au fil du temps, il avait oublié sa vie à Rodez, et il ne pensait à ses frères que lorsqu'il priait pour leur âme. Quant à Guilhem, il était persuadé de ne jamais le retrouver : sans doute était-il mort.

Au début de l'année 1191, il avait fait partie de l'armée assiégeant Levroux. Le château pris, il avait pillé, tué et violé à satiété, mais il n'était pas dans le château quand Guilhem et Brancion avaient été interrogés par Mercadier. Cependant, le soir, quelques compères ayant assisté au conciliabule le lui avaient raconté.

— Ce garçon s'appelait Guilhem ? Et il avait connu Louvart chez Malvin le Froqué ?

— C'est le nom qu'il a dit. Tu connaissais ce Malvin ?

— Vaguement...

Il s'était fait montrer le jouvenceau. Sa figure à la barbe clairsemée ne lui disait rien. Quel âge pouvait-il avoir ? Dix-sept, dix-huit ans ? D'après le forgeron de Rodez, le fils de Simon le rémouleur avait quatorze ans mais en paraissait bien plus. Ce pourrait donc bien être lui.

Il avait tenté d'interroger Louvart, mais celui-ci ne lui avait rien révélé de plus. Comment savoir ?

Il s'était alors souvenu que le Guilhem qui avait occis ses frères était adroit au couteau. Il avait donc organisé plusieurs fois des concours de lancer avec quelques compagnons et, un jour, Guilhem y avait assisté. Mis au défi d'y participer, il avait accepté, tirant de sous sa cuirasse de cuir, et à une vitesse stupéfiante, trois couteaux qu'il avait plantés dans la souche servant de cible.

C'était lui !

Dès lors, Hélie avait décidé de tuer l'assassin de ses frères. Mais ce n'était pas chose facile. À l'intérieur du château de la motte, c'était même infaisable, car il aurait été immanquablement pris. Restait la possibilité d'y parvenir au cours d'une expédition. Lors d'une bataille, tout aurait été possible.

C'est ainsi qu'il était parvenu à se faire affecter dans la compagnie se rendant à Angles. Or non seulement il n'avait trouvé aucune occasion de meurtrir Guilhem, mais il lui avait même sauvé la vie en le prévenant !

Il se mit alors à songer à un plus vaste dessein : ramener Guilhem à Rodez pour le faire écorcher.

L'hiver fut rigoureux et les expéditions prirent fin avec les grands froids, mais dès le dégel Mercadier envoya trois colonnes contre le château de Montmorillon.

Occupé par Guy de Mauléon, c'était une place stratégique pour le passage des marchandises entre le Poitou, le Berry et le Limousin. Un bourg s'était développé entre le château érigé sur le flanc d'un rocher dominant la rive gauche de la Gartempe et le pont à péage. La foire qui s'y tenait avait enrichi ses habitants mais ceux-ci, forts de l'appui de l'évêque de Poitiers et de la puissance de la famille de Mauléon, avaient plusieurs fois refusé de verser les redevances exigées par Mercadier.

Le chef mercenaire avait longtemps balancé avant de s'en prendre au seigneur de Montmorillon. En premier lieu, à cause de sa puissance, son château fortifié avec une centaine d'hommes d'armes serait difficile à prendre ; ensuite, Guy de Mauléon serait soutenu par sa famille et la noblesse du pays. Mais le retour de Philippe Auguste de la croisade avait précipité sa décision. En effet, le roi de France avait quitté la Terre sainte à la fin de l'année précédente et venait de rentrer dans sa capitale. Or le sire de Montmorillon envisageait de lui prêter hommage lige pour se protéger de Mercadier. Le laisser faire aurait pu entraîner toute la noblesse poitevine.

Il devait être écrasé avant une nouvelle révolte.

Les trois colonnes passant à travers bois ne furent repérées qu'au dernier moment. Guilhem portait le pennon de Brancion et le capitaine de sa compagnie, Riou de Monteynard, lui avait confié l'olifant. Ce cor, accroché à une chaînette passée à son cou, permettait de rallier sergents et hommes d'armes autour de leur chef pendant le désordre de la mêlée. Chacun des capitaines des colonnes disposait d'une sonnerie parfaitement reconnaissable.

En ce début de l'an de grâce 1192, Guilhem ne ressemblait plus au maigre jouvenceau ayant fui Marseille, cinq ans auparavant. À dix-huit ans, les poils couvrant ses joues le faisaient paraître un peu plus âgé. Ses yeux noirs et un nez fortement busqué lui donnaient un vague air d'oiseau de proie dont il avait d'ailleurs le regard vif et perçant. De taille moyenne, mais d'une vigueur exceptionnelle, il possédait des traits qui pouvaient exprimer une extrême férocité comme un sourire chaleureux. Cependant, la plupart du temps, son visage affichait un mélange de hardiesse et de tranquille assurance.

Durant l'hiver, il avait fait couper et coudre par Jaquète un gambison en cuir treillissé sur une épaisse étoffe rouge rembourrée de crin. Par-dessus, il portait son haubert de mailles et une cotte d'armes en peau, sans manches, aux armes de Brancion. Enfin, une casaque à capuchon, fermée par des aiguillettes, le protégeait du froid et de la pluie. Ses trousses étaient écarlates et des heuses de cuir rouge serrées par des boucles de fer lui montaient aux genoux. À sa selle pendaient d'un côté l'écu de son maître et de l'autre sa rondache et sa hache de bataille. Dans son dos était attachée son arbalète dont il portait la trousse de carreaux à la taille, ainsi que son épée et un large couteau. Il avait abandonné la fronde, bien que s'y entraînant toujours.

Brancion et lui commandaient une dizaine de servientes et d'hommes d'armes, parmi lesquels Hélie était parvenu à se faire engager.

Les cors du château de Montmorillon retentirent quand ils furent en vue des murailles, mais contrairement à ce qui s'était passé à Levroux, le pont-levis du bourg ceinturant le château descendit et une cinquantaine de cavaliers en sortirent, lances baissées, fonçant sur la première colonne qui était commandée par Louvart.

Le choc fut effroyable, car les routiers n'avaient pas eu le temps de se mettre en garde. Percés par les lances, frappés à coups redoublés de marteaux d'armes, chevaux, cavaliers et gens à pied s'effondrèrent dans une sanglante bouillie. Le temps que les deux autres colonnes de routiers arrivent au triple galop, les assaillants avaient rebroussé chemin pour se mettre à l'abri dans la forteresse.

Pire, comme quelques audacieux brabançons s'étaient élancés à leur poursuite, une volée de flèches et de carreaux les abattit presque tous.

Le siège commençait très mal et la fureur de Mercadier se déchaîna contre Louvart et les gens de Montmorillon. Mais toutes les colères du monde ne pouvaient rien changer et, après sa crise de rage, il envoya un héraut annoncer que la rente de cinq cents livres angevines qu'il réclamait pour Richard avait doublé et qu'il exigerait des otages pour s'assurer qu'elle serait bien payée à l'avenir. Il donnait jusqu'à la fin de la journée pour qu'on lui ouvre les portes.

Les seules réponses qu'il obtint furent des insultes à sa virilité !

Le camp se dressa donc. On monta des tentes et on construisit des huttes en les protégeant d'un emparement de pieux appointés. Du haut de leurs murailles et des hourds, les défenseurs ne paraissaient nullement craindre les assiégeants, les abreuvant même d'insultes.

En fin d'après-midi arrivèrent l'engeneor et les femmes tirant les pierrières. Avec elles, des mulets charriaient aussi deux grosses balistes : des arcs géants montés sur trépied pouvant lancer des boulets de pierre. Guilhem les avait vus construire dans le camp de Nouâtre et il avait hâte de les voir en action. Mais il n'en eut pas l'occasion lors de la première journée car, avec une centaine d'hommes, il fut envoyé sur l'autre rive de la rivière pour empêcher toute fuite de ce côté-là. Les quelques fermes et un hôpital qui s'y trouvaient furent brûlés et le peu de gens restant sur place fut pendu ou noyé pour l'exemple.

Pendant ce temps, le siège commençait. Les pierrières envoyèrent leurs rochers et les balistes leurs boulets, mais avec de médiocres résultats tant les murailles étaient hautes et les hourds solides. Contrarié, Mercadier devina que le siège serait long.

Pendant que les compagnies d'arbalétriers, de piétons et d'archers veillaient à réprimer toute sortie du bourg, on entreprit le creusement d'une mine en se protégeant sous des claies de branches couvertes de terre. Hélas, le deuxième jour, les assiégés parvinrent à envoyer dessus une telle quantité de flèches enflammées que le char prit feu et s'effondra.

Mercadier en fit faire d'autres et ordonna la construction d'une tour de bois. Mais le temps jouait contre lui.

La famille des Mauléon devait avoir été prévenue, ainsi que l'évêque de Poitiers. Allaient certainement arriver des prélats pour négocier le départ des assiégeants, à moins que ce ne soit une armée de secours.

Le troisième jour, comme tous les matins, Mercadier avait réuni ses chevaliers pour préparer les assauts de la journée. Son humeur était exécrable. Avec sa mine encore plus sombre que d'habitude, sa barbe en désordre et le dragon rouge peint sur la cotte blanche qu'il portait sur son haubert noir, le mercenaire n'avait jamais été aussi effrayant.

Personne n'osant intervenir, ce fut Brancion qui demanda la parole.

— Que veux-tu ? aboya le capitaine de Richard, car Brancion n'était pas un de ses lieutenants et ne venait à ces réunions que pour recevoir des ordres.

— Mon écuyer, Guilhem d'Ussel, m'a soumis une idée pour abréger le siège.

— Une idée ? De sa part ? ironisa Mercadier. Parle donc ! Je n'ai pas de temps à perdre !

— Seigneur, c'est son idée et je crois qu'il sera plus à même que moi de vous la présenter.

— Entendu, fais-le chercher ! ordonna le routier après une brève hésitation.

— Il attend devant la tente, seigneur.

Il alla à la tenture, gardée de deux sergents d'armes, et fit entrer Guilhem qui s'agenouilla devant Mercadier.

Quelques chevaliers le considérèrent avec commisération, persuadés qu'il allait proposer une sottise et en être quitte pour une flopée de coups de fouet. D'autres affichèrent leur arrogance : pourquoi leur chef perdait-il son temps à écouter un simple homme d'armes ? En revanche, ceux qui connaissaient Guilhem ou qui s'étaient entraînés avec lui étaient plus circonspects. Ils le savaient malin et capable des leurres les plus diaboliques. Le plus intrigué restait le chapelain de Mercadier qui avait du mal à juger le jeune garçon.

— Le sire de Brancion m'a demandé de t'entendre. Tu aurais une idée pour prendre cette maudite ville et son château ? demanda le capitaine de Richard.

— Oui, seigneur.

— Alors, dépêche-toi !

Intimidé par l'assistance de ces chevaliers, adoptant tous des attitudes plus féroces les unes que les autres, Guilhem se lança, ayant soigneusement préparé ses mots :

— Je propose de monter un spectacle, seigneur...

— Par le diable ! Un spectacle ! s'esclaffa un chevalier. C'est vrai que tu es troubadour, mais nous ne sommes pas à la fête, damoiseau !

Guilhem lui jeta un regard froid, l'ignora et poursuivit :

— Tout d'abord, des sonneurs de cor iront à une demi-lieue d'ici et feront retentir les sonneries des gens de Mauléon. Ensuite, quelques cavaliers, cachés dans les bois, arriveront au galop en hurlant : « Une armée ennemie approche ! »

Il mima les gestes et répéta les cris avec une expression affolée qui fit sourire Louvart.

— Vous, seigneur Mercadier, irez à leur rencontre, vous prendrez un air paniqué et, peu après, vous sonnerez le boute-selle...

— Tu te gausses... le coupa Mercadier, stupéfait. Mais qu'es-tu en train de caqueter ?

— Noble seigneur, intervint Brancion, laissez-le terminer, je vous en supplie !

— Toute notre armée lèvera le camp, en pleine débandade, abandonnant machines et tentes !

— Ce varlet est fol ! s'exclama un chevalier, secouant la tête.

— Tout le monde filera vers la forêt... laissant notre camp désert... Que se passera-t-il alors ?

Mercadier commençait à comprendre et un sourire rusé se dessina sur ses lèvres :

— Ils sortiront…

— Oui, seigneur, réjouis de vous voir en fuite à cause d'une armée de renfort, en réalité imaginaire. Ils approcheront, peut-être un peu méfiants, mais voyant les portails de nos campements ouverts et nos tentes encore dressées, ils s'y précipiteront pour les piller. Ce sera grand dommage pour eux, car une fois qu'ils seront entrés, nos cavaliers cachés dans le bois fonceront au triple galop sur le pont-levis. Nos archers se précipiteront vers les palissades dans lesquelles, à l'arrière, nous aurons ouvert des meurtrières. Par ces trous, ils perceront les gens de Mauléon. De plus, nos tentes ne seront pas vides. Y seront dissimulés arbalétriers et piétons avec des fauchards. Les combats seront sanglants mais, grâce à l'effet de surprise, nous ne pourrons que l'emporter.

Un silence stupéfait s'abattit sur l'assistance. Puis Mercadier explosa d'un rire inextinguible. Ayant repris son souffle, il déclara enfin :

— Par la messe, nous allons le faire, garçon ! Mais où as-tu trouvé une idée aussi diabolique ?

— Dans un chant de troubadour, seigneur, un récit de Rome la Grand qui conte comment un Grec nommé Ulysse a pris une ville appelée Troie qu'il assiégeait depuis dix ans. Il a fait croire au départ de son armée, laissant dans son camp un grand cheval de bois empli d'hommes d'armes !

— Louvart, Riou, Isard, Rainald, Foulques, vous avez entendu. Allez voir vos chevaliers et vos sergents d'armes et préparez-moi tout ça. Je veux vos meilleurs hommes dans les tentes. Brancion et Guilhem, trouvez des gens capables de simuler la terreur et d'annoncer l'arrivée de cette armée. Riou, trouve-moi des cors qui connaissent les sonneries de Mauléon. Que tout soit prêt ce soir. La pièce aura lieu demain matin.

Il éclata d'un rire tel que toute l'assistance s'esclaffa à son tour.

Chez les assiégeants régna dès lors une double activité : quelques attaques contre le bourg furent poursuivies pendant qu'on préparait le stratagème imaginé par Guilhem. Le lendemain, peu avant none, tout étant prêt, des cors sonnèrent au loin. Comme un assaut était en cours, Mercadier le fit cesser, marquant ainsi son inquiétude. Déjà, vivats et cris de joie s'élevaient des murailles, les gens de Montmorillon ayant reconnu les sonneries des Mauléon.

Soudain on vit dévaler deux cavaliers qui se précipitèrent au galop vers le groupe de chevaliers entourant Mercadier. Les gens sur les remparts entendirent leurs cris d'avertissement : « Une armée ! Une armée ennemie arrive ! »

Ils virent l'agitation s'emparer des chevaliers routiers qui rassemblèrent leurs sergents. Rapidement, on sonna le boute-selle et, dans un grand désordre, les troupes refluèrent vers la forêt. En peu de temps, toute l'armée de Mercadier avait disparu, abandonnant machines, tentes et bagages.

Les gens de Montmorillon en étaient stupéfaits et ravis. Guy de Mauléon, lui-même sur les remparts, n'en croyait pas ses yeux. Dans le lointain, on entendait de plus en plus clairement les olifants retentir des sonneries des Mauléon.

Le Seigneur avait écouté leurs prières. On était venu à leur aide !

Chacun se jeta à genoux pour une action de grâces, puis les assiégés décidèrent de sortir récupérer les bagages des gens de Mercadier et de mettre le feu à leurs palissades. On baissa le pont-levis et chevaliers, écuyers et gens à pied sortirent, accompagnés par une foule en délire désireuse de piller. Tous filèrent sans prudence vers les camps des ennemis dont les portails étaient restés ouverts.

Ils y pénétrèrent sans ordre. Dans le vacarme, la plupart n'entendirent pas le martèlement de sabots des chevaux déboulant des bois. Au même moment, les portières des tentes s'ouvrirent et des hordes de brutes armées de fauchards et de guisarmes en jaillirent. Les chevaux eurent les jarrets tranchés et leurs cavaliers, tombés au sol, furent meurtris et étripés. Des arbalétriers surgirent aussi, lâchant leurs carreaux, tandis que d'autres lançaient leurs traits mortels à travers les palissades.

En un instant, ce fut une estourmie sanglante, sans merci et sans pitié. Les chairs étaient tailladées, écrasées, percées. Les joyeuses exclamations de mortaille et de massacre dominaient les gémissements de douleur et les appels à la pitié.

Guilhem et Brancion, avec les cavaliers, avaient foncé sur le pont-levis. Ils y arrivèrent avant que ceux chargés de le relever n'aient réagi, tant l'attaque avait été rapide. Comme les autres chevaliers, ils pénétrèrent dans la première enceinte, frappant de taille et d'estoc les défenseurs sur leur chemin.

Alors l'armée entière déferla, navrant et meurtrissant tous les êtres vivants rencontrés.

Les gens du château avaient quand même eu le temps de fermer les portes et les grilles, mais toute la population du petit bourg subit les sévices des routiers. Mercadier fit cependant cesser les massacres, ne voulant plus ravager une ville qui appartenait quand même à son maître.

Le soir, les prisonniers furent rassemblés. Guy de Mauléon avait été tué. La ville avait été pillée de toutes ses richesses. Seul le château résistait mais, avec une garnison réduite, il ne pourrait tenir longtemps.

Mercadier dicta alors ses conditions : il emmènerait dix otages qui seraient gardés à Poitiers chez l'évêque. La ville et le château lui remettraient mille livres.

L'épouse de Guy de Mauléon s'exécuta. Comme elle ne disposait pas de cette somme, elle donna tous les vases d'argent et les bijoux qu'elle possédait.

L'armée repartit deux jours plus tard. L'exploit de Guilhem avait fait de lui l'homme le plus populaire des routiers. Mercadier lui remit cinq sous d'or en plus de sa part de butin, ce qui permit à Guilhem de solder son compte avec Louvart.

Tout cela n'était pas pour arranger les affaires d'Hélie qui voyait s'éloigner le moyen de le tuer et, plus encore, de le conduire à Rodez.

À l'automne, Mercadier s'inquiéta des libertés que prenait Raoul de La Rochefoucauld, oncle du jeune vicomte de Châtellerault, qui avait plusieurs fois refusé l'entrée des troupes de Richard dans la ville. Mais le capitaine des brabançons ne pouvait s'attaquer au château et à la cité dont était issue la mère de la duchesse Aliénor. C'était une situation irritante et insupportable. Il s'en était ouvert plusieurs fois à ses chevaliers et Arnuphe de Brancion avait rapporté le fait à Guilhem.

Celui-ci lui suggéra un plan pour se saisir d'une porte de la ville. Châtellerault en possédait quatre, toutes protégées par des herses de fer et des ponts-levis au-dessus de profondes douves.

Mercadier reçut une nouvelle fois Guilhem et l'écouta. Il lui donna son accord et lui promit que, s'il réussissait, il participerait au prochain tournoi qui se tiendrait à Poitiers et aurait ainsi l'occasion de se distinguer.

Guilhem quitta le camp avec cinq compagnons, dont deux sergents d'armes qu'il avait remarqués pour leur talent de ménestrels et de jongleurs. Ensemble, ils se rendirent à Châtellerault où ils pénétrèrent sans difficulté, la population étant très friande de jongleries.

Durant quelques jours ils donnèrent de petits spectacles devant l'église Saint-Jacques et le château mais, le reste du temps, ils examinaient et surveillaient les portes et la façon dont elles étaient gardées. Pour certaines, les sentinelles changeaient dans la journée, pour d'autres, les gardes vivaient continuellement dans les tours de flanquement.

Une nuit, ils quittèrent leur hôtellerie et se rendirent à la porte que Guilhem avait choisie. Elle était encadrée de deux tours, et il avait observé qu'on pouvait pénétrer dans l'une d'elles par le chemin de ronde, peu surveillé la nuit en cette période de paix. Quant aux sentinelles, il s'agissait de six hommes vivant là à demeure. L'un d'eux y logeant même avec sa femme.

Silencieux et invisibles, ils gagnèrent les remparts et arrivèrent jusqu'à la porte de la tour. Celle-ci, en bois non couvert de fer, était fermée d'un verrou mais, l'ayant vue ouverte dans la journée, Guilhem avait marqué l'endroit où il se situait. Il s'était procuré une grosse tarière dans la journée et, avec un compère, ils percèrent le bois en silence, faisant tourner la tarière avec un levier transversal pendant qu'un troisième homme les éclairait d'une lanterne sourde.

Quand le trou parvint au verrou, un simple mais robuste pêne de fer, Guilhem n'eut pas grande difficulté à le déplacer, libérant la gâche.

Ils entrèrent, tous armés d'arbalètes. Une échelle menait à une salle inférieure. Deux hommes dormaient sur une couchette. Ils furent maîtrisés sans bruit par une partie des assaillants, tandis que Guilhem se rendait à la salle au-dessus de la porte, là où se trouvaient les treuils, car le pont-levis fonctionnait avec des chaînes qui s'enroulaient et non avec des contrepoids.

Il ouvrit la porte. Deux gardes jouaient aux dés et ne réagirent pas immédiatement en voyant entrer les arbalétriers, croyant à l'arrivée de compagnons.

Sous la menace, ils furent désarmés et garrottés. Pendant ce temps, trois hommes se rendirent dans l'autre tour où ils eurent raison des sentinelles ainsi que de la femme qui dormait. La porte de la ville était prise.

Guilhem alluma alors un flambeau avec lequel il fit un signal. Il savait que chaque nuit des guetteurs de Mercadier devaient surveiller les quatre portes. Un moment plus tard, la lueur d'une lointaine torche lui répondit. Cela signifiait que Brancion allait être prévenu.

Après une nouvelle période de temps, cette fois assez longue, le signal lumineux se reproduisit. La colonne de Riou de Monteynard se mettait en route.

En attendant, Guilhem entreprit de briser la serrure de la porte de la ville dont la clé était portée au château le soir. À l'aide de leviers, ses compagnons et lui parvinrent à l'arracher. Ensuite, ils ôtèrent les barres et manœuvrèrent le treuil baissant le pont-levis. Celui-ci grinça horriblement et les chaînes cliquetèrent, mais même si on donnait l'alerte, ce serait trop tard.

Guilhem fit lever la herse et, peu après, cinquante hommes d'armes pénétrèrent à l'intérieur et occupèrent la porte, jetant dehors les sentinelles si peu vigilantes.

Hugues de La Rochefoucauld eut beau protester, menacer, Mercadier resta maître de la porte qu'il garda de longs mois, ôtant toute velléité au vicomte de rejoindre Philippe Auguste[1]. Quant à Guilhem, il regagna le camp des brabançons auréolé d'une réputation d'habileté et d'audace encore plus grande.

---

1. Guillaume de La Rochefoucauld, vicomte de Châtellerault, rejoignit Arthur de Bretagne dans sa révolte contre le roi Jean. Il fit partie des prisonniers lors de la prise de Mirebeau par le roi Jean le 1er août 1202, durant laquelle Arthur fut capturé. Voir, du même auteur, *Rouen, 1203*, à paraître.

Chapitre 34

En novembre de cette année 1192, on apprit que le roi Richard avait à son tour quitté la Terre sainte, ayant embarqué le 9 octobre, quelques mois après Philippe Auguste. Sous peu, il serait donc de retour et, pour fêter le joyeux événement et la prise de Saint-Jean-d'Acre, œuvre de son fils, dame Aliénor, duchesse d'Aquitaine, organisa un grand tournoi à Poitiers.

Bien que seules les familles de haut lignage puissent y participer, Mercadier obtint le droit d'y envoyer cinq chevaliers. Brancion fut désigné parmi ceux-ci, et comme une journée de tournoi serait réservée aux écuyers et aux varlets, Guilhem pourrait y faire ses preuves, puisque Mercadier le lui avait promis. De plus, comme pour beaucoup de tournois, si les trois premières journées seraient des joutes à la lance et à l'épée, les deux suivantes opposeraient chevaliers, écuyers, prélats et troubadours dans une cour d'amour. Avec sa vielle à roue et sa belle voix, Guilhem ne serait pas le plus désavantagé.

Cependant, Brancion était parmi les moins bien équipés des chevaliers, ne possédant qu'un haubert avec camail et un heaume, quand d'autres disposaient d'ailettes de fer protégeant les épaules, de grèves couvrant le bas des jambes et plus généralement de plates de fer renforçant le haubert. Heureusement, il n'y aurait pas de combats à outrance, c'est-à-dire avec des armes tranchantes, comme dans une bataille réelle. Les passes d'armes se feraient à lance mornée et à l'épée courtoise pour ne pas souiller de sang la joie du retour du bien-aimé roi Richard. Les coups ne seraient pourtant pas épargnés, et les vaincus perdraient leur harnois et leur destrier, comme l'imposait la loi des tournois.

Jusqu'à présent, Guilhem avait rompu quelques lances dans des joutes amicales organisées dans le camp. Dès qu'il apprit qu'ils étaient retenus pour Poitiers, Brancion décida qu'ils devraient s'entraîner intensivement, ce qu'ils firent durant deux semaines. Pour cela, il fit tailler une grande quantité de lances en frêne et en hêtre, car on en brisait beaucoup durant les joutes, le vainqueur étant celui qui avait fait chuter son adversaire ou rompu sa lance. Il fit aussi confectionner de nouvelles selles, plus hautes que les leurs, qui leur permettraient de garder une bonne assise même lorsqu'une lance adverse frapperait leur écu. De son côté, Guilhem dut se procurer un bouclier en triangle, qui le protégerait mieux des chocs que sa rustique rondache.

Quant à Jaquète, elle broda et cousit des draps de selle aux couleurs de Brancion et attacha aux brides des chevaux rubans et clochettes, comme c'était l'usage pour les chevaliers de qualité.

Une ville de toile avait vu le jour sur les berges du Clain, le long de la ceinture de courtines crénelées qui protégeait la cité et le palais des ducs d'Aquitaine. Au sommet des tours carrées ponctuant la muraille flottaient, en haut de mâts, des bannières aux trois châteaux d'or, des penons de la duchesse Aliénor aux bandes d'azur et des draps aux léopards d'Angleterre.

Dans le campement s'affichaient partout penons, enseignes et guidons aux armes des barons poitevins les plus renommés, les Mauléon, les comtes de la Marche, les Lusignan, les Chauvigny, les La Rochefoucauld, les Thouars. De plus, des forêts d'écus pendaient devant les pavillons dans lesquels ils se harnacheraient. Les chevaliers y resteraient du lever au coucher du soleil mais, la nuit venue, ils logeraient en ville ou dans le château.

Une foule immense et bigarrée de gens de toutes conditions se pressait partout, curieuse de découvrir les vêtures et les harnois de ces riches et puissants seigneurs, avide d'assister aux combats de ces champions de grande renommée. Des barrières avaient été installées pour contenir cette foule de manants parmi lesquels les larrons seraient nombreux. À l'autre extrémité de ce village d'étoffe, sur un monticule au bord de l'eau, avaient été dressés des échafaudages avec des galeries, des estrades et des banquettes pour la duchesse, son sénéchal et les grands officiers du comté, tous en robes de paix et longs manteaux et pour la plupart accompagnés de leurs dames, celles-ci revêtues de bliauts splendides aux couleurs éclatantes et coiffées de soie, d'or et de perles. Dans ces galeries décorées de tentures ou de draps brocardés d'or et d'argent se trouvaient aussi l'évêque et nombre de prélats, d'abbés et de vicaires.

De part et d'autre de ces gradins, trompettes et sonneurs de cor annonçaient les combats. Hérauts d'armes et maréchaux de camp se rendaient continuellement des lices aux loges pour chercher leurs ordres ou annoncer les vainqueurs.

Les lices occupaient un enclos fermé par de fortes palissades sur une longueur d'un quart de mille, avec des portes aux extrémités. Toute une badaudaille bruyante s'agglutinait devant, mais la foultitude était aussi nombreuse dans le village d'artisans et de marchands érigé à côté de celui des pavillons de chevaliers.

Il s'agissait de baraques en bois où officiaient des armuriers, maréchaux-ferrants mais surtout des marchands de vin à la cannelle, au gingembre ou à la rose, d'hypocras, de bière et de toutes sortes de pâtés chauds et de pâtisseries. Le vacarme était infernal.

Quelques chevaliers ayant fait vœu de combattre contre n'importe quel adversaire avaient leurs écus posés sur des pieux à l'extrémité des lices. Tout chevalier souhaitant les défier pouvait les choisir en touchant leur bouclier de leur lance. Ces échanges occupèrent la première journée et ce fut un seigneur de la Marche qui en sortit glorieusement vainqueur, n'ayant jamais rompu son arme.

Durant tout ce temps, Guilhem et Brancion restèrent spectateurs. Ils partageaient leur tente avec Riou de Monteynard et son écuyer, ayant emmené avec eux une dizaine de servants. Mercadier était présent, lui aussi, mais dans la loge d'honneur, un rang plus bas qu'Aliénor. Il avait exigé de ses chevaliers qu'ils se distinguent, pour que la duchesse comprenne qu'il était aussi puissant que les vieux lignages du pays.

Le lendemain, Brancion et Riou de Monteynard furent désignés par un tirage au sort dès la deuxième joute. Elle opposait six chevaliers. Ceux qui n'auraient pas été mis à bas par les lances combattraient ensuite à l'épée émoussée, et ce seraient les juges d'armes qui choisiraient le plus méritant.

Aux extrémités des lices, le passage des combattants se faisait par des portes de bois où se tenaient des hérauts et des trompettes, ainsi que des sergents d'armes chargés de maintenir l'ordre et de vérifier l'équipement des chevaliers. À l'intérieur, les maréchaux du camp, armés et à cheval, surveillaient le combat.

On ouvrit les portes et les chevaliers s'avancèrent, chevauchant gracieusement par trois, puis au son des trompettes, ils s'élancèrent, lance en avant.

Dans chacun des groupes, un cavalier chuta et, sous l'œil vigilant des maréchaux, le combat se poursuivit à pied, deux contre deux. Sous les vivats du public et surtout de Guilhem, Arnuphe de Brancion et Monteynard en sortirent vainqueurs. Ils furent donc retenus pour une nouvelle joute, un peu plus tard dans la matinée.

Dans celle-ci, Brancion ne tomba pas et parvint à rompre la lance de son adversaire, mais il avait reçu un coup si violent qu'il lui avait brisé des côtes, le laissant incapable de combattre à l'épée. Néanmoins, l'écuyer étant autorisé, dans ce cas, à remplacer son maître, Guilhem se battit si vaillamment qu'il emporta ce second duel.

Après ces premières victoires, et selon les lois du tournoi, tous deux se partagèrent les équipements des vaincus. Brancion obtint un beau destrier, deux épées et les écus de ceux qu'il avait défaits, ainsi que leurs dagues et leurs heaumes. Il offrit une épée et l'un des casques à Guilhem qui gagna de son côté le haubert de celui dont il avait triomphé.

Le vainqueur de cette journée de joutes fut le fils du comte de la Marche à qui Aliénor offrit un magnifique palefroi blanc.

Les joutes du lendemain furent réservées aux écuyers. Guilhem combattit vaillamment et gagna un autre cheval et des armes, mais il ne fut pas le meilleur et il chuta à la troisième joute, manquant de peu se casser un bras, et perdant à cette occasion cheval et harnois. Malgré cela, ces trois journées de combat avaient été profitables et Mercadier vint féliciter ses hommes, qui avaient montré à la vieille noblesse du Poitou qu'il faisait lui aussi partie de la fine fleur de la chevalerie.

La cour d'amour se tint le lendemain dans la grande salle du château, tout enguirlandée de bannières et de draperies. L'assistance y était moins nombreuse, car la populace n'était pas invitée et seuls les grands bourgeois de la ville étaient conviés. Mais les chevaliers les plus renommés se pressaient pour participer aux joutes poétiques dans lesquelles le comte Richard avait toujours brillé.

Malheureusement, Aliénor, fatiguée des trois jours passés dans le froid au bord de la rivière, ne put présider le jury et fut remplacée par la toute jeune Mathilde d'Angoulême, nouvelle épouse de Hugues de Lusignan. Entourée des plus belles dames du comté, en bliaut de soie brodé d'or, ce fut elle qui jugea les troubadours avec ses compagnes.

Les épreuves furent nombreuses : sirventes et cansons, pastourelles, jeux-partis et tensons. Guilhem s'y distingua mais ne remporta aucun prix jusqu'à la fin de la journée où il interpréta de façon très personnelle, en y ayant ajouté quelques strophes, un chant sur Richard que lui avait appris Gaucelm Faidit. Devant un public tout acquis, il l'emporta, malgré quelques épouses et sœurs de seigneurs ayant eu à souffrir des exactions du comte de Poitiers qui affichèrent leur dédain. Il reçut un ruban et une dague ciselée au manche d'argent, mais surtout l'honneur d'avoir été distingué. Quant au vainqueur, il fut récompensé d'une couronne de feuilles de laurier en or.

Quelques semaines plus tard, on apprit une incroyable nouvelle : le roi Richard avait été capturé par le duc d'Autriche alors qu'il traversait les Alpes[1]. Dans l'incertitude quant à l'avenir, il n'y eut plus aucune agitation dans le pays, surtout après la façon dont Mercadier avait maté les précédents désordres. Mais chacun

---

1. On sait que la nouvelle de la capture de Richard parvint en Angleterre en janvier 1193.

craignait qu'une rançon ne soit demandée, et d'être mis à contribution.

Chaque année pour l'avent, Mercadier, assisté de l'évêque de Poitiers, adoubait quelques nouveaux chevaliers parmi les écuyers qui s'étaient distingués près de lui ou qui avaient terminé leur noviciat. C'est qu'il fallait bien remplacer les pertes et, au cours des mois écoulés, elles avaient été sévères, plusieurs chevaliers ayant trouvé la mort, en particulier lors de l'attaque de Montmorillon.

Brancion demanda que Guilhem d'Ussel fasse partie des écuyers retenus.

De prime abord, Mercadier refusa. Guilhem n'était pas de race et de surcroît bien jeune, mais Brancion lui rappela qu'il avait adoubé l'année précédente un nommé Le Mulet, ancien forgeron. Il ajouta combien Guilhem avait été précieux à Montmorillon, évitant bien des pertes, et qu'il lui avait permis de s'imposer à Châtellerault. Enfin, qu'il avait fait ses preuves lors du tournoi donné en l'honneur de Richard. L'honorer serait se l'attacher, avait-il insisté.

Mercadier avait finalement accepté.

On devine la joie de Jaquète lorsqu'elle apprit la nouvelle. Elle coupa et cousit pour le futur chevalier une nouvelle chemise, des chausses et un grand manteau, lui faisant faire aussi des soliers hauts en chevreau. Pendant que Guilhem aiguisait ses armes et nettoyait les mailles de son nouveau haubert, Arnuphe de Brancion l'instruisit sur la cérémonie. Surtout, il lui offrit des éperons de fer dont la tige se terminait par une bille d'or ciselée surmontée d'une courte pique triangulaire.

Le dimanche de la cérémonie, tous les hommes d'armes du camp, les domestiques, les femmes et les enfants se pressèrent devant la chapelle après la messe. Cinq écuyers attendaient avec émotion. Mercadier les passa en revue pendant que leur chevalier leur chaussait leurs éperons. Puis le capitaine de routiers prit les épées, qu'un prélat avait bénies, les baisa et les ceignit à chacun. Enfin, il leur donna l'accolade sous les acclamations de la foule.

Les adoubements faits, les cors retentirent et Mercadier, revenu s'installer sur une haute chaise ciselée posée sur une estrade entourée de bannières au dragon et aux léopards d'Angleterre, déclara :

— En vous remettant l'épée, je vous ai conféré l'ordre de la chevalerie, qui ne souffre aucune bassesse. Beaux frères, souvenez-vous qu'en cas de bataille, si votre adversaire vaincu vous crie merci, écoutez-le et ne le tuez pas. (Quelques-uns dans l'assistance dissimulèrent un sourire car Mercadier ne faisait jamais miséricorde !) S'il vous arrive de trouver dans la détresse homme, dame ou demoiselle, aidez-les, si vous en voyez le moyen et si ce moyen est en votre pouvoir. Enfin, allez volontiers à l'église prier le Créateur de toutes choses qu'Il ait pitié de votre âme et qu'Il vous garde dans le siècle comme Son fidèle chrétien.

Le capitaine de Richard parut satisfait de son petit discours et encore plus des acclamations de ses serviteurs.

Le prêtre qui avait béni les armes et célébré la messe, entouré de nombreux clercs, fit alors sur chaque chevalier le signe de la croix et ajouta :

— Beau Sire, que Dieu vous préserve et vous conduise !

Malgré la fausseté de ces belles paroles, Guilhem les écouta avec émotion, se souvenant du temps pas si lointain où il transportait des seaux d'eau dans la tannerie des Mont Laurier. Si son père et sa mère le voyaient depuis les cieux où ils se trouvaient, ils devaient être fiers de lui, même s'il savait que Mercadier n'était pas le seigneur qu'il aurait voulu pour une si noble cérémonie, et que les conseils qu'il avait prodigués n'étaient que vaines paroles.

Une semaine plus tard, quelques jours avant Noël et malgré un temps exécrable, Mercadier revint au camp de la motte où il fit venir Brancion, Ussel, Riou de Monteynard et deux autres chevaliers. Il les invita à sa table pour leur dire ceci :

— J'ai reçu une lettre de Guillaume d'Urgel, le comte de Forcalquier. Ce comté se situe dans les montagnes de Provence, le pays où je suis né. Mon père était tenancier du comte son père. J'ai toujours gardé quelques amis là-bas. C'est par eux que le comte m'a écrit.

C'était la première fois que Guilhem entendait Mercadier parler de son passé.

— Le roi d'Aragon[1], qui est comte de Provence, cherche à étendre son comté et à s'approprier celui de Forcalquier, sous prétexte d'une décision de l'Empire. Ses hommes grignotent peu à peu les terres et les bourgs de Guillaume, qui craint un siège.

» Pour ma part, peu me chaut, d'autant qu'Aragon a été un temps notre allié contre Toulouse, mais, Forcalquier manquant d'hommes, il me demande de lui louer cinq à dix lances. Le calme est revenu ici depuis qu'on sait que dame Aliénor négocie le retour de son fils avec le duc d'Autriche Léopold[2]. Mais Léopold exigera une rançon, aussi ai-je besoin d'argent. Forcalquier m'offre mille marcs d'argent pour vous avoir à son service six mois. Si vous deviez rester plus longtemps, Riou de Monteynard négociera d'autres conditions.

---

1. Alphonse II.
2. Léopold livrera finalement Richard à l'empereur d'Allemagne Henri VI l'année suivante, qui réclamera une rançon de cent cinquante mille marcs d'argent.

Chapitre 35

Janvier 1193

Leur troupe ne partit qu'à la fin du mois de janvier, tant la neige gênait les déplacements. Commandée par Riou de Monteynard, elle comprenait six chevaliers, chacun avec un ou deux écuyers, et le reste en sergents et piétons dont la moitié arbalétriers.

Riou de Monteynard avait la trentaine. Bâtard d'une vieille famille de Savoie, dur et féroce autant que Louvart, c'était surtout un homme d'une fidélité sans faille envers le roi Richard qui l'avait fait chevalier après qu'il lui eut porté secours dans une sanglante bataille. Mercadier lui accordait toute sa confiance, et si quelqu'un pouvait transporter mille marcs d'argent sans être tenté, c'était lui. De plus, il avait vécu quelque temps à Sisteron.

Hélie était parvenu à se faire incorporer dans la compagnie, ayant assuré à messire de Monteynard qu'il venait du comté de Forcalquier et qu'il connaissait donc parfaitement le pays, ce qui n'était qu'un demi-mensonge, car il s'y était rendu une fois, escortant le comte de Rodez.

Avant le départ, Arnuphe de Brancion annonça à Guilhem qu'il ne reviendrait pas au camp de la motte. Le butin amassé lors de leurs différents coups de main ainsi que la revente des armes et des chevaux après le tournoi lui avaient permis de rassembler quatre-vingts sous d'or. Quand ils auraient terminé leur service à Forcalquier, il remettrait la somme à Riou de Monteynard et se rendrait à Cluny.

Guilhem lui répondit qu'il l'accompagnerait.

— Mais tu as rendu hommage à Mercadier... objecta Brancion.

— Je n'avais pas le choix, et un serment forcé est sans valeur. De surcroît, je lui ai rendu plus qu'il ne m'a offert. Surtout, je ne supporte plus les cruautés gratuites qu'il impose aux pauvres gens.

— Peut-être devras-tu un jour régler cette querelle avec lui, songes-y.

— S'il le faut, je le ferai. Je ne le crains pas.

Brancion hocha la tête, satisfait de la décision de son ami.

— Reste alors le problème de Jaquète, fit-il.

— Emmenons-la avec nous.

— Mercadier se doutera alors que notre départ est définitif.

Ils restèrent un moment à chercher une solution jusqu'à ce que Guilhem propose :

— Je me séparerai de ma dague à manche d'argent. On m'a dit qu'elle valait quatre à cinq livres. Je les lui laisserai, ainsi que mes parts de butin. Conduisons-la à Châtellerault et trouvons-lui où loger. Avec cet argent, elle pourra ouvrir une échoppe. Elle taille et coud parfaitement, elle saura gagner sa vie et deviendra une bourgeoise, ce qui lui permettra de trouver un mari.

Ils partirent avec elle le lendemain. Jaquète pleura beaucoup et promit à Guilhem de prier pour lui, mais bien sûr, secrètement, elle était satisfaite de quitter le camp des soudards et de devenir une honnête femme.

Leur troupe traversa le Berry puis le bas de la Bourgogne, passant non loin de Cluny, avant de descendre vers Lyon. Elle suivit ensuite le Rhône jusqu'à Avignon et prit un chemin longeant une vallée qui, selon Hélie, les conduirait à Forcalquier.

Le froid, accompagné souvent de neige, rendit le voyage éprouvant. De plus, le logement de cinquante hommes se révélait impossible. À leur approche, les ponts-levis se relevaient et les portes des bourgs se fermaient. Mais Riou de Monteynard avait tout prévu. Dix roncins portaient leurs bagages dans des coffres, du fourrage dans des sacs, et des vivres et des tentes dans des hottes d'osier. Le soir, ils montaient leurs pavillons dans une clairière, après avoir coupé des arbres et des branches pour ériger une palissade sommaire. Quelques chevaux de rechange permettaient aussi de faire face aux blessures imprévues.

Ils ne firent aucune mauvaise rencontre, et eux-mêmes ne cherchèrent pas l'affrontement. Mais ils devaient se procurer de l'avoine et du pain et, s'ils étaient prêts à l'acheter, plusieurs fois des villages refusèrent de leur en vendre, arguant ne pas avoir assez pour eux-mêmes. Ceux-là furent donc pris, pillés et brûlés.

Sur le chemin de Forcalquier, la horde rencontra de petites patrouilles de soldats catalans ou du comte de Provence, mais celles-ci s'écartèrent en découvrant cette farouche troupe. Cependant, nul doute qu'à Aguensi, le comte de Provence allait être prévenu de leur arrivée.

Ils entrèrent dans Forcalquier à la fin du mois d'avril, après que Brancion et Hélie s'y furent rendus seuls pour faire connaître leur arrivée.

Passé les murailles, le long des ruelles étroites qui s'enroulaient au flanc de la montagne, la foule se pressait, les acclamant comme des sauveurs en puissance, mais les pleurs se mêlaient aux vivats et, sur les visages, on devinait l'inquiétude des habitants. Dans ce pays jusqu'à présent heureux et épargné par les guerres, chacun imaginait le cortège d'horreurs et de ruines qui suivraient les combats.

Une église massive, la cathédrale du bourg, se dressait devant les murailles d'un vaste château érigé sur un promontoire rocheux. Bâtie sur plusieurs niveaux, avec de fortes tours, la forteresse s'étalait jusqu'au sommet de la montagne.

Pendant que la troupe attendait devant l'église, Guillaume d'Urgel, entouré de ses serviteurs, reçut Riou de Monteynard et Arnuphe de Brancion dans son château. Le comte, droit et solide malgré ses soixante ans bien comptés, remercia les mercenaires de leur présence, les attendant avec impatience tant la situation s'aggravait. Une centaine d'hommes d'armes catalans, débarqués à Arles, occupaient maintenant Manosque, et le comte de Provence avait saisi la ville de Pertuis d'où il ralliait ses seigneurs et ses chevaliers pour un ost qui mettrait à feu et à sang Forcalquier.

Le comte de Provence avait envoyé un ultimatum à Guillaume d'Urgel : s'il ne s'engageait pas à prêter hommage au roi Alphonse et à le reconnaître comme suzerain, Forcalquier subirait un siège en règle dès le printemps. Bien protégée, la ville parviendrait à se défendre, expliqua le comte, mais les gens dans les campagnes et les villages connaîtraient l'enfer. Pour cette raison, Guillaume d'Urgel était prêt à céder. L'arrivée de la compagnie de Mercadier lui donnait un espoir de résistance.

Son intendant s'occupa à loger et à nourrir la troupe. Leur arrivée étant attendue, une partie des hommes d'armes put trouver le gîte dans la forteresse et dans les communs de l'église, tandis que les autres s'installeraient chez l'habitant. Malgré le désagrément d'avoir chez eux de tels soudards, qui de plus ne parlaient pas leur langue, les gens de Forcalquier les acceptèrent volontiers tant ils craignaient les Catalans et le siège qui s'annonçait. Quant aux chevaliers et aux écuyers, ils trouvèrent place au château, dans des salles vidées de leurs occupants pour l'occasion.

Le soir, chevaliers et écuyers furent invités à un banquet dans la grande salle. Mais avant le souper, Guillaume d'Urgel, son sénéchal, ses plus fidèles serviteurs et le vicaire de l'évêque de Sisteron rencontrèrent les gens de Mercadier pour une conférence.

Dans la salle sombre et voûtée, éclairée par des torches de résine et au sol recouvert de brins de thym, le comte présenta ses gens ainsi que le vicaire, expliquant que ce dernier était venu lui apporter le soutien de l'évêque, même si celui-ci ne prenait officiellement pas parti dans le conflit. Après quoi il leur décrivit la situation du pays en commençant par son histoire, car ici comme ailleurs, c'était le passé qui expliquait le présent.

— Dans les temps très anciens, la Provence était indivise entre Toulouse et Barcelone, ensuite elle a été partagée entre deux suzerainetés : le Nord, nommé le marquisat, revint au comte de Toulouse, et le Sud resta à Barcelone. Si, depuis des dizaines d'années, des guerres ont ensanglanté le Sud, car les seigneurs des Baux ont toujours refusé la mainmise de Barcelone sur le comté de Provence, Forcalquier était resté à l'écart de ces troubles, le comté ayant été donné aux neveux du comte de Provence cent cinquante ans plus tôt. La dernière héritière de ce partage, Adélaïde, ayant épousé mon aïeul, le comte d'Urgel, Forcalquier est venu dans ma famille.

» Mon grand-père a ensuite agrandi et fortifié le comté en prenant Pertuis à l'abbaye de Montmajour et en parvenant à conserver la moitié d'Avignon que

Barcelone voulait s'approprier. Désormais, mon comté s'étend de la Durance jusqu'aux grandes montagnes des Alpes et à l'Isère, très loin dans le septentrion. Il a toujours été indépendant de toute suzeraineté, libre de tout hommage autre que celui qu'il devait à l'empereur.

» Mais, il y a trente ans, m'étant querellé avec l'empereur[1], celui-ci m'imposa Alphonse II d'Aragon comme suzerain, déclarant que moi et mon frère Bertrand étions vassaux du comte de Provence et qu'à ce titre nous devions lui payer des droits. En cas de refus, il nous menaça de confisquer nos terres. Il est vrai que nous faisons envie à nos voisins provençaux, tant nous sommes plus riches qu'eux. Nos deniers d'argent, les guillermins, valent autant que les deniers de Melgueil !

» Finalement, pour éviter la guerre, je me rendis en Italie pour rencontrer l'empereur et j'obtins de lui la révocation de cette injuste inféodation. Frédéric me rétablit alors dans tous mes honneurs et dignités. C'était en 1174. Mon frère Bertrand était absent, s'étant croisé et rendu en Terre sainte.

» Je croyais la concorde revenue mais Alphonse II d'Aragon, fils de Raimond Bérenger, le comte de Barcelone, ressortit cette fausse attribution de vassalité de Forcalquier à la Provence. Ayant définitivement vaincu la famille des Baux, il a depuis quelque temps décidé de s'en prendre à moi par les armes. C'est ainsi qu'il a saisi mon château de Manosque que mon frère avait confié à la garde des chevaliers hospitaliers.

— Puisque votre comté est riche, observa Brancion, pourquoi ne levez-vous pas vous-même l'ost ?

— Je pourrais, mais bourgs et châteaux sont tellement dispersés dans le comté que leurs seigneurs craindraient de s'éloigner d'eux. De plus, une fois les troupes de Provence ici, elles pilleront et massacreront mes

---

1. Il s'agit de Frédéric Barberousse.

vilains et mes villages. Et cela je ne peux le supporter. Je préfère tout perdre que voir mes gens souffrir.

— Ils souffriront quand même sous la coupe du comte de Provence, remarqua Brancion.

— N'avez-vous pas des alliés ? demanda Riou.

— Le comte de Toulouse m'apporte un modeste secours et son amitié, mais aucun homme d'armes, car il ne veut pas d'une nouvelle guerre avec Barcelone et Aragon. Les seigneurs des Baux seraient prêts, eux aussi, à m'aider, mais ils manquent de guerriers. De surcroît, depuis que le vieux Hugues des Baux a été vaincu par la maison de Barcelone, ses enfants sont devenus prudents. C'est dommage, car il n'y avait pas plus vaillant capitaine. En définitive, sans autre soutien, j'ai demandé l'appui du seigneur Mercadier.

Guilhem écoutait, songeant que leur troupe de cinquante guerriers pèserait peu face à l'ost provençal et une armée catalane. Le comte, sombre et désabusé, devait penser la même chose car il ajouta en manipulant un pendentif :

— Nous sommes dans les mains du Seigneur. J'ai tout essayé pour protéger mes gens. Voyez, ce sautoir contient un reliquaire renfermant un cheveu de la Vierge Marie...

Il montra la chaîne accrochée à son cou.

— ... Je l'ai acheté à un saint homme revenant de Terre sainte. Il m'a assuré qu'ainsi la Mère de Dieu nous protégerait, mais je n'en ai pas encore vu les effets.

— Hélas, notre situation désespérée fait accourir toutes sortes de coquins, charlatans et pardonneurs qui proposent horoscopes, talismans et fausses reliques, commenta rageusement le vicaire de l'évêque de Sisteron qui, de toute évidence, reprochait au comte sa crédulité.

De complexion rondouillarde avec un double menton tressautant à chacune de ses paroles, le vicaire se nommait Imbert. Ses sourcils noirs étaient presque aussi épais que la largeur de sa tonsure. Regard perçant et sourire avenant, il paraissait posséder un caractère à la fois subtil et bienveillant.

— C'est vrai, mon père, sourit Guillaume d'Urgel. J'entends vos reproches et vous savez que je vous ai promis désormais de vous consulter si un pèlerin me proposait une sainte relique… Mais je vois ma mesnie arriver pour le souper, il est temps de passer à table.

En effet, la salle s'emplissait et les serviteurs apportaient aiguières et bassines pour que chacun puisse se rincer les mains.

Les plateaux des tables avaient été dressés et couverts de belles nappes blanches à franges sur lesquelles on déposait soupières et pâtés aux odeurs alléchantes. Sur un ordre du comte à son chambellan, chacun rejoignit sa place habituelle et les invités s'assirent à l'endroit qu'on leur indiquait. Sur un côté, plusieurs femmes et damoiselles s'étaient rassemblées. Le comte présenta aux chevaliers de Mercadier ses deux petites-filles, Gersende et Béatrice, ainsi que les plus importantes dames de sa cour. Guilhem fut placé en face d'elles, avec ses compagnons.

Tous s'étant lavé les mains dans une eau parfumée, un héraut sonna du cor et le vicaire fit un long compliment au Seigneur avant le bénédicité, ajoutant une prière à la Vierge Marie pour qu'elle aide le comte Guillaume à vaincre les Catalans.

Puis le repas commença. Les échansons remplissaient coupes et pots à raison d'un pour deux convives, sauf pour la famille du comte dont chaque membre disposait d'un hanap. Quelques-uns possédaient même leur propre assiette ou écuelle, d'autres partageraient celles que les serviteurs leur prêteraient. La soupe une fois servie sur le pain, les serviteurs placèrent sur les tables des faisans et toutes sortes de volailles.

Durant ce souper, si les gens de Mercadier montrèrent leur envie d'en découdre au plus tôt, ceux de Forcalquier, et en particulier les dames, restèrent préoccupés. Seuls le comte et le vicaire participèrent aux discussions, s'intéressant à ce qui se passait à la cour de Poitiers et donnant aussi quelques nouvelles fraîches sur la captivité du roi Richard que des voyageurs arrivant des Alpes leur avaient rapportées. Malgré tout, les conversations languissaient et une sorte de malaise s'installait.

Pour dissiper les sinistres impressions que beaucoup ressentaient, le vicaire, qui était troubadour, proposa à ceux sachant violoner, chanter ou conter de belles histoires chevaleresques de distraire l'assistance.

Lui-même interpréta quelques joyeuses pastourelles. Le comte, fin joueur de luth, obtint un beau succès et, pour ne pas être en reste, Guilhem chanta cansons et sirventes de Guy d'Ussel, recevant de gracieux applaudissements, tandis que Gersende l'accompagnait à la harpe.

Le lendemain, le comte réunit à nouveau les chevaliers de Mercadier dans la même salle. Il avait fait dresser une table et étalé dessus un parchemin sur lequel un clerc du vicaire avait tracé un dessin à la mine de plomb. Son but, expliqua Guillaume, n'était pas d'attendre que les troupes du comte de Provence déferlent sur son pays, mais au contraire de les surprendre en s'emparant de Manosque. Jusqu'à présent, il n'avait pu tenter l'entreprise, mais avec les gens de Mercadier, tout devenait possible.

— Le pays de Manosque comprend plusieurs hameaux, proches les uns des autres, expliqua-t-il, et l'un d'entre eux, le bourg, est le plus important. Le château se situe à l'écart du bourg. On l'appelle Castrum Mannascoe, mais les gens du pays le nomment le château du Mont-d'Or, à cause des genêts qui poussent aux alentours. Comme aucun des hameaux ni le bourg ne sont fortifiés, celui qui tient le château tient le pays. Mon frère Bertrand, par un testament établi avant son départ en Terre sainte, l'a confié aux chevaliers de l'Hôpital, ainsi que d'autres terres, me laissant le reste du comté. J'ai ratifié ce testament, étant entendu que le château ne devait pas tomber dans des mains ennemies.

» Habituellement, la garnison est faible et seuls quelques chevaliers hospitaliers l'occupent. Une sentinelle suffit pour avertir, par le son d'une cloche, les habitants et les ouvriers des champs si des ennemis approchent. La forteresse sert alors de refuge. C'est ce qui s'est passé à l'arrivée des Catalans. Mais ceux-là étaient si nombreux que les hospitaliers ont livré la place sans combattre, sous la menace d'un siège sans merci.

— Quelle est la garnison pour l'heure ? demanda Riou.

— Une centaine d'hommes d'armes.

— Nous sommes cinquante, de combien de guerriers disposez-vous ?

— Je peux en envoyer cinquante aussi.

— Avez-vous des machines ? Des pierrières ? Des balistes ?

— Non, nous ne sommes pas belliqueux.

— Ce château sera imprenable, observa Brancion. Tout au plus peut-on l'assiéger, mais si ses provisions sont suffisantes, il tiendra des mois.

— Nous pourrons construire des machines, je dispose de charpentiers adroits, proposa le comte. Je m'en remets à votre expérience.

— Cela prendra du temps, et si les murailles sont hautes et solides, elles résisteront longtemps, remarqua Brancion.

— C'est hélas le cas, mais on peut espérer que les Catalans se rendront quand ils verront mon armée.

Malgré la moue dubitative de Riou, il poursuivit :

— Je vous ai fait tracer ce dessin. Vous voyez, le château est de forme rectangulaire avec deux grosses tours protégeant la vallée. On y pénètre par une porte haute, à deux cannes du sol, et un pont-levis avec herse et portail. De l'extérieur, une estacade de bois avec rampe permet d'atteindre la hauteur du pont. À l'intérieur s'étend une cour et, placées en angle, se trouvent une grande salle et des écuries. Dans cet angle se dresse une tour rectangulaire qui domine un rocher abrupt. Au-dessus des écuries, c'est le dortoir des gardes et, au-dessus de la grande salle, ce sont les appartements du seigneur et de ses serviteurs et chevaliers. Ces salles communiquent avec les courtines par de solides portes. Mon idée est de placer des échelles depuis l'estacade et de passer ainsi sur la muraille au-dessus de la porte puis, une fois de l'autre côté, de l'ouvrir...

Il donna encore quelques détails sur l'assaut envisagé.

Les chevaliers se taisaient, devinant que les pertes seraient lourdes, car les hommes d'armes seraient exposés au tir des arcs et des arbalètes sans pouvoir se protéger. Le succès n'était nullement assuré.

— Pas d'autre entrée que la porte ? N'y a-t-il pas une poterne ? Un souterrain ? interrogea Guilhem.

— Pas de souterrain, car le sol est rocheux. Mais il existe une poterne, inutilisable cependant pour entrer. Elle se situe au premier étage de la tour carrée. C'est une porte battante pouvant se lever avec un treuil. Elle donne sur un à-pic de cinq ou six cannes de haut et permet de faire sortir un messager à l'aide d'une échelle de corde. On peut aussi l'utiliser pour permettre le tir des arbalétriers.

— Et en escaladant de dehors ?

— On arriverait au mur de la tour où n'existe aucune prise. Et même si l'on accédait à la porte, il serait impossible de l'ouvrir tant elle est solide et verrouillée.

Quant à l'enfoncer, c'est impossible puisqu'elle se trouve en hauteur.

— On ne peut donc la faire basculer que de l'intérieur ?
— En effet.
— Il faut faire entrer des gens par là, décida Guilhem. Ensuite, ils baisseront le pont-levis.
— Mais c'est impossible ! s'exclama le vicaire.
— J'entrerai dans le château avec Galard et Gilbert. Ce sont deux hommes qui savent chanter et jouer du luth. Nous nous ferons passer pour des jongleurs troubadours. Je l'ai déjà fait, sourit Guilhem.
— Admettons que le capitaine des Catalans vous laisse entrer, croyez-vous qu'il vous autorisera à ouvrir la poterne et à nous faire entrer ? ironisa le comte.
— Je passerai la nuit là-bas, avec Galard et Gilbert. Et la nuit, bien des choses sont possibles. Combien d'hospitaliers y a-t-il encore ?
— Six et quelques convers.
— Leurs relations avec les Catalans ?
— Ils ne peuvent que les supporter.
— Je partirai tout à l'heure. Voici ce que je vous propose...

Chapitre 36

Galard et Gilbert, piétons de la compagnie de Riou de Monteynard, n'auraient pu être plus différents. Le premier approchait de la quarantaine, âge vénérable pour quelqu'un ayant passé dix ans en Terre sainte. Il portait d'ailleurs toujours une cotte marquée de la croix. C'était un homme rude – mais qui ne l'était pas chez Mercadier ? – et pourtant souvent drôle et intarissable quand il s'attachait à convaincre son interlocuteur. Rusé jusqu'à la roublardise, il avait retenu de l'Orient que tout pouvait se négocier. La parole facile, il maniait la fable, l'anecdote et l'exemple à la perfection, connaissant toutes sortes de contes orientaux pour illustrer ses propos. Enfin, il jouait admirablement de la flûte.

Fanfaron, babillard et insolent, séduisant comme le diable, Gilbert, quant à lui, avait été voleur, joueur, tricheur et acrobate à Paris avant de s'enfuir, poursuivi par les gens du prévôt. À peine plus âgé que Guilhem, il avait vagabondé un temps de bourgs en villages, jouant d'un pauvre luth percé en chantant des poèmes qu'il composait et apprenait par cœur, car il ne savait pas écrire. Pétri de bonnes intentions, il possédait, hélas, un mauvais jugement. Un jour, affamé, il avait volé des œufs dans un poulailler qu'il croyait vide et avait été pris. Il était sur le point d'être pendu quand des gens de Mercadier, passant par là, l'avaient sauvé de la hart[1], ayant appris de sa bouche qu'il maniait le couteau aussi bien que le luth.

Guilhem avait noué avec les deux hommes des relations de bon compagnonnage : ils chantaient souvent ensemble et s'enseignaient mutuellement des tours. Guilhem les avait choisis quand il avait conduit le traquenard contre la porte de Châtellerault.

Revêtus de hardes agrémentées de clochettes, transportant leurs instruments dans des coffres à lanières et leurs affaires de saltimbanque dans des besaces, tous trois arrivèrent au bourg de Manosque avant sexte.

Gilbert et Galard firent force pitreries et cabrioles sur une place pendant que Guilhem jouait des gigues endiablées. Ils obtinrent un vif succès, mais peu d'oboles, aussi se rendirent-ils ensuite au château, suivis de quelques enfants bruyants qui cherchaient à les imiter. Là, on leur fit bon accueil et l'intendant accepta de leur offrir pitance s'ils donnaient un spectacle durant le souper pour distraire chevaliers et serviteurs, mais ils devraient partir ensuite, précisa-t-il, car le capitaine catalan commandant la place refusait les étrangers durant la nuit.

Ils se trouvaient dans la cour, entourés de quelques soldats curieux, de domestiques, de frères sergents et du chevalier hospitalier qui avait été contraint de livrer la place aux Catalans.

— Nous passerons donc à nouveau la nuit dehors, protesta tristement Galard. Vous voyez, j'ai pris la croix pour Notre-Seigneur…

En disant ces mots, il frappait sur sa poitrine couverte de sa cotte de croisé.

---

1. Corde.

— ... Je me suis battu pendant dix ans pour Lui ! Pourtant, de retour dans la chrétienté, on ne m'offre même pas un lit ! Nous sommes venus ici vous distraire, mais aussi obtenir l'hospitalité, car on nous avait dit que ce château était tenu par des chevaliers de Saint-Jean, et cependant vous nous chassez ! Qu'est donc devenue la mansuétude dont vous faites preuve en Terre sainte ?

Il poursuivit ses jérémiades, montrant un tel accablement et faisant tant de reproches à ceux qui leur refusaient une paillasse que le chevalier hospitalier alla plaider sa cause auprès du seigneur catalan, suggérant que les jongleurs puissent au moins passer la nuit dans l'écurie du château.

Le seigneur, désireux de ne pas se mettre à dos l'ordre religieux, accepta en maugréant.

Les trois visiteurs firent donc leur spectacle durant le souper, après s'être promenés partout où on les laissa libres de circuler. Guilhem chanta, joua de la vielle et montra son adresse au lancer de couteaux. Gilbert multiplia tours et cabrioles, faisant disparaître et apparaître des fruits et des médailles pendant que Galard racontait quelques sanglantes épopées des croisades, accompagné du luth de Gilbert. Ensuite, on leur laissa manger à satiété les restes du repas avec les domestiques.

L'obscurité venant, ils s'installèrent dans la paille de l'écurie, se préparant ostensiblement à dormir. Mais au milieu de la nuit, ils se levèrent en silence et sans inquiétude, ayant observé que seulement deux sentinelles montaient la garde au sommet de la plus haute des tours rondes. Armés de leurs couteaux, ils se dirigèrent vers la porte de la tour carrée, à l'angle de la grande salle et de l'écurie.

Celle-ci était close, car elle permettait de pénétrer dans la grande salle. La fermeture se faisait par une serrure dont chacun des deux frères coseigneurs, Guillaume et Bertrand, possédait une clé. Bertrand, en confiant Manosque aux hospitaliers de Saint-Jean, leur avait remis la sienne, qui était désormais dans les mains du seigneur catalan. Mais Guillaume avait gardé la seconde, qu'il avait remise à Guilhem.

Gilbert avait pris la précaution de mettre un peu d'huile dans son écuelle à l'occasion du souper. Une fois la grosse clé bien graissée, habitué comme il l'était au rapinage, il la fit tourner sans trop de grincements.

La pièce dans laquelle ils pénétrèrent n'était pas plongée dans les ténèbres car, dans une niche, une mèche se consumait au centre d'une coupe de suif, provoquant une faible luminosité. Quelques coffres l'encombraient, qui contenaient des arbalètes et des carreaux, et aux murs étaient attachés des lances, des écus et des rondaches. C'était la salle d'armes.

Le passage vers la grande salle était fermé et une échelle montait au premier niveau ; la tour en comprenant deux avant une terrasse couverte d'un hourd de bois. C'était à ce premier niveau que se trouvait la poterne.

Ils gravirent l'échelle l'un après l'autre. Gilbert avait emporté la coupe de suif, cependant il y en avait une seconde qui éclairait la salle à la charpente de bois. Sur une paillasse ronflaient bruyamment trois Catalans. Sans un bruit, Galard les égorgea l'un après l'autre sans leur laisser le temps de crier. Mais comme Guilhem tirait l'échelle à lui pour fermer la trappe, de façon à ne pas être surpris, une voix se fit entendre. C'était un des occupants de l'étage supérieur qui leur demandait de faire moins de bruit !

Gilbert grogna à son tour quelques mots incompréhensibles, et le silence revint.

Ils examinèrent alors la poterne à la lumière de la coupelle. Il s'agissait d'un tablier de bois épais, ferré et clouté, fermé par un verrou et une traverse de bois. Ce plateau tournait sur un axe horizontal, relevé par une corde passant dans un anneau de la voûte avant de s'enrouler autour d'un treuil.

Ayant tiré le verrou et ôté la traverse, ils manœuvrèrent lentement les leviers du treuil. Comme le mécanisme grinçait faiblement, Gilbert leur fit signe d'arrêter et vida le suif d'une des coupelles dans le rouage et les axes de fer de la porte. Quand ils reprirent l'opération, les grincements devinrent quasi inexistants et ils poursuivirent jusqu'à ce que le plateau fût à l'horizontale. Dehors, la nuit était d'encre.

Près du treuil se trouvait l'échelle de corde, nécessaire en cas de fuite. Ils l'attachèrent à un crochet et la déroulèrent lentement pour éviter tout choc bruyant. Guilhem approcha la lumière de l'ouverture et attendit, tandis que ses compagnons s'équipaient avec les armes de ceux qu'ils avaient tués. Ces gardes possédaient haches, épées, rondaches et casques. On leur retira aussi leur broigne.

Soudain, l'échelle se tendit. Des gens grimpaient.

À Forcalquier, il avait été convenu qu'une dizaine de sergents d'armes et de chevaliers se rendraient à Manosque, bien armés mais sans haubert pour ne pas faire de bruit. Ils devaient venir sans se faire repérer, laisser leurs chevaux assez loin du château et s'approcher de nuit jusqu'au bas de la tour carrée, puis attendre un signal et l'échelle. Si cela ne se produisait pas, cela voudrait dire que Guilhem et ses compagnons n'avaient pas été autorisés à rester ou avaient été pris. Dans ce cas, ils devaient repartir avant le lever du soleil.

Le premier qui passa l'ouverture fut un chevalier de Forcalquier : le neveu du comte. Son sourire montrait sa satisfaction. Le suivant fut Brancion, puis huit autres derrière lui.

Par signes, Guilhem leur fit part de la présence d'occupants au-dessus. Le risque étant grand qu'ils donnent l'alerte. Aussi, Galard et deux sergents empruntèrent-ils l'échelle et se chargèrent de les faire taire définitivement.

Pendant ce temps, le neveu du comte allumait une courte torche de résine, puis faisait des signes convenus par l'ouverture jusqu'à ce qu'une lumière brille au loin. Les gens du comte allaient maintenant se mettre en route.

La trappe ouverte, ils remirent l'échelle en place et descendirent. Comme ils ne possédaient pas de boucliers, ils s'équipèrent avec ce qui se trouvait dans la salle d'armes, quelques-uns choisirent des arbalètes et des trousses de carreaux.

À présent, Guilhem n'avait plus rien à faire, sinon obéir. Les gens de Forcalquier connaissant les lieux, ce furent eux qui prirent le commandement, plaçant les hommes aux issues par où pouvaient venir les soldats catalans. Ils se rendirent ensuite aux deux treuils qui commandaient les grilles et le pont-levis. Ils parvinrent à retirer les barres fermant la porte sans aucun bruit, mais ce fut chose impossible avec les chaînes du treuil. À peine avaient-ils fait faire les premiers tours que les sentinelles de la tour interrogèrent :

— Que se passe-t-il ?

— Le seigneur Raymond va sortir et nous demande d'ouvrir ! répliqua le neveu du comte de Forcalquier en catalan, langue qu'il parlait parfaitement.

Il n'y eut pas de réponse immédiate. La grille était presque relevée et le pont presque baissé quand la sentinelle s'impatienta, criant à nouveau :

— Où est le seigneur ?

— Il arrive !

La réponse ne dut pas satisfaire l'homme de garde, car subitement son cor retentit. Il donnait l'alerte.

Il existait quatre issues au dortoir et aux appartements situés au-dessus de la grande salle, deux d'entre elles donnant sur le chemin de ronde depuis un escalier en viret. À chaque passage s'étaient placés deux guerriers, et les premiers Catalans qui tentèrent de sortir se trouvèrent face à un mur de fer. Étroits, et dans l'espace restreint de la cage d'escalier, les passages étaient difficiles à forcer. Guilhem et Brancion formaient équipe. Chacun protégé par un écu, frappant de leur lame à coups redoublés quiconque se présentait, ils formaient un barrage infranchissable. En revanche, à son poste, Galard fut atteint d'un vireton par un Catalan qui avait gardé son arbalète. Il tomba et fut massacré, suivi de peu par son compagnon. Toute une horde déferla alors sur le chemin de ronde.

Heureusement, la troupe du comte arrivait. Ayant franchi le pont-levis, elle pénétra dans la cour, quelques hommes tenant des flambeaux, d'autres brandissant leurs arbalètes. Nombre de Catalans furent atteints de traits avant d'être submergés. Finalement, les gardes du château, qui étaient parvenus à sortir, refluèrent dans le dortoir qu'ils occupaient et dont ils parvinrent à fermer les portes.

La forteresse était prise, sauf deux salles où s'étaient repliés les Catalans. Mais sans eau et sans nourriture, ils ne pouvaient que se soumettre. Ils envoyèrent donc les hospitaliers pour négocier leur reddition.

Le comte fut généreux : les assiégés pourraient partir librement, abandonnant cependant leur harnois, leurs chevaux et leurs bagages. Le seigneur catalan, nommé Raymond, exigea qu'ils gardent cependant un cheval pour deux, ce que Guillaume accepta avec générosité.

Les vaincus se rassemblèrent dans la cour. Le comte de Forcalquier promit à son adversaire de faire ensevelir chrétiennement les morts et de laisser soigner les blessés par les hospitaliers. Il demanda aussi au sire Raymond de transmettre le message suivant à son maître :

— Je veux la paix, mais j'ai désormais des alliés, et si l'on tente encore d'envahir mon comté, je ne serai pas si miséricordieux !

La troupe défaite partit misérablement au lever du soleil.

Ils restèrent deux jours au château où Guillaume laissa une garnison suffisante pour sa défense, commandée par son neveu. Le partage du butin, tant en armes qu'en bagages, se fit à parts égales entre les gens de Mercadier et ceux de Forcalquier. Les chevaliers catalans ayant abandonné leur trésor en pièces d'argent et en besants, Guilhem en eut une belle part, avec les éloges du comte.

C'est une fois à Forcalquier qu'il entendit parler du vendeur de reliques. Cela se passa le soir de leur retour, lors du souper dans la grande salle. Le comte racontait en détail la reprise du château à ceux qui n'y avaient pas participé, à ses petites-filles et au vicaire, affichant sa satisfaction et son espoir qu'après cette victoire, le comte de Provence renonce à ses prétentions.

— Ainsi, seigneur, vous n'aurez plus besoin de fausses reliques et de talismans, désormais ! s'exclama le vicaire.

— Certainement, mon vénéré père ! sourit le comte.

— Savez-vous qu'hier vos gens ont encore reçu un pardonneur, ici même ?

— Que proposait-il ?

— C'était un moine, ou il se disait tel, soi-disant revenu de Terre sainte, qui voulait vous vendre la Sainte Lance ! Rien de moins !

À ces paroles, Brancion intervint, stupéfait :

— Que dites-vous ?

— La Sainte Lance, messire ! Celle qui a percé le flanc de Notre-Seigneur ! Il prétendait arriver d'Antioche où il l'aurait achetée. On me l'a amené et je lui ai demandé quelles preuves il apportait, mais bien sûr il n'en avait aucune !

Le sénéchal intervint :

— Je lui ai fait donner le fouet, seigneur. Au dixième coup, il a reconnu son imposture.

— Décidément, il n'y a donc aucune limite à l'impudence de ces larrons ! s'énerva le comte. Utiliser le saint nom de Jésus et les douleurs de Sa passion pour dérober quelques pièces d'argent ! Que ce pendard soit exposé et marqué au fer et qu'on lui coupe la langue ! Je ne veux plus de ces maudites engeances dans mon comté !

Le vicaire baissa la tête, confus, avant de déclarer :

— Je l'ai fait conduire au château de Lurs et jeter dans un cachot, seigneur. Il s'agit d'un grave blasphème, et vous savez que mon maître, le vénéré évêque de Sisteron, a droit de basse, moyenne et haute justice pour ces crimes dans le comté.

Le comte grimaça, bien que somme toute pas fâché de ne pas avoir à punir un religieux. Il accepta donc la décision du prélat d'un signe de tête et la conversation se poursuivit sur les fripons et leur audace sans nom, chacun y allant de son exemple.

Brancion et Guilhem n'étant pas à côté à table, ils avaient échangé un regard intrigué et, le souper fini, ils se précipitèrent vers le vicaire.

— Vénéré père, lui demanda Brancion, qu'est-ce que ce château de Lurs ?

— Ce n'est pas très loin d'ici. L'évêque de Sisteron est prince de Lurs, un titre reçu des empereurs du Saint-Empire. C'est par cet état qu'il possède le pouvoir temporel sur une partie du comté.

— L'évêque ne reste donc pas à Sisteron ?

— Il ne vient à Lurs que l'été. Il y a un siècle, le château appartenait aux vicomtes de Nice, puis il est revenu dans la maison de Forcalquier qui le lui a définitivement cédé.

— Je souhaite interroger ce vendeur de reliques que vous y gardez prisonnier, dit Brancion.

— À quel titre ? s'enquit le vicaire.

— Simple curiosité ! Il s'agit d'une très vieille affaire dont j'ai entendu parler, il y a de nombreuses années. Un moine avait vendu une fausse Sainte Lance à un monastère et on m'avait demandé de le retrouver, mais je n'y suis jamais parvenu.

— Quel monastère ? demanda le vicaire.

— Je ne crois pas pouvoir le dire, son abbé n'aimerait pas que l'on sache qu'il a été dupe !

— Et vous pensez que ce pourrait être le même homme ?

— Pourquoi pas ?

Le vicaire médita un instant. Refuser, c'était s'exposer à ce que ce chevalier demande l'intervention du comte, et, celui-ci appréciant fort Guilhem d'Ussel et son compagnon, il devrait peut-être lui remettre son prisonnier. Or, en vérité, il se moquait de ce pardonneur qui avait déjà reçu quelques coups de fouet. Que le comte soit éloigné de cette engeance lui suffisait, et s'il s'avérait que le moine avait déjà tenté de vendre de fausses reliques, cela irait dans le sens qu'il désirait.

— Je vous conduirai à Lurs demain, promit-il.

Chapitre 37

Le lendemain, Brancion alla trouver Riou de Monteynard.

— Le vicaire de l'évêque se rend au château de Lurs et m'a demandé de l'accompagner. Guilhem d'Ussel viendra avec moi.

— Le comte ne peut-il pas lui fournir une escorte ? s'étonna Riou.

— Sans doute, mais c'est pour moi l'occasion de parler avec lui de l'évêque de Sisteron. Ma famille est apparentée à la sienne[1].

— J'ignorais cela... C'est d'accord, mais revenez vite. Les Catalans pourraient mettre sur pied leur revanche.

— Je serai là ce soir, Lurs n'est qu'à deux lieues.

— Entendu, mais même si je connais votre valeur ainsi que celle de Guilhem, ce n'est pas une bonne idée de partir à deux seulement. Prends trois hommes de plus.

Brancion accepta, une bonne escorte n'étant jamais inutile.

Riou appela un sergent d'armes et lui dit de se préparer et de choisir trois soldats. Pendant ce temps,

---

1. Bermond d'Anduze était alors évêque.

Brancion était parti à la recherche du vicaire. Il le retrouva dans l'écurie, discutant avec Guilhem.

— Riou a décidé de nous donner trois hommes comme escorte, annonça-t-il.

— Craint-il quelque traîtrise ?

— Pas particulièrement, mais ce n'est pas plus mal. Mieux vaut ne pas s'exposer inutilement.

Arnuphe se tourna alors vers le vicaire qui surveillait le serviteur harnachant sa mule grise. Il veillait toujours à ce qu'on installe correctement les harnais décorés, la bride ornée de sonnettes d'argent et le drap de selle sur lequel était brodée l'aigle du Saint-Empire, les armes de l'évêque.

— Avez-vous vu la fausse Sainte Lance que proposait ce moine ? demanda Brancion qui, dans la nuit, s'était souvenu des lettres gravées sur la lame et dont lui avait parlé le prieur.

— Oui, et je l'ai fait détruire. Mais ce n'était qu'un fer rouillé.

— Y avait-il une inscription dessus ? Une marque ?

— Je n'ai rien vu de tel.

Ce moine ne devait être qu'un larron quelconque, songea Brancion, dépité. Il se faisait des illusions. Au demeurant, il était invraisemblable que le pardonneur de Cluny se retrouve ici.

Comme il ne disait plus rien, Guilhem demanda à son tour :

— Que va devenir cet homme, mon père ?

Le vicaire ne répondit pas sur-le-champ, mais devant le regard insistant de Guilhem, il expliqua :

— Je n'en veux pas aux vendeurs de véritables reliques, même s'ils les ont volées. J'ai l'audace de croire que, là-haut, cela amuse les saints !

Brancion retint un sourire.

— Évidemment, il ne doit pas y avoir de violence... Et c'est hélas trop souvent le cas. Savez-vous qu'en Ombrie, un pardonneur s'était mis en tête de tuer un saint ermite vivant au fond d'un bois pour le découper en morceaux et transformer ses restes en reliques ?

Cette fois, ce fut Guilhem qui s'esclaffa. L'idée d'égorger quelques saints hommes pour vendre leurs dents ou leurs os ne lui était pas encore venue !

— Mais autant j'admets la vente d'authentiques reliques, même si cela donne lieu à toutes sortes de maquignonnages, autant je déteste ceux qui dupent les crédules. Le comte est tombé plusieurs fois dans leurs filets. Pour en revenir à votre question, je vais garder cet homme quelque temps dans un cachot où il fera jeûne et pénitence. Quand l'évêque arrivera, il prendra sa décision, mais probablement le laissera-t-il partir après avoir juré de ne pas recommencer.

— Croyez-vous qu'il respectera son serment ? demanda Guilhem, dubitatif.

— Non, mais quoi qu'il en soit, il ne reviendra plus ici ! Cela me suffit.

Ils partirent un peu plus tard dans la matinée. Monté sur sa mule grise, le vicaire était accompagné d'un clerc et d'un domestique. Les trois hommes d'armes imposés par Riou fermaient la marche.

L'un d'eux était Hélie.

Quand le sergent d'armes avait nommé ceux qui devaient accompagner Guilhem et Brancion, l'ancien garde des communs de paix était présent et avait entendu. Il avait facilement convaincu l'un d'eux de lui céder sa place, expliquant qu'il avait envie de se remuer, n'ayant pas été retenu pour se battre à Manosque.

Depuis qu'il cherchait une occasion de se retrouver avec Guilhem, il en trouvait enfin une ! Certes, il devrait se débarrasser de Brancion et des deux autres, mais cela ne lui faisait pas peur. Au retour du château de Lurs, puisqu'ils seraient sans le vicaire et ses gens, il tenterait sa chance.

En chemin, Guilhem, Brancion et le vicaire n'échangèrent que des banalités mais, avant le départ, Guilhem avait interrogé son ami :

« Comment feras-tu parler cet homme ? S'il s'agit du moine de Cluny, il niera et tu n'as aucun moyen de le confondre.

— J'ai une grande habitude », avait répondu Brancion avec insouciance.

Le château de l'évêque se dressait à l'extrémité d'un éperon rocheux. S'il était fortifié, son enceinte n'était guère haute et sa garnison bien insuffisante pour résister longtemps à une attaque, mais sans doute était-elle plus importante quand l'évêque l'occupait.

Après que le vicaire eut servi une collation aux soldats et aux chevaliers, il conduisit Guilhem et Brancion au cellier voûté se trouvant dans la cour. L'intendant les accompagnait avec la clé. Une porte basse, fermée d'une forte serrure, donnait accès à quelques degrés taillés dans la roche.

L'intendant expliqua en ouvrant la porte :

— Les marches mènent à un cachot creusé dans le rocher. Une ouverture pratiquée dans le roc donne suffisamment de lumière. Il est donc inutile d'allumer une torche.

Brancion se plaça alors devant la porte, barrant le passage, et annonça au vicaire :

— Père Imbert, si ce pardonneur est celui que j'ai cherché, je veux que personne n'entende ma conversation.

— Vous ne pouvez le rencontrer sans moi, messire ! objecta le religieux.

— C'est pourtant ce que je vais faire. Seul mon ami Guilhem d'Ussel m'accompagnera.

Le vicaire regarda l'intendant, comme s'il cherchait une aide de son côté. Mais maintenant la porte était ouverte et le chevalier certainement le plus fort. Quant à appeler des gardes, c'était impossible. D'ailleurs, à quoi cela aurait-il servi de se battre ? Le prélat grimaça et fit signe que peu lui importait.

— Au fait, comment s'appelle-t-il ? interrogea Brancion, satisfait.

— Il dit se nommer Regnault.

Les deux chevaliers descendirent. Dans la cour, leurs hommes d'armes les regardèrent pénétrer dans le cellier.

Une vingtaine de marches irrégulières et étroites se succédaient. Elles débouchaient dans une sorte de grotte glaciale. Sur de la paille, un homme assis, au visage défait et au froc taché et déchiré, les regardait avec une expression misérable. De taille moyenne, chauve à part quelques cheveux gris vaguement taillés en tonsure, une barbe de plusieurs jours, des poches sous les yeux, plutôt maigre, les mains marquées de fleurs de cimetière, édenté et le nez en forme de pomme, il n'avait rien d'un voleur audacieux.

— Vous me reconnaissez, Regnault ? demanda Brancion.

— N... non, seigneur, répondit l'autre, inquiet.

— Je viens de Cluny et je vous ai vu là-bas.

Pour Brancion, c'était le moment de vérité. Soit le pardonneur niait être jamais allé à Cluny, soit il ne disait rien.

Il ne dit rien.

— L'abbé Hugues m'a chargé de te retrouver et de te punir.

— Pitié, seigneur... Je n'ai fait qu'obéir...

Guilhem fronça les sourcils, impressionné par la façon dont son ami avait obtenu la réponse qu'il espérait.

— Tu connais le châtiment des voleurs. Ta punition ne peut avoir lieu ici, dans ce château sanctifié par l'évêque, poursuivit Brancion en ignorant les paroles du moine. Je vais te conduire dehors. Je te trancherai moi-même les mains et je te couperai la langue et les oreilles. Après quoi les moines te soigneront et te laisseront aller.

— Non ! hurla l'autre. Pitié ! Ce n'est pas moi qui ai voulu...

— Voulu quoi ? Explique-toi, c'est ta dernière chance !

— Quand je suis arrivé à Cluny, seigneur, j'avais faim. Je n'avais rien mangé depuis des jours. J'arrivais vraiment de Terre sainte, seigneur, et ma bourse était plate. La seule chose que je possédais, c'était la lance. La Sainte Lance.

— Ne blasphème pas !

— Pardonnez-moi, seigneur. Oui, je savais qu'elle était fausse. Je l'avais gagnée au jeu à Antioche où on en vendait des quantités comme souvenirs. J'ai fait graver les lettres CCA LONGINVS. J'espérais pouvoir la vendre à une église ou à un monastère pas trop regardant. Mais les moines de Cluny m'ayant donné l'hospitalité à l'hospice, je me suis dit : pourquoi ne pas la proposer ici ?

» Je me suis rendu dans l'église pour prier, pour demander au Seigneur de pardonner mon audace, et j'ai regardé quelques-uns des reliquaires sur l'autel de l'abbatiale. Ma lance y aurait sa place... Une belle place !

— Damné profanateur ! gronda Brancion entre ses dents.

Guilhem, lui, était plutôt amusé.

— J'ai interrogé un moine qui passait dans la nef pour savoir qui s'occupait des reliques. Il m'a demandé pourquoi et je lui ai dit que je rentrais de Terre sainte et que j'en avais rapporté une fort précieuse. Il m'a conduit à l'écart, dans une travée, et m'a demandé de quoi il s'agissait.

— Il ne t'a pas mené auprès de l'abbé ? intervint Brancion, surpris.

— Non, seigneur. Je lui ai dit alors qu'il s'agissait de la Sainte Lance. Il m'a demandé de la lui montrer et, comme elle était dans ma besace, je l'ai sortie.

— Qui était ce moine ? s'enquit Guilhem.
— Je ne l'ai jamais su, seigneur.
— Un convers ? Portait-il une barbe ou était-il imberbe ?
— Imberbe, seigneur, avec un froc de laine brune.
— Ensuite ?
— Il a examiné mon fer et demandé combien j'en voulais. J'ai dit cinquante sous d'or, mais je l'aurais laissé pour quelques deniers ! Il me l'a rendu et m'a dit d'aller l'attendre à l'auberge du Vénérable, à Cluny. Je lui ai dit que je ne pourrais pas payer. Alors, il a fouillé sous son froc et a sorti une boursette, me remettant une pièce d'argent.
— Tu es allé à l'auberge ?
— Oui, seigneur. Il est venu m'y trouver le lendemain.
— Tu pourrais le reconnaître ?
— Certainement, seigneur.

Brancion eut un sourire épanoui. Il était maintenant sûr d'identifier celui qui avait élaboré la sordide affaire.

— Raconte la suite.
— Il m'a prévenu que, sans documents, ma relique ne valait rien, mais il m'a demandé de la lui montrer à nouveau. Il a alors fait une chose curieuse : il avait apporté un morceau de parchemin et il l'a dessinée dessus, en marquant soigneusement les lettres CCA LONGINVS. Puis m'a dit de rester à l'attendre, et de ne parler du fer à personne.

» Je ne l'ai revu que trois jours plus tard. Il avait apporté un vieux document, une charte. Il l'a dépliée. C'était un texte de l'archevêque d'Antioche, avec la description de ma lance et quantité de détails sur sa découverte. Plusieurs seigneurs l'avaient signée et leurs sceaux étaient attachés par des rubans. J'étais stupéfait, car mon fer de lance était dessiné dessus ! Avec les lettres que j'avais fait graver !

— L'authentica ! murmura Brancion. Lui as-tu demandé d'où venait cette charte ?

— Oui, seigneur, mais il m'a dit que je n'avais pas à le savoir. Il m'a ordonné de retourner à Cluny avec le fer et la charte, de demander à rencontrer l'armarius et de lui dire que j'avais acheté cette relique à Antioche, et que la charte prouvait qu'elle était véridique !

— Et tu l'as fait.

— Oui, seigneur. Il m'a ordonné d'en réclamer mille sous d'or. J'ai dit que Cluny n'accepterait jamais, mais il m'a certifié le contraire. Dès que j'aurais les mille sous, je devrais revenir ici et l'attendre. Il m'en laisserait cinquante. Mais si je le trahissais, il me ferait brûler vif par le prévôt de Cluny pour blasphème et hérésie.

» Que pouvais-je faire, seigneur ? Je suis retourné dans l'abbaye, j'ai vu l'armarius et, le lendemain, il me remettait deux lourdes besaces contenant l'or en échange de la lance et de la charte. Il m'a dit de bien cacher mes sacoches, qu'on risquait de me voler, et il m'a même proposé de les conserver provisoirement à Cluny, mais j'ai refusé. J'étais trop content !

— Et l'autre est venu chercher les neuf cent cinquante pièces ?

— Oui, peu après.

— Ensuite ?

— J'ai acheté un cheval et j'ai vite quitté Cluny. Pendant un an, j'ai vécu comme un roi, mais j'ai tout dépensé. Alors j'ai voulu recommencer, avec d'autres fers de lance. Mais personne n'a voulu me les acheter. Je n'avais pas de preuve de leur authenticité. Cela faisait une semaine que je quêtais la charité quand je suis arrivé à Forcalquier. À l'église, quelqu'un m'a dit que le comte craignait pour sa ville, qu'il priait beaucoup et qu'il avait acheté des reliques. Je m'y suis rendu mais le vicaire de l'évêque m'a fait arrêter. On m'a battu…

Le silence s'installa dans le cachot. Brancion méditait, un sourire aux lèvres.

— Je vais te faire libérer, l'ami, mais tu vas venir avec moi à Cluny.

— Non, seigneur ! Pas ça !

— Je ne te laisse pas le choix ! Sinon, je te détranche !

— On m'emprisonnera à Cluny, seigneur, pleurnicha le moine.

— Tu as ma parole qu'on n'en fera rien. Tu témoigneras seulement contre le félon qui a manigancé cette vilaine affaire. Je crois que tu auras même une récompense !

— Une récompense ? s'enquit l'autre, soudain intéressé.

— Sûrement.

Brancion se tourna vers Guilhem, l'air satisfait.

— Je suis au bout de ma quête, mon ami. Sous peu, je saurai qui est responsable de la mort d'Aimeric, de Joceran, de Jeanne et de mon séjour chez Mercadier.

Guilhem hocha du chef sans rien dire. Même en n'ayant jamais rencontré les officiers de Cluny, il avait identifié le voleur. Mais devait-il le dire sans plus attendre à Brancion ?

Après tout, cette affaire ne le regardait pas. Son ami était tout aussi capable que lui de deviner la vérité, et lui faire savoir comment il l'avait découverte ne pourrait que froisser sa susceptibilité.

Chapitre 38

Ils sortirent du cachot avec le moine. Quand le vicaire vit son prisonnier, il leva les mains pour protester :
— Que fait-il là ?
— Je l'emmène, mon père.
— C'est impossible !
— J'offre deux besants d'or à votre église, mon père. Cela vaut largement le prix de cet homme. Au demeurant, si vous vous y opposez quand même, je l'emmènerai de force. C'est un témoin dans une affaire criminelle.
— Deux besants… Un témoin… Dans ce cas…
Il les laissa passer.

En quittant le château de Lurs avec leur prisonnier, Guilhem s'était mis en tête de la troupe. Il voulait réfléchir aux décisions qu'il allait prendre. Il avait promis à Brancion de partir avec lui, donc il l'accompagnerait à Cluny. Si nécessaire, il ferait lui-même éclater la vérité, puisqu'il avait identifié le misérable ayant manigancé l'achat de la fausse lance et son vol. Joceran serait alors innocenté de ce dont on l'avait accusé, même si les moines ne l'absoudraient jamais pour avoir abandonné le monastère. Quant à Brancion, il reprendrait certainement sa place au service de Cluny.

Ce serait donc à Cluny que leurs chemins se sépareraient. Certes, Brancion lui proposerait à coup sûr de rester, mais Guilhem savait que jamais il ne se mettrait au service de religieux, tant le Seigneur lui avait causé de torts.

Cette séparation serait un déchirement, après ce qu'ils avaient vécu et ce que Brancion lui avait appris, mais puisqu'il était chevalier, il pouvait poursuivre sa route seul.

Il irait enfin à Paris.

Derrière lui, à deux ou trois toises, Arnuphe de Brancion, qui avait pris le moine en croupe, continuait à l'interroger, essayant de tirer de lui quelque information que l'autre n'aurait pas encore songé à révéler, l'aidant à fouiller au plus profond de sa mémoire pour tenter d'identifier celui qui avait monté cette sacrilège imposture.

Derrière encore suivaient les deux arbalétriers, et enfin Hélie.

Étroit, le chemin avait jusqu'à présent serpenté entre des rocailles d'où sortaient des touffes de ciste et de romarin. Maintenant, il devenait droit et presque plat sur une centaine de toises. Jamais il n'aurait une meilleure occasion, songea l'ancien garde du commun de paix de Rodez.

Personne ne put le voir détacher son marteau d'armes, un long manche de chêne terminé par un cylindre de fer hérissé de pointes. Se rapprochant des arbalétriers, il mit brusquement son cheval au trot et força le passage entre les montures des deux hommes d'armes. En même temps, il leva le marteau et frappa la nuque de l'homme à sa droite, lui brisant le dos. D'un revers, il écrasa la masse sur la figure de celui qui se trouvait à sa gauche, qui chuta à son tour, sans un cri.

Hélie éperonna alors sa monture, la mettant au galop. Brancion tourna la tête, intrigué par ce soudain martèlement de sabots, et reçut le fer du marteau à la base du cou. Il s'effondra à son tour, tandis que le moine en croupe hurlait de terreur.

Guilhem s'était également retourné. Il vit Hélie charger et tira son épée, mais l'ancien garde du commun de paix, devinant que la surprise était passée, tenta le tout pour le tout. Il lança le marteau, qui atteignit Guilhem au torse, le manche de l'arme le frappant aussi au front. Ces deux coups d'une extrême violence le firent tomber de son cheval.

Étourdi et meurtri, Guilhem mit un instant à reprendre ses esprits. C'était déjà trop tard, Hélie avait sauté de selle et lui avait placé son épée sur la gorge.

Le sang qui coulait de son front obscurcissait la vision de Guilhem. Il aperçut quand même Brancion gisant sans connaissance sur le sol, et une rage sans nom le saisit.

— Bouge et je t'étripe ! menaça Hélie.
— Traître et félon ! Les Catalans t'ont acheté ?
— Pas eux ! ricana Hélie.

Sans un regard en arrière, il cria au pardonneur qui, stupéfait et terrorisé, n'avait pas bronché :

— Regnault, descends de cheval et viens ici, je ne te veux pas de mal.

L'autre ne bougea pas.

— Obéis, ou sinon mes gens vont te saisir et te pendre avec tes boyaux ! rugit-il.

Cette fois, le moine défroqué s'exécuta.

Quelles gens ? s'interrogeait Guilhem. Des complices allaient-ils arriver ? Mais qui cela pouvait-il être à part les Catalans ?

— Regnault, prends la cordelette à l'arçon de ma selle et viens l'attacher !

Le vendeur de reliques obéit sans barguigner. Il détacha la corde et s'approcha de Guilhem.

— Tends tes poignets ! ordonna Hélie, la pointe de l'épée à quelques pouces du ventre de Guilhem. Je veux te ramener vivant, mais ça ne me dérangera pas de te percer un bras.

— Me ramener où ?

— Entrave-le ! ordonna Hélie à Regnault, sans répondre.

Le moine s'accroupit, jeta un regard confus à Guilhem et entreprit de lui nouer les poignets.

— Plus serré ! Si tu l'attaches mal, je te trancherai les mains pour t'apprendre.

Regnault serra tant qu'il put et Guilhem retint un cri. La corde lui entrait dans les chairs.

L'autre fit plusieurs nœuds.

— Noue le reste à sa taille pour qu'il ne puisse pas bouger !

La corde était assez longue et Regnault fit comme on le lui ordonnait.

— Maintenant, retire les couteaux dans sa cuirasse et sa miséricorde.

Guilhem essaya de desserrer ses mains, en vain. De plus, la douleur dans ses côtes commençait à le torturer. Il respirait difficilement et le sang coulait de son front sans qu'il puisse l'essuyer.

Satisfait, Hélie recula.

— Regnault, va rassembler les chevaux et, quand je te le dirai, tu en prendras un et tu fileras au sud. Je n'aurai plus besoin de toi.

Resté seul avec Guilhem, l'ancien garde du commun de paix laissa éclater sa joie. Dans un grand sourire effrayant, il s'expliqua :

— Tu te souviens de Rodez ?

— Quoi, Rodez ?

— Tu étais à Rodez, il y a cinq ans, avec un rémouleur nommé Simon.

— Peut-être...

— Pas peut-être ! Je le sais, je suis de Rodez !

Que lui voulait cet homme ? se demandait Guilhem. Il tentait de se souvenir de son visage, mais il était certain de ne jamais l'avoir vu avant son arrivée au camp de la motte.

Un rictus aux lèvres, Hélie poursuivit :

— Tu as quitté Rodez au printemps avec Simon l'Adroit. Et en chemin, vous aviez besoin de chevaux, alors vous avez tué trois gardes des communs de paix dans un guet-apens, ne leur laissant aucune chance !

Cette fois, Guilhem comprit. Hélie devait connaître les gardes occis et voulait les venger !

Se doutant que cela ne servirait à rien, il protesta quand même, d'un ton las :

— Ça ne s'est pas passé comme ça.

— Ah bon ? Et comment ça s'est passé ?

— En quoi cela t'intéresse-t-il ? demanda Guilhem pour gagner du temps.

— Deux d'entre eux étaient mes frères ! glapit haineusement Hélie. Je te cherchais depuis des années !

Guilhem pensa alors à l'homme arrivé à cheval à Najac, qu'il avait ensuite revu lors de la prise du château de Malvin le Froqué, celui qui possédait un cheval aux jambes noires ! Ce devait être lui ! Il comprenait mieux maintenant pourquoi il l'avait suivi avec tant d'acharnement. Cet homme était donc aussi la cause de la mort de Tête-Noire et de Bertucat !

— Il n'y a pas eu de guet-apens, ce sont eux qui s'en sont pris à nous, fit-il.

Il fallait qu'il continue à parler, afin qu'Hélie ne prête pas attention à ce qui se passait derrière lui.

— À trois, contre vous deux, vous les auriez tués sans les surprendre ? fit Hélie, dubitatif.

— Oui... J'avais trouvé un lièvre dans un collet quand ils sont arrivés. Ils nous ont accusés de braconnage... C'était faux. L'un d'eux a saisi Simon... Un homme bon qui n'avait rien fait... Il l'a traîné à un arbre pour le pendre, et, alors qu'il l'accrochait, j'ai fait tomber de son cheval le garde le plus proche de moi. Je ne me souviens plus des détails, j'ai saisi mon couteau, je l'ai planté dans une jambe, puis j'en ai lancé un autre à celui qui avait pendu Simon. Ensuite, je les ai tués... Tous...

— Tu mens ! hurla Hélie.

— Je ne mens pas... Mais Simon était mort... Ils l'ont tué et tes frères ont mérité leur sort. J'espère qu'ils brûlent en enfer, c'étaient des pourceaux comme toi !

Fou de rage, Hélie passa son épée dans sa main gauche et le gifla à la volée. Guilhem supporta le coup... Plus qu'un instant... se dit-il en voyant ce qui se passait dans le dos du garde du commun de paix.

— Je sais que tu mens ! Je vais te conduire à Rodez ! Je t'y ferai écorcher et on verra si tu persistes dans tes men...

Un flot de sang jaillit alors de sa bouche et il s'écroula sur Guilhem sans pouvoir terminer.

Derrière lui, Brancion, qui était parvenu à se relever et à marcher jusqu'à eux appuyé sur son épée, s'était affaissé à l'instant où il avait enfoncé sa lame dans le dos d'Hélie.

Plus loin, Regnault avait assisté à l'effroyable scène sans mot dire, terrorisé.

Guilhem repoussa le corps et se précipita vers son ami. Un souffle infime sortait de sa bouche et ses yeux étaient vitreux.

— Regnault ! Coupe mes liens !

Le moine le rejoignit en trottinant et ramassa la miséricorde.

— J'étais obligé, seigneur, pitié... gémit-il en s'exécutant.

— Ne crains rien ! Je ne t'en veux pas... Tu aurais pu prévenir ce chien que le sire de Brancion arrivait... Tu ne l'as pas fait, et pour ça, tu as gagné ma reconnaissance.

Ses liens tranchés, Guilhem examina son compagnon. Ses membres étaient glacials, mous... il respirait à peine...

— Arnuphe... Tu m'entends...

Les paupières bougèrent.

— Regnault, aide-moi ! Transportons-le à l'abri du soleil, là-bas.

Il désigna un arbuste.

— Attends, je vais lui préparer une couche.

Il courut à l'un des gardes morts et lui enleva son manteau qu'il alla étendre au pied de l'arbre. Ensuite, il revint et, avec d'immenses précautions, il prit son ami par les épaules, Regnault attrapant les pieds, et ils le portèrent à l'abri.

Guilhem tenta alors de le faire boire, en vain. Brancion avait perdu connaissance.

— Je retourne au château, décida Guilhem. Il me faut du secours. Toi, reste ici, près de lui... Ne cherche pas à fuir, car je te retrouverai... Mais je te promets que tu n'auras plus rien à craindre désormais.

L'autre hocha la tête, trop effrayé pour tenter quelque chose.

Sans même faire attention à l'effroyable douleur qui lui perçait la poitrine, Guilhem monta en selle.

Au château, il parla de la trahison d'un de ses gardes, vendu aux Catalans. Le vicaire fit immédiatement atteler une charrette à un mulet et Guilhem repartit avec quelques domestiques, sans même avoir accepté de se faire soigner. Le moine qui s'occupait du jardin des simples et qui connaissait un peu de médecine les accompagnait.

Brancion avait repris connaissance. Il parvint difficilement à dire qu'il n'avait pas mal. Le moine examina la blessure au cou qui avait démesurément enflé, rendant la respiration difficile. Mais ce ne fut pas cela qui l'inquiéta. Il avait observé l'absence de réaction du chevalier aux doigts et aux jambes. Brancion reconnut alors qu'il ne les sentait plus.

Avec beaucoup de douceur, on le transporta sur le chariot et on le ramena au château. Les serviteurs reviendraient chercher les autres. Guilhem les prévint alors :

— Ces deux-là, fit-il en désignant les deux soldats, qu'ils soient mis en terre chrétienne et qu'une messe soit célébrée pour le salut de leur âme, mais pour celui-ci, le dénommé Hélie, ne souillez pas le château de l'évêque en le ramenant. Trouvez quelque trou et jetez-le dedans, que les bêtes sauvages le dévorent !

En chemin, Guilhem raconta à Brancion qui était Hélie et la haine qu'il lui vouait. En larmes, il lui dit combien il regrettait... Que tout était de sa faute.

— Non, Guilhem, répliqua Brancion. Je savais qu'un jour je m'en irais ainsi. Quoi de plus beau que de mourir en selle... frappé à mort, mais encore capable de meurtrir celui qui a porté le coup mortel.

— Tu ne mourras point, mon ami ! s'écria Guilhem.

— C'est trop tard, Guilhem, je sais que c'est la fin, mais le Seigneur, dans Sa bonté, m'accorde un peu de temps pour racheter mes péchés. Je pourrai me confesser... J'ai aussi une requête à te faire.

Mais les efforts avaient été trop importants et Brancion tomba dans une sorte d'inconscience dont Guilhem craignit qu'il ne sorte pas. Mais, contre toute attente, le soir, alors qu'il était couché dans des draps, le chevalier de Cluny reprit ses sens.

Guilhem était près de lui.

— J'ai vu le Seigneur, dit-il... Il m'a autorisé à rester encore un peu parmi les hommes.

Guilhem ne pouvait se retenir de pleurer.

— Mon ami... quand il ne restera que mon enveloppe charnelle... essaie de la faire revenir à Brancion... Je voudrais reposer dans l'église Saint-Pierre où j'ai été baptisé. Mais j'ignore comment tu pourras y parvenir, car mon aîné, Jocerand, le seigneur de Brancion, est mort il y a quelque temps et sa veuve s'est remariée.

— J'y parviendrai, promit Guilhem.

— Quant à Cluny, puisque je ne peux m'y rendre vivant, c'est toi qui iras à ma place... Emmène Regnault et découvre la cause de tous ces malheurs...

— Je le ferai, mon ami. Je te le jure...

— Tu prendras ma bourse. Elle contient quatre-vingts pièces d'or pour racheter ma liberté, et même plus. Je suis libre désormais, aussi tu les utiliseras pour racheter la tienne. Riou te laissera partir et Mercadier ne t'en voudra pas...

Il ajouta, devant les larmes de Guilhem :

— Ne sois pas triste, mon ami, je pars heureux. J'ai vécu dans l'honneur et j'ai pleinement réalisé ma vie... Mon seul regret est de partir sans savoir qui a causé tous ces torts.

— Je crois le savoir, lui avoua alors Guilhem.

Brancion ne parla pas tout de suite, comme pour digérer cette information.

— Qui ? demanda-t-il enfin.

Guilhem le lui dit et lui expliqua comment il l'avait deviné.

— Tu as raison... Ce ne peut être que lui... Comment ai-je pu être à ce point aveugle...

Après ces paroles, Arnuphe de Brancion retomba dans une sorte d'inconscience dont il ne sortit plus, comme si son esprit jugeait ne plus avoir à commander son corps maintenant qu'il connaissait la vérité.

Guilhem resta près de lui tout ce temps, plongé dans ses souvenirs, bons et mauvais. Lui revenait la haine qu'il avait éprouvée pour Brancion après la mort de Joceran, puis la reconnaissance, l'estime et enfin l'amitié. Arnuphe avait fait de lui un homme et un chevalier. Il ne l'oublierait jamais et lui ferait honneur sa vie durant.

Deux jours plus tard, peu avant vêpres, le chevalier bourguignon rendit son âme à Dieu.

Le vicaire était retourné à Forcalquier avec ses serviteurs, ramenant les chevaux des trois hommes d'armes et leurs harnois. Guilhem s'adressa donc à l'intendant pour qu'il fasse mettre le corps d'Arnuphe de Brancion dans un cercueil de plomb, expliquant qu'on viendrait le chercher dans quelques mois. Après quoi, il revint tristement à Forcalquier avec Regnault. Il laissa le moine dans une auberge du bourg, lui demandant de l'attendre et le menaçant de mille morts s'il s'enfuyait.

Au château, tout le monde était informé de la crise de folie d'Hélie et de la fin du sire de Brancion, car le vicaire avait annoncé que le chevalier n'avait aucun espoir de survie. Guilhem alla quand même faire un récit de ce qui s'était passé au comte et à Riou, précisant ne pas comprendre le geste d'Hélie qui ne s'était pas expliqué avant que Brancion ne le tue. Quelles que soient les raisons qu'il ait eues, personne ne les connaîtrait, maintenant qu'il était mort.

Ensuite, il annonça qu'il partait pour Cluny, ayant fait serment à son ami de régler plusieurs affaires personnelles et de veiller à ce que son corps soit enseveli dans l'église.

Le comte lui souhaita bonne chance. Il ne chercha pas à le retenir, car venait d'arriver le prieur de l'abbaye de Montmajour, envoyé par l'un des conseillers d'Alphonse d'Aragon.

La perte de Manosque avait refroidi l'ardeur de ceux qui souhaitaient une guerre sans merci contre Forcalquier, jugeant qu'il fallait traiter Guillaume d'Urgel comme les seigneurs des Baux. De plus, la clémence du comte qui avait laissé repartir les hommes d'armes catalans sans les mutiler, ce qu'il aurait été en droit de faire, avait touché plusieurs proches d'Alphonse. L'heure était donc aux négociations.

Mais celles-ci n'intéressaient pas Guilhem, qui alla préparer ses affaires et celles de Brancion, qu'il emporterait.

Il fut rejoint par Riou de Monteynard qui lui demanda quand il reviendrait au château de la motte. Guilhem lui répondit :

— Jamais !

Devant l'air fâché du capitaine, il lui expliqua qu'il rachetait sa liberté et lui remit les quatre-vingts sous d'or de Brancion. Monteynard accepta la somme, lui promettant de plaider sa cause auprès de Mercadier quand il la lui remettrait.

C'est après le souper que Gilbert, le sergent d'armes, vint le voir.

— Seigneur, j'ai appris pour le sire de Brancion, et j'ai tant de peine. Après Galard...

— C'est notre destin, observa Guilhem, qui n'avait pas envie de s'appesantir.

— On m'a dit que vous partiez, seigneur chevalier.

— En effet.

— J'ai vu Galard périr ; j'apprends la mort du noble sire de Brancion ; maintenant vous vous en allez. Pourquoi le Seigneur Dieu retire-t-Il autour de moi ceux que j'aime ? N'est-ce pas un signe qu'Il me prépare un sort funeste si je reste ici ?

Gilbert se posait toujours beaucoup de questions quant au comportement de Dieu à son égard.

— Tu peux partir quand tu le désires, l'ami, pour autant que tu ne voles ni cheval ni harnois. Messire Riou ne te recherchera pas, mais tu perdras la solde que tu aurais reçue en fin d'année, et ta part de butin.

— Peu m'importe l'argent, messire, mais si je pars sans rien, je redeviendrai ce que j'ai été. J'aimerais entrer au service d'un maître, et si vous voulez de moi, je saurai vous servir. Ne désirez-vous pas un servant ?

Guilhem faillit répondre par la négative. Il n'avait besoin de personne. Mais le voyage serait long d'ici à Cluny, et il ne croyait pas pouvoir se fier à Regnault qui avait largement fait preuve de félonie dans sa vie de pardonneur. De surcroît, il pourrait bien tomber sur une patrouille de Catalans, et une épée de plus serait utile. Alors pourquoi ne pas prendre ce garçon ? Il avait montré du courage et il était malin, même s'il parlait trop.

— D'accord, retrouve-moi demain à la porte de la ville. N'emporte que ce qui t'appartient. Tu partageras le cheval de messire Brancion, en croupe avec le moine qui m'accompagne. Tâche de trouver une selle pour deux.

Chapitre 39

La pluie et les bourrasques les accompagnèrent durant tout le voyage. Ils durent même rester quelques jours à Lyon tant les chemins étaient impraticables. Guilhem en profita pour donner du travail à un rémouleur ambulant à qui il demanda d'aiguiser leurs épées et leurs couteaux, lui montrant même son savoir-faire. En manipulant lui-même la meule, des souvenirs émouvants lui revinrent et son passé défila, l'éprouvant plus douloureusement qu'il ne l'aurait pensé.

Finalement, au début du mois de juin, dès les premiers rayons de soleil revenus, ils partirent pour Mâcon, puis de là se dirigèrent vers Cluny.

Le moine pardonneur les guidait.

C'est du sommet des collines du Mâconnais qu'ils découvrirent la vallée de Cluny. La vigne et les prairies y remplaçaient les bois. Guilhem fut impressionné par le calme, la solitude et la sensation de paix qui s'en dégageaient. Pourtant, dans ce lieu monastique, où semblaient ne régner que tranquillité et amour, un homme avait manigancé une infâme machination qui avait provoqué la ruine de ses amis.

L'instigateur de ces forfaits était là. Guilhem le savait, le sentait. Et il allait le punir.

Entouré d'une épaisse muraille et de fossés, dont un cours d'eau au bord duquel se dressaient moulins et tanneries, le bourg occupait le fond de la vallée, accolé à l'immense abbaye, elle aussi ceinte de remparts et de tours. Ainsi, bien qu'ayant des fortifications séparées, ville et monastère, adossés l'un à l'autre, se protégeaient mutuellement.

Les premiers habitants du bourg de Cluny avaient été attirés par la sécurité qu'offrait l'abbaye dont le territoire était sacré. Puis la réputation de sainteté des abbés et les guérisons miraculeuses attribuées aux reliques avaient fait affluer pèlerins, malades et pauvres, venus quémander aumône, soins, nourriture et gîte. Ce déferlement de monde avait entraîné l'installation d'auberges et de commerces. Ensuite, les agrandissements du monastère et la construction de la basilique avaient attiré maçons, tailleurs de pierre, sculpteurs, charpentiers, couvreurs et verriers. La bibliothèque abbatiale avait eu besoin de tanneurs, de relieurs et d'enlumineurs. Toutes sortes d'artisans avaient donc ouvert des échoppes, en particulier des orfèvres pour les médailles et les vases sacrés et des tailleurs pour les vêtements religieux. Enfin, plus tard, étaient venus les étudiants et les clercs en théologie, alléchés par la richesse de l'armarius.

Désormais, le nombre d'habitants était tel que le bourg de Cluny, affranchi depuis des années de l'abbaye, comptait trois paroisses.

Tandis qu'ils descendaient le chemin serpentant à flanc de colline, le moine Regnault expliqua à Guilhem et Gilbert que la taille de l'abbaye n'était pas due uniquement à l'immense abbatiale, la plus grande de la chrétienté, et au nombre de moines qui vivaient là, mais surtout à la foultitude de visiteurs qui s'y rendaient. Pour loger et nourrir tout ce monde, il fallait des dortoirs, des réfectoires, des greniers, des moulins, des écuries et bien sûr une hôtellerie. Au fur et à mesure qu'il parlait, le pardonneur les désignait du doigt, les décrivant sommairement.

Devant eux, les voyageurs, de plus en plus nombreux, s'interpellaient joyeusement. À pied, c'étaient des groupes de moines, de pèlerins, des colporteurs de toutes sortes, et à cheval ou à dos de mule, c'étaient des courriers, des chevaliers, des hôtes de marque en litière, dont nombre de prélats, de chanoines et plus généralement de religieux venant d'autres monastères clunisiens pour des réunions ou des assemblées.

Contournant l'abbaye en longeant son enceinte, ils pénétrèrent dans le bourg par la porte fortifiée de la Chanaise et rejoignirent la rue Mercière où s'alignaient des maisons en belle pierre. Les rez-de-chaussée, aux façades voûtées en arc brisé avec entablements de pierre, formaient des échoppes pour les marchands et les artisans.

À l'angle d'une rue transversale se trouvait l'auberge du Vénérable dont l'enseigne représentait le célèbre abbé. Parmi les nombreuses hôtelleries, Regnault avait proposé celle-là puisqu'il la connaissait. Ils obtinrent une chambre pour eux trois et, dès qu'ils furent installés, désaltérés et restaurés, Guilhem laissa ses compagnons pour se rendre seul à l'abbaye, à pied, n'ayant qu'à suivre la rue pour arriver à la porte d'honneur.

Avant de s'en aller, il interrogea cependant le cabaretier :

— Le noble Hugues de Clermont est-il toujours abbé ?

— Bien sûr ! Que Notre-Seigneur accorde longue vie à ce saint homme.

— Longue vie, en effet. Et Renaud de Montboissier est-il toujours le prieur ?

— Oui, fit l'autre, intrigué par ces questions.

— Mon noble père les a bien connus, expliqua Guilhem pour écarter tout soupçon. C'est lui qui m'a envoyé vers eux. Il m'a aussi chaudement parlé du cellérier...

— Le père Hidran de Thizy ?

— Non, ce n'était pas ce nom ; plutôt quelque chose comme Melgueil...

— Orderic de Melgueil ! C'est le chambrier.

— Ah ! Sans doute. Mon père m'a donné tant de noms ! Je suis incapable de tous les retenir ! Il y avait encore le sacriste et le préchantre...

— C'est cela, frère Étienne et frère André.

— J'aurai vraiment beaucoup de plaisir à les rencontrer enfin ! sourit Guilhem avec une expression de niaiserie admirablement rendue, secrètement satisfait qu'ils soient tous encore à Cluny.

Lieu d'asile, l'abbaye était ouverte toute la journée aux visiteurs venant chercher grâces et guérisons auprès des saintes reliques. Entré par la porte d'honneur, Guilhem se dirigea tout d'abord vers l'abbatiale où il s'approcha d'un moine devant le porche.

— Vénéré père, que Dieu soit avec vous. Je suis venu à Cluny pour rencontrer l'abbé Hugues de Clermont, dit-il.

L'autre se gratta l'oreille, hésitant à répondre, avant de proposer :

— Loué soit Jésus-Christ, noble seigneur. Je ne peux vous conduire à notre abbé, mais nous pouvons nous rendre auprès du frère portier qui vous mènera au sous-prieur.

— Non, je veux rencontrer l'abbé !

— Dans ce cas, il faudra passer par ses clercs, leur expliquer les raisons de votre visite. L'abbé est très occupé et fatigué. Il vient de rentrer d'Allemagne où il a rencontré le roi Richard d'Angleterre[1].

— Je comprends. Pouvez-vous le rencontrer vous-même ?

— Certainement, lors du souper.

— Puis-je vous charger d'un message à lui transmettre ?

— Peut-être.

— Faites-le, je vous en prie, c'est pour la grandeur de Cluny. Dites-lui ceci : Je me nomme Guilhem d'Ussel, je sais ce qu'est devenue la Sainte Lance. On me trouvera à l'auberge du Vénérable.

— La Sainte Lance, avez-vous dit ? répéta l'autre, ébahi.

— Oui. Vous savez de quoi il s'agit ? La lance qui a percé le flanc de Notre-Seigneur, fit Guilhem en se signant, aussitôt imité par l'autre. L'abbé Hugues l'attend depuis des années. Mais si vous ne lui transmettez pas mon message, ou s'il ne me fait pas chercher, j'irai voir l'abbé de Cîteaux qui m'écoutera, lui, et vous serez maudit pour l'éternité !

Terrifié, le moine se signa à nouveau en roulant des yeux.

— Je le ferai, seigneur, j'en fais serment !

Satisfait, Guilhem rentra à l'auberge.

Le crépuscule approchait quand deux moines pénétrèrent dans la salle de l'auberge. C'était une pièce tout en longueur débouchant sur un jardin. Guilhem était attablé avec Gilbert. Regnault, terrorisé à l'idée de rencontrer celui qui l'avait entraîné dans la machination, avait préféré rester dans la chambre.

---

1. L'abbé de Cluny avait servi de médiateur pour le paiement de la rançon de Richard.

Les deux moines passèrent les tables en revue et Guilhem, les voyant s'approcher, reconnut celui à qui il s'était adressé. Il leur fit signe.

— Dieu vous garde en Sa sainte grâce, seigneur, fit celui des moines que Guilhem ne connaissait pas. Je suis frère Grégoire, procureur et prieur mage de Cluny[1]. Monseigneur l'abbé m'envoie vous chercher.

Sans un mot, Guilhem se leva, prit son épée et son casque posés sur la table, et les suivit.

Ils retournèrent à l'abbaye, traversèrent des cours, suivirent des galeries jusqu'à un cloître, puis prirent un escalier les conduisant à un sombre corridor orné de colonnettes. Seul le prieur mage guidait maintenant Guilhem.

Le moine gratta à une porte et un religieux ouvrit. Celui-là fit entrer seulement Guilhem dans une salle meublée de coffres, d'une table et de deux pupitres sur lesquels étaient installés des livres. Ce second moine écarta une tenture et ouvrit une autre porte, richement ciselée d'un motif fleuri, laissant entrer le visiteur.

Il referma le battant derrière lui. Guilhem était persuadé qu'il tirerait aussi la tenture afin que personne ne les entende.

Un moine, rasé de près, dans la même robe sombre que les autres, sans aucun signe distinctif, se tenait debout. Le visage fatigué et l'air agité, il émanait cependant de son regard une grande force et une immense autorité. Ce ne pouvait être que l'abbé même s'il vivait dans une cellule très simple : la pièce ne contenant qu'une couche en bois avec un crucifix au-dessus ainsi qu'une table supportant un chandelier aux trois bougies allumées.

— Monseigneur, fit Guilhem en s'agenouillant.

---

1. Le prieur mage traitait des affaires de police dans l'abbaye.

— Relevez-vous, mon fils, et dites-moi ce qui vous amène. Vous avez parlé de la Sainte Lance...

La voix était grave, ferme en apparence, mais Guilhem y sentit l'inquiétude. Tout en parlant, l'abbé examinait son visiteur. Très jeune, revêtu d'un gambison de cuir rouge, une lourde épée à l'un de ses baudriers, un couteau à l'autre. Nul doute que ce soit un guerrier. Il portait un casque rond et ses yeux noirs affichaient un mélange de franchise, d'assurance, mais aussi de dureté. Ses éperons de fer et d'or montraient qu'il était chevalier.

— Quelqu'un m'a envoyé pour vous rencontrer, vénéré abbé.

— Qui donc ?

— Le noble chevalier Arnuphe de Brancion.

— Arnuphe !

Même si la lumière était faible, Guilhem vit l'abbé blêmir et il en fut satisfait.

— Qu'est-il devenu ? Où est-il ? Je suis sans nouvelles de lui depuis deux ans !

— Le Seigneur a rappelé à Lui le sire de Brancion, vénéré père. Je l'ai veillé jusqu'à son dernier souffle. C'était mon ami et je le remplace dans la tâche qu'il s'était assignée. Mais je m'étonne d'entendre votre affirmation. Vous dites être sans nouvelles, or, il vous a écrit, il y a un peu plus d'un an...

— Dans ce cas, je n'ai jamais eu cette lettre.

Guilhem sortit alors de l'escarcelle pendue à son gambison rouge le pli que Mercadier avait donné à Brancion et qu'il avait retrouvé dans ses affaires. Il le tendit à l'abbé, qui s'approcha des bougies et le lut :

— « Le sire de Brancion n'est pas au service de l'abbaye qui n'a pas à payer rançon pour sa liberté. »

— Qu'est-ce que cela signifie ? demanda Hugues de Clermont en plantant ses yeux dans les siens.

— C'est votre sceau, non ? s'enquit durement Guilhem en désignant les clés croisées.

Il n'y avait plus aucune déférence dans ses paroles.

L'abbé fronça les sourcils et examina longuement la cire avant de reconnaître :

— C'est le sceau de Cluny, mais je n'ai jamais écrit ce pli. D'ailleurs, il n'est pas signé.

— Quelqu'un l'aurait-il fait à votre place ?

Hugues de Clermont resta silencieux, le regard sombre et perdu, avant de demander prudemment :

— Parlez-moi de cette rançon...

— Messire de Brancion et moi-même avons été faits prisonniers par Mercadier. Celui-ci a demandé à Cluny quatre-vingts pièces d'or pour la liberté du chevalier. Moi, je ne comptais pas. Ses messagers sont venus ici, vous ont rencontré, ou ont rencontré quelqu'un d'autre, et sont repartis avec cette réponse.

— Je vous le répète, je n'ai jamais écrit ce pli, et je n'ai jamais reçu de messagers de Mercadier. M'accusez-vous de mensonge ?

— Les faits sont têtus, monseigneur ! insista Guilhem, montrant le pli.

— Le sceau est conservé dans un coffre, dans la salle capitulaire. Je ne suis pas le seul à l'utiliser, il y a aussi le prieur.

— C'est tout ?

— Non, parfois le sacriste, le chambrier, le cellérier et l'armarius, ajouta l'abbé.

— Si ce n'est vous, c'est l'un d'eux qui ne tenait pas à ce que Brancion revienne, car lui-même vous avait écrit une lettre.

— Je ne l'ai jamais eue, je viens de vous le dire. Que disait-elle ?

— À peu près ceci : qu'il était prisonnier, qu'il vous demandait de payer sa rançon, mais surtout qu'il avait retrouvé Joceran et dame Jeanne, et qu'il avait la certitude de leur innocence. Le voleur de la Sainte Lance était un des officiers de Cluny possédant la clé du trésor. Il vous assurait qu'à son retour, il le confondrait.

À la fois nerveux et embarrassé, l'abbé fit quelques pas.

— Savez-vous de quoi vous parlez, jeune chevalier ? s'enquit-il après un moment.

— J'étais l'ami de Joceran, et j'admirais dame Jeanne pour sa piété et sa bonté. J'ai ensuite appris à aimer Brancion, le meilleur chevalier qu'il y eût jamais. Jeanne est morte à cause de ce vol, Joceran aussi. C'est grâce à lui que j'ai compris.

— Jeanne... Joceran... Ils seraient morts ?

— Comme pour Arnuphe de Brancion, j'étais près d'eux lors du grand passage. Je me suis occupé de leur mise en terre.

L'abbé digéra ces informations, s'interrogeant sur ce mystérieux visiteur qui avait donc connu tous les protagonistes du vol de la Lance.

— Qui êtes-vous ?

— Un pauvre enfant qui a péché, qui a commis des crimes et que Joceran et Arnuphe de Brancion ont sauvé. Je leur dois tout et je confondrai ceux qui les ont perdus, par gratitude et amour pour eux.

— Où serait la Sainte Lance ?

— N'avez-vous donc pas compris ?

— Compris quoi ? s'irrita l'abbé ! Allez-vous toujours parler par énigmes ?

— Il n'y a jamais eu de Sainte Lance !

— Je l'ai vue ! gronda Hugues. Je l'ai vue et j'ai vu les preuves !

— Vous avez cru voir ! Le démon vous a trompé. Tout n'a été qu'une entreprise pour vous rapiner mille sous d'or !

— C'est faux ! hurla l'abbé.

— Si quelqu'un entend la parole et ne s'en pénètre pas, l'esprit malin vient, et enlève ce qui avait été semé dans son cœur[1], rétorqua Guilhem calmement.

---

1. Évangile de Matthieu.

— Vous connaissez les Évangiles ? s'enquit l'abbé, brusquement calmé par ces saintes paroles.

— Je connais les Évangiles et aussi le nom de celui qui vous a volé.

L'abbé alla à la fenêtre de sa cellule et resta silencieux. Qu'y avait-il de vrai dans ce que disait cet homme ? Qui était-il vraiment ? Cluny avait-elle vraiment été trompée... et volée ?

Le Seigneur Dieu dut lui répondre car, revenant vers Guilhem, il lui demanda d'un ton égal :

— Qui est-ce ?

Guilhem lui dit le nom.

— Impossible ! Pas lui !

Hugues de Clermont ne cherchait plus à dominer son agitation. Brusquement, il cria d'une voix aiguë en levant les bras au ciel :

— Avez-vous des preuves de vos accusations ?

— J'en ai, vénéré père.

— Montrez-les-moi !

— Demain, au lever du soleil, je reviendrai avec ma preuve. Soyez ici, avec... lui.

Après ces paroles, l'abbé considéra un long moment le jeune chevalier sans rien dire, puis il hocha la tête, comme brusquement indifférent, vidé de toute énergie. La vérité venait de l'atteindre et il n'avait plus la force de lutter contre l'évidence. Durant trois ans, il avait refoulé les mêmes questions : pourquoi Joceran avait-il volé la Sainte Lance ? Comment avait-il fait ? Et surtout, où se trouvait la Sainte Relique ? Quand Brancion avait retrouvé l'infirmier à Montferrand, il avait repris espoir de revoir l'objet saint, mais immédiatement d'autres questions avaient surgi. Joceran était désormais un médecin respecté, s'il s'était séparé de la lance, elle aurait obligatoirement réapparu. Lui, abbé de Cluny, commandeur de deux mille abbayes, aurait forcément entendu parler d'elle. Or aucune église ou monastère n'avait annoncé la posséder. Tout se passait comme si elle avait disparu. Aussi le doute l'avait taraudé. Et si Joceran ne l'avait jamais volée ? Et si ce vol n'était qu'un artifice pour empêcher qu'on ne découvre une infâme mystification ? Que la lance était fausse, qu'elle ne pouvait provoquer des miracles ? Tout n'aurait alors été qu'un moyen de rapiner Cluny... et le voleur était un des officiers ayant la clé du trésor. Un moine !

Mais cette réalité, cette évidence même, il l'avait chassée, balayée, enfouie au fond de son esprit ! Il ne voulait pas l'entendre ! Ce Guilhem venait, hélas, de lui révéler que c'était la vérité.

— Pourquoi demain ?

— Il est tard, et je veux vous laisser le temps de découvrir comment il vous a trompé.

— Je crois le deviner mais, vous avez raison, j'ai besoin de remettre de l'ordre dans mon esprit et de prier pour ceux que j'ai accusés. Parlez-moi d'eux, je vous en prie. Comment les avez-vous connus ? Comment avez-vous rencontré messire de Brancion ?

Il implorait et Guilhem ne lui cacha rien. Quand il eut terminé, Hugues de Clermont pleurait.

Chapitre 40

Le lendemain, Guilhem revint avec le pardonneur. Vêtu d'un froc à capuchon, Regnault gardait son visage dissimulé.

Le prieur mage attendait devant les appartements de l'abbé. S'il parut surpris de voir Guilhem accompagné, il ne le montra pas et il introduisit les deux hommes dans la chambre de l'abbé.

Hugues de Clermont était encore seul.

— Dieu vous dit bonjour, vénéré père, dit Guilhem, s'inclinant, tandis que Regnault s'agenouillait. Ce moine, qui m'accompagne, est ma preuve.

— Je le connais ?

— Non, seigneur abbé, répondit Regnault, relevant son capuchon et dévoilant son visage.

— Qui êtes-vous ?

— Celui qui vous a vendu une fausse relique, vénéré seigneur.

— Mais alors... dit l'abbé, pris d'un brusque espoir, ce n'est pas...

— Regnault est venu à Cluny, il y a cinq ans, avec un fer gravé qu'il voulait faire passer pour la Sainte Lance, expliqua Guilhem. Il n'avait rien d'autre. Mais entré dans l'abbatiale, il a rencontré...

On gratta à la porte et Orderic de Melgueil entra.

Le chambrier eut un regard interrogateur en découvrant ce chevalier debout et un moine agenouillé dont il ne pouvait voir le visage.

— Vénéré père abbé, vous m'avez mandé ? s'enquit-il d'une voix neutre.

— Oui, Orderic. Le noble chevalier Guilhem d'Ussel vient de me porter ce pli.

Il tendit la réponse faite à Mercadier que Guilhem lui avait laissée.

Orderic de Melgueil la prit et la parcourut.

— Je ne comprends pas, fit-il, surpris.

— Regnault, lève-toi et montre ton visage ! ordonna Guilhem.

Terrorisé, le pardonneur se tourna vers le chambrier qui, un bref instant, perdit toute contenance.

— Pourquoi ? demanda l'abbé qui avait remarqué le changement d'attitude.

— Pour Cluny, seigneur abbé, répondit alors Orderic sèchement.

Visiblement, le chambrier avait retrouvé son sang-froid mais n'envisageait cependant pas de nier.

— Dites plutôt pour mille pièces d'or ! ricana Guilhem.

— Qui êtes-vous ?

La question claqua comme un soufflet.

— Celui qui a fermé les yeux de Joceran d'Oc et d'Arnuphe de Brancion, répondit Guilhem avec mépris. Je suis venu disculper Joceran et punir le religieux qui les a conduits à la mort.

Orderic planta un instant son regard dans le sien, comme pour le défier, mais devant le regard de braise du chevalier, il baissa finalement les yeux.

— Vous savez donc tout ! soupira-t-il.

— J'attends que vous me disiez ce que j'ignore encore, et surtout pourquoi, répliqua l'abbé.

— Pourquoi ? Maintenant, après toutes ces années, je ne sais plus trop... Cela a été une occasion, je l'ai saisie sans en entrevoir toutes les conséquences... Vous n'ignorez pas que cela arrive, parfois, dans la vie... Et qu'on regrette ensuite...

Il se passa les mains devant les yeux, frottant son visage comme pour effacer des images qui le hantaient.

— Mais c'est aussi de votre faute, seigneur abbé... poursuivit-il.

— Moi ! Je vous interdis de me mêler à vos turpitudes ! gronda Hugues de Clermont.

— Vous avez toujours fait semblant de ne pas connaître la situation dans laquelle je me débattais depuis des années, seigneur abbé. C'est moi qui fais entrer l'argent à Cluny, mais il n'y en avait jamais assez, car nous dépensions trop. Pourtant vous ne faisiez rien, vous vous en laviez les mains ! Alors, le cellérier ne pouvait que réduire les dépenses. Plus de viande, plus de poisson, du pain noir, des habits usés, plus de chauffage !

Il s'emportait.

— Cela s'est arrangé, observa l'abbé avec rudesse. J'ai rendu sa grandeur à Cluny ! ajouta-t-il, gonflant le torse.

— Vous n'avez rien rendu du tout ! glapit le chambrier. Il est exact que depuis plusieurs années le cellérier achète à nouveau du vin de qualité, nous avons désormais du pain de froment, de bonnes et saines viandes, les robes et les draps des lits sont changés, mais savez-vous pourquoi ? Avec quel argent ?

L'abbé pâlit et chancela sous ce flot de paroles. Il s'appuya à un montant du lit.

— Ça y est ? Comprenez-vous, enfin, messire abbé ? Oui, j'ai utilisé les mille sous d'or des réserves de Cluny pour améliorer l'ordinaire de mes frères ! Souvenez-vous que je vous avais imploré de le faire, mais vous aviez refusé ! Vous pensiez que le Seigneur viendrait à notre aide, mais Il n'est pas venu ! J'ai voulu seulement que nos frères n'aient plus honte de vivre dans notre glorieuse abbaye... Et pour y parvenir, j'ai menti et j'ai triché. Mea culpa !

— Comme votre grand-oncle, c'est l'ambition, la vanité et l'orgueil qui vous ont guidé et non la miséricorde envers vos frères, lui reprocha l'abbé qui s'était ressaisi, ne supportant pas les reproches qu'on lui adressait. Ainsi, vous avez cru pouvoir m'imposer votre volonté ! Disposer à votre gré des réserves de l'abbaye ! Quelle prétention ! Quelle outrecuidance !

» Vous êtes bien comme votre parent Pons de Melgueil ! D'ailleurs, ce sont ses sceaux que vous avez utilisés pour la fausse authentica, n'est-il pas vrai ?

— Oui, reconnut le chambrier.

Touché par les accusations, il paraissait vaincu, mais il tenta à nouveau de se justifier :

— Je cherchais désespérément un moyen pour faire face aux dépenses de Cluny quand j'ai rencontré cet individu dans l'abbatiale. Il m'a montré sa relique. Elle était très bien faite et aurait pu passer pour vraie, s'il y avait eu un document attestant son authenticité. C'est alors que j'ai songé aux réserves de l'abbaye, à cet or qui dormait et que vous ne vouliez pas dépenser. L'idée de faire une fausse charte m'est vite venue. Avec cette authentification, ce pardonneur pourrait vendre la relique fort cher et, m'ayant remis le fruit de la vente, je pourrais l'utiliser pour les dépenses de Cluny.

— Qu'une telle pensée vous soit venue dans la maison de Dieu prouve votre dépravation ! déclara l'abbé.

— J'ai au contraire jugé que le Seigneur me faisait un signe pour le renouveau de Cluny, seigneur abbé. Je décidai donc de Lui obéir.

» Je disposais d'une vieille charte que mon grand-oncle avait rapportée d'Antioche, un abandon de droits désormais sans valeur. Je l'ai grattée en gardant la signature et le sceau de l'archevêque, puis j'y ai recopié un texte trouvé à la bibliothèque décrivant la découverte de la relique avec les noms de ceux qui y avaient assisté. Mon grand-oncle possédait quantité de missives avec des sceaux, j'en ai retrouvé plusieurs provenant des seigneurs présents à Antioche lors de la découverte. Je les ai ajoutés à la charte.

— Mais pourquoi avoir volé la lance le soir même où elle était rangée dans le trésor ? Vous ne l'auriez pas fait, Joceran n'aurait pas été accusé et messire de Brancion ne serait pas parti à sa poursuite, remarqua Guilhem.

— La charte et la lance allaient être mises dans un reliquaire fermé à clé auquel je n'aurais plus eu accès. Et je savais qu'un examen attentif de ma charte révélerait qu'elle était fausse.

— Pourquoi l'aurait-on vérifiée ? demanda Guilhem.

— Parce que la relique ne produirait aucun miracle, puisqu'elle était fausse ! Dès lors, je savais qu'on regarderait de plus près la charte, et qu'on finirait par découvrir qu'elle venait de mon parent.

— En somme, la disparition de Joceran vous a arrangé. En le désignant comme coupable, vous êtes donc bien la cause de sa mort, de celle de Jeanne de Chandieu et de messire de Brancion ! gronda Guilhem.

— Non ! Ce n'est pas moi qui ai désigné Joceran comme coupable ! Jamais je ne l'aurais fait ! C'est lui !

Il désigna du doigt l'abbé qui pâlit une nouvelle fois.

— Quant à messire de Brancion, c'est aussi l'abbé qui l'a envoyé à la poursuite de cette chimère, je n'y suis pour rien ! cria-t-il.

— Sans doute, et je reconnais mes erreurs, mais elles trouvent leur origine dans votre crime ! hurla à son tour Hugues de Clermont. De plus, c'est vous qui avez répondu ceci à Mercadier !

Il désigna la lettre, sur le sol dallé.

— Je le reconnais... Je n'aurais jamais dû, mais vous n'étiez pas là et on m'avait amené les deux messagers. Quand j'ai lu le pli de messire de Brancion, je me suis affolé... Il disait avoir tout découvert...

Guilhem préféra rester muet, car Brancion ne connaissait pas la vérité.

Peut-être par honte, peut-être bourrelé de remords, Orderic ne reprit pas la parole. Le silence s'abattit donc jusqu'à ce que l'abbé le rompe :

— Je vous laisse le choix ! Ou vous confiez vos crimes devant le chapitre, ou vous quittez Cluny dès ce soir !

— Mais pour aller où, seigneur abbé ? gémit Orderic. Cluny est ma vie ! Vous ne pouvez me chasser comme mon parent ! Ce serait le déshonneur !

— Ce sera un déshonneur encore plus grand pour vous si le chapitre apprend vos turpitudes et décide votre excommunication. Moi, je vous impose de partir pour Rome, pieds nus, en mendiant pour vivre. Dans la Ville éternelle, vous vous prosternerez devant notre Saint-Père comme l'a fait votre grand-oncle et vous lui avouerez vos fautes en espérant son pardon. Je lui écrirai pour le prévenir. Ensuite, vous partirez en Terre sainte, à Antioche, et vous y resterez comme le plus humble et le plus misérable des moines.

Orderic ne put retenir ses sanglots.

Guilhem n'intervint pas. Il aurait préféré qu'on pende le chambrier, et même qu'on le dépèce mais, réfléchissant plus tard au châtiment ordonné par l'abbé, il le trouva plus douloureux. Dominé par le même orgueil que son grand-oncle, persuadé qu'il aurait fait un meilleur abbé qu'Hugues de Clermont, Orderic souffrirait bien plus dans sa nouvelle condition que s'il avait été supplicié. Et surtout il souffrirait plus longtemps, à moins que Dieu ne lui accorde Sa grâce en le rappelant à Lui.

Quant à l'abbé, ses torts aussi étaient immenses et Guilhem les lui remémora après le départ d'Orderic.

— Je le reconnais, se contenta de répondre Hugues. Je me suis fourvoyé en écartant la vérité tant j'avais besoin d'un coupable.

— Qui vous châtiera ? s'enquit durement Guilhem.

— Le Seigneur et ma conscience.

Guilhem réprima une moue, ne croyant pas au châtiment divin. Sa courte expérience de la vie lui avait même appris que celui-ci s'exerçait parfois à mauvais escient.

— Voici ce que j'exige, lui dit-il. Vous ferez chercher le corps du sire de Brancion. Il se trouve au château de Lurs, qui appartient à l'évêque de Sisteron. Je l'ai fait mettre dans un cercueil de plomb. Vous vous entendrez avec la famille d'Arnuphe et vous le ferez ensevelir dans l'église Saint-Pierre de Brancion avec, au-dessus de sa tombe, une dalle le représentant gisant en haubert, son épée à la main, comme tout chevalier mort en combattant. Son heaume à ses pieds.

— Je le ferai.

— Pour Joceran et Jeanne, je veux qu'il soit dit une messe par jour pour leurs âmes, et ce durant un an, puis ensuite chaque année à Pâques.

— Je le ferai.

Se mordillant les lèvres, l'abbé ajouta :

— Merci pour m'avoir rappelé à mes devoirs... et m'avoir fait connaître la vérité.

— Je l'ai fait pour eux, pour eux que j'aimais. Pas pour vous.

Il s'inclina et fit signe au pardonneur qu'ils en avaient terminé.

Ils revinrent en silence à l'auberge. Là-bas, Guilhem remit une pièce d'argent au pardonneur, à charge pour lui de se faire pendre ailleurs.

Il partit le lendemain avec Gilbert. Le soleil brillait et, pour la première fois depuis longtemps, Guilhem avait l'esprit serein.

Il songeait à l'abbé de Cluny et à Orderic. Le premier, par ses accusations, avait indirectement conduit à la fin de Joceran, de Jeanne et d'Arnuphe. Le second avait cru suffisant de rendre l'apparence de sa richesse à Cluny. Aucun d'eux n'avait imaginé les conséquences funestes de leurs décisions.

Il pensa aussi à ses amis. Étaient-ils satisfaits, dans l'au-delà, d'être réhabilités et vengés ? Il l'espérait. Puis il s'efforça d'éloigner ce passé, sans pour autant souhaiter l'oublier, et il tenta d'imaginer l'avenir qui l'attendait. Sa bourse était garnie, il était chevalier avec un beau et solide harnois, et il chevauchait joyeusement avec un compagnon ; la vie s'annonçait belle !

À Paris, il trouverait certainement un engagement auprès du roi de France.

Chapitre 41

Le vrai, le faux et la fin de l'histoire

Hugues de Clermont était vraiment abbé de Cluny à l'époque de notre histoire, mais les autres officiers de l'abbaye ainsi qu'Arnuphe de Brancion sont des personnages imaginaires. Cluny n'a jamais acheté la Sainte Lance, mais Saint Louis l'a fait. Le fer sacré était celui gardé à Constantinople et il a été conservé à Paris, dans la Sainte-Chapelle, jusqu'à la Révolution. Il a ensuite été volé et on ignore où se trouve la lance. Une autre lance est exposée à Vienne mais il s'agit d'une fausse relique du VIIIe siècle.

On a peu d'informations, sinon pas du tout, sur l'activité de Mercadier entre le départ de Richard Cœur de Lion pour la croisade et son retour après que sa rançon eut été payée. Certains historiens assurent que le mercenaire aurait pu accompagner son maître en Terre sainte, d'autres sont persuadés qu'il resta en Touraine et Anjou, chargé de maintenir l'ordre pour Richard, avec sa sauvagerie habituelle.

La prise du château de Levroux, celle de Montmorillon et de la porte de Châtellerault sont imaginaires mais basées sur des entreprises militaires de cette époque. De la même façon, on ignore si Mercadier a occupé le château et la motte de Nouâtre.

Louvart, mercenaire appartenant d'abord à Henri II, fut ensuite au service du comte de Toulouse, puis rallia le comte Richard et devint le compagnon de Mercadier avec qui il ravagea l'Auvergne à la demande de Richard Cœur de Lion. En 1201, il livra aux Français la ville de Falaise dont le roi Jean lui avait confié la garde. Ayant changé de camp, il revint vers Jean en 1204 et fit partie des défenseurs du château Gaillard.

Guillaume d'Urgel, comte de Forcalquier, menacé d'un siège par le comte de Provence, se déclara finalement homme lige et vassal du comte de Provence. Le mariage de Gersende, sa petite-fille, avec Alphonse, fils du roi d'Aragon, en 1193, fut le gage de cette réconciliation et marqua la réunion du comté de Forcalquier à la Provence.

Bibliographie

Bernage G., *La Vie quotidienne au XIe siècle*, Heimdal, 2010

Bertrand Paul, *Authentiques de reliques : authentiques ou reliques ?* Revue *Le Moyen Âge*, 2006/2 (tome CXII)

Bordonove Georges, *Philippe Auguste*, Pygmalion, 1983

Capefigue Jean-Baptiste, Honoré Raymond M., *Histoire de Philippe Auguste*, Dufey, 1829

Champly H., *Histoire de l'abbaye de Cluny*, 1866

Claverie Pierre-Vincent, *Les Acteurs du commerce des reliques à la fin des croisades*, Le Moyen Âge, 3/2008 (tome CXIV), pp. 589-602

Collectif, *La Pastourelle dans la poésie occitane du Moyen Âge*, Slatkine

Cucherat M.F., *Cluny au XIe siècle*, Académie de Mâcon, 1850

Degueurce Paul, « Cluny. Étude d'évolution urbaine ». In *Les Études rhodaniennes*, vol. 11, n° 2, 1935, pp. 121-154

Diane Joy, *Rodez : le palais des comtes de Rodez dit la « sale comtale »*, Communauté d'agglomération du Grand-Rodez, 2010

Duby Georges, *Lignage, noblesse et chevalerie au XIIe siècle dans la région mâconnaise*, Annales. Économies, Sociétés, Civilisations, 27e année, N. 4-5, 1972, pp. 803-823

Féghali Élisabeth, *Autour des reliques et de leur commerce* (citadelle.org/magazine-1-16)

Fernand Nicolas, *Brancion*, Groupe7, 2001

Finó, J. F., *Quelques aspects de l'art militaire sous Philippe Auguste*, Gladius, vol. 6, 1967

Flori Jean, *Richard Cœur de Lion*, Payot, 1999

Ganshof F.L., *Qu'est-ce que la féodalité ?* Tallandier, 1982

Géraud Hercule, *Mercadier. Les Routiers au treizième siècle*, Bibliothèque de l'école des chartes, 1842, tome 3, pp. 417-447

Geremek Bronislaw, *Les Marginaux parisiens aux XIVe et XVe siècles*, Flammarion, 1976

Gonthier Nicole, *Le Châtiment du crime au Moyen Âge*, PU Rennes, 1998

Luchaire Achille, *Philippe Auguste et son temps*

Mazel Florian, *Feodalités (888-1180)*, Belin, 2010

Noble de Lalauzière Jean-François, *Abrégé chronologique de l'histoire d'Arles*

Panouillé Jean-Pierre, *Les Châteaux forts en France, XIe-XIVe siècles*, Ouest France, 2011

Paris Matthieu, *La Grande Chronique d'Angleterre*, tome 3, Paleo Éditions, collection Sources de l'histoire d'Angleterre, 2004

Petit-Dutaillis Charles, *La Monarchie féodale en France et en Angleterre, Xe-XIIIe siècle*

Riche Denyse, *L'Ordre de Cluny à la fin du Moyen Âge : le vieux pays clunisien, XIIe-XVe*

Rigord, *Vie de Philippe Auguste*, J.-L.-J. Brière, 1825

Viollet-le-Duc, *Dictionnaire raisonné de l'architecture française du XIe au XVIe siècle*

Je me suis inspiré des nombreuses informations contenues dans le site suivant qui montre une forge à épée du Moyen Âge.

http://www.forge-vanderlick.fr/couteaux-vanderlick.html

Remerciements

Un grand merci à Bertrand Rio pour la visite du château à motte de la Haie-Joulin qui m'a inspiré pour les camps de Mercadier et de Malvin le Froqué.
Je dois bien sûr remercier mon épouse et mes filles qui restent les plus sévères juges, sans oublier mes lectrices et mes lecteurs auxquels rien n'échappe !

Aix, mars 2012

Vous pouvez joindre l'auteur :
aillon@laposte.net
http://www.grand-chatelet.net
http://grand-chatelet.voila.net/

J'AI LU
10470

Composition
FACOMPO

*Achevé d'imprimer en Espagne
par CPI (Barcelone)
le 17 septembre 2018*

Dépôt légal octobre 2018
EAN 9782290170786
OTP L21EPLN002493N001
1er dépôt légal dans la collection : août 2013

ÉDITIONS J'AI LU
87, quai Panhard-et-Levassor, 75013 Paris

Diffusion France et étranger : Flammarion